Stille schreeuw

www.boekerij.nl

Angela Marsons

Stille schreeuw

Zelfs de duisterste geheimen blijven niet eeuwig verborgen

Deel 1 van de *Kim Stone*-serie

BOEKERIJ

Eerste druk 2019
Tweede druk 2021

ISBN 978-90-225-9190-1
ISBN 978-94-023-1319-2 (e-book)
NUR 330

Oorspronkelijke titel: *Silent Scream*
Vertaling: Textcase
Omslagontwerp: DPS Design & Prepress Studio, Amsterdam
Omslagbeeld: © Stephen Mulcahey/Arcangel Images
Zetwerk: Textcase

PROLOOG

Rowley Regis, Black Country

2004

Vijf gestalten vormden een vijfhoek rondom de heuvel vers uitgegraven grond. Alleen zij wisten dat dit een graf was.

Het spitten in bevroren grond onder de laag ijs en sneeuw leek op hakken in steen, maar ze wisselden elkaar af. Allemaal.

Een gat ter grootte van een volwassene zou langer hebben geduurd.

De schop was alle handen langsgegaan. Sommige waren aarzelend, andere zekerder van hun zaak. Niemand bood weerstand en niemand zei een woord.

De onschuld van het leven dat was beëindigd was hun allemaal bekend, maar het verbond was reeds gesloten. Hun geheimen werden begraven.

Vijf hoofden bogen zich over de aarde, terwijl ze zich het lichaam voor de geest haalden dat onder de grond lag, die al glinsterde onder een vers laagje ijs.

Een huivering ging door de groep toen de eerste sneeuwvlokken het graf langzaam begonnen af te dekken.

De vijf gedaanten verspreidden zich, terwijl hun voetafdrukken een stervormig spoor achterlieten in de knisperende sneeuw.

Het zat erop.

1

Black Country

Heden

Teresa Wyatt had het onverklaarbare gevoel dat dit haar laatste nacht zou zijn.

Ze zette de televisie uit en het werd stil in huis. Het was niet de normale stilte die elke avond neerdaalde, zodra zij en alles om haar heen zich langzaam klaarmaakten voor bedtijd.

Ze wist niet wat ze had verwacht van het late avondnieuws. De aankondiging was al gegeven op het lokale nieuws. Misschien hoopte ze op een wonder. Een last-minute-uitstel.

Sinds het eerste verzoekschrift, twee jaar geleden, voelde ze zich als een gevangene, klaar voor de dodencel. Van tijd tot tijd kwamen de bewakers, namen haar mee naar de stoel, waar vervolgens het lot haar terug liet keren naar haar cel. Maar deze keer voelde echt als de laatste keer. Teresa wist maar al te goed dat er geen verder uitstel was, geen vertragingen meer.

Ze vroeg zich af of de anderen het nieuws hadden gezien. Voelden zij zich net als zij? Zouden ze erkennen dat hun voornaamste gevoelens geen zelfmedelijden waren, maar eigenbelang?

Als ze een ander, aardiger persoon was geweest, had haar geweten wellicht opgespeeld. Dat was echter niet het geval.

Als ze niet had meegewerkt aan het plan, zou ze kapotgemaakt zijn, zei ze tegen zichzelf. De naam Teresa Wyatt zou een vieze nasmaak hebben achtergelaten, in plaats van het aanzien dat ze nu genoot.

Teresa was er zeker van dat de aanklacht serieus zou worden opgepakt.

De bron was sluw, maar geloofwaardig geweest. Maar die was voor eeuwig tot zwijgen gebracht – en dat zou haar nooit spijten.

In de jaren na Crestwood draaide haar maag zich echter om zodra ze een glimp opving van een zelfde loopje, haarkleur of kanteling van het hoofd.

Teresa probeerde de zwaarmoedigheid van zich af te schudden, slofte naar de keuken en zette het enkele bord en wijnglas in de vaatwasser.

Er was geen hond om uit te laten, geen kat om binnen te laten, slechts een laatste check van de sloten.

Opnieuw werd ze opgeschrikt door een gevoel dat deze controle zinloos was; niets kon het verleden tegenhouden. Ze duwde die gedachte weg. Er was niets om ongerust over te zijn. Ze hadden met z'n allen een overeenkomst gesloten en die was al ruim tien jaar niet geschonden. Alleen zij, met z'n vijven, kenden de waarheid.

Ze wist dat ze te gespannen was om direct in slaap te kunnen vallen, maar ze had morgenochtend om zeven uur een stafvergadering, en ze mocht niet te laat komen.

In de badkamer liet ze het water met een ruime scheut naar lavendel geurend badschuim het bad vullen. De geur drong direct door tot in alle hoeken van de ruimte. De combinatie van de warme gloed van het bad en het glas wijn eerder op de avond zou haar slaap moeten opwekken.

De badjas en satijnen pyjama lagen netjes opgevouwen boven op de wasmand, toen ze in bad stapte. Ze deed haar ogen dicht en gaf zich over aan het water. De angst verdween en maakte plaats voor een glimlach. Ze was gewoon overgevoelig.

Teresa had het gevoel dat haar leven in tweeën was gedeeld. Er was de zevenendertig jaar v. C., zoals ze haar leven voor Crestwood noemde. Het waren aangename jaren. Ze was alleenstaand en ambitieus, kon alle beslissingen zelf nemen. Ze hoefde aan niemand verantwoording af te leggen.

Maar de jaren daarna waren anders. Een schaduw van angst volgde al haar bewegingen; dicteerde haar gedrag, beïnvloedde haar beslissingen.

Ze had ooit ergens gelezen dat het bewustzijn niets meer was dan de angst om betrapt te worden. Teresa gaf eerlijk toe dat dat volgens haar klopte.

Maar hun geheim was veilig. Dat moest wel.

Plotseling klonk het geluid van versplinterend glas. Maar het kwam niet van ver, het klonk als haar keukendeur.

Teresa lag muisstil, haar oren gespitst op meer geluid. Niemand anders zou het lawaai hebben opgemerkt. Het eerstvolgende vrijstaande huis stond zo'n zestig meter verderop, aan de andere kant van een acht meter hoge coniferenhaag.

De stilte van haar huis nam toe, werd dreigend.

Het was misschien gewoon een daad van vandalisme. Mogelijk was een aantal studenten van Saint Joseph's achter haar adres gekomen. *In godsnaam, laat dat het geval zijn.*

Haar bloed kolkte in haar aderen, klopte achter haar slapen. Door te slikken probeerde ze de druk in haar oren te verminderen.

Ze voelde dat ze niet langer alleen was. Ze schoot overeind. Het water klotste luid tegen de badrand door haar beweging. Haar hand gleed weg op het porselein en ze viel zijdelings terug in het water.

Dat het toch geen gedachteloze daad van vandalisme was, werd bevestigd door een geluid onder aan de trap.

Teresa wist dat ze geen tijd meer had. In een ander universum zouden haar spieren in haar lichaam hebben gereageerd op de naderende dreiging, maar in deze wereld was zowel haar lichaam als haar geest verlamd door het onvermijdelijke. Ze wist dat ze zich nergens meer kon verschuilen.

Toen ze het gekraak van de trap hoorde, sloot ze haar ogen en probeerde ze haar lichaam tot kalmte te manen. Heel even was daar het gevoel van vrijheid toen ze eindelijk werd geconfronteerd met de angstgevoelens die haar hadden achtervolgd.

Toen een koele luchtstroom vanuit de gang de ruimte binnenkwam, opende ze haar ogen.

De gestalte die verscheen was net zo zwart en vormloos als een schaduw. Een werkbroek met daarboven een dikke, zwarte fleecetrui met een lange jas erover. Het gezicht ging schuil achter een wollen bivakmuts. *Maar waarom ik?* Teresa's gedachten sloegen op hol. Zij was niet de zwakste schakel.

Ze schudde haar hoofd. 'Ik heb niets gezegd,' zei ze. Haar woorden waren amper hoorbaar. Al haar zintuigen hielden er een voor een mee op, terwijl haar lichaam zich voorbereidde op de dood.

De zwarte gestalte zette twee stappen in haar richting. Teresa zocht naar een verklaring, maar kon niets bedenken. Het moest wel een van de vier zijn.

Teresa voelde hoe haar lichaam haar in de steek liet toen tussen haar benen urine het geurende water in stroomde.

'Ik zweer... Ik heb niets...'

Teresa's woorden stierven weg, terwijl ze zich omhoogtrok in een zittende positie. Het badschuim had het bad glibberig gemaakt.

Haar adem gierde raspend door haar keel terwijl ze wanhopig probeerde te bedenken hoe ze het best om haar leven kon smeken. Ze wilde nog niet dood. Het was nog niet haar tijd. Ze was er nog niet klaar voor. Ze wilde nog zoveel doen.

Plotseling zag ze voor zich hoe het water in haar longen zou stromen; die zou doen uitzetten als ballonnen.

Toen ze eindelijk haar stem weer terug had, strekte ze haar hand smekend voor zich uit: 'Alsjeblieft...alsjeblieft...nee...Ik wil niet dood...'

De figuur leunde over het bad en legde zijn gehandschoende handen op haar borsten. Teresa voelde de druk van de handen die haar onder water probeerden te duwen en had moeite om rechtop te blijven zitten. Ze moest een poging doen om het uit te leggen, maar de druk van de handen nam toe. Opnieuw probeerde ze omhoog te komen, maar ze was kansloos. Door de zwaartekracht en de brute spierkracht werd het haar onmogelijk gemaakt om weerstand te bieden.

Het water omlijstte haar gezicht en Teresa opende haar mond. Een korte snik ontsnapte uit haar mond toen ze het voor de laatste keer probeerde. 'Ik zweer...'

Haar woorden werden afgekapt en Teresa zag hoe luchtbellen uit haar neus ontsnapten en het oppervlak bereikten. Haar haren golfden om haar gezicht.

Ze zag een glimp van de gestalte aan de andere kant van het water.

Teresa's lichaam reageerde inmiddels op het zuurstoftekort. Ze probeerde de toenemende paniek te onderdrukken. Haar armen zwaaiden in het rond. De gehandschoende hand liet haar borst even los. Het lukte haar om haar hoofd boven water te krijgen en op dat moment kon ze dieper in de koude, priemende ogen kijken. Herkenning benam haar de laatste adem.

Dit kortstondige moment van verwarring was genoeg voor haar aanvaller om zijn daad te hervatten. Teresa's lichaam werd met twee handen onder water gedrukt en daar gehouden.

Ze kon het niet geloven, zelfs niet toen ze haar bewustzijn langzaam verloor.

Teresa realiseerde zich dat de anderen in het complot er geen idee van hadden wie ze in werkelijkheid moesten vrezen.

2

Kim Stone liep om de Kawasaki Ninja heen om het volume van haar iPod aan te passen. De speakers dansten op de tonen van de Zomer uit de Vier Jaargetijden van Vivaldi, toen haar favoriete deel, de finale getiteld 'de Storm', begon.

Ze legde de dopsleutel op de werkbank en veegde haar handen af aan een oude vaatdoek. Ze staarde naar de Triumph Thunderbird waar ze de afgelopen zeven maanden aan had gesleuteld en vroeg zich af waarom het werken eraan haar vanavond niet wist te boeien.

Ze wierp een blik op haar horloge. Bijna elf uur. De rest van haar team zou op dit moment slingerend The Dog uitlopen. Hoewel ze geen druppel alcohol dronk, sloot ze zich graag aan bij haar team als ze het gevoel had dat ze het had verdiend.

Ze pakte opnieuw de dopsleutel en hurkte naast de Triumph.

Voor haar viel er niets te vieren.

Het doodsbange gezicht van Laura Yates schoot haar voor de ogen, terwijl ze via het binnenste van de motorfiets naar het achtereind van de krukas reikte. Ze legde de dop op de moer en draaide de sleutel heen en weer.

Drie beschuldigingen van verkrachting zouden ervoor zorgen dat Terence Hunt voor lange tijd werd opgesloten.

'Maar niet lang genoeg,' zei Kim tegen zichzelf.

Er was namelijk een vierde slachtoffer.

Ze draaide nogmaals met de sleutel, maar de moer weigerde strakker aangedraaid te worden. Ze had het asblok, het tandwiel, de klemring en de rotor al gemonteerd. De moer was het laatste puzzelstukje, maar het stomme ding weigerde om strakker tegen de klemring te gaan zitten.

Kim staarde naar de moer en wenste stilzwijgend dat hij zou bewegen, voor zijn eigen bestwil. Er gebeurde niets. Ze richtte al haar woede op de dopsleutel en gaf die nog één harde duw. De kop van de sleutel brak en de moer draaide de verkeerde kant op.

'Verdomme,' riep ze uit, terwijl ze de sleutel door de garage slingerde.

Laura Yates had trillend in de getuigenbank gezeten, terwijl ze vertelde hoe ze naar een plek achter een kerk werd gesleurd en keer op keer, gedurende tweeënhalf uur genadeloos werd verkracht. Iedereen kon met eigen ogen zien hoe moeilijk het voor haar was om zelfs maar te zitten. Drie maanden na de aanval.

Het negentienjarige meisje zat op de gang toen alle schuldigverklaringen werden voorgelezen. Toen haar zaak onder handen kwam, werd haar leven voor altijd op z'n kop gezet door slechts twee woorden.

Niet schuldig.

En waarom niet? Omdat het meisje een paar drankjes had genuttigd. De elf hechtingen die zich van voren naar achteren uitstrekten, de gebroken rib en het blauwe oog deden er niet toe. Ze had er zelf om gevraagd; alleen maar omdat ze die verdomde drankjes had gedronken.

Haar team vond drie van de vier geen slecht resultaat. En dat klopte, maar het was niet goed genoeg. Niet voor Kim.

Ze leunde voorover om de schade aan de motorfiets te inspecteren. Het had bijna zes weken gekost om die vervloekte schroeven te vinden.

Ze legde de dop terug in positie en draaide de sleutel tussen haar duim en wijsvinger toen haar mobiel ging.

Ze liet de moer vallen en stond snel op. Een belletje rond dit tijdstip betekende vaak slecht nieuws.

'Rechercheur Stone.'

'Er is een lijk gevonden, mevrouw.'

Natuurlijk. Waarom zou hij anders bellen?

'Waar?'

'Hagley Road, Stourbridge.'

Kim kende het gebied. Het lag net op de grens met hun buren van West Mercia.

'Zullen we rechercheur Bryant op de hoogte brengen, mevrouw?'

Kim kromp ineen. Ze had er een hekel aan om 'mevrouw' genoemd te worden. Ze was er met haar vierdendertig jaar nog helemaal niet aan toe om met 'mevrouw' aangesproken te worden.

Het beeld van haar collega die bij The Dog strompelend een taxi in stapte, schoot voor haar ogen.

'Nee, ik handel dit in mijn eentje af,' zei ze en ze hing op.

Kim zette haar iPod uit en bleef een paar seconden bewegingloos staan. Ze moest de beschuldigende blik van Laura Yates loslaten; of die nu echt was geweest of niet, ze had hem gezien. En ze kreeg dat beeld niet meer uit haar hoofd.

Kim wist dat de gerechtigheid waarin zij geloofde iemand in de steek had gelaten die er juist door beschermd had moeten worden. Ze had er bij Laura Yates nota bene op aangedrongen om zowel op haar als op het rechtsstelsel te vertrouwen. Nu kon Kim de gedachte niet van zich afzetten dat Laura verraden was. Door allebei.

3

Vier minuten later reed Kim de oprit af in haar tien jaar oude Golf GTI. Ze gebruikte die alleen als het glad was op de weg of als de vuurspuwende Ninja een te afschrikwekkend middel zou zijn.

Haar gescheurde, met olie-, vet- en stofvlekken besmeurde spijkerbroek had ze verwisseld voor een zwarte werkbroek en een effen wit T-shirt. Ze droeg zwart gelakte schoenen met een kleine hak. Aan haar korte zwarte haar hoefde ze weinig tijd te besteden. Even met haar vingers erdoor en ze was klaar om te gaan.

Haar klant zou zich geen zorgen hoeven maken.

Ze reed naar het eind van de straat. Het voelde vreemd om de auto te besturen. Hoewel hij klein was, moest Kim zich concentreren op de ruimte tussen haar en de geparkeerde auto's waar ze langskwam. Zoveel metaal om haar heen voelde hinderlijk.

Op ongeveer anderhalve kilometer afstand van de bestemming drong een brandgeur de auto binnen via de ventilatieopeningen. De geur werd sterker terwijl ze verder reed. Een kilometer verder zag ze een grote rookpluim tot boven de heuvels van Clent reiken. Nog een halve kilometer en ze besefte dat ze er regelrecht naartoe ging.

Enkel door de Londense politie in grootte overtroffen, bewaakte de politie van de West Midlands een gebied van bijna 2,6 miljoen inwoners.

Black Country lag ten noorden en westen van Birmingham en was sinds de negentiende eeuw een van de meest geïndustrialiseerde regio's van het land geworden. De naam was te danken aan de steenkool die naar boven was gehaald en grote stukken grond zwart had gemaakt. De bijna tien meter dikke laag erts en steenkool was de dikste van heel Groot-Brittannië.

Het aantal werklozen in dit gebied was nu het op twee na hoogste van het land. Kleine criminaliteit en asociaal gedrag maakten een opmars.

De plaats delict lag net naast de hoofdweg die Stourbridge met Hagley verbond, een gebied waar normaal gesproken niet zoveel misdrijven werden gepleegd. De huizen die het dichtst bij de weg lagen, waren nieuwe klassieke villa's met glinsterende Romeinse zuilen en zwarte loodlijsten. Verderop lagen de huizen wat verder verspreid van elkaar en waren aanzienlijk ouder.

Kim parkeerde haar auto naast de afzetting, tussen twee brandweerwagens. Zonder iets te zeggen, zwaaide ze met haar identiteitsaart naar de agent die het afzetlint bewaakte. Hij knikte en tilde het lint op zodat ze eronderdoor kon duiken.

'Wat is er gebeurd?' vroeg ze aan de eerste brandweerman die ze tegenkwam.

Hij wees naar de overblijfselen van de eerste conifeer aan de rand van het terrein. 'De brand is daar begonnen en heeft zich, voordat wij hier aankwamen, verspreid over de meeste andere bomen.'

Kim zag dat van de dertien bomen die een grens rond het terrein vormden, alleen de twee bomen die het dichtst bij het huis stonden, onbeschadigd waren.

'Heb jij het lichaam ontdekt?'

Hij wees naar een brandweerman die op de grond zat en praatte met een agent. 'Zo'n beetje iedereen stond buiten naar alle commotie te kijken, maar in dit huis bleef het donker. Buren bevestigden dat de zwarte Range Rover van haar was en dat ze alleen woonde.'

Kim knikte en liep naar de brandweerman op de grond. Hij zag er bleek uit en ze bespeurde een lichte trilling in zijn rechterhand.

Een lijk ontdekken was nooit aangenaam, ongeacht de training die je had gehad.

'Heb je iets aangeraakt?' vroeg ze.

Hij dacht even na en schudde vervolgens zijn hoofd. 'De badkamerdeur stond open, maar ik ben niet naar binnen gegaan.'

Kim bleef even stilstaan bij de voordeur, reikte in de kartonnen doos die links van haar stond en pakte er blauwe plastic overschoenen uit.

Ze liep met twee treden tegelijk de trap op en ging de badkamer binnen. Ze zag onmiddellijk de patholoog Keats. Hij was een petieterig figuur met een volledig kale kop, die gesierd werd door een snor en een baard die eindigden in een punt onder zijn kin. Hij had de eer gehad om haar acht jaar geleden door haar eerste autopsie te loodsen.

'Hé rechercheur,' zei hij terwijl hij om zich heen keek. 'Waar is Bryant?'

'Jezus, we zitten niet aan elkaar vast, hoor.'

'Klopt, maar jullie zijn net een Chinees gerecht. Varkensvlees met zoetzure saus... maar zonder Bryant ben je enkel zuur...'

'Keats, hoe goedgehumeurd denk je dat ik ben op dit tijdstip?'

'Om eerlijk te zijn is jouw gevoel voor humor altijd ver te zoeken.'

O, wat wilde ze graag iets onaardigs terugzeggen. Als ze wilde, kon ze iets zeggen over het feit dat de vouwen in zijn zwarte broek niet helemaal recht waren. Of ze kon hem erop wijzen dat de kraag van zijn hemd enigszins gerafeld was. Ze zou zelfs de kleine bloedvlek op de achterkant van zijn jas kunnen noemen.

Maar op dit moment lag er een naakt lichaam tussen hen in, dat haar volledige aandacht eiste.

Kim liep langzaam dichter naar het bad, terwijl ze probeerde om niet uit te glijden over het water dat door twee mannen in witte pakken op de grond was geknoeid.

Het vrouwenlichaam lag deels onder water. Haar ogen waren open en haar blondgeverfde haren waaierden uit in het water en omlijstten haar gezicht.

Haar lichaam dreef, waardoor het bovenste deel van haar borsten boven water uitstaken.

Kim schatte de vrouw halverwege de veertig tot eind veertig, maar ze zag er goed uit voor haar leeftijd. Haar bovenarmen leken gespierd, maar hingen slap in het water. Haar teennagels waren zachtroze gelakt en op haar benen was geen stoppel te zien.

De hoeveelheid water op de vloer duidde erop dat er een worsteling was geweest en dat de vrouw had gevochten voor haar leven.

Kim hoorde dreunende voetstappen op de trap.

'Rechercheur Stone, wat een aangename verrassing.'

Kim kreunde. Ze herkende die stem, evenals het sarcasme dat van de woorden afdroop.

'Rechercheur Wharton, het genoegen is geheel mijnerzijds.'

De twee hadden een paar keer samengewerkt en ze had haar minachting voor hem nooit onder stoelen of banken gestoken. Hij was een streber, die zo snel mogelijk hogerop wilde komen. Hij had geen enkele interesse in het oplossen van zaken, alleen maar in het verhogen van zijn score.

Zijn laatste vernedering was toen zij eerder dan hij rechercheur was geworden. Na haar vroege promotie had hij besloten om te verhuizen en een overstap te maken naar West Mercia: een kleinere afdeling met minder onderlinge competitie.

'Wat doe jij hier? Je weet maar al te goed dat dit een zaak is voor West Mercia.'

'En jij weet donders goed dat dit precies op de grens ligt en ik hier als eerste was.'

Instinctief ging ze voor het bad staan. Het slachtoffer kon wel zonder een extra paar nieuwsgierige ogen dat haar van top tot teen inspecteerde.

'Het is mijn zaak, Stone.'

Kim schudde haar hoofd en sloeg haar armen over elkaar. 'Ik ga geen kant op, Tom.' Ze kantelde haar hoofd. 'We zouden er eventueel een gezamenlijk onderzoek van kunnen maken. Maar ik was hier als eerste, dus heb ik de leiding.'

Zijn smalle, verachtelijke gezicht werd rood. Hij zou nog liever zijn eigen ogen uitsteken met een roestige lepel dan dat hij aan haar verantwoording zou afleggen.

Ze bekeek hem van top tot teen. 'En mijn eerste opdracht zou zijn om de plaats delict met de juiste beschermkleding te betreden.' Hij keek omlaag naar haar voeten en toen naar zijn eigen, onbeschermde schoenen. *Haastige spoed is zelden goed*, dacht ze bij zichzelf.

Met zachte stem zei ze: 'Dit is geen wedstrijdje verplassen, Tom.'

Hij gaf haar een minachtende blik voordat hij zich omdraaide en de badkamer uit stormde.

Kim richtte haar aandacht weer op het lichaam.

'Je zou hebben gewonnen,' zei Keats kalm.

'Huh?'

Zijn ogen glinsterden van plezier. 'Die verplaswedstrijd.'

Kim knikte. Ze wist het.

'Kunnen we haar hier al weghalen?'

'Nog een paar close-ups van haar borstbeen.'

Met die woorden richtte een van de forensisch onderzoekers zijn camera met een lens die even lang was als een uitlaatpijp op de borsten van de vrouw.

Kim leunde dichterbij en merkte twee plekjes boven elke borst op.

'Onder water geduwd?'

'Ik denk het wel. Voorlopig onderzoek brengt geen andere verwondingen aan het licht. Ik kan je vast meer vertellen na de autopsie.'

'Enig idee hoe lang ze hier al ligt?'

Kim zag geen sporen van een leversonde, dus vermoedde ze dat hij de rectale thermometer had gebruikt voordat zij hier was.

Ze wist dat de lichaamstemperatuur in het eerste uur zo'n 1,5 graad Celcius zakte. In de uren die volgden, was dat tussen de 1,5 en 1,0 graad. Ze wist ook dat de daling beïnvloed werd door een hoop andere factoren, niet in het minst door het feit dat het slachtoffer naakt was en ondergedompeld in afgekoeld water lag.

Hij haalde zijn schouders op. 'Ik laat hier later meer berekeningen op los, maar ik schat niet langer dan twee uur.'

'Wanneer kan je...'

'Ik heb een zesennegentigjarige dame die tijdens een dutje in haar leunstoel is overleden en een zesentwintigjarige man die nog steeds een naald in zijn arm heeft zitten.'

'Niets dringends dus?'

Hij wierp een blik op zijn horloge. 'In de middag?'

'Acht uur 's ochtends,' reageerde ze.

'Tien uur en niet eerder' gromde hij. 'Ik ben een mens en heb zo nu en dan rust nodig.'

'Perfect,' zei ze. Dat was precies de tijd die ze in gedachten had. Het gaf haar de mogelijkheid om haar team in te lichten en iemand opdracht te geven om mee te werken aan deze zaak.

Kim hoorde opnieuw voetstappen op de trap. Het geluid van een moeizame ademhaling kwam steeds dichterbij.

'Brigadier Travis,' zei ze, zonder zich om te draaien. 'Wat is er?'

'Agenten doorzoeken het gebied. De eerste agent ter plaatse heeft de buren ondervraagd, maar het eerste wat zij zagen was de komst van de brandweer. Het alarmnummer werd gebeld door een voorbijganger op een motor.'

Kim draaide zich om en knikte. De eerste agent ter plaatse had goed werk verricht door de plaats delict veilig te stellen voor het forensisch team en mogelijke getuigen te verzamelen, maar de huizen lagen een eind van de weg en waren van elkaar gescheiden door een kwart hectare. Niet echt een walhalla voor de nieuwsgierige buur.

'Ga verder,' zei ze.

'Toegangspunt was een ingeslagen glasplaat in de achterdeur en de brandweerofficier heeft vastgesteld dat de voordeur niet op slot zat.'

'Hmmm... interessant.'

Ze knikte dankbaar en liep de trap af.

Eén technicus inspecteerde de gang en een andere bepoederde de achterdeur, op zoek naar vingerafdrukken. Op de ontbijtbar stond een designerhandtas. Kim had geen flauw idee waar de gouden monogram op de sluiting voor stond. Ze gebruikte nooit een handtas, maar hij zag er duur uit.

Een derde technicus kwam binnen vanuit de naastgelegen eetkamer. Hij knikte naar de tas. 'Niets meegenomen. Creditcards en contant geld zijn niet aangeraakt.

Kim knikte en liep het huis uit. Bij de voordeur deed ze haar wegwerpoverschoenen uit en legde ze in een tweede kartonnen doos. Alle beschermende kleding van de plaats delict zou worden meegenomen en later op sporen worden onderzocht.

Ze dook onder het afzetlint door. Eén brandweerwagen bleef paraat staan tot de brand volledig was geblust. Vuur was vlug: slechts één onopgemerkt vonkje kon deze plek binnen enkele minuten in vuur en vlam zetten.

Ze leunde tegen de auto en probeerde het grotere plaatje te overzien.

Teresa Wyatt woonde alleen. Het leek erop dat er niets was meegenomen, of zelfs maar was verplaatst.

De moordenaar had ongestoord kunnen vertrekken in de wetenschap dat het lichaam op z'n vroegst de volgende morgen pas zou worden ontdekt en toch was de boel in brand gestoken om de aandacht van de politie te trekken.

Nu moest Kim alleen nog uitvinden waarom.

4

Om halfacht 's morgens parkeerde Kim de Ninja op het politiebureau van Halesowen, vlak bij de ringweg die rond een stadje met een klein winkelcentrum en een universiteit liep. Het bureau bevond zich op geringe afstand van het kantongerecht; handig, maar vreselijk voor het declareren van onkosten.

Het gebouw bestond uit drie verdiepingen en was net zo saai en ongastvrij als elk ander overheidsgebouw dat van belastinggeld was gebouwd.

Ze baande zich een weg naar het recherchekantoor zonder iemand goedemorgen te wensen en niemand deed dat bij haar. Kim was zich bewust van haar reputatie als kille, sociaal onhandige en emotieloze vrouw. Dit beeld weerhield collega's ervan alledaagse onzingesprekjes te voeren en dat wilde ze graag zo houden.

Zoals gewoonlijk kwam zij 's ochtends als eerste aan op kantoor en zette zij dus het koffiezetapparaat aan. De ruimte bevatte vier bureaus die in twee aan twee tegenover elkaar stonden. De bureaus waren een kopie van elkaar, met elk een computerscherm en niet bij elkaar passende brievenbakjes.

Drie bureaus werden altijd door dezelfde mensen bezet, maar het vierde was onbemand sinds een paar maanden geleden het team was ingekrompen. Die plek nam zij tegenwoordig meestal in beslag, in plaats van dat ze in haar eigen kantoor ging zitten.

De werkplek met Kims naam erop werd meestal De Kom genoemd.

Het was niets meer dan een gedeelte in de verre rechterhoek dat met gipsplaat en glas was afgescheiden van de rest van het vertrek.

Het was een ruimte die ze af en toe gebruikte voor haar 'individuele prestatierichtlijn', beter bekend als 'zeikuurtje'.

'Morgen, baas,' zei rechercheur Wood terwijl ze in haar stoel gleed. Hoewel haar familie half Engels, half Nigeriaans was, had Stacey nog nooit een voet buiten het Verenigd Koninkrijk gezet. Haar stugge zwarte haar was kortgeknipt nadat haar laatste hairextensions waren verwijderd. Het kapsel paste goed bij haar gladde karamelkleurige huid.

Staceys werkruimte was overzichtelijk en leeg. Alles wat niet in de geëtiketteerde brievenbakjes hoorde, lag in nette stapels aan de bovenrand van haar bureau.

Even later kwam rechercheur Bryant binnen en mompelde 'Morgen, baas,' terwijl hij een snelle blik in De Kom wierp. Zijn 1 meter 82 lange verschijning was keurig, alsof zijn moeder hem had aangekleed voor zondagsschool.

Zijn colbert belandde meteen op de leuning van zijn stoel. Tegen het einde van de dag zou zijn stropdas niet meer zo strak om zijn nek zitten, zou het bovenste knoopje van zijn overhemd zijn losgemaakt en zouden zijn mouwen zijn opgestroopt tot net onder zijn ellebogen.

Ze zag hoe hij naar haar bureau keek, op zoek naar een koffiemok. Toen hij zag dat ze al koffie had gepakt, vulde hij de mok met daarop de tekst ''s Werelds beste taxichauffeur'; een cadeautje van zijn negentienjarige dochter.

Zijn archivering volgde een systeem dat niemand anders begreep, maar Kim ontving altijd binnen enkele seconden het formulier waar ze om vroeg. Op zijn bureau stond een ingelijste foto van hem en zijn vrouw, die op hun vijfentwintigste huwelijksdag was genomen. In zijn portemonnee bewaarde hij een foto van zijn dochter.

Rechercheur Kevin Dawson, het derde lid van het team, had geen foto van een speciaal iemand op zijn bureau. Als hij een foto had willen uitstallen van de persoon voor wie hij de meeste genegenheid voelde, dan zou hij de hele dag begroet worden door zijn eigen verschijning.

'Sorry dat ik te laat ben, baas,' riep Dawson, terwijl hij in de stoel tegenover Wood gleed. Het team was nu compleet.

Strikt genomen was hij niet te laat. De dienst begon pas om acht uur, maar ze wilde graag dat ze allemaal op tijd waren voor een briefing, vooral bij de start van een nieuwe zaak. Kim hield er niet van om zich aan een vast rooster te houden, en mensen die dat wel deden, hielden het in haar team niet lang vol.

'Hé Stacey, ga je nog koffie voor me halen of hoe zit het?' vroeg Dawson terwijl hij zijn mobiel checkte op berichten.

'Tuurlijk, Kev, hoe wil je je koffie hebben: melk, twee suikerklontjes en in je schoot gegooid?' vroeg ze liefjes, met haar sterke Black Country accent.

'Stace, wil jij koffie?' vroeg hij, terwijl hij opstond; heel goed wetend dat ze dat spul niet aanraakte. 'Je zal wel moe zijn na een nacht tovenaars bestrijden,' grapte hij, verwijzend naar Staceys verslaving aan het online spel *World of Warcraft*.

'Nou, Kev, ik kreeg een krachtige spreuk van een machtige priesteres waarmee ik een volwassen man in een vreselijke eikel kan veranderen – maar het lijkt erop dat iemand me al voor is geweest.'

Dawson legde zijn hand op zijn buik en lachte overdreven nep.

'Baas,' riep Bryant over zijn schouder. 'De kinderen doen weer vervelend.' Hij draaide zich weer naar hen om en stak een vermanende vinger op. 'Wacht maar tot jullie moeder dit hoort.'

Kim rolde met haar ogen en ging aan het reservebureau zitten, popelend om te beginnen. 'Oké, Bryant, jij deelt de verklaringen uit. Kevin, jij bemant het whiteboard.'

Dawson pakte de markeerstift en ging naast het whiteboard staan dat de gehele achterwand in beslag nam.

Terwijl Bryant het papierwerk verdeelde, sprak ze over de gebeurtenissen die eerder die ochtend hadden plaatsgevonden.

'Ons slachtoffer heet Teresa Wyatt, was zevenenveertig jaar oud en een bijzonder gewaardeerde directeur van een privéschool voor jongens in Stourbridge. Niet getrouwd, geen kinderen. Ze was bemiddeld maar niet stinkend rijk en had geen vijanden, althans, niet dat wij weten.'

Kev verwerkte de informatie met opsommingstekens onder het kopje 'Slachtoffer'.

Bryants telefoon ging. Hij wisselde een paar woorden voordat hij de hoorn neerlegde en Kims kant op knikte. 'Woody wil jou spreken.'

Ze negeerde hem. 'Kev, noteer een tweede kopje, "Misdaad". Geen moordwapen, geen overval, tot nu toe geen forensisch onderzoek en geen aanwijzingen.

Volgende kopje, "Motief". Mensen worden normaal gesproken vermoord om iets wat ze hebben gedaan, iets wat ze doen of iets wat ze zullen gaan doen. Voor zover wij weten, hield ons slachtoffer er geen gevaarlijke activiteiten op na.'

'Eh...baas, de hoofdcommissaris wil u spreken.'

Kim nam nog een grote slok van haar verse koffie. 'Geloof me, Bryant, hij vindt me leuker als ik koffie heb gedronken. Kev, de autopsie is om tien uur. Stace, verzamel zo veel mogelijk informatie over ons slachtoffer. Bryant, neem contact op met de school en laat ze weten dat we langskomen.'

'Baas...'

Kim dronk haar mok leeg. 'Rustig maar, mam, ik ga al.'

Ze liep met twee treden tegelijk de trap op naar de derde verdieping en klopte zachtjes voordat ze naar binnen ging.

Hoofdinspecteur Woodward was een corpulente man van halverwege de vijftig. Zijn gladde donkere huid, die doorliep over zijn haarloze hoofd, had hij te danken aan zijn gemengde komaf. Zijn zwarte broek en witte overhemd waren onberispelijk en hadden vouwen op precies de juiste plekken. De leesbril op het puntje van zijn neus wist zijn vermoeide ogen erachter niet te verbergen.

Hij wenkte haar naar binnen en wees naar een stoel, waarvandaan ze goed zicht had op een glazen kast met daarin zijn verzameling modelauto's.

De onderste plank bevatte een selectie klassieke Britse modellen en de bovenste plank toonde de geschiedenis van politieauto's door de eeuwen heen. Er stond een MG TC uit de jaren veertig, een Ford Anglia, een Black Maria-politiebusje en een Jaguar XJ40, die de voornaamste plek in het midden innam.

Rechts van de kast hing een foto aan de muur van Woody die de hand van Tony Blair schudde. Rechts daarvan hing een foto van zijn oudste zoon, Patrick, in vol ornaat, vlak voordat hij werd uitgezonden naar Afghanistan. Hij droeg precies datzelfde uniform op zijn eigen begrafenis, vijftien maanden later.

Woody beëindigde zijn telefoongesprek en greep direct naar het stressballetje dat op de rand van zijn bureau lag. Hij spande en ontspande zijn rechterhand rond het kleiballetje. Kim bedacht ineens dat hij opvallend vaak naar het balletje reikte als zij in de buurt was.

'Wat hebben we tot nu toe?'

'Heel weinig, meneer. We waren zojuist het onderzoek aan het uitzetten toen u me vroeg hier te komen.

Zijn knokkels werden wit rond het balletje, maar hij negeerde haar steek onder water.

Haar ogen dwaalden af naar rechts van zijn oor, naar zijn nieuwste project op de vensterbank. Het was een Rolls Royce Phantom, waaraan al dagen niets meer gedaan was.

'Ik hoorde dat je een woordenwisseling had met rechercheur Wharton?'

De tamtam was snel geweest. 'We hebben beleefdheden uitgewisseld bij het lichaam.'

Er klopte iets niet aan het model. Zo op het oog leek de wielbasis veel te lang.

Hij kneep harder in het balletje. 'Zijn hoofdcommissaris heeft contact opgenomen. Er is een officiële klacht tegen je ingediend en zij willen de zaak.'

Kim rolde met haar ogen. Kon die onderkruiper niet eens zijn eigen boontjes doppen?

Ze moest zich in bedwang houden om niet naar de Rolls Royce te grijpen en het mankement zelf te herstellen.

Ze keek weer terug, recht in de ogen van de commissaris. 'Maar die krijgen ze toch niet, meneer?'

Hij hield haar een lang moment met zijn blik gevangen. 'Nee, Stone, dat klopt, maar een officiële klacht staat niet erg goed in je dossier en eerlijk gezegd word ik een beetje moe van het feit dat ik ze blijf ontvangen.' Hij verplaatste het balletje naar zijn linkerhand. 'Dus ik ben benieuwd naar met wie je deze keer gaat samenwerken.'

Kim voelde zich als een kind dat gevraagd werd een nieuw beste vriendin uit te kiezen. In haar laatste functioneringsgesprek was slechts één verbeterpunt naar voren gekomen: vriendelijk zijn voor anderen.

'Heb ik een keuze?'

'Wie zou je dan kiezen?'

'Bryant.'

Een minuscuul glimlachje verscheen rond zijn lippen. 'In dat geval: ja, je mag kiezen.'

Er was dus helemaal geen keuze, dacht ze. Bryant kon eventuele schade beperken en met het naburige politiekorps dat in haar nek hijgde, nam Woody geen enkel risico; hij wilde dat een verantwoordelijke volwassene een oogje op haar hield.

Ze had op het punt gestaan haar baas wat advies te geven waardoor hem een urenlange ontmanteling van de achteras van de Rolls bespaard zou blijven, maar bedacht zich snel.

'Nog iets, meneer?'

Woody legde het stressballetje terug en deed zijn bril af. 'Hou me op de hoogte.

'Uiteraard.'

O, en Stone...'

Ze draaide zich om in de deuropening.

'Gun je team af en toe wat rust. Niet iedereen laadt zich net zoals jij op aan een USB-poort.'

Kim liep zijn kantoor uit en vroeg zich af hoeveel tijd het hem had gekost om die grap te bedenken.

5

Kim liep door de gangen van Saint Joseph's achter Courtney, de receptioniste, aan naar het kantoor van de waarnemend directeur. Kim verwonderde zich over de vaardigheid van de vrouw om zich zo snel voort te bewegen op haar hakken van tien centimeter.

Bryant zuchtte bij elk lokaal dat ze passeerden. 'Dit was me nog eens een tijd, vind je ook niet?'

'Nee.'

Ze liepen een lange gang in op de tweede verdieping en werden naar een kantoor geleid met een bleke rechthoek op de deur waar het naamplaatje al was weggehaald.

De man achter het bureau stond op. Hij droeg een duur pak en een hemelsblauwe, zijden das. Het zag er prijzig uit. Zo te zien aan de doffe, zwarte kleur van zijn haar, was het pasgeleden geverfd.

Hij stak zijn hand uit over het bureau. Kim wendde zich af en inspecteerde wat er aan de muren hing. Certificaten en memorabilia waar de naam Teresa Wyatt op stond, waren al weggehaald.

Bryant schudde de uitgestoken hand.

'Bedankt dat u ons wilde ontvangen, meneer Whitehouse.'

'Ik heb begrepen dat u "plaatsvervangend" directeur bent,' zei Kim.

Hij knikte en ging zitten. 'Ik neem nu de taken waar als directeur, en als ik op wat voor manier dan ook kan helpen bij het onderzoek...'

'O, dat kunt u zeker,' viel Kim hem in de rede. Er was iets onoprechts aan zijn manier van doen. Te ingestudeerd. Het feit dat hij nu al het kantoor van Teresa Wyatt had ingenomen en alle sporen van haar bestaan had weggehaald, was op z'n zachtst gezegd smakeloos. De vrouw was nog geen twaalf uur dood. Kim durfde te wedden dat hij zijn curriculum vitae al had bijgewerkt.

'We willen graag een lijst met alle stafleden. Zorg er alstublieft voor dat ze beschikbaar zijn om in alfabetische volgorde met ons te spreken.'

Het verstrakken van zijn kaken duidde erop dat hij er niet zo van gediend was om bevelen op te volgen. Kim vroeg zich heel even af of dat bij alle vrouwen het geval was, of alleen bij haar.

Hij keek omlaag. 'Natuurlijk. Ik zorg ervoor dat Courtney dit direct voor jullie regelt. Ik heb een kamer verderop in deze gang voor jullie beschikbaar gesteld die uitermate geschikt zal zijn voor de gesprekken.'

Kim keek om zich heen en schudde haar hoofd. 'Nee, ik denk dat het hier ook wel gaat lukken.'

Hij opende zijn mond om te reageren, maar zijn goede manieren weerhielden hem ervan om nu al volledig beslag te leggen op het kantoor.

Whitehouse verzamelde wat spullen van zijn bureau en liep richting de deur. 'Courtney komt er zo aan.'

Toen de waarnemend directeur de deur achter zich sloot, grinnikte Bryant.

'Wat?' vroeg ze terwijl ze in de stoel achter het bureau ging zitten.

'Niets, hoor, baas.'

Hij verplaatste een van de stoelen naar de zijkant van het bureau en ging zitten.

Met een kritisch oog bekeek Kim de plek van de overgebleven stoel die bedoeld was voor de ondervraagden.

'Schuif die eens een beetje naar achteren.'

Bryant verplaatste de stoel zodat die dichter bij de deur kwam te staan. Hulpeloos. Er was nu niets om op te steunen of tegenaan te leunen. Zo kon ze goed de lichaamstaal observeren.

Er werd zachtjes op de deur geklopt. 'Kom binnen!' riepen ze allebei in koor.

Courtney kwam binnen met een velletje papier en een moeizame glimlach. Het leek erop dat meneer Whitehouse niet zo heel erg geliefd was.

'Meneer Addlington staat buiten te wachten, mocht u zover zijn...'

Kim knikte. 'Laat hem binnen, alstublieft.'

'Kan ik nog iets voor jullie halen? Koffie, thee?'

'Dat kunt u zeker. Koffie voor ons allebei.'

Courtney was alweer teruggelopen naar de deur toen Kim eraan dacht. 'Bedankt, Courtney.'

Courtney knikte en hield de deur open voor de eerste ondervraagde.

6

Om kwart over drie 's middags, na twaalf identieke ondervragingen, legde Kim haar hoofd met een bons op het bureau. Er was iets bevredigends aan het geluid van haar schedel tegen het hout.

'Ik snap wat je bedoelt, baas,' zei Bryant. 'Lijkt erop dat we een heuse heilige in het mortuarium hebben liggen.'

Hij haalde een pakje keelpastilles met menthol-eucalyptussmaak uit zijn zak. Volgens haar telling was het z'n vijfde.

Twee jaar geleden had de dokter hem na een luchtweginfectie gezegd te stoppen met zijn gewoonte van dertig sigaretten per dag. In een poging om van zijn heftige hoest af te komen had Bryant de snoepjes constant genomen. Hij rookte nu niet meer, maar was in plaats daarvan verslaafd aan keelpastilles.

'Je moet echt minderen met die dingen, weet je.'

'Vandaag nog niet, baas.'

En net als een verstokte roker, ging hij zich er meer aan te buiten als hij gestrest was of verveeld.

'Wie is de volgende?'

Bryant keek op de lijst. 'Joanna Wade, docent Engels.'

Kim rolde met haar ogen toen de deur openging. Er kwam een vrouw binnen die een getailleerde zwarte broek droeg en een lila zijden blouse. Haar lange blonde haar was bijeengebonden in een paardenstaart, waardoor goed te zien was dat ze een krachtige, hoekige kaaklijn had en weinig make-up droeg.

Ze ging zitten zonder zich voor te stellen en kruiste haar enkels over elkaar. Haar handen legde ze netjes in haar schoot.

'We zullen u niet te lang ophouden, mevrouw Wade. We willen u alleen een paar vragen stellen.'

'Juffrouw.'

'Pardon.'

'Het is juffrouw, rechercheur, niet mevrouw, maar noem me maar Joanna.'

Ze sprak met zachte, kalme stem en een licht accent uit het noorden.

'Dank u, juffrouw Wade. Hoe lang hebt u directeur Wyatt gekend?'

De docent glimlachte. 'Zij heeft me bijna drie jaar geleden aangenomen.'

'Hoe was de werkrelatie tussen u beiden?'

Juffrouw Wade fixeerde haar blik op Kim en hield haar hoofd een beetje schuin. 'Werkelijk, rechercheur, geen introductie?'

Kim negeerde de hint en staarde terug.

'Wilt u alstublieft antwoord geven op de vraag?'

'Natuurlijk. We hadden een redelijk goede werkrelatie. Niet zonder ups en downs, maar volgens mij is dat tussen de meeste vrouwen zo. Teresa was een zeer scherpzinnige directeur, met starre denkbeelden en overtuigingen.'

'Op wat voor manier?'

'De manier van lesgeven is veranderd sinds Teresa voor de klas stond. Het vergt vaak creativiteit om jonge, levendige geesten iets te leren. We hebben ons allemaal proberen aan te passen aan een veranderende cultuur, maar Teresa geloofde dat rustig, gedisciplineerd leren vanuit boeken de enige goede manier was en iedereen die wat anders probeerde werd op de vingers getikt.'

Terwijl Joanna Wade praatte, beoordeelde Kim haar lichaamstaal als open en eerlijk. Het viel haar ook op dat de vrouw niet één keer naar Bryant had gekeken.

'Kunt u me een voorbeeld geven?'

'Een paar maanden geleden leverde een van mijn leerlingen een paper in, waarbij de helft van de tekst uit afkortingen bestond die meestal gebruikt worden voor sms'jes en berichten op Facebook. Ik heb alle 23 studenten hun mobieltje uit hun kluisje laten halen, en daarna gaf ik ze opdracht om elkaar tien minuten lang te sms'en in grammaticaal correct Engels met de juiste interpunctie. Dit voelde heel vreemd voor ze en ze snapten allemaal het punt.'

'En dat was?'

'Dat manieren van communicatie onderling niet uitwisselbaar zijn. Sindsdien is het niet meer voorgekomen.'

'En Teresa was hier niet blij mee?'

Juffrouw Wade schudde haar hoofd. 'Volstrekt niet. Ze vond dat de jongen om wie het ging had moeten nablijven; dat de boodschap dan duidelijker was geweest. Ik waagde dat te betwijfelen en Teresa noteerde dat als ongehoorzaamheid in mijn dossier.'

'Dit is niet het beeld dat andere stafleden schetsen, juffrouw Wade.'

De vrouw haalde haar schouders op. 'Ik kan niet voor anderen spreken, maar ik zou zeggen dat hier docenten zijn die het hebben opgegeven. Hun manieren om tot jongeren door te dringen werken niet meer en ze proberen gewoon maar hun hoofd boven water te houden tot hun pensioen. Ze nemen er genoegen mee om ongeïnspireerd en oninspirerend te blijven. Ik niet.' Weer hield ze haar hoofd schuin en een klein glimlachje trok aan haar mond. 'De tieners van tegenwoordig leren om de schoonheid en finesse van de Engelse taal te laten inzien is een hele uitdaging. Maar ik geloof stellig dat je nooit een uitdaging uit de weg moet gaan, nietwaar, rechercheur?'

Bryant kuchte.

Kim glimlachte zuinig terug naar haar. Het zelfvertrouwen en de openheid van de vrouw waren verfrissend na twaalf keer dezelfde antwoorden. Het schaamteloze geflirt was amusant.

Kim leunde naar achteren. 'Wat kunt u me vertellen over Teresa de vrouw?'

'Wilt u dat ik me bij de rest schaar en de politiek correcte grafspreuk oplepel die de pas overledene zal krijgen, of mag ik eerlijk zijn?'

'We zouden uw eerlijkheid op prijs stellen.'

Juffrouw Wade kruiste haar benen weer over elkaar. 'Als schooldirecteur was Teresa gedreven en gefocust. Als vrouw vond ik haar een behoorlijk egoïstisch mens. Zoals u ziet staan er geen foto's op haar bureau van iets of iemand waar ze om gaf. Ze vond het geen enkel probleem om stafleden hier te houden tot acht of negen uur.

Ze besteedde veel tijd aan het bezoeken van spa's, het kopen van merkkleding en het boeken van dure vakanties.'

Bryant maakte een paar aantekeningen.

'Is er nog iets wat volgens u van belang kan zijn bij het onderzoek?'

De vrouw schudde haar hoofd.

'Dank u voor uw tijd, juffrouw Wade.'

De vrouw leunde naar voren. 'Als u een alibi nodig hebt, rechercheur, ik was bij Liberty Gym mijn yogahoudingen aan het oefenen. Heel erg goed voor soepele spieren. Als u geïnteresseerd bent, ik ben daar elke donderdagavond.'

Kim keek haar aan. De heldere blauwe ogen glinsterden uitdagend. Ze slenterde naar het bureau en hield haar een visitekaartje voor.

Kim kon niet anders dan haar hand uitsteken. De vrouw legde het kaartje in Kims palm en schudde haar vervolgens de hand. Haar aanraking was koel en stevig. Haar vingers gleden over Kims palm terwijl ze haar hand terugtrok.

'Hier is m'n nummer. Voel u vrij om me te bellen als ik verder nog iets kan betekenen.'

'Dank u, juffrouw Wade, u hebt ons goed geholpen.'

'Jezus, baas,' zei Bryant toen de deur dichtging. 'Je had geen handleiding nodig om die signalen te begrijpen.'

Kim haalde haar schouders op. 'Je hebt het of je hebt het niet.'

Ze stopte het kaartje in haar jaszak. 'Nog iemand?'

'Nee, zij was de laatste.'

Ze stonden allebei op. 'Dat was het voor vandaag. Ga naar huis en rust wat uit,' zei Kim.

Ze had het gevoel alsof ze dat nodig zouden hebben.

7

'Oké, mensen, ik hoop dat jullie allemaal zijn uitgerust en jullie geliefden vaarwel gekust hebben.'

'Ja hoor, geen sociaal leven meer, de komende tijd,' bromde Dawson. 'Er verandert dus niets voor Stacey, maar de rest van ons heeft wel een leven.'

Kim negeerde hem. Voorlopig. 'De VOB's willen deze zaak voor het eind van de week opgelost hebben.'

Ze wisten allemaal dat haar acroniem stond voor Volstrekt Onredelijke Bobo. Afhankelijk van haar humeur veranderde ze het laatste woord soms.

Dawson zuchtte. 'Wat als onze moordenaar die memo niet gekregen heeft, baas?' vroeg hij, terwijl hij op zijn mobiel keek.

'Dan arresteer ik je komende vrijdag en geloof me, ik hou me daaraan.'

Dawson lachte.

Ze bleef serieus. 'Ga zo door, Kev, en het is geen grapje meer. Goed, wat weten we van de autopsie?'

Hij haalde zijn notitieboekje tevoorschijn. 'Longen zaten vol water, beslist verdronken. Twee kneuzingen vlak boven haar borsten. Geen teken van aanranding, maar lastig te zeggen.'

'Nog iets?'

'Yep, haar avondmaal was kipkorma.'

'Geweldig, dat betekent een doorbraak in het onderzoek.'

Dawson haalde zijn schouders op. 'Niet echt veel uit op te maken, baas.'

'Bryant?'

Hij verschoof een paar vellen papier, maar Kim wist dat alle informatie al in zijn hoofd zat.

'De buurt is gisteren weer ondervraagd, maar niemand van de buren heeft iets gezien of gehoord. Een aantal van hen kenden haar van gezicht, maar het lijkt erop dat ze niet van de koffiekransjes was. Niet echt een gezellig type.'

'O, daar heb je het motief. Vermoord om haar gebrek aan gemeenschapszin.'

'Er zijn lui voor minder om het leven gebracht, baas,' reageerde Bryant, en ze moest hem gelijk geven. Drie maanden geleden hadden ze de moord op een mannelijke verpleger onderzocht, die bleek omgebracht voor twee blikjes bier en het kleingeld in zijn zak.

'Nog meer?'

Bryant pakte een ander vel papier. 'Nog niets van het forensisch onderzoek. Blijkbaar waren er geen voetsporen en het vezelonderzoek is net gestart.'

Kim dacht aan het uitwisselingsprincipe van Locard. Volgens die theorie liet de dader van een misdrijf altijd iets achter en nam hij iets mee. Dat kon van alles zijn; van een haar tot slechts een vezel. De kunst was om het te vinden. En met een plaats-delict die onder de voet gelopen was door acht brandweerlieden en een badkamer vol water, lagen de sporen niet voor het oprapen.

'Afdrukken?'

Bryant schudde zijn hoofd. 'En we weten allemaal dat het moordwapen een paar handen was, dus het is niet erg waarschijnlijk dat we die in de bosjes vinden.'

'In CSI gaat het anders, dat weet je, baas,' zei Stacey. 'Ook niets op haar telefoon. Alle inkomende en uitgaande gesprekken zijn van St Joseph of lokale restaurants. Haar contactpersonenlijst is niet zo heel lang.'

'Helemaal geen vrienden of familie?'

'In elk geval niemand met wie ze veel contact onderhield. Ik heb de gegevens van haar vaste lijn opgevraagd en haar laptop is onderweg. Misschien worden we daar wijzer van.'

Kim gromde. 'Dus in feite zijn we 36 uur verder en we hebben nog geen reet. We weten niets over deze vrouw.'

Bryant stond op. 'Eén momentje, baas,' zei hij en liep het vertrek uit.

Ze rolde met haar ogen. 'Oké, terwijl Bryant zijn neus poedert, vatten wij de boel samen.' Ze keek naar het whiteboard, waar niet veel meer informatie op stond dan een dag geleden.

'We hebben een ambitieuze, hard werkende vrouw van achter in de veertig, Ze was niet heel erg sociaal en geliefd. Ze woonde alleen, had geen huisdieren en geen familiebanden. Ze was niet betrokken bij gevaarlijke activiteiten en lijkt geen enkele hobby of interesse gehad te hebben.'

'Dat is niet helemaal waar,' zei Bryant, terwijl hij plaatsnam op zijn stoel. 'Kennelijk was ze zeer geïnteresseerd in een archeologische opgraving ergens in Rowley Regis, waar onlangs toestemming voor gegeven was.'

'En hoe weet je dit?'

'Ik sprak net met Courtney.'

'Courtney wie?'

'Courtney die ons gisteren de hele dag koffie bracht. Ik vroeg of ons slachtoffer de afgelopen weken met een opvallend iemand had gesproken. Courtney was gevraagd om het nummer te achterhalen van ene professor Milton aan Worcester College.'

'Ik heb daar iets over op het regionale nieuws gezien,' zei Stacey. 'Die professor probeerde al een eeuwigheid toestemming te krijgen om aan de slag te gaan op die plek. Het is niet meer dan een grasveld sinds de brand in dat oude kindertehuis, maar er schijnen munten begraven te liggen. Hij heeft bijna twee jaar bezwaren aangevochten, maar kreeg deze week eindelijk groen licht. Het was op het landelijke nieuws vanwege het lange getouwtrek.'

Eindelijk werd Kim wat enthousiaster. Interesse tonen in een lokale activiteit was natuurlijk nog geen bewijs, maar het was meer dan ze tien minuten geleden hadden.

'Oké, jullie twee blijven graven, sorry voor de woordspeling. Bryant, start de Batmobiel.'

Dawson slaakte een diepe zucht.

Kim greep haar jas en bleef bij Dawsons bureau staan. 'Stace, moet je niet even naar het toilet?'

'Nee, baas, ik hoef niet...'

'Stacey, wegwezen hier.'

Tact en diplomatie waren bedacht door iemand met te veel vrije tijd.

'Kev, leg je telefoon even weg en luister. Ik weet dat je het momenteel moeilijk hebt, maar je hebt het toch echt zelf veroorzaakt. Als je je lul nog een paar weken in je broek had weten te houden, was je nu gelukkig met je vriendin en pasgeboren dochtertje en logeerde je niet bij je moeder.'

Het was niet Kims gewoonte om zachtzinnig om te gaan met haar teamleden. Ze had al genoeg moeite met vriendelijk zijn tegen het grote publiek.

'Het was een stomme vergissing toen ik dronken was tijdens een vrijgezellenfeest...'

'Sorry hoor, Kev, maar dat is jouw probleem, niet het mijne. En als je niet stopt met pruilen als een klein meisje elke keer dat je je zin niet krijgt, dan zal dat bureau daar niet meer als enige leeg zijn. Begrijpen wij elkaar?'

Ze staarde hem strak aan. Hij slikte en knikte.

Zonder verder nog een woord liep Kim het vertrek uit en daalde de trap af.

Dawson was een uitstekende rechercheur, maar hij balanceerde op het randje.

8

Voor de tweede keer in even zoveel dagen begaf Kim zich in de sfeer van naïeve verwachting die in elke onderwijsinstelling hangt.

Bryant liep naar de balie terwijl zij zich afzijdig hield. Een groepje jongens rechts van haar lacht om iets op een mobiele telefoon. Een van de jongens draaide zich naar haar toe. Zijn blik dwaalde over haar hele lichaam en bleef even hangen bij haar borsten. Hij kantelde zijn hoofd en glimlachte.

Ze spiegelde zijn manier van doen en nam de skinny jeans, het T-shirt met de V-hals en de haarstijl à la Justin Bieber in zich op.

Ze keek hem aan en glimlachte terug. 'Kansloos, schatje.'

Hij draaide zich onmiddellijk terug naar de groep, hopend dat zijn vrienden de interactie niet hadden opgemerkt.

'Er klopt hier iets niet,' zei Bryant. 'De receptioniste keek beduusd toen ik vroeg of ik de professor kon spreken. Er komt iemand aan, maar ik denk niet dat hij het zal zijn.'

Opeens weken de groepjes uiteen als de Rode Zee toen een kleine vrouw op hakken zich erdoorheen haastte. Ze was klein van stuk maar bewoog zich als een kogel, die zich door niets liet ophouden. Haar scherpe ogen keken de ruimte rond en bleven rusten bij hen twee.

'Shit, verstop je,' zei Bryant, terwijl ze recht op hen afliep.

'Rechercheurs?' zei ze, terwijl ze haar hand uitstak.

De geur van appelbloesem vormde een aanslag op Kims neus.

Strakke grijzende krullen klampten zich vast aan haar hoofd en haar neus ondersteunde een enorme bril.

Bryant schudde de hand. Kim niet. 'En u bent?'

'Mevrouw Pearson, professor Miltons assistent.'

Aha, de professor had het duidelijk te druk om hen te woord te staan. Als ze niets wijzer werden van zijn assistent, zouden ze druk moeten uitoefenen.

'Mogen we u een paar vragen stellen over een project waar professor Milton mee bezig is?' vroeg Bryant.

'Heel kort,' antwoordde ze. Ze bood niet aan om hun gesprek op een rustiger plek voort te zetten. De vrouw zou hun duidelijk niet veel tijd geven.

'De professor wil graag een archeologische opgraving doen?'

Mevrouw Pearson knikte. 'Ja, een paar dagen geleden kreeg hij toestemming.'

'Waar zoekt hij precies naar?' vroeg Bryant.

'Waardevolle munten, rechercheur.'

Kim trok een wenkbrauw op. 'In een grasveld aan de rand van Rowley Regis?'

Mevrouw Pearson zuchtte alsof ze met een stoute peuter sprak. 'U bent duidelijk niet bekend met de rijkdom in onze omgeving. Hebt u nooit gehoord van de schat van Staffordshire?'

Kim keek naar Bryant. Ze schudden allebei hun hoofd.

Mevrouw Pearson deed geen moeite om haar afkeuring te verbergen. Mensen van buiten de academische wereld waren duidelijk cultuurbarbaren.

'Een van de grootste vondsten van onze tijd is een paar jaar geleden in een grasveld in Lichfield gedaan. Meer dan vijfendertighonderd stukjes goud met een geschatte waarde van meer dan drie miljoen pond. Pas geleden nog is in Stoke on Trent een schat ontdekt van Romeinse zilvermunten die dateren van 31 voor Christus.'

Kim was gefascineerd. 'Wie krijgt het geld?'

'Nou, neem bijvoorbeeld de recente vondst in Bredon Hill, Worcestershire. Een man met een metaaldetector vond Romeins goud, onder andere munten, en zowel hij als de boer ontving meer dan anderhalf miljoen pond.'

'Waarom denkt de professor dat er iets in Rowley te vinden is?'

Mevrouw Pearson haalde haar schouders op. 'Plaatselijke legende, mythe over een slag die plaatsvond op die plek.'

'Werd hij onlangs gebeld door een vrouw genaamd Teresa Wyatt?'

De vrouw dacht even na. 'Ja, volgens mij wel. Ze belde een paar keer, eiste een gesprek met professor Milton. Ik geloof dat hij haar een keer op een middag heeft teruggebeld.'

Aha, Kim wist genoeg. Ze waren iets op het spoor en ze wilde niet langer met het aapje praten. Ze had de orgelman nodig om te horen waar dat gesprek over ging.

'Dank u wel voor uw hulp, mevrouw Pearson, maar hoe druk de professor ook moge zijn, ik denk dat we hem ogenblikkelijk moeten spreken.'

Mevrouw Pearson keek verrast en toen boos. 'En nu heb ik een vraag voor u, rechercheur. Praten jullie niet met elkaar?'

'Pardon?' vroeg Bryant.

'Nou, jullie zijn duidelijk niet van de afdeling Vermiste Personen, anders hadden jullie het wel geweten.'

'Wát geweten, mevrouw Pearson?'

Ze schraapte haar keel en sloeg haar armen over elkaar voor haar borst. 'Dat er al meer dan achtenveertig uur niets meer vernomen is van professor Milton.'

9

Nicola Adamson deed haar ogen dicht bij het akelige voorgevoel dat ze kreeg toen ze de sleutel in het slot van het penthouse stak. Ondanks haar voorzichtigheid leek het geluid te weergalmen door de gang; zoals met bijna alles het geval was om halfdrie 's nachts.

Myra Downs van appartement 4C kon elk moment tevoorschijn komen om te zien wie al die herrie maakte. Nicola durfde te zweren dat de gepensioneerde accountant achter haar voordeur sliep.

Zoals verwacht hoorde ze het vertrouwde schuivende geluid van haar buurvrouws nachtslot, maar het lukte haar om haar eigen appartement in te glippen voordat de vrouwelijke eenpersoonsbuurtwacht haar zag.

Zelfs nog voordat ze het licht aandeed, voelde Nicola de verandering in haar huis. Dat was overgenomen, binnengedrongen. Hoewel de plek nog steeds van haar was, moest ze nu alles delen. Alweer.

Ze deed haar schoenen uit en trippelde snel de gang door, naar de keuken. Ondanks de bezoeker in de logeerkamer probeerde ze haar eigen gang te blijven gaan, te doen wat ze altijd deed, haar eigen leven te leiden.

Ze pakte lasagne uit de koelkast en deed die in de magnetron. Ze kreeg altijd trek van werken en dit was haar routine: thuiskomen van de club, een maaltijd opwarmen terwijl ze een douche nam, daarna een hapje eten met een glas rode wijn en dan slapen.

Dat ze haar woning moest delen zou daar niets aan veranderen. Desondanks liep ze op haar tenen naar de badkamer. Ze was moe en had geen zin in drama.

Eenmaal in de badkamer slaakte Nicola een zucht van verlichting. Elke deur die ze achter zich dichtdeed was een overwinning. Ze stelde zich voor dat ze in een computerspel zat waarin het doel was om elke kamer veilig te stellen terwijl ze de vijand ontweek.

Dat was niet eerlijk, berispte ze zichzelf terwijl ze haar kleren op een hoopje naast de douche liet vallen. Ze moest de temperatuurknop verdraaien, wat haar irriteerde. Tot een week geleden was dat niet nodig geweest. De knop stond toen nog gewoon zoals zij hem had ingesteld.

Ze sloot haar ogen en hief haar hoofd naar het hete water. De speldenprikken voelden goed op haar huid. Ze draaide zich weg van de straal en strekte haar nek naar achteren. Even later had de krachtige waterstroom haar lange blonde haar doorweekt. Ze reikte achter zich naar het metalen rekje, maar voelde niets dan leegte. Verdorie, de fles was weer op de vloer gezet.

Ze reikte omlaag en pakte hem. Door haar krachtige greep schoot er een beetje shampoo op de glazen douchewand. Opnieuw onderdrukte ze haar irritatie. Haar woning delen zou niet zo lastig moeten zijn, maar dat was verdorie wel zo. Het was wat ze al haar hele leven moest doen.

Ze voelde de spanning in haar schouders. Vannacht was geen goede nacht voor haar geweest.

Ze werkte nu vijf jaar in The Roxburgh, sinds haar twintigste, en ze genoot er enorm van. Het kon haar niets schelen als mensen haar baan onfatsoenlijk of vernederend vonden. Ze hield van dansen, van met haar lichaam pronken, en mannen betaalden veel geld om naar haar te kijken. Ze stripte niet en ze mocht niet worden aangeraakt. Zo'n soort club was het niet.

Er waren andere clubs in het centrum van Birmingham, en het was de droom van alle dansers in die clubs om in The Roxburgh te werken. Voor Nicola zou het de enige plek zijn waar ze zou werken. Ze was van plan om met haar dertigste met pensioen te gaan en andere dingen te gaan doen. Haar banksaldo stond dat toe.

Gedurende de afgelopen vijf jaar was ze een van de populairste dansers geworden in de club. Gemiddeld kreeg ze drie verzoeken voor een privéoptreden per nacht, en met tweehonderd pond per keer was dat niet verkeerd.

Ze wist dat sommige feministen haar de duivel vonden, maar dat kon haar geen reet schelen. Vrouwenemancipatie betekende voor haar het recht hebben om te kiezen en zij koos vóór het dansen; niet omdat ze een of andere leeghoofdige crackverslaafde was die geld nodig had, maar omdat ze er plezier in had.

Als kind al hield ze van optreden. Ze had die eigenheid, die uniekheid nagestreefd waarmee ze zou opvallen, waarmee mensen haar zouden opmerken.

Maar vannacht was ze niet tevreden over haar performance. Haar klanten hadden niet geklaagd; de champagne had rijkelijk gevloeid en haar laatste klant had twee flessen Dom Perignon gekocht, wat haar baas zeer tevreden had gestemd.

Maar Nicola was het. Ze wist dat ze vannacht haar hoofd niet helemaal bij haar werk had gehad. Ze voelde niet die volledige overgave van zichzelf, van haar lichaam en geest, aan de performance. Voor haar was dat het verschil tussen beste hoofdrolspeelster en beste bijrol.

Ze spoelde de conditioner uit haar haar en stapte uit de douche. Ze droogde zich af en deed haar badjas aan; ze genoot van het gevoel van de warme stof tegen haar huid. Ze knoopte de band rond haar middel en stapte de badkamer uit.

Ze bleef abrupt staan. Even was ze het vergeten. Heel even maar.

'Beth,' fluisterde ze.

'Wie anders?'

Nicola liep naar de keuken. 'Sorry als ik je gewekt heb,' zei ze, terwijl ze de lasagne uit de magnetron haalde. Ze pakte twee borden en maakte twee porties.

Ze zette het ene bord bij haar eigen stoel en het andere ertegenover.

'Heb geen trek,' zei Beth.

Nicola probeerde niet ineen te krimpen bij Beths vette Black Country-accent. Zijzelf had hard haar best gedaan om die gewoonte af te leren. Als kind hadden ze allebei zo gesproken, maar Beth had geen moeite gedaan om te veranderen.

'Heb je vandaag iets gegeten?' vroeg Nicola, waarna ze zichzelf in stilte berispte. Zou ze het ooit afleren om de oudste van de tweeling te spelen? Ook al was het maar even.

'Je mot me hier niet, hè?'

Nicola staarde omlaag naar haar pasta. Opeens had ze geen trek meer. De directheid van haar zus verbaasde haar niet en het had geen zin om te liegen. Beth kende haar bijna even goed als zij zichzelf kende.

'Het is niet zo dat ik je hier niet wil hebben, het is alleen zo dat het zo lang geleden is.'

'En wiens schuld is dat, lieve zus?'

Nicola slikte en bracht haar bord naar de gootsteen. Ze durfde niet op te kijken. Ze zou de beschuldiging en pijn niet aankunnen.

'Heb je plannen voor morgen?' vroeg ze, hun gesprek naar minder gevaarlijk terrein brengend.

'Natuurlijk. Jij werkt morgennacht weer?'

Nicola zei niets. Het was duidelijk dat Beth haar levensstijl afkeurde.

'Waarom verneder je jezelf toch zo?'

'Ik vind het leuk wat ik doe,' verweerde Nicola zich. Vreselijk dat haar stem omhoog schoot.

'En je bent nog wel een afgestudeerde socioloog. Verdomd zonde.'

'Ik ben tenminste afgestudeerd,' kaatste Nicola terug en ze had onmiddellijk spijt. De stilte tussen hen was beladen.

'Tja, jij heb die droom van me afgepakt, toch?'

Nicola wist dat Beth haar de schuld gaf van hun verwijdering, maar ze zou nooit durven vragen waarom.

Nicola staarde naar de gootsteen terwijl ze het aanrecht krampachtig vasthield. 'Waarom ben je teruggekomen?'

Beth slaakte een diepe zucht. 'Waar mot ik anders heen?'

Nicola knikte zwijgend en de sfeer tussen hen werd kalmer.

'Het begint allemaal opnieuw, hè?' vroeg Beth rustig.

Nicola hoorde de kwetsbaarheid in de stem van haar zus en voelde een steek in haar hart. Sommige banden konden niet verbroken worden.

Het vieze bord werd wazig voor haar ogen en de jaren zonder haar zus drukten zwaar op haar.

'En hoe wil je me deze keer beschermen, grote zus?'

Nicola veegde haar ogen droog en draaide zich om, reikte naar haar tweelingzus om haar vast te houden, maar de slaapkamerdeur was alweer dicht.

Nicola at het tweede bord leeg. Ze sprak zachtjes richting de logeerkamer. 'Beth, wat de reden ook is dat je me haat, het spijt me. Het spijt me heel, heel erg.'

10

Om zeven uur 's ochtends stond Kim voor de grafsteen en trok de leren jas strak om zich heen. Boven op de heuvel van Rowley die gedomineerd werd door de begraafplaats gierde de wind om haar heen. Het was zaterdag en op zaterdag maakte ze altijd tijd vrij voor familie, nieuwe zaak of niet.

Op sommige grafstenen lagen de overblijfselen van kerstcadeaus die waren achtergelaten door levenden met een schuldgevoel; kransen waren gereduceerd tot geraamtes van twijgjes, kerststerren waren tot verlepte overgave gegeseld door het weer. Een laagje rijp glinsterde op de bovenkant van de rode steen.

Nadat ze het eenvoudige houten kruis gevonden had dat de plek markeerde, had ze zo veel mogelijk gespaard met haar twee banen en de steen gekocht. Die was twee dagen na haar achttiende verjaardag geplaatst.

Kim staarde naar het karige goudkleurige opschrift; toentertijd was dat alles wat ze zich kon veroorloven: enkel een naam en twee data. Zoals gewoonlijk greep het aantal jaren tussen de twee haar aan; het was maar zo kort.

Ze drukte een kus op haar vingers en drukte die stevig tegen de koude steen. 'Welterusten, lieve Mikey, rust zacht.'

De tranen prikten in haar ogen, maar ze slikte ze weg. Het waren de woorden die ze had gezegd vlak voordat zijn laatste adem zijn broze, verslagen lichaam verliet.

Kim stopte de herinnering weer veilig weg en zette haar helm op. Ze duwde de Kawasaki Ninja naar de uitgang. Het voelde een beetje respectloos om de 1400 cc-motor bulderend tot leven te wekken binnen de grenzen van de begraafplaats. Een meter verderop spoorde ze het ding aan tot actie.

Aan de voet van de heuvel sloeg ze een industriegebied in dat volhing met TE HUUR-bordjes; een grimmige herinnering aan de industriële geschiedenis van deze streek en een geschikte verlaten plek om het telefoontje te plegen.

Kim haalde haar mobiel tevoorschijn. Dit was geen gesprek voor vlak bij Mikeys graf. Ze zou niet toestaan dat zijn laatste rustplaats bezoedeld werd door het kwaad. Ze moest hem beschermen, zelfs nu nog.

Bij de derde keer overgaan werd er opgenomen.

'Zuster Taylor, alstublieft.'

Het werd heel even stil op de lijn, waarna ze een vertrouwde stem hoorde.

'Hoi Lily, Kim Stone hier.'

De stem van de zuster was hartelijk. 'Hoi Kim, wat fijn om van je te horen. Ik dacht al dat je vandaag misschien zou bellen.'

De zuster zei elke keer hetzelfde en tot nu toe was dat nooit veranderd. De afgelopen zestien jaar had ze dit telefoontje op de twaalfde van elke maand gepleegd.

'Hoe is het met haar?'

'Ze had een rustige kerst, maar ze leek het koor dat langskwam te kunnen waarderen...'

'Nog heftige voorvallen?'

'Nee, al een tijdje niet meer. Haar medicatie slaat goed aan.'

'Nog iets anders?'

'Ze vroeg gister weer naar je. Ook al heeft ze geen idee welke dag het is, het is bijna alsof ze weet wanneer je zult bellen.' De zuster zweeg even. 'Je weet dat als je ooit een keer wilt langskomen en...'

'Dank je voor je moeite, Lily.'

Kim was nooit op bezoek gegaan en zou dat ook nooit doen. Haar moeder woonde in de psychiatrische kliniek van Grantley sinds Kim zes jaar was en het was waar ze thuis hoorde.

'Ik zal tegen haar zeggen dat je gebeld hebt.'

Kim bedankte haar nogmaals en drukte op de 'gesprek beëindigen'-knop. De zuster beschouwde Kims maandelijkse telefoontje als middel van haar om te checken hoe het met haar moeder ging, en Kim had haar altijd in die waan gelaten.

Alleen Kim wist dat ze belde om zichzelf ervan te verzekeren dat dat moordlustige, kwaadaardige wijf nog steeds veilig zat opgesloten.

11

'Oké dan, update, mensen. Kev, wat weten we over de vermiste?'

'Professor Milton is net voor de derde keer gescheiden. Een beetje zoals bij Simon Cowell: al zijn ex-vrouwen zijn lovend over hem. Geen eigen kinderen, maar stiefvader van vijf. Voor zover bekend geen vijanden.'

'Sinds wanneer is hij vermist?'

'Hij werd woensdag voor het laatst gezien. Zijn assistent op de universiteit sloeg alarm toen hij donderdagochtend niet kwam opdagen. Zijn familie heeft niets meer van hem vernomen, wat blijkbaar heel vreemd is.'

'Wijst iets erop dat hij dit eerder heeft gedaan?'

Dawson schudde zijn hoofd. 'Als je zijn ex-vrouwen hoort praten, lijkt hij wel een reïncarnatie van Ghandi; aardig en rustig.' Kev keek in zijn aantekeningen. 'Zijn laatste ex-vrouw sprak hem dinsdagmiddag en hij was heel blij dat hij eindelijk toestemming had om te graven.'

'Ik heb me daarin verdiept, baas,' zei Stacey. 'Professor Milton diende twee jaar geleden het eerste verzoek in. Er is meer dan twintig keer bezwaar gemaakt tegen het project; er waren milieubezwaren, politieke, culturele. Verder ben ik nog niet gekomen.'

'Blijf zoeken, Stace. Bryant, weten we wanneer ons slachtoffer de professor precies gesproken heeft?'

Bryant hield een vel papier omhoog. 'Courtney heeft me de belgeschiedenis gefaxt. Ze spraken woensdag rond halfzes twaalf minuten met elkaar.'

Kim sloeg haar armen over elkaar. 'Oké, dus alles wat we tot nu toe weten is dat ons slachtoffer woensdagmiddag een kort gesprek voerde met een hoogleraar en dat een van hen dood is en de ander vermist.'

Er werd op de deur geklopt. In de gang stond een agent.

'Wat?' snauwde ze. Ze had een hekel aan onderbrekingen tijdens een briefing.

'Mevrouw, er staat een meneer bij de balie die u wil spreken.'

Kim keek naar hem alsof hij niet goed snik was.

'Ik weet het, mevrouw, maar hij staat erop dat hij alleen met u praat. Hij zegt dat hij een professor is...'

Kim stond op van haar stoel. 'Bryant, kom mee,' zei ze. Ze hield halt bij de deur. 'Stace, kijk wat je kunt vinden over dat stuk grond.'

Ze liep het vertrek uit en nam de trap. Bryant was vlak achter haar.

Bij de receptie begroette ze een man met een volle grijze baard en een dikke bos springerig haar.

'Professor Milton?'

Hij stopte net lang genoeg met handenwringen voor een handdruk. Kim pakte zijn hand kort vast en liet die vervolgens weer aan hem over.

'Deze kant op, alstublieft.'

Kim leidde hem de gang door naar verhoorkamer 1.

'Bryant, bel naar de afdeling Vermiste personen zodat ze hun tijd niet meer verdoen. Wilt u iets drinken?'

'Thee met suiker.'

Bryant knikte en sloot de deur achter hen.

'Er zijn veel mensen bezorgd om u geweest, professor.'

Het was niet haar bedoeling om de woorden als een vermaning te laten klinken, maar ze had een hekel aan verspilling van politietijd. De middelen waren al schaars genoeg.

Hij knikte begrijpend. 'Het spijt me, rechercheur. Ik wist niet wat ik moest doen. Ik heb mevrouw Pearson pas een paar uur geleden gesproken en zij vertelde me over uw bezoek. Ze zei dat ik u kon vertrouwen.'

Kim was verbaasd dat die oude tang zich die mening over haar had gevormd.

'Waar was u?' vroeg ze. Het was niet de vraag die ze in gedachten had gehad, maar als Bryant naast haar had gezeten, zou hij hebben aangedrongen op voorzichtigheid. De man was onmiskenbaar aan het trillen en zijn handen waren, als magneten, weer naar elkaar toe getrokken.

'Barmouth, in een bed and breakfast. Ik moest er gewoon echt even tussenuit.'

'Maar woensdag was u nog in de wolken, vertelde mevrouw Pearson ons.'

Hij knikte terwijl Bryant de kamer binnenkwam. Hij had een driehoek van piepschuim in zijn handen. Hij ging zitten en schoof een van de bekertjes naar de professor.

Kim ging verder. 'U sprak die dag met een vrouw genaamd Teresa Wyatt?'

Professor Milton keek beduusd. 'Ja, mevrouw Pearson zei dat u daarnaar gevraagd had, maar ik begrijp niet goed wat dat te maken heeft met wat er later met mij is gebeurd.'

Kim had geen idee wat er later met hem was gebeurd, maar ze wist dat Teresa Wyatt dood was toen ze werd gevonden.

'Kunt u ons vertellen waarom Teresa Wyatt u belde?'

'Natuurlijk. Ze vroeg of ik vrijwilligers nodig had voor het project.'

'En wat zei u toen?'

Hij schudde zijn hoofd. 'Nee, ik werk alleen met vrijwilligers die minstens het eerste jaar aan de universiteit hebben afgerond. Mevrouw Wyatt zei dat ze geïnteresseerd was in archeologie maar had geen enkele studie afgerond en zou daar ook zeker niet in geslaagd zijn voordat het project eind februari van start ging.'

Kim voelde dat ze de moed verloor. Dit was geen aanwijzing waarmee ze een moordenaar gingen vinden. Dit was een onschuldig gesprek geweest.

'Was er nog meer?' vroeg Bryant.

De professor zweeg even. 'Ze vroeg wel waar we ongeveer zouden beginnen met graven, wat ik een beetje vreemd vond gezien de context van het gesprek.'

Ja, dacht Kim. Dat was inderdaad een beetje raar. 'Wat gebeurde er later?' vroeg ze, zich zijn eerdere opmerking herinnerend.

Professor Milton slikte. 'Ik kwam thuis van werk en Tess begroette me niet zoals ze gewoonlijk deed.'

Kim keek naar Bryant. Dawson had gezegd dat de professor weer vrijgezel was.

'Meestal slaapt ze in de keuken, naast haar bak met water, maar zodra ik de sleutel in het slot steek, staat ze daar, te kwispelen met haar staart.'

Aha, nou snap ik het, dacht Kim.

'Maar niet op woensdag. Ik riep haar terwijl ik naar de keuken liep, maar ze kwam niet. Ik vond haar naast haar mand.' Hij slikte. 'Ze was aan het stuiptrekken op de vloer. Haar ogen hadden een glazige, starende blik en eerst zag ik het briefje niet eens.

Ik tilde haar op en reed zo snel mogelijk naar de dierenartsenpraktijk, maar het was te laat. Ze was al dood toen ik daar aankwam.' Hij wreef over zijn rechteroog.

Kim opende haar mond om naar het briefje te vragen, maar Bryant was haar voor.

'Het spijt ons dat te horen, professor. Was ze ziek?'

Professor Milton schudde zijn hoofd. 'Helemaal niet. Ze was pas vier jaar. De dierenarts hoefde haar niet te onderzoeken. Hij rook het antivriesmiddel. Blijkbaar zijn honden daar dol op, omdat het zoet smaakt. Het chemische middel was in haar waterbak gegoten en ze had alles opgedronken.'

‘U zei dat er een briefje was?’ bracht Bryant hem rustig in herinnering.

Zijn ogen werden rood. ‘Ja, die schoft had het aan haar oor geniet.’

Kim huiverde. ‘Weet u nog wat erop stond?’

Hij reikte in zijn jas. ‘Ik heb het bij me. De dierenarts heeft het naderhand eraf gehaald.’

Kim pakte het briefje aan. Forensisch gezien zou het geen waarde meer hebben. De professor had het in zijn handen gehad, evenals de dierenarts.

Ze vouwde het open en legde het op de tafel. Het was wit papier met zwarte getypte letters en er stond:

STOP DE OPGRAVING OF VROUW NUMMER 3 IS DE VOLGENDE

‘Ik ging niet eens terug naar huis. Ik schaam me te moeten toegeven dat ik doodsbang was en nog steeds ben. Wie doet nou zoiets, rechercheur?’ De professor dronk het laatste beetje van zijn thee op. ‘Ik heb geen idee waar ik naartoe kan gaan.’

‘Mevrouw Pearson,’ stelde Kim voor. Ze had de uitdrukking op het gezicht van de vrouw gezien terwijl ze over de professor sprak. Die kleine bulldog zou niemand bij hem in de buurt laten.

Kim stond op en pakte het briefje terwijl Bryant de hand van de man schudde en hem een lift aanbood naar waar hij ook maar heen wilde.

Met het papier stevig in haar hand geklemd liep Kim terug naar het kantoor. Ze had het gevoel alsof ergens daarbuiten een enorm blik met wormen stond en ze zojuist de blikopener had gekregen.

‘Oké, Kev, volgens mij hebben we verse koffie nodig. Stace, wat ben je te weten gekomen over dat stuk grond?’

‘Het is ongeveer vierduizend vierkante meter en ligt direct naast het crematorium van Rowley. Het bevindt zich aan de rand van een wijk met sociale woningbouw uit midden jaren vijftig. Voordat er huizen werden gebouwd, stond er een staalfabriek.'

Bryant kwam bellend de ruimte binnen. 'Dank je wel, Courtney. Je hebt ons heel goed geholpen.'

'Wat?' vroeg Bryant, toen hij werd aangekeken door zes nieuwsgierige ogen.

'Courtney?' vroeg Kim. 'Is er iets wat ik aan je vrouw moet doorgeven?'

Bryant grinnikte en trok zijn colbert uit. 'Ik ben een gelukkig getrouwd man, baas. Mijn vrouw zegt het zelf. En trouwens, Courtney heeft momenteel liefdesverdriet door Joanna, de lerares Engels die pas achter u aan zat.'

Dawson draaide zich om, met opengesperde ogen. 'Echt waar, baas?'

'Koest, jongen.' Ze draaide zich naar Bryant. 'Waarom belde je?'

Bryant trok een wenkbrauw op. 'Volgens jouw logica van verleden, heden en toekomst, vroeg ik Courtney of ze toegang had tot Teresa Wyatts cv. Ze zal het faxen.'

'Die meid verdient een bonus. Ze bespaart ons een hoop bevelschriften.'

Kim draaide zich om naar Stacey, terwijl ze zich het stuk land probeerde voor te stellen. 'Wacht eens, bedoel je dat veld pal naast het crematorium? Daar waar de kermis neerstrijkt?'

Stacey draaide haar beeldscherm en wees. Er was een afbeelding van Google Earth te zien. 'Kijk, daar is iets omheind aan de rand van de weg, maar verder is het alleen maar braakliggend terrein.'

Kims maag kneep samen. Elk zintuig dat ze had stond op scherp.

'Stace, zoek naar de naam Crestwood en kijk wat je kunt vinden. Ik moet een paar belletjes plegen.'

Kim kwam tot rust toen ze achter haar eigen bureau zat. Een paar stukjes van de puzzel begonnen op hun plek te vallen. En voor het eerst in haar leven hoopte ze dat ze het mis had.

12

Tom Curtis draaide zich om en keek weg van het raam. Daglicht hield hem normaal gesproken niet uit zijn slaap na een dienst van acht uur in het verzorgingstehuis.

Het werk was vermoeiend; dikke, oude mensen optillen en in bed stoppen, hun spuug wegdeppen en hun reet afvegen.

Hij had al twee interne onderzoeken weten te vermijden, maar hij vermoedde dat het deze derde keer lastiger zou zijn. Martha Browns dochter kwam maar één keer per week op bezoek en ze zou ongetwijfeld de blauwe plek zien.

De rest van het personeel had een oogje toegeknepen. Het was onmogelijk om niet zo nu en dan je geduld te verliezen. Dat hij de enige man was in het team betekende dat hij aan het begin van zijn nachtdienst regelmatig tot de ontdekking kwam dat het zwaardere werk nog niet was gedaan. Klagen zou niet helpen. Als hij eerlijk zou zijn op zijn medische formulier, zou hij helemaal geen baan meer hebben.

Maar het was niet eens zijn geweten dat hem wakker hield. Hij voelde niets voor die ouwe mensjes die hij moest verzorgen, en als het hun familieleden niet zinde, konden ze ze verdomme mee naar huis nemen en zelf hun poepreten afvegen.

Nee, het was het overgaan van zijn mobiele telefoon waardoor hij wakker bleef. Ook al had hij hem uitgezet, hij bleef hem horen in zijn hoofd.

Hij draaide zich op zijn rug, blij dat zijn vrouw en dochter al de deur uit waren. Vandaag zou weer een sombere dag worden.

De sombere dagen waren de afgelopen twee jaar, zeven maanden en negentien dagen vaste prik geweest. Het was op die dagen dat de drang om te drinken overweldigend was. Het was op die dagen dat nuchterheid zijn leven niet waard was.

Toen hij zijn kookopleiding afrondde, had hij nooit gedacht dat zijn toekomst zou bestaan uit luiers verwisselen van ouwe mensen. Toen hij zijn diploma behaalde, zag hij geen oud, lillend vlees om zijn nek voor zich terwijl hij seniele oudjes in en uit bed tilde. Hij had er nooit van gedroomd om eten te voeren aan een groep mensen bij wie de rigor mortis al was ingetreden voordat ze hun laatste adem hadden uitgeblazen.

Op zijn drieëntwintigste had hij zijn eerste hartaanval gehad, wat hem ongeschikt maakte voor het restaurantwezen. Lange dagen en stressvolle arbeidsomstandigheden waren niet bevorderlijk voor de levensduur van iemand met hartfalen.

De ene dag had hij nog haute cuisine geserveerd in een Frans restaurant aan Water's Edge in Birmingham, de dag daarna bereidde hij kalkoenburgers en friet uit de diepvries voor een stel waardeloze kinderen.

Jarenlang had hij zijn verslaving verborgen gehouden voor zijn vrouw. Hij werd een meester in liegen en bedriegen. Op de dag dat hij in elkaar zakte door een tweede hartaanval kwamen zijn leugens aan het licht toen de dokter zei dat de volgende zuippartij zeer waarschijnlijk zijn laatste zou zijn.

Sindsdien had hij niet meer gedronken.

Hij pakte zijn mobiel en zette hem aan. Onmiddellijk ging hij over. Hij drukte het gesprek weg, waarmee de teller van het aantal gemiste gesprekken van de laatste drie dagen op 57 kwam. Hij herkende het nummer niet en er stond geen naam op het scherm, maar Tom wist wie er belde.

De beller had zijn tijd beter kunnen besteden aan contact proberen te leggen met Teresa. Het was duidelijk dat ze haar mond voorbij had gepraat tegen iemand en daarvoor vermoord was.

Hij vermoedde dat de toestemming voor de opgraving hen allemaal nerveus had gemaakt, maar hij hoefde echt niet gebeld te worden ter controle. Hij zou hun verdomde geheimen bewaren, net zoals zij dat met het zijne hadden gedaan. Ze hadden een deal gesloten. Hij wist dat de anderen hem zagen als de zwakste schakel in de ketting van bedrog, maar hij was nu nog sterk.

Er waren momenten geweest, vooral op sombere dagen, dat hij de verleiding voelde om zijn mond open te doen, voor een schoon geweten. Die gedachten waren makkelijker weg te drukken met behulp van drank.

Zijn geest dwaalde terug, zoals hij elke dag deed. Verdomme, hij had nee moeten zeggen. Hij had tegen de anderen in moeten gaan en nee moeten zeggen. Zijn eigen vergrijp leek zo onbeduidend in vergelijking met de consequenties van zijn instemming.

Een keer zat hij opeens op het muurtje bij het politiebureau van Old Hill. Hij bleef daar drieënhalf uur, terwijl zijn geweten knaagde. Hij stond op, ging weer zitten, liep heen en weer, ging zitten. Hij huilde, stond op. En toen liep hij weg.

Als hij sterk genoeg was geweest om de waarheid te vertellen, was hij zijn vrouw misschien kwijtgeraakt. Als vrouw en als moeder zou ze walgen van zijn daden als ze er ooit achter kwam wat zijn aandeel was in de gebeurtenissen. En het ergste was nog wel dat Tom haar dat niet kwalijk kon nemen.

Hij gooide de dekens van zich af. Het lukte toch niet om in slaap te komen. Hij was klaarwakker. Hij liep de trap af. Hij had koffie nodig; hoe sterker, hoe beter.

Hij ging naar de keuken en bleef abrupt stilstaan bij de eettafel.

Zijn oog viel op een fles Johnnie Walker Blue en een briefje.

Het speeksel liep hem in de mond bij het zien van de goudbruine vloeistof. De fles met alcoholpercentage van veertig procent kostte meer dan honderd pond. Het was een van de beste gerijpte malt-en-graanwhisky's; de champagne onder de blended whisky's. Zijn lichaam reageerde. Het voelde alsof hij jarig was. Hij rukte zijn blik los en pakte het briefje.

WE KUNNEN DIT OP JOUW MANIER DOEN OF DE MIJNE MAAR HET GAAT GEBEUREN. GENIET ERVAN.

Hij liet zich op de stoel zakken, zijn ogen strak gericht op zijn beste vriend en grootste vijand.

Het was duidelijk wat de afzender wilde. Die wilde dat hij stierf. Naast angst, voelde hij opluchting. Hij had altijd geweten dat de dag van de afrekening zou komen, of dat nu in dit leven zou zijn of het volgende.

Tom draaide de dop van de fles en de geur drong onmiddellijk zijn neus binnen. Hij wist dat hij zou sterven als hij ervan zou drinken. Niet na één slok – hij was een alcoholist, er was niet zoiets als één slok. Als hij ervan zou drinken, zou hij de hele fles soldaat maken, en dat zou zijn dood betekenen.

Als hij deze manier van sterven koos, zou niemand anders hoeven te lijden. Zijn vrouw zou denken dat hij gewoon zwak was geweest en ze zou veilig zijn. Met een beetje geluk zou ze er nooit achter komen wat hij had gedaan. Zijn dochter zou het nooit hoeven weten.

Hij tilde de fles langzaam op en nam de eerste teug. Na een pauze van slechts één seconde zette hij de fles opnieuw aan zijn lippen. Deze keer stopte hij niet tot het branden in zijn borst ondraaglijk werd.

Het had meteen effect op hem. Na meer dan twee jaar kon zijn lichaam er minder goed tegen, en de alcohol brandde zich een weg door zijn aderen, naar zijn hersenen.

Hij nam nog een slok en glimlachte. Er waren ergere manieren om dood te gaan.

Hij dronk nog een grote teug en gniffelde. Geen ouwe mensjes meer in bad stoppen. Geen vieze luiers meer. Geen kwijl meer wegvegen.

Hij hief de fles naar zijn mond en goot de helft naar binnen. Zijn lichaam stond in brand en hij voelde zich euforisch. Het was als zien hoe je favoriete voetbalclub zijn tegenstander in de pan hakte.

Hij zou niet meer hoeven te verbergen wat hij had gedaan. Niet bang meer hoeven te zijn. Hij deed wat juist was.

De tranen drupten op zijn wangen. Vanbinnen voelde Tom zich gelukkig, vredig, maar zijn lichaam liet hem in de steek.

De fles bleef voor zijn mond hangen toen zijn blik op een foto van zijn dochter viel die de op haar zesde verjaardag geitjes voerde in Dudley Zoo.

Hij knipperde naar de foto. Hij kon zich de frons op haar gezicht en de vragende blik in haar ogen niet herinneren.

'Lieverd, het spijt me,' zei hij tegen de foto. 'Het was maar één keer, ik zweer het.'

Haar uitdrukking veranderde niet. *Weet je dat zeker?*

Hij sloot zijn ogen voor de beschuldiging, maar hij bleef haar gezicht voor zich zien.

'Oké, misschien was het meer dan één keer, maar het was niet mijn schuld, lieverd. Ze maakte dat ik het deed. Ze verleidde me. Ze kwelde me. Ik kon er niets aan doen. Het was niet mijn schuld.'

'Maar je was toch volwassen?'

Tom sloot zijn ogen weer voor de felle afkeer van zijn kind. Een traan brak door de linie en gleed omlaag langs zijn wang.

'Begrijp het alsjeblieft, ze leek veel ouder dan vijftien. Ze was sluw en manipulatief en ik zwichtte gewoon. Het was niet mijn schuld. Ze verleidde me en ik kon me er niet tegen verzetten.'

'Ze was een kind.'

Tom trok aan zijn haar om de pijn te verzachten. 'Dat weet ik, dat weet ik, maar ze was eigenlijk geen kind. Ze was een corrupt meisje dat wist hoe ze kon krijgen wat ze wilde.'

'Maar wat je daarna deed was onvergeeflijk. Papa, ik haat je.'

Nu huilde hij met zijn hele lijf. Hij zou zijn mooie kleine meisje nooit meer zien. Hij zou Amy niet zien opgroeien tot een jonge vrouw en niet in de buurt zijn om haar te beschermen tegen jongens. Hij zou haar zachte wangen nooit meer kussen en haar piepkleine handje niet meer in de zijne voelen.

Zijn hoofd viel naar voren en tranen vielen op zijn benen. Zijn wazige blik ging naar zijn voeten en bleef rusten op de slippers die Amy hem had gegeven voor Vaderdag. Ze waren bedrukt met het gezicht van Homer Simpson, zijn favoriete tekenfilmfiguur.

Nee, schreeuwde zijn geest. Er moest een andere manier zijn. Hij wilde niet dood. Hij wilde zijn gezin niet kwijt. Hij moest ze het laten begrijpen.

Misschien kon hij naar de politie gaan. Toegeven wat hij had gedaan. Het was niet zo dat hij de enige was. Hij was niet eens degene die de beslissing had genomen. Hij was er gewoon in meegegaan, omdat hij jong was en bang. Hij was zwak geweest en dom, maar hij was verdomme geen moordenaar.

Natuurlijk zou hij gestraft worden, maar dat zou het waard zijn om zijn dochter te kunnen zien opgroeien.

Tom veegde de tranen weg en focuste op de fles. Die was voor meer dan de helft leeg. O god, hij hoopte dat het niet te laat was.

Terwijl hij de fles terugzette op tafel, voelde hij hoe zijn hoofd met een ruk naar achteren werd getrokken aan zijn haar.

De fles viel op de vloer terwijl Tom probeerde te begrijpen wat er gebeurde. Hij voelde de koude punt van metaal onder zijn linkeroor, een onderarm tegen zijn nek. Hij probeerde zich om te draaien, maar de rand van het lemmet sneed in zijn huid.

Hij zag hoe een gehandschoende hand van links naar rechts bewoog onder zijn kin.

En dat was het laatste wat hij zag.

13

Kim legde de hoorn neer na het derde telefoontje. Ze hoopte dat ze het mis had en op het punt stond om de kostbare tijd van een aantal zeer belangrijke mensen te verspillen. Ze zou met genoegen een uitbrander van Woody krijgen als ze het bij het verkeerde eind had. Het zou haar geen plezier doen om hierbij gelijk te krijgen.

Iemand wilde niet dat er gegraven werd op dat terrein.

'Wat heb je, Stace?' vroeg Kim, terwijl ze op de rand van het reservebureau ging zitten.

'Hoop dat je goed zit, baas. Het gebouw dat er nog staat is deel van een groter complex dat gebouwd is in de jaren veertig. Toentertijd was het bedoeld als huisvesting voor geesteszieke soldaten die terugkwamen uit de oorlog.

De lichamelijk gehandicapten werden naar verschillende ziekenhuizen in de omgeving gestuurd, maar degenen met de zwaarste psychische stoornissen werden naar Crestwood gebracht. In feite was het een veilige plek voor soldaten die nooit zouden kunnen terugkeren in de samenleving. En dan hebben we het dus over moordmachines die geen uit-knop hebben.

Tegen het eind van de jaren zeventig hadden de ongeveer vijfendertig bewoners ofwel zelfmoord gepleegd ofwel ze waren gestorven door natuurlijke oorzaken. Toen werd het een tuchtschool.'

Kim kromp ineen. Het was een ouderwets woord dat allerlei associaties opriep.

'Ga verder.'

'Er kwamen in de jaren tachtig een aantal heuse horrorverhalen naar buiten over misbruik en mishandeling. Er werd onderzoek naar gedaan, maar het kwam niet tot een rechtszaak. Begin jaren negentig werd het een tehuis voor meisjes, maar het behield de reputatie van plek voor lastige tieners.

Met dank aan bezuinigingen en restauraties werd het complex geleidelijk aan steeds leger terwijl we het nieuwe millennium in gingen en in 2004 was er een brand waardoor het helemaal leeg kwam te staan.'

'Raakte iemand gewond?'

Stacey schudde haar hoofd. 'Er zijn geen krantenkoppen die dat suggereren.'

'Oké, Kev, Stace, maak een lijst van personeelsleden. Ik wil kijken...'

Het geluid van de fax die tot leven kwam deed haar zwijgen.

Ze wisten allemaal wat het was en ze wisten allemaal wat erin zou staan.

Bryant pakte het document en las het vluchtig door. Hij ging naast Staceys bureau staan en gaf haar het cv van Teresa Wyatt.

'Kijk eens aan, jongens, jullie eerste overwinning.'

Blikken werden uitgewisseld terwijl begon door te dringen wat de mogelijkheden waren. Niemand zei iets.

En toen ging de telefoon over.

14

'Jezus, baas, langzamer. Dit is geen Kawasaki Goldwing.'

'Goed om te weten, want die bestaat niet.'

'Je weet dat we te laat zijn om hem te redden, hè?'

Kim minderde snelheid toen ze het oranje verkeerslicht naderde, maar bedacht zich en haastte zich verder over Pedmore Road. Ze zigzagde langs voertuigen op de vierbaansautoweg die langs het winkelcentrum van Merry Hill liep.

'En dat hier geen sirene op zit?'

'O, Bryant, relax. Ik heb ons nog niet dood gereden.' Ze wierp een zijdelingse blik op hem. 'En je zou je meer zorgen moeten maken om de snee op je linkerarm.' De verwonding had ze ontdekt tijdens de briefing; ze zag die door de stof van de mouw van zijn shirt heen schemeren.

'Het is maar een schram.'

'Rugbytraining gisteravond?'

Hij knikte.

'Je moet daar echt mee stoppen. Je bent ofwel te oud ofwel te langzaam voor die sport. Hoe dan ook bezeer je je.'

'En bedankt, baas.'

'Je raakt steeds erger gewond, dus is het tijd om het op te geven.'

Bij de volgende verkeerslichten moest ze noodgedwongen stoppen. Bryant liet de handgreep aan het dak los en rekte zijn hand.

'Kan ik niet, baas. Rugby is mijn yang.'

'Je wat?'

'Mijn yang, baas. Mijn tegenwicht. Moeder de vrouw neemt me elke week mee naar ballroomdansles. Ik heb rugby nodig om in balans te blijven.'

Kim passeerde het volgende verkeerseiland via de binnenbaan en negeerde het getoeter achter haar.

'Dus, je huppelt rond op de dansvloer en omhelst andere harige mannen om in balans te blijven?'

'Dat heet een scrum, baas.'

'Ik oordeel niet, echt niet.' Ze keek opzij naar hem, terwijl ze een glimlach onderdrukte. 'Wat ik alleen niet begrijp is waarom je deze informatie in hemelsnaam vrijwillig met me deelt. Je weet toch dat dat een vergissing was, hè?'

Hij leunde naar achteren in zijn stoel, deed zijn ogen dicht en kreunde. 'Ja, dat begin ik nu door te krijgen.' Hij draaide zich naar haar toe. 'Je vertelt dit toch niet door, hè, baas?'

Ze schudde haar hoofd. 'Ik ga geen beloftes doen waar ik me niet aan kan houden,' antwoordde ze eerlijk.

'Zeg, met wie belde je daarstraks?' vroeg hij, van onderwerp veranderend.

'Professor Milton.'

'Waarom?'

'Om even te checken of hij veilig bij mevrouw Pearson was aangekomen.'

'Onzin,' zei Bryant, ondertussen hoestend.

Terwijl de auto's langzaam in beweging kwamen, schaduwde ze de auto voor haar. Hij remde, en zij deed dat ook, toen drie rijen twee werden. Bryant pakte de handgreep vast.

'Dus, wat weten we?'

'Man, eind dertig, doorgesneden keel. Mogelijk zelfmoord, zou per ongeluk gebeurd kunnen zijn.'

Kim rolde met haar ogen. Zwartgallige humor was nodig om de moed erin te houden, maar soms...

'Welke kant op?'

'Na de school meteen naar rechts en dan zouden we het vanzelf moeten zien.'

Kim scheurde de bocht om, waardoor Bryant tegen de passagiersdeur gesmeten werd. Ze reed de heuvel op en trok aan de handrem bij de afzetting.

Een kleine hal leidde rechtstreeks naar de woonkamer, waar een vrouwelijke politieagent op de bank zat en een radeloze vrouw troostte. Kim liep direct door naar de eetkamer met open keuken.

'Jezus christus,' fluisterde ze.

'Nee, dat is maar een gerucht,' zei Keats.

De man zat nog steeds op de keukenstoel. Zijn ledematen waren slap als die van een lappenpop. Zijn hoofd was naar achteren getrokken, zijn kruin bevond zich bijna tussen zijn schouderbladen. Kim moest meteen denken aan een striptekening. Deze hoek leek bijna onmogelijk.

De natuurkundige wetten schreven voor dat hij op de vloer had moeten vallen, maar doordat zijn nek over de bovenkant van de stoel hing, bleef hij op zijn plek; de achterkant van zijn hoofd fungeerde als haak.

De gapende wond bevatte geel, vettig weefsel dat was opengereten door een lemmet. Bloed was op de tegenoverliggende muur gespat en als een macaber slabbetje over zijn borst gestroomd. Zijn T-shirt en joggingbroek waren rood doorweekt en de stank van metaal was bijna te veel voor haar.

'Jezus christus,' hoorde ze Bryant achter zich zeggen.

Keats schudde zijn hoofd. 'Een van jullie moet zijn scriptschrijver ontslaan.'

Kim negeerde hem terwijl ze wat ze zag in haar geheugen prentte. Ze boog zich over het lichaam en keek omlaag. De ogen van de man waren wijd opengesperd. Op zijn gezicht stond de gruwel te lezen van wat zich eronder had afgespeeld.

Ze zag de lege whiskyfles op de vloer. 'Alcohol om deze tijd?' vroeg ze.

'Ik denk dat de ene helft van de fles in hem zit en de andere helft in het tapijt. Verdomd zonde. Johnnie Walker Blue kost meer dan honderd pond per fles.'

'Bryant, ga...'

'Ben al weg.'

Bryant draaide zich om en liep terug naar de woonkamer. Hij was veel beter in omgaan met radeloze vrouwen dan zij. In haar gezelschap gingen ze vaak nog harder huilen.

Ze liep om het lichaam heen, terwijl ze de locatie inspecteerde. Niets in de directe buurt was verplaatst en er leek geen worsteling te zijn geweest.

Een wit pak drentelde om haar heen.

'Rechercheur, Keegan hier is te beleefd om je te vragen opzij te gaan, maar ik niet,' zei Keats. 'Ga aan de kant zodat hij zijn werk kan doen.'

Kim wierp Keats een blik toe, maar trok zich terug in de hoek van de kamer. Ze merkte tevreden op dat de zoom van zijn rechterbroekspijp op de grond hing, maar door dat kleine beetje fatsoen dat ze had kon ze er verdomme niets van zeggen.

Keegan nam digitale foto's en haalde toen een wegwerpcamera tevoorschijn en herhaalde de procedure.

'Zijn portemonnee ligt boven, dus het was geen diefstal,' zei Keats, die naast haar kwam staan.

Kim wist dat toevallig allang.

'Type mes?'

'Ik zou zeggen plastic handvat, achttien centimeter lang keukenmes waar men gewoonlijk brood mee snijdt.'

'Gedetailleerde omschrijving voor een voorlopig onderzoek.'

Hij haalde zijn schouders op. 'Of het is gewoon het mes in de gootsteen dat onder het bloed zit.'

'Hij is verdomme vermoord met zijn eigen broodmes?'

'Rechercheur, ik wil niet te voorbarig zijn, maar,' hij ging zachter praten en leunde naar haar toe, 'ik durf te wedden dat er kwade opzet in het spel was.'

Kim rolde met haar ogen. Geweldig, vandaag was iedereen een grappenmaker.

'Toegangsroute?'

'Terrasdeur stond open zodat de kat naar binnen en buiten kon.'

'Goed om te horen dat de "deur op slot"-campagne heeft gewerkt.'

Kim liep dichter naar de terrasdeur. Buiten stond een forensisch specialist de deurkruk te bepoederen. Ze bestudeerde elke centimeter van de plek.

Haar blik bleef hangen en ze hurkte neer.

Ze taxeerde de achtertuin; een mix van grind en platte stenen, omheind door een net hek.

'Keats, wie van dit team was eerder ook in Teresa Wyatts huis?'

Hij keek vluchtig naar de andere aanwezigen. 'Dat zal alleen ikzelf zijn.'

Het was dus enkel zij tweeën.

'Draag je dezelfde schoenen?'

'Rechercheur, mijn schoeisel...'

'Keats, geef gewoon antwoord.'

Hij zweeg even, terwijl hij naar toe kwam. 'Nee, niet dezelfde.'

Zij ook niet.

'Kijk,' zei ze, wijzend.

Hij tuurde naar het object, dat niet langer was dan een paar centimeter.

'Gele conifeer,' merkte hij op.

Hun ogen vonden elkaar terwijl ze zich allebei bewust werden van de betekenis van die ontdekking.

'De whisky is een beetje een raadsel, baas,' zei Bryant, die naast haar verscheen. 'Onze jongen was herstellende van een drankverslaving. Stond al bijna twee jaar droog. Zijn vrouw beweert dat die fles vanochtend nog niet in huis was en dat hij nooit zo gekleed naar buiten zou zijn gegaan. Verder heeft hij nog evenveel geld in zijn portemonnee als toen ze de deur uit ging. Ze controleert het nog steeds.'

Kim stond op en haalde een markeringsbordje uit de techtas. 'Waarom zou de moordenaar whisky meebrengen?'

Bryant haalde zijn schouders op. 'Kweenie, maar hij had hartfalen, dus de whisky was waarschijnlijk voldoende geweest.'

Kim snapte er niets van. De moordenaar had een fles alcohol meegebracht, om de een of andere reden wetend dat die ongetwijfeld fataal zou zijn voor Tom Curtis, maar had hem toch nog half onthoofd. Dat was niet logisch.

'Onze moordenaar had gewoon de fles kunnen afleveren en weg kunnen gaan, maar dat was niet genoeg. Waarom niet?'

'Griezel wilde een boodschap overbrengen?'

'Ofwel de moordenaar wist van zijn hartaandoening maar wilde een persoonlijke noot toevoegen, ofwel het was een manier om hem te verzwakken, zodat het makkelijker zou gaan.'

Bryant schudde zijn hoofd terwijl Kims mobiel overging.

'Stone.'

'Baas, wat is de volledige naam van je slachtoffer?'

'Tom Curtis... hoezo?' vroeg ze, horend dat Dawson buiten adem was. Haar maag draaide zich om door wat ze wist dat ze te horen zou krijgen.

'Je zult het vast niet geloven, maar tien jaar geleden werkte er een chef-kok in het Crestwood-kindertehuis. Zijn naam was Tom Curtis.'

15

'Bedankt dat ik nu mag rijden, baas. Mijn zenuwen zouden nog zo'n achtbaanritje niet aankunnen.'

'Ja, nou, dit is geen *Driving Miss Daisy* en ik wil vóór volgend weekend terug zijn op het bureau.'

Bryant begon aan de rit richting Halesowen en Kim pakte haar mobiel. Ze belde het nummer dat ze eerder had gebeld opnieuw.

'Professor Milton... Ja... Hallo. Over ons vorige gesprek... Is het gelukt?'

'Ik heb wat rondgebeld, meisje, en ik denk dat ik kan helpen met je verzoek.'

'Dat waardeer ik, maar het lijkt erop dat we nu een tweede slachtoffer hebben dat aan deze zaak is gelinkt, dus haast is van het grootste belang.'

Ze hoorde zijn scherpe inademing. 'Ik zal het regelen, rechercheur.'

Ze bedankte hem en hing op.

'Waar ging dat over?'

'Gaat je niks aan, blijf jij maar gewoon rijden.'

Tegen de tijd dat Bryant de parkeerplaats op reed, had ze vooruitgebeld om een korte afspraak met Woody te regelen, dus ze ging het gebouw in en rechtstreeks door naar de derde verdieping.

Kim klopte op Woody's deur en liep al naar binnen voordat hij toestemming gaf.

'Stone, ik hoop maar dat je hier een goeie reden voor hebt. Ik zat midden in een...'

'Meneer, de zaak-Teresa Wyatt is ingewikkelder dan we eerst dachten.'

'Hoezo?'

Kim haalde diep adem. 'Op de dag dat ze vermoord werd, belde ons slachtoffer naar ene professor Milton, die zojuist toestemming had gekregen om in een stuk land te graven in Rowley Regis.

In eerste instantie wilde ze meedoen met het project, maar dat mocht niet. Vervolgens toonde ze zeer veel belangstelling voor de betreffende locatie.'

'Om wat voor plek gaat het?'

'De plek van het voormalige kindertehuis.'

'Naast het crematorium?'

Kim knikte. 'Zowel Teresa Wyatt als Tom Curtis is een voormalig personeelslid. In de paar dagen sinds hij toestemming voor zijn graafwerkzaamheden kreeg, is de professor bedreigd en is zijn hond omgebracht. En twee eerdere werknemers van Crestwood zijn vermoord.'

Woody staarde naar een punt op de muur achter haar. Hij zag de krantenkoppen al voor zich.

'Meneer, iemand wil niet dat er in dat stuk grond wordt gewroet.'

'Stone, trek geen overhaaste conclusies. Er spelen veel belangen.'

'Morgen staat alles klaar op de plek.'

Zijn kaak verstrakte. 'Stone, je weet dat dat niet kan. Er zijn allerlei dingen die we eerst moeten doen.'

'Met alle respect, meneer, maar dat is uw zorg, niet de mijne. Nu deze zaak steeds groter wordt, hebben we echt niet de luxe om zo lang te wachten.'

Hij overdacht haar woorden even. 'Ik wil dat je morgenochtend meteen naar die locatie gaat, maar er wordt niets opgegraven, niet één spade gaat de grond in voordat je toestemming krijgt van mij.'

Kim zei niets.

'Stone, begrijpen wij elkaar?'

'Natuurlijk, meneer. U zegt het maar.'

Ze stond op en verliet het vertrek.

16

Bethany Adamson vloekte toen de stilte op de gang plots verbroken werd door lawaai. Het metalen rooster tussen de lift en de vloertegels rammelde onder haar wandelstok.

Ze liep de gang door, ondertussen zoekend naar de sleutels van het appartement. Met één hand probeerde ze de huissleutel eruit te pikken. De hele sleutelbos viel op de grond; metaal tegen metaal.

Ze vloekte terwijl ze zich bukte om hem op te rapen. Pijn schoot vanuit haar knie naar haar heup. Haar hand sloot zich sloot zich om de sleutels, maar ze hoorde het nachtslot op de deur van dat vervelende mens al openschuiven.

Terwijl Beth overeind kwam, voelde ze de stroom warme lucht die door de open deur van haar buurvrouw kwam.

'Gaat alles goed hierbuiten?' vroeg ze.

Er klonk geen ongerustheid door in de vraag, alleen iets van een berisping.

Myra Downs was ongeveer 1 meter 52 lang op haar met bont afgezette slippers. De huid van haar voeten zag er schilferig en droog uit. Beth dankte God dat de vrouw gekleed was in een lange ochtendjas. Haar dikke armen waren over elkaar geslagen voor een omvangrijke boezem die zo platgedrukt werd als een ezelsoor. Haar gerimpelde gezicht stond geërgerd.

Beth keek haar recht aan. Nicola mocht dan misschien bang zijn voor dat ouwe wijf, maar zij was dat niet.

'Neuh, mevrouw Downs, ik werd alleen maar verkracht en beroofd door drie kerels, maar bedankt voor uw bezorgdheid.'

De vrouw snoof. 'Er proberen hier mensen te slapen, weet je.'

'Dat lukt vast beter als u tegen de deur leunt.'

Het gezicht van de vrouw verwrong als dat van een buldog die op een wesp kauwde.

'Weet je, voordat jij op deze verdieping kwam wonen was dit een heel fatsoenlijke plek en nu met al dat geruzie en die herrie op onmogelijke tijden...'

'Mevrouw Downs. Het is halftien en ik heb me sleutels laten vallen. Verman uzelf, verdomme.'

Het gezicht van de vrouw werd rood. 'Zeg... zeg... hoe lang ben je van plan te blijven?'

Ja, nog een bewoner die haar hier niet wilde hebben. Nou, vette pech.

'Waarschijnlijk blijf ik nog effe. Nic zet me in het huurcontract.'

Die leugen was het waard om de afschuw op haar gezicht te kunnen zien verschijnen. 'O nee, nee, ik zal het er met je zus over hebben...'

Die bemoeizuchtige ouwe taart begon op haar zenuwen te werken.

'Wat is verdomme uw probleem?'

'Herrie laat op de avond is beangstigend voor alleenstaande bewoners, jongedame.'

'Wie denkt u dat er naar binnen ken komme? U wordt beschermd door drie sloten en een cijfercode.' Beth nam haar van top tot teen op. 'En ik denk niet dat u veel te vrezen heb, eerlijk gezegd.'

Mevrouw Downs stapte weg bij de deur. 'Ik weet me geen raad met jou, ik zal met Nicola praten. Zij is heel wat vriendelijker dan jij.'

Vertel mij wat, dacht Beth.

Ze bleef de oude vrouw aanstaren tot de deur eindelijk dichtging. Ze stond zichzelf een klein glimlachje toe. Dit korte gesprek maakte haar avond goed.

Ze rammelde nog een paar keer met de sleutels voordat ze zichzelf in het appartement binnenliet.

Beth zette de wandelstok tegen de zijkant van de bank en ging zitten. Ze wreef over haar knie. De kou was een aanslag erop.

Ze pakte de slippers die naast de bank stonden. De kastanjebruine leren zolen waren zacht en glad; het bont comfortabel en warm.

Ze deed haar platte schoenen uit en schoof haar voeten in het dure schoeisel. Ze waren niet van haar, maar Nicola zou het niet erg vinden. Ze hadden altijd alles gedeeld. Dat deden tweelingen.

Ze stond op en schudde de pijn uit haar knie.

Ze klopte zachtjes op Nicola's deur. Geen reactie. Wat had ze ook verwacht? Natuurlijk was die sletterige zus van haar niet thuis. Ze was uit dansen en haar lichaam aan het showen voor geld.

Ze deed de deur open en stapte naar binnen. Zoals gewoonlijk benam de kamer haar de adem. Het was de kamer waar ze van gedroomd hadden als kinderen toen ze naast elkaar lagen in Crestwood.

Hun kamer zou bij elkaar passende roze dekens en kussens bevatten. De bedden zouden omringd zijn door een baldakijn met prachtig kantwerk. Ze droomden over een kledingkast die net zo magisch was als Narnia. Er zouden planken vol knuffels en sneeuwbollen zijn. Boven het hoofdeinde van beide bedden zouden kerstlichtjes gedrapeerd zijn. Hun denkbeeldige slaapkamer zou betoverend en licht zijn en gevuld met spullen van henzelf, en ze zouden langzaam in slaap vallen terwijl ze schaduwfiguren maakten op de muur.

Beth liep verder de kamer in. Haar hand gleed langs de plank boven de open haard en kwam uit bij die ene bruine knuffelbeer aan het eind. Ze opende de deur van de inloopkast en stapte naar binnen.

Nicola's kleren, ondergoed en schoenen waren opgevouwen, opgestapeld en op kleur gesorteerd. Twee lades bevatten enkel sieraden. In één la zaten dure, kwetsbare stukken nog in hun originele verpakking.

Beth zag er een van Cartier en twee van De Beers.

De tweede la bevatte opvallendere, zwaardere stukken waarvan Beth vermoedde dat ze die voor haar werk droeg. Ze deed snel de la dicht en liep verder. Ze hield er niet van om aan het werk van haar zus te denken.

Een kaptafel scheidde de kledingkast van het schoenenrek. Eén enkel snoer met heldere kerstlichtjes hing over de rand van de spiegel.

Beth liep terug de slaapkamer in en ging op het hemelbed zitten. Dit was een heuse prinsessenkamer, precies zoals ze hadden gewild. Het was de plek waarvan ze hadden gezworen dat ze er voor eeuwig en altijd samen zouden wonen.

Het was de kamer waarvan ze gedroomd hadden; alleen was er maar één bed.

Eén bed, waarvan de zus die alles had kon genieten.

Wat Nicola bezat maakte Beth lang niet zo boos als de weigering van haar zus om toe te geven wat ze had gedaan.

Haar meelijwekkende ontkenning van hun verleden maakte Beth elke volgende dag bozer en bozer. Geen enkele verontschuldiging kon dat ooit goedmaken.

Nicola's handelen had hun kans op een gezamenlijk leven verpest, en toch bleef ze de feiten maar negeren.

Ik weet niet waarom je me haat. Ik weet niet wat ik heb gedaan. Ik weet niet waarmee ik je heb gekwetst. En maar blijven negeren.

Hoezeer Nicola ook het tegendeel beweerde, Beth kende de waarheid.

Ergens diep vanbinnen wist ze het wél.

17

'Jezus, Bryant, sta eens stil!'

Hij hupte heen en weer. Vannacht was de temperatuur gedaald naar min drie en de kou die nog in grond zat drong door hun schoenen en in hun botten.

Hij maakte een kommetje van zijn handen en blies er warme adem in. 'Voor degenen onder ons die niet van titaan gemaakt zijn, is het zo koud dat je ballen eraf vriezen.'

'Verman jezelf,' zei Kim, terwijl ze naar de rand van de locatie liep.

Het terrein was zo groot als een voetbalveld en liep licht omhoog richting een rij bomen die de noordelijke rand van de wijk met sociale woningen aan het oog onttrok. Aan de westzijde liep een weg die het stuk grond scheidde van het Rowley Regis-crematorium. De overblijfselen van een groot gebouw stonden aan de zuidkant, het dichtst bij de weg. Een bijna twee meter hoog hek vormde een nette begrenzing rondom het bouwwerk en onttrok het onderste gedeelte aan het zicht.

Ze keek even naar het westen en schudde haar hoofd. Lekker opbeurend voor kinderen die verlaten, mishandeld en verwaarloosd waren om uitzicht te hebben over een plek voor de doden.

Er waren momenten waarop de gevoelloosheid van het systeem haar onthutste. Dit gebouw was beschikbaar geweest en dat was het enige wat had geteld.

Ze zuchtte en blies in stilte een kusje richting Mikeys graf, dat nu achter een mistgordijn lag dat hen van de rest van de wereld scheidde, aan alle kanten ruim zestig meter verderop.

Een Volvo estate stopte op een zanderig stukje aan de rand van het perceel.

Kim liep ernaartoe terwijl professor Milton en twee andere mannen uit het voertuig stapten.

'Rechercheur, goed om u weer te zien.'

Kim zag een opmerkelijke verandering in de houding van de professor in vergelijking met de vorige dag. Hij had blozende wangen en stralende ogen. Zijn manier van lopen was levendig en doelgericht. Als dat het effect was van één nacht bij mevrouw Pearson, dan wilde zij daar ook wel inchecken.

Hij draaide zich om naar zijn gezelschap terwijl Bryant naast haar opdook. 'Dit zijn Darren Brown en Carl Newton. Ze zijn vrijwilligers die zouden meehelpen bij mijn opgraving. Zij zullen de apparatuur bedienen.'

Na alle moeite die hij gedaan had, voelde Kim zich verplicht om eerlijk te zijn tegen de professor.

'U weet dat dit maar een vermoeden is, hè, professor? Misschien ligt er helemaal niks.'

Zijn ogen stonden serieus en zijn stem was zacht. 'Maar wat als er wel wat ligt, rechercheur? Ik heb twee jaar lang geprobeerd om in dit stuk grond te graven en iemand heeft zijn uiterste best gedaan om me tegen te houden. Ik wil graag weten waarom.'

Kim was blij dat hij het begreep.

Een Vauxhall Astra stopte naast de auto van de professor. Een gezette man van in de vijftig stapte uit, gevolgd door een lange, roodharige vrouw die Kim schatte op eind twintig.

'David, bedankt voor je komst,' zei Kim.

'Ik kan me niet herinneren dat ik veel keus had, rechercheur,' zei hij met een korte glimlach.

'Professor Milton, dit is doctor Matthews.'

De twee mannen schudden elkaar de hand.

Kim had doctor David Matthews leren kennen aan de universiteit van Glamorgan, die samen met de universiteit van Cardiff en de politie van South Wales het het Universities Police Science Institute vormde, een unieke organisatie in het Verenigd Koninkrijk. Het was gericht op onderzoek en training in politie-gerichte zaken.

Doctor Matthews was adviseur voor het Glamorgan Centre for Police Sciences en hij had een grote rol gespeeld bij het opzetten van het Crime Scene Investigation House op de universiteit.

Kim had daar twee jaar eerder een cursus gevolgd en had naar aanleiding van haar eigen ervaringen met plaatsen delict een paar suggesties gedaan ter verbetering van het rollenspel, wat tot gevolg had dat ze het hele weekend bleef.

'Mag ik je voorstellen aan Cerys Hughes. Ze is een volledig bevoegd archeoloog en ze is pas afgestudeerd in Forensisch Onderzoek.'

Kim knikte in haar richting.

'Oké, het is belangrijk dat jullie allebei begrijpen dat we hier nog geen bevoegdheden hebben. Mijn baas is momenteel bezig met de formaliteiten, dus er mag niets overhoop worden gehaald voordat het papierwerk in orde is. Als je vermoedt dat er iets ligt, wat dan ook, laat het me weten.'

David Matthews stapte naar voren. 'Je krijgt drie uur van onze tijd voor dit geintje en als we niets bespeuren, zijn we weer weg.'

Kim knikte. Drie uur van zijn tijd voor twee dagen van de hare. Yep, dat voelde fair.

Hij ging verder. 'Cerys en ik zullen een klein stukje uitgraven op het hoogste punt van het terrein zodat we kunnen beginnen met het analyseren van de grond.'

Kim knikte naar Cerys. Het vuurrode haar was in een keurige bob geknipt die tot vlak onder haar vierkante kaaklijn viel. Haar lichtblauwe ogen waren doordringend. Ze was niet van nature mooi, maar ze had een gezicht dat intrigerend was, dat de aandacht trok.

De vrouw groette haar zonder een glimlach en volgde David, toen die in de richting van het bovenste deel van het perceel liep.

Een wit Escort-busje nam de laatste plek in op het zandgedeelte.

Een vrouw opende de achterdeuren. Er verschenen een gloeiende koffiekan en in folie gewikkelde pakketjes.

Bryant grinnikte. 'Verbeeld ik me haar?'

'Nee, ze is echt. Zorg dat ze allemaal een warm drankje en een hamsandwich krijgen voordat ze aan de slag gaan.'

Bryant glimlachte. 'Weet je, baas, soms...'

Kim hoorde de rest van zijn woorden niet meer, omdat ze al over de heuvel omlaag liep naar het verlaten gebouw.

Ze liep helemaal langs de omheining, maar er was geen ingang. De voorkant van het pand keek uit op de weg en de tegenoverliggende huizen. Te veel nieuwsgierige ogen. Ze keerde terug naar de achterkant en ging op zoek naar een kwetsbare plek.

Het hekwerk was geen traditioneel ontwerp van latten boven elkaar. Elk schot was gemaakt van stevig, dik hout dat gewoonlijk voor pallets werd gebruikt, en liep precies parallel aan zijn boven- en onderbuurman. Tussen alle ruim twintig centimeter brede schotten was een klein streepje daglicht te zien.

Ze duwde tegen een van de hoge houten hekpalen. Hij bewoog heen en weer; de onderkant van de paal was aan het wegrotten in de grond.

'Dat kun je maar beter niet doen, baas,' zei Bryant, terwijl hij haar een warm drankje aanreikte. Ze pakte het aan met haar linkerhand en vervolgde haar weg langs de palen. De volgende twee stonden stevig, maar de vierde schommelde heen en weer.

'Hoe heb je doctor Matthews hier gekregen? Heb je hem bedreigd?'

'Wat versta je onder bedreigen?' zei ze, terwijl ze tegen de volgende paal duwde.

'Waarschijnlijk beter als ik het niet weet. Aannemelijke ontkenning en zo.'

'Het kan geen kwaad dat er een forensisch archeoloog bij is.'

'Tuuurlijk niet, alleen hebben we op dit moment geen bevoegdheid om iemand op te dragen om iets te doen.'

Kim haalde haar schouders op.

'Wat als er niks in de grond zit?'

'Dan gaan we allemaal naar huis voor een kop thee. Maar als er wel wat zit, hebben we een voorsprong. Doctor Matthews is een gediplomeerd...'

'O, dat weet ik, hij heeft me zojuist zijn hele studietraject verteld. Maar Woody zei dat er niks mag worden aangeraakt voordat het papierwerk in orde is.'

'Nu ben je net zo'n schoolmeester.'

'Ik probeer gewoon te voorkomen dat je je vingers brandt, baas.'

'Met mijn vingers is alles goed. Je zou je meer zorgen moeten maken om die van jezelf, als je van plan bent om dat tweede broodje ham op te eten dat in je zak zit.'

'Hoe wist je dat?'

Kim schudde haar hoofd. Doordat hij er eentje voor haar zou meebrengen, ook al wist hij dat ze die waarschijnlijk niet zou aannemen.

Ze stapte weg van het hek en dronk haar bekertje koffie leeg. 'Een belangrijke vraag is nu: ga ik eroverheen of erdoor?'

Bryant gromde. 'Wat zeg je van: ervandaan?'

'Die optie heb ik niet gegeven.'

'We hebben geen toestemming om naar binnen te gaan.'

'Help me of laat me m'n gang gaan. Aan jou de keuze.'

Ze zette het lege bekertje op de grond terwijl Bryant een diepe zucht slaakte.

'Als je erdoorheen gaat, maak je de plek kwetsbaar voor kinderen.'

‘Erover dus,’ zei Kim, terwijl ze naar het middelste gedeelte van de latten liep tussen de twee stevige hekpalen. Ze gaf een gerichte trap tegen een van de schotten ter hoogte van haar heup. Hij versplinterde. Ze trapte er nog een keer tegen en het schot brak doormidden. Ze duwde de gebroken delen naar binnen, zodat ze het stevige stuk onderaan als opstapje kon gebruiken.

In één vloeiende beweging zette ze de neus van haar linkerschoen boven op de lat en zette zich af tegen Bryants schouder. Ze greep de stevige paal links van haar, en gooide haar rechterbeen over de bovenkant van het hekwerk en in het gat aan de andere kant. Terwijl ze schrijlings op het hek ging zitten, pauzeerde ze even om haar evenwicht te hervinden, waarna ze haar linkerbeen eroverheen gooide, in het gat. Ze sprong achterwaarts omlaag, haar knieën buigend om de klap te verzachten.

Het gras rond het pand was lang en overal waren brandnetels. Kim zocht zich een weg naar het enige kapotte raam dat ze op de begane grond zag. De hoogte van het hek had de onderste ramen behoed, maar al het glas van de verdieping erboven was gesneuveld.

Ze spotte een grijze metalen vuilnisbak. Ze haalde het deksel eraf en sloeg ermee tegen de kapotte ruit.

‘Wat ben je in vredesnaam aan het doen?’ riep Bryant.

Ze negeerde hem en sloeg nog een paar stukken glas weg, pakte vervolgens de vuilnisbak, zette die op z’n kop en ging erop staan. Ze kroop voorzichtig door het kapotte raam, op een formica werkblad dat langs de gehele muur liep en enkel onderbroken werd door een dubbele gootsteen.

Ze keek naar binnen en zag de door vuur aangetaste muren van de keuken. Kim begreep dat de brand verderop was begonnen. De muren waren het zwartst bij de deur die naar de gang leidde. In alle hoeken van de kamer hingen gordijnen van spinrag.

Ze hoorde het geluid van druppend water ergens in het gebouw. De watertoevoer zou waarschijnlijk afgesloten zijn bij de plugkraan. Ze vermoedde dat het regenwater was dat was achtergebleven op een dak dat beschadigd was door vuur en de tand des tijds en nu aan de elementen was blootgesteld.

Terwijl ze in de deuropening stond, zag ze dat de gang over de gehele lengte van het gebouw liep en dat in tweeën deelde. Als ze naar rechts keek, zag ze muren die gebroken wit waren geschilderd. Hier en daar zat een laagje stof, maar het vuur had niets aangetast.

Aan haar linkerkant waren de zwart geworden houten balken die de vloer erboven ondersteunden te zien. De deurposten waren verkoold en aan de onderkant van de muren zat op nog maar een paar plekken verf. Snoeren en kabels hingen open en bloot tussen de balken.

De vloer van de gang was bezaaid met puin en gevallen plafondtegels. De schade leek erger te worden richting de zijkant van het gebouw.

Kim stapte terug de keuken in en nam alles opnieuw in zich op. De kastjes aan de muur die het dichtst bij de deur waren, hadden het vlekkenpatroon van verbrand hout. De deuren van de koelkast en vriezer waren verbogen en hingen opzij; rondom de zespits kookplaat was alles bedekt met een dun laagje roet.

Ze opende de deur van het keukenkastje dat het dichtst bij het fornuis hing. Een A4'tje zat aan de binnenkant geplakt. De tekst was nog zichtbaar. Links stond een lijst van meisjesnamen en daarnaast een schema met de toebedeelde taken van die week.

Kim aarzelde even. Haar hand ging omhoog en raakte de eerste paar namen aan. Zij was een van deze meisjes geweest; niet hier en niet toen, maar onbewust kende ze ieder meisje van deze lijst. Ze kende hun eenzaamheid, hun pijn, hun woede.

Er schoot Kim plotseling een herinnering te binnen aan pleeggezin nummer vijf. In het piepkleine kamertje aan de achterkant van het huis hoorde ze elke nacht zacht gekoer komen uit het huis van de buren.

Elk keer dat de wedstrijdduiven werden losgelaten, ging ze kijken en wenste ze dat ze zouden wegvliegen, zouden ontsnappen uit hun gevangenschap en vrij zouden zijn. Maar dat gebeurde nooit.

Plekken als Crestwood waren net zo. Af en toe werden de vogels losgelaten, maar ze vlogen altijd weer terug.

Net als bij een gevangenis, ging een vertrek uit een kindertehuis gepaard met een afscheid dat hoopvol en welgemeend was, maar nooit definitief.

Haar gedachten werden onderbroken door het geluid van een sirene in de verte. Ze klauterde op het aanrecht en kroop door het raam, op de vuilnisbak en omlaag naar de grond.

Ze sleepte net de vuilnisemmer naar het hek, toen de sirene zweeg en de motor werd afgezet.

'Morgen, Kelvin, wat is er aan de hand?' riep Bryant.

Kim rolde met haar ogen en leunde tegen het hek.

'Kreeg een melding dat er iemand in dit gebouw was gezien.'

Geweldig, de politie was hier voor haar.

Bryant grinnikte. 'Nee joh, ik ben de enige die hier rondneust. Heb vandaag de rotklus gekregen om dit verdomde graafteam te babysitten en ik was gewoon nieuwsgierig naar wat hierachter was.'

'Maar u bent niet in het gebouw geweest?' vroeg de agent weifelend.

'Nee, man, hoe stom denk je dat ik ben?'

'Oké dan, rechercheur. Ik laat jullie met rust.'

De agent begon weg te lopen, maar draaide zich toen om en zette een paar stappen terug. 'Rotklus van uw baas, rechercheur?' vroeg hij.

'Wie anders?'

'Ik moet zeggen, meneer, dat vrijwel het hele bureau met u meeleeft omdat u met die keiharde tante moet samenwerken.'

Bryant grinnikte. 'Als ze je zou kunnen horen, zou ze het daar vast mee eens zijn, weet je.'

'Ze is wel een beetje ijzig hè, niet?'

Kim knikte achter het hek. Ja, daar was ze tevreden mee.

'Nee joh, ze is niet zo slecht als je denkt.'

Kim gromde bijna. Jawel, dat was ze wel.

'Sterker nog, ze zei onlangs dat het leuk zou zijn als jullie af en toe een praatje met haar maakten.'

Ze zou Bryant verdomme de nek omdraaien. Langzaam.

'Geen probleem, meneer. Ik zal het onthouden.'

Terwijl de agent wegliep, gaf hij door aan de controlekamer dat er niks aan de hand was bij het pand.

'Eikel,' spuwde Kim door het hek.

'Oeps, sorry, baas. Wist niet dat je daar was en meeluisterde.'

Kim stapte op de vuilnisbak en ging op dezelfde manier naar buiten als ze binnen was gekomen.

Ze landde op haar voeten maar viel tegen Bryant aan en duwde hem opzij.

'O, sorry,' zei ze.

'Op de schaal van oprechte excuses, geef ik deze een min zeven.'

'Rechercheurs,' zei de professor, terwijl hij naast hen verscheen. 'We zijn klaar om van start te gaan.'

Bryant ving haar blik en hield die vast terwijl de professor zich omdraaide en wegliep.

'En, ben je iets wijzer geworden van je illegale ontdekkingstocht?'

'In tegenstelling tot wat er in het onderzoeksrapport staat, is de brand niet in de keuken begonnen.'

18

Kim haalde de professor in toen hij Bill en Ben naderde, zoals ze de vrijwilligers gedoopt had.

'Het voorlopige onderzoek van doctor Matthews wijst uit dat de grond veel klei bevat.'

Niet heel verrassend voor Black Country.

'Dat beïnvloedt de werking van de bodemradar, dus we stappen over op een magnetometer.'

'Gezondheid,' zei Bryant.

De professor negeerde haar collega en bleef tegen haar aanpraten alsof ze wist waar hij het over had. Kim trok zelden de deskundigheid van anderen in twijfel. Ze vertrouwde erop dat mensen hun werk goed deden en ze ging ervan uit dat dat andersom ook gold.

'De magnetometer meet met behulp van sensoren de sterkte van het magnetisch veld. Verschillende materialen kunnen storingen veroorzaken en dit specifieke instrument kan afwijkingen detecteren die worden veroorzaakt door omgewoelde aarde of rottend organisch materiaal.'

Bill begon naar hen toe te lopen en Ben volgde hem. Voor Kim leek hij op iets uit *The Terminator.* Over zijn schouder hing een zwarte band die vastzat aan een bijna twee meter lange metalen staaf die hij horizontaal op heuphoogte hield. Aan het uiteinde zat een tweede staaf, zodat hij met een enorme letter T rondliep. Aan weerszijden van het kortere deel zaten sensoren. Zwarte snoeren liepen naar het afleesapparaatje rond zijn middel en hij droeg een zwarte canvas tas op zijn rug.

'We beginnen daarbeneden in de hoek en werken in rechte lijnen. Een beetje zoals je een grasveld zou maaien.'

Kim knikte en de drie mannen liepen weg.

Doctor Matthews en zijn assistent hadden zich teruggetrokken in de warmte van de auto.

'Kun je dit aan, baas?' vroeg Bryant.

'Waarom zou dat niet zo zijn?' bitste ze.

'Nou, je weet...'

'Nee, ik weet het niet en als je twijfels hebt over mijn bekwaamheid, neem dan maar contact op met mijn baas.'

'Baas, dat zou ik nooit doen. Ik vroeg het alleen uit bezorgdheid.'

'Ik voel me prima, hou er maar over op.'

Ze sprak nooit over haar verleden, maar Bryant wist dat ze in een tehuis had gezeten. Hij wist niet wat er daar met haar gebeurd was. Hij wist dat ze een moeder met paranoïde schizofrenie had, maar hij wist niet wat daar de onaangename gevolgen van waren. Hij wist dat ze ooit een tweelingbroer had gehad, maar hij wist niet hoe hij overleden was. Slechts één persoon wist wat er allemaal gebeurd was in haar leven en ze wist verdomd zeker dat dat ook zo zou blijven.

De telefoon in haar zak ging over. Het was Woody.

Ze nam op met een verwachtingsvol: 'Meneer?'

'Het is nog afwachten, Stone. Ik check alleen of je nog weet waar we het over gehad hebben.'

'Natuurlijk, meneer.'

'Want als je tegen mijn instructies in gaat...'

'Meneer, alstublieft zeg, u kunt me vertrouwen.'

Bryant schudde zijn hoofd.

'Als ik in de komende paar uur nog steeds geen toestemming krijg, laat professor Milton dan inrukken en bedank hem voor zijn tijd.'

'Ja, meneer,' zei ze. Godzijdank wist hij niets van doctor Matthews.

'Ik weet dat het frustrerend is om niks te mogen doen, maar we moeten de procedures volgen.'

'Ik begrijp het, meneer. Bryant hier zou graag zijn zorgen uitspreken over iets met betrekking tot het afhandelen van deze zaak.'

Ze stak de telefoon naar hem uit. Bryant keek haar vernietigend aan voordat hij wegliep.

'O nee, ik geloof dat ik me vergist heb.'

Woody mompelde wat en hing op. Ze toetste Dawsons nummer in. Hij nam op bij de tweede keer overgaan.

'Wat heb je?'

'Op dit moment niet zoveel, baas.'

'Heb je de namen van de andere personeelsleden?'

'Nog niet. De lokale autoriteiten zijn lang niet zo behulpzaam als Courtney. We spitten alle nieuwsberichten door waar Crestwood in genoemd wordt om te zien of we iets kunnen vinden. Het beste wat we tot nu toe hebben gevonden is een dominee Wilks die een gesponsorde bergwandeling over de Three Peaks heeft georganiseerd om geld in te zamelen voor een dagtochtje voor de meisjes.'

'Oké, Kev, geef me Stacey.'

'Goeiemorgen, baas.'

'Stace, ik wil een lijst krijgen van de kinderen die hier waren toen de plek afbrandde.'

Zelfs als er niets werd gevonden, moesten ze met ex-bewoners van de instelling praten om een link te vinden tussen Teresa Wyatt en Tom Curtis.

Stacey zei dat ze meteen aan de slag zou gaan en hing op.

Kim keek vluchtig richting de jongens. Ze waren ongeveer twaalf meter verder gekomen, maar stonden nu stil en bekeken de apparatuur.

Haar dwalende blik viel op Bryant aan de rand van het perceel, met zijn rug naar haar toe. Het was niets voor haar, maar ze voelde zich schuldig omdat ze zo bits tegen hem had gedaan. Ze wist dat hij het gevraagd had uit bezorgdheid over haar welzijn, maar ze reageerde gewoon niet zo goed op vriendelijkheid.

'Hé, heb je dat broodje ham nog?' vroeg ze, terwijl ze tegen zijn arm duwde.

'Ja hoor, wil je het?'

'Nee, gooi het in die vuilnisbak daar. Het is niet goed voor je cholesterolgehalte.'

Zodra de woorden haar mond uit waren besefte ze dat het twee kanten had.

'Heb je met moeder de vrouw gesproken?'

Kim glimlachte. Ze had twee dagen geleden een appje ontvangen.

Kim hoorde rumoer en keek achterom.

De professor kwam snel haar kant op. Zijn gezicht bloosde en hij keek opgewekt.

'Rechercheur, het apparaat geeft interessante waardes aan. Volgens mij zijn we iets op het spoor.'

Bryant trok haar aandacht. 'Baas, we hebben helemaal geen toestemming.'

Ze bleef hem even aankijken. Als er een lichaam in deze grond begraven lag, dan zou het daar geen minuut langer blijven dan noodzakelijk.

Ze knikte naar de professor. 'Begin met graven.'

19

'Met alle respect, baas, maar ben je verdorie gek geworden?'

'Zit je iets dwars, Bryant?'

'Alleen maar het feit dat je je baan kunt verliezen hierdoor.'

Ze haalde haar schouders op. 'Dat is mijn pakkie-an.'

'Ja, maar soms moet je gewoon eerst even nadenken voordat je iets doet.'

'Weet je wat? Jij blijft daar staan en denkt voor mij, terwijl ik verderga met mijn werk.'

Ze liep weg van hem en ging naar de professor toe. Doctor Matthews kwam over het terrein aangestormd alsof hij met een katapult was weggeschoten.

'Rechercheur, ik kan dit niet toestaan. Wat denk je in hemelsnaam dat je aan het doen bent?'

'Mijn werk?'

'Het is je werk niet totdat je toestemming hebt voor de opgraving.'

'Wie zei er iets over opgraving? We gaan gewoon een beetje in de grond wroeten.'

Alle partijen waren samengekomen en ze staarden alle zeven naar het apparaat.

'Je kunt het hele onderzoek in gevaar brengen door te gehaast te handelen.'

'Doctor, als er een lijk wordt gevonden neem ik onmiddellijk alle protocollen in acht, maar op dit moment hebben we alleen nog maar een afwijking. Voor hetzelfde geld is het niet meer dan een dode hond.' Ze besefte meteen wat ze had gezegd. 'Sorry, professor.'

'Dit is mogelijk een plaats delict,' ging Matthews ertegenin.

'Waar elke liefhebber van metaaldetectors tot nu toe had kunnen graven en waarbij dan geen enkel protocol zou zijn gevolgd.'

Dat was haar logica en daar bleef ze bij.

Matthews mond verstrakte toen hij zich realiseerde dat ze onvermurwbaar was.

Zijn ogen dwaalden langs alle anderen in de kring en keerden toen weer terug naar haar. 'Je onbezonnenheid brengt de carrière van al deze mensen in gevaar.'

Kim knikte begrijpend. Ze wendde zich tot Bill en Ben. 'Geef de schep aan mij.'

'Baas...'

Bill en Ben keken naar de professor, die naar haar keek.

'Jezus christus,' snauwde ze, terwijl ze de spade pakte. 'Doctor Matthews, als u wilt, kunt u weer in de auto gaan zitten totdat we toestemming krijgen. De rest van jullie mag doen wat-ie wil.'

Ze hief haar arm en liet de spade naar de grond zakken. Haar rechtervoet duwde het blad zo diep mogelijk. Ze verwijderde de klont aarde en legde die links van haar. Ze deed hetzelfde opnieuw.

Doctor Matthews kromde zijn rug en draaide zich om. 'Ik kan hier niet aan meedoen. Kom mee, Cerys.'

'Ik kom zo, doctor,' zei ze, zonder naar hem te kijken. Ze trok Kims aandacht. 'Ik blijf nog even observeren.'

De doctor aarzelde, waarna hij zijn hoofd schudde. Hij liep terug richting de auto.

Kim glimlachte dankbaar naar de forensisch specialist. Haar aanwezigheid bood wat bescherming en dat wist ze.

Ze bracht de spade weer omlaag en herhaalde de procedure. De grond was hard en dit zou wel even gaan duren, maar het was beter dan duimen draaien.

'O, in hemelsnaam,' zei Bryant, terwijl hij de tweede schep pakte.

Hij ging tegenover haar staan, op bijna twee meter afstand, en duwde de schep de grond in.

De professor keek gepijnigd. Hij schudde zijn hoofd. 'Nee, nee, nee. Als je dit dan toch doet, doe het dan in elk geval op de juiste manier.'

De daaropvolgende twee uur wisselden zij en Bryant en Bill en Ben elkaar beurtelings af, terwijl Cerys en professor Milton aanwijzingen gaven voor hoe ze moesten graven.

Cerys had onophoudelijk om het stuk grond gelopen, ondertussen de data op de magnetometer raadplegend. Ze had geadviseerd waar ze moesten graven en hoe diep ze moesten gaan.

Cerys bukte zich vlak bij de plek waar Kim bezig was. 'Rechercheurs, ga even aan de kant, alstublieft. Professor, kunt u me mijn tas met handgereedschap geven?'

Kim stapte uit de kuil die nu bijna twee meter breed, tweeënhalve meter lang en een halve meter diep was.

Kim probeerde zich af te kloppen, maar op haar broek zaten tot aan haar knieën ingedroogde vlekken van vochtige modder en klei.

Cerys en professor Milton overlegden over de gegevens en wezen naar plekken in de kuil. De jongens stapten erin met tuingereedschap en kregen instructies van Cerys.

Bryant kwam naast haar staan. 'Het is nooit saai met jou, hè?'

'In elk geval heb je dat broodje ham van daarstraks verbrand.'

'Wel meer dan dat.'

Haar eigen maag begon te rommelen. Die halve geroosterde boterham die ze om halfzeven had gegeten, was allang verteerd.

'Het is bijna twee uur. De dag is al bijna voorbij,' merkte Bryant op.

Bill of Ben gebaarde naar Cerys dat ze de kuil in moest komen. Ze knielde neer en begon met iets wat leek op een groot uitgevallen poederkwast één bepaalde plek af te stoffen. Kim zag dat het haar niets kon schelen dat er nu aarde en modder aan haar lichtblauwe jeans koekte.

Ze borstelde nog een keer en stopte toen. 'Oké, ik wil dat iedereen die geen forensische achtergrond heeft onmiddellijk uit de kuil stapt.'

Cerys bleef alleen achter in het gat. Ze draaide zich om en keek Kim aan. 'Er liggen hier botten, rechercheur, en aangezien er vijf vingers zijn, is het geen dode hond.'

Even zei niemand iets, terwijl ze allemaal stilstonden bij de vondst.

Toen, alsof de gevonden botten een of ander alarm in werking hadden gezet, kwamen twee patrouillewagens het grind op gescheurd en ging haar mobiel.

Het was Woody. Godzijdank.

'Stone, kom terug en breng Bryant met je mee,' blafte hij.

'Meneer, ik moet u vertellen...'

'Dat vertel je maar als je hier bent.'

'Maar er liggen hier botten in de grond.'

'En ik heb je al gezegd dat je onmiddellijk terug moet komen, en als je hier niet binnen een kwartier bent, hoef je helemaal niet meer te komen.'

De verbinding werd verbroken. Ze wendde zich naar Bryant. 'Ik denk dat hij het weet.'

Bryant rolde met zijn ogen.

'Ga maar, ik zie je daar wel.'

Bryant knikte en liep terug naar zijn auto.

'Luister, mensen, bedankt voor jullie hulp, maar als iemand ernaar vraagt: Bryant heeft niks aangeraakt, oké?'

Ze knikten allemaal.

Kim holde naar haar motor, zette haar helm op en trok haar handschoenen aan. Ze reed weg van het terrein en bereidde zich voor op de consequenties.

20

Er is iets in haar dat me fascineert.

Ze wordt omringd door activiteit: sirenes, voertuigen, beweging, en toch blijven mijn ogen op haar gericht. Ze valt op. Ze is een driedimensionaal beeld in een tweedimensionale film.

Er zit een tomeloze energie in haar. Alsof een boze geest haar voortdrijft. Het is iets duisters en het intrigeert me. Zelfs in een groep is ze alleen. Zelfs als ze stilstaat, beweegt ze. Op de maat van een brein dat constant op volle toeren draait, knijpt ze haar hand samen of tikt met haar voet.

Hoewel ik haar nog niet eerder gezien heb, ken ik haar. Ik herken haar intelligentie, haar rusteloosheid en dat vanzelfsprekende wantrouwen in haar blik. Ze heeft een zintuiglijk vermogen dat verborgen blijft voor de meesten. Het is niet te definiëren en te benoemen, maar het is afgestemd op alles om haar heen. En ik heb het eerder gezien.

Ach, Caitlin. Lieve schattige aanbiddelijke Caitlin...

Al veel te gauw is ze weer weg. Een film zonder hoofdrolspeler. Mijn interesse neemt af, maar ik blijf waar ik ben, tijdelijk in gedachten verzonken.

Wat was er het eerst: de kip of het ei? Dat is een vraag die ik mezelf vaak heb gesteld. Voelde ik niets toen mijn moeder me verstootte, of verstootte ze me omdat ik niets voelde?

Het is een vraag waar menig geleerde zijn hoofd over gebroken heeft. Wordt een psychopaat zo geboren of wordt hij zo gemaakt? Zij weten het antwoord niet en ik evenmin.

Er was een tijd dat ik ertegen vocht, me verzette, het zelfs probeerde te begrijpen, maar dat is lang geleden.

Mijn reis begon met een vis. Een doodgewone, naamloze goudvis die mijn vader gewonnen had op een kermis. Ik nam hem mee naar huis. Hij leefde twee dagen in een kom en toen ging hij dood.

Mijn zus was ontroostbaar. Ik niet. Zij was bedroefd, maar ik voelde niets. Ik wilde wat zij had. Ik wilde haar pijn, ik wilde haar verdriet. Ik wilde iets vóélen.

Daarna kwam het poesje. Zijn vacht was zacht en warm. Hij was eigenlijk van ons allebei, maar hij vond haar leuker. Hij verzette zich niet echt toen ik zijn bekje bedekte. En nadat hij zijn laatste adem had uitgeblazen, wachtte ik vergeefs tot ik iets voelde.

Alle kinderen op school hadden puppy's en ik wilde er ook een. Maar dit huisdier zou alleen van mij zijn. Ik gaf hem te eten, liet hem uit en hij woonde op mijn kamer. Deze keer was ik hoopvol, maar dat zijn nek brak maakte me niet bedroefd. Het wakkerde alleen maar mijn nieuwsgierigheid aan. Mijn wil om te ontdekken hoe ver ik kon gaan.

Na drie dode dieren volgde er een verbod op huisdieren. Dat beperkte mijn mogelijkheden voor verder onderzoek, maar toen besefte ik dat de ultieme test zich al die tijd al recht voor mijn neus bevond.

Iedereen zei dat ze schattig was; beminnelijk, hemels, perfect. Dus dat was mijn doel. Ik wist dat ze niet uit zichzelf naar de vijver zou komen. Ze had een bepaalde blik in haar ogen. Ze zag dingen die anderen niet zagen.

Dus ik zei tegen haar dat er konijntjes waren, een moeder en haar kindjes. Ik wees naar het bosje pal naast de rand. Ze keek erin. Ze stond met haar rug naar me toe. Ik duwde haar voorover en ging op haar nek zitten. Ze hoestte en proestte en lag toen stil.

O, Caitlin, Caitlin, Caitlin. *Je hebt me een geschenk gegeven.*

Toen ik van haar kleine lichaam af stapte, had ik eindelijk alle antwoorden. Mijn aandoening was geen vloek, maar een zegen. Het offer van mijn zusje had me eindelijk bevrijd. Sinds die dag ben ik vrij om te nemen wat ik wil en te vernietigen wat ik niet wil, zonder belemmerd te worden door schuldgevoel of spijt.

Net zoals een geamputeerd ledemaat, is medeleven er gewoon niet. Het kan niet vervangen worden of getransplanteerd en dat zou ik ook niet willen. Het ketent de gewone man vast aan deugdzaamheid en ethische normen. Maar ik houd me niet aan normen.

Dus wat was er als eerste: de kip of het ei? Het antwoord is: het kan me niet schelen.

Terwijl het geluid van de motorfiets wegsterft, draai ik me om en loop weg.

Ze zou een waardige tegenstander zijn.

Ze zal gaandeweg ontdekkingen doen die haar precies zullen leiden naar waar ik haar wil hebben.

Ze zal geheimen van Crestwood onthullen, maar nooit het mijne.

21

Ondanks de voorsprong, reed Kim iets eerder dan Bryant de parkeerplaats op. Hij parkeerde naast haar.

'Ga jij je opfrissen. Ik ga naar Woody.' Ze begon naar de ingang te lopen.

'Ik sta vierkant achter mijn eigen beslissingen, dus...'

'Ik moet binnen zeven minuten in zijn kantoor zijn, dus schiet op.'

Ze renden samen de trap op en gingen het kantoor binnen.

Dawsons ogen werden groot. 'Jeetje, het lijkt wel alsof jullie twee een soort moddergevecht hebben gehouden.' Hij grinnikte. 'Dat had ik wel willen zien. Ik zou op de baas hebben gewed.'

Bryant ging zitten. 'Jezus, Dawson, iederéén met hersens zou op de baas hebben gewed.'

'Er zijn botten,' zei Kim, terwijl ze haar jas uittrok. Ze haalde haar vingers door haar haar. 'Bryant zal je alles vertellen.'

Ze liep naar de deur.

'Baas,' zei Bryant, waardoor ze bleef staan. 'Vertel hem de waarheid.'

'Uiteraard,' antwoordde ze en ze ging op weg naar de trap.

Volgens haar schatting had ze nog anderhalve minuut over toen ze op zijn deur klopte. Ze wachtte tot hij haar binnenriep. Het had geen zin om haar baas nog bozer te maken.

Ze zette de vier stappen naar de stoel en merkte op dat het stressballetje op het bureau bleef liggen. Oké, nu zat ze echt in de penarie.

'Waar ben je verdomme mee bezig, Stone?'

'Eh... kunt u iets specifieker zijn?' vroeg ze. Ze verontschuldigde zich niet graag voor het verkeerde.

'Even geen geintjes nu. Die fratsen van jou en Bryant kunnen riskant zijn voor...'

'Niet van Bryant, meneer. Hij keek alleen maar toe.'

Woody keek haar dreigend aan. 'Iemand heeft hem in de kuil gezien.'

'En de vier mensen die het dichtst bij de kuil stonden zeggen dat hij daar niet was.'

'En wat zou Bryant zelf zeggen?'

Kim slikte. Ze wisten allebei het antwoord op die vraag.

'Meneer, sorry voor wat ik gedaan heb. Ik weet dat het verkeerd was en ik wil mijn oprechte...'

'Bespaar me je toespraak. Die is walgelijk en gaat je niet redden.'

Hij had gelijk. Kim had helemaal geen spijt. 'Hoe kwam u erachter?'

'Niet dat het je iets aangaat, maar doctor Matthews-'

'Ja hoor, ik had kunnen weten dat hij...'

'... deed er absoluut goed aan om mij te bellen,' zei Woody, zijn stem verheffend boven de hare. 'Wat dacht je verdomme wel niet dat je aan het doen was?'

'Meneer, ik moest een begin maken. Mijn buikgevoel zei dat daar een lijk begraven lag en het hele idee van wachten tot de juiste papieren binnen waren was belachelijk.'

'Belachelijk of niet, er zijn redenen waarom we bepaalde procedures moeten volgen, niet in het minst omdat we dan altijd ons handelen kunnen verdedigen in de rechtbank. Je zou er goed aan doen om te onthouden dat je geen vrije keus hebt bij mijn instructies.'

'Ik begrijp het.'

Hij slaakte een diepe zucht. 'Het enige waardoor je er nu heelhuids vanaf komt, is het feit dat je gevoel juist was en dat de aandacht nu vooral moet gaan naar het beperken van de schade.'

Kim knikte.

'Dat gezegd hebbende, momenteel ben ik er niet meer zo zeker van dat jij de juiste persoon bent om dit onderzoek te leiden.'

Ze leunde naar voren. 'Maar meneer, u kunt niet...'

'O jawel, dat kan ik wel en op dit moment denk ik er serieus over na om je van deze zaak te halen.'

Kim hield heel even haar mond. Haar volgende woorden waren belangrijk. Ze besloot om volkomen eerlijk te zijn.

Haar stem was zacht. 'Meneer, u hebt mijn dossier gezien. U weet van mijn verleden, dus u zou moeten weten dat er geen geschikter persoon is om deze zaak te leiden.'

'Dat mag dan zo zijn, maar ik moet erop kunnen vertrouwen dat diegene orders opvolgt. Als de botten die vandaag zijn gevonden van een kind blijken te zijn dat in een tehuis zat, dan zal deze zaak worden opgeblazen in de media. Heel veel mensen zullen zich ervan proberen te distantiëren en ik gun niemand een maas in de wetgeving die veroorzaakt is door een lid van mijn eigen team.'

Kim wist dat hij gelijk had. Maar ze wist ook dat ze de juiste persoon was voor deze klus.

'Voor nu stel ik voor dat jij en Bryant naar huis gaan en jullie opfrissen. Je hoort mijn besluit morgenochtend.'

Het was Kim duidelijk dat ze mocht gaan en ze prees zich gelukkig dat ze niet erger werd gestraft.

'Weet je, Kim...' zei hij toen ze bij de deur was. Verdorie, ze haatte het als Woody haar aansprak bij haar voornaam.

Ze draaide zich om.

Hij zette zijn bril af en keek haar aan. 'Er komt een moment waarop je buikgevoel niet juist is en je de consequenties moet aanvaarden en dat is dan je eigen keus. Maar je moet rekening houden met de mensen om je heen. Je team heeft veel respect voor je en zal je overal achternagaan om je te beschermen en je goedkeuring te krijgen.'

Kim slikte. Ze wist dat hij het over één teamlid in het bijzonder had.

'En als op een dag je roekeloze gedrag de carrière of zelfs het leven van de mensen om je heen in gevaar brengt, dan ben ik, of het politiekorps, niet degene aan wie je verantwoording moet afleggen.'

Kim voelde zich misselijk worden en wist dat dat niets te maken had met een lege maag; terwijl ze de deur achter zich sloot, bedacht ze dat ze liever een straf had gekregen.

Dat moest ze Woody nageven: hij wist hoe hij haar pijn kon doen.

22

De deurbel klonk en Kim vroeg niet eens wie het was toen ze de ketting losmaakte. Het zou Bryant zijn en hij zou Chinees eten bij zich hebben.

'De chow mein-fee is binnen.'

'Je mag alleen blijven als je kroepoek hebt.' Dat was geen grapje.

Toen Bryant zijn jas uitdeed, kwam eronder een poloshirt tevoorschijn met jeans.

'Echt tof hoe je het hier hebt ingericht.'

Kim negeerde hem. Elke keer als hij langskwam zei hij hetzelfde. Voor anderen leek het alsof haar huis geen persoonlijke spullen en decoratie bevatte. Ze hield niet van persoonlijke opsmuk. Als ze morgen wilde verhuizen, zou ze genoeg hebben aan een stuk of tien vuilniszakken en een paar uur. Haar tijd in een kindertehuis had haar dat bijgebracht.

Ze schepte de noedels met rundvlees en gebakken rijst en ei op. Twee derde voor Bryant en een derde voor haar. Ze gaf hem zijn bord aan. Hij ging op de ene bank zitten en zij op de andere.

Ze stopte een vork eten in haar mond en probeerde het feit dat het tegenviel te negeren. Eten was in theorie veel leuker dan het in de praktijk echt doen. In haar mond veranderde het in een brandstof, energie. Ze schoof nog een paar keer een vorkvol naar binnen en zette toen haar bord neer.

'Jeetje, langzaam aan, je hebt al bijna een holle kies gevuld.'

'Ik heb genoeg.'

'Vergeleken met jou is een musje al gulzig. Je moet meer eten, baas.'

Kim keek hem veelzeggend aan. Hier bij haar thuis was ze geen baas en hij was niet haar ondergeschikte. Hij was gewoon Bryant; degene die voor haar het dichtst in de buurt kwam van een vriend.

Hij rolde met zijn ogen. 'O ja, sorry.'

'En stop met betuttelen. Ik ben een grote meid.'

Ze bracht haar bord naar de keuken en zette een pot verse koffie.

'Dus, vertel me, ik geef je een knappe, vriendelijke man en eten dat je niet eet. Wat is het ook alweer dat deze relatie *míj* oplevert?'

'Mijn stralende gezelschap,' zei ze met een bloedserieus gezicht. Ze was zich heel goed bewust van zichzelf.

Bryant lachte. 'Hmmm... Daar geef ik nu even geen commentaar op, want je mag dan momenteel Kim zijn, maar uiteindelijk word je weer de baas.' Hij nam zijn laatste hap en bracht zijn lege bord naar de keuken. 'Nee, ik heb iets anders in gedachten.'

'Wat dan?'

'Een date.'

'Met jou?'

Hij bulderde van het lachen. 'Zou je willen.'

Kim moest ook lachen.

'Weet je, dat is een geweldig geluid. Dit zou je vaker moeten doen.'

Kim wist wat er ging komen. 'Het antwoord is nee.'

'Je weet niet eens wie het is.'

O jawel, mimede ze. Ze had een glimp opgevangen van Peter Grant toen ze het politiebureau uit kwam. Aangezien hij openbaar aanklager was, kruisten hun wegen elkaar nog steeds, maar ze had een echt gesprek vermeden sinds de breuk.

Bryant zuchtte. 'Kom op, Kim. Geef hem een kans. Hij voelt zich beroerd zonder jou. En jij voelt je zelfs nog beroerder zonder hem.'

Kim dacht even na en antwoordde eerlijk. 'Nee, zo voel ik me echt niet.'

'Hij houdt van je.'

Kim haalde haar schouders op.

'En je was anders toen jullie samen waren. "Gelukkig" zou ik het niet noemen, maar misschien redelijker.'

'Ik ben nu gelukkiger.'

'Ik geloof je niet.'

Kim schonk voor hen beiden koffie in en ze keerden terug naar de woonkamer.

'Luister, Kim, ik weet zeker dat hij spijt heeft van wat hij ook maar verkeerd heeft gedaan.'

Kim betwijfelde dat, want de waarheid was dat Pete helemaal niets fouts had gedaan. Het lag aan haar. Het lag altijd aan haar.

'Bryant, hoe lang hadden Peter en ik iets met elkaar?'

'Bijna een jaar.'

'En hoeveel keer denk je dat hij is blijven slapen?'

'Heel wat keren.'

'Juist, en weet je wat de oorzaak was van onze laatste ruzie?'

'Verklap het me maar.'

'Alleen maar zodat je ophoudt met zeuren. Ik heb het uitgemaakt omdat hij op een ochtend zijn tandenborstel hier liet.'

'Maak je een grapje?'

Kim schudde haar hoofd, zich de dag herinnerend dat hij vertrokken was naar zijn werk en zij naar de badkamer was gegaan en het ding daar zag liggen, brutaal naast de hare. Geen enkele plaats delict had ooit zoveel afschuw opgewekt.

'Ik realiseerde me dat als ik geen plek wil afstaan aan andermans tandenborstel, ik sowieso niet veel wil delen.'

'Maar daar zouden jullie toch wel uit zijn gekomen?'

'Jezus, dit is geen *Blind Date* en jij bent niet Cilla Black. Sommige mensen vinden een zielsverwant en leven nog lang en gelukkig, en sommige mensen hebben helemaal geen banden. Zo is het nou eenmaal.'

'Ik wil gewoon dat er iemand in je leven is die je gelukkig maakt.'

'Denk je dat het me makkelijker maakt om mee samen te werken?' vroeg Kim, ten teken dat het gesprek was afgelopen.

Hij begreep het. 'Hemel zeg – als het zo makkelijk was, zou ik zelf bij je intrekken.'

'Ja, nou, als je je tandenborstel maar niet hier laat.'

'Nee hoor, alleen het glas waar ik 's nachts m'n kunstgebit in leg.'

'Nee, echt, stoppen nu.'

Bryant dronk zijn koffie op. 'Goed, genoeg voorspel. We weten allebei waarom ik hier ben. Laat je het nog aan me zien of niet?'

'Nou...'

'Kom op, hou me niet langer in spanning.'

Ze sprong op en zette koers naar de garage. Bryant was hoogstens twee passen achter haar.

Ze pakte haar schat van de werkbank en draaide zich naar hem om. Ze haalde het voorzichtig uit de katoenen kussensloop die het beschermde tegen de temperatuur.

Bryant staarde bewonderend naar de brandstoftank bedoeld voor motorfietsen. 'Origineel?'

'Jazeker.'

'Hij is prachtig. Waar heb je hem vandaan?'

'eBay.'

'Mag ik?'

Kim gaf hem de tank. Ze had zes weken lang op internet gezocht naar het model uit 1951. Het was veel gemakkelijker om onderdelen te vinden voor modellen uit 1953 en later. Maar makkelijk was nooit haar stijl geweest.

Bryant streek over de rubberen kniebeschermers die aan weerszijden van de tank zaten en schudde zijn hoofd. 'Prachtig.'

'Nu is het genoeg, geef terug.'

Bryant gaf hem terug aan haar en liep langzaam rond de motorfiets. 'Was dit niet het model waar Marlon Brando op reed in *The Wild One?*'

Kim ging met een sprongetje op de werkbank zitten. Ze schudde haar hoofd. 'Negentien vijftig.'

'Ga je ooit een keer op deze motor rijden?'

Ze knikte. De Triumph zou haar therapie zijn. De Ninja was een bevlieging, een uitdaging, erop rijden vervulde een diepe behoefte in haar, maar de Thunderbird was een juweeltje. Er alleen al naast staan voerde haar terug naar de enige drie jaar in haar leven dat ze iets had gevoeld wat zowaar op tevredenheid leek. Een korte periode van rust.

Ze schrok op van het geluid van een telefoon die overging. Ze sprong van de werkbank en ging naar haar mobiel in de keuken.

Ze zag het nummer. 'Hemel, nee,' fluisterde ze. Ze snelde het huis door, naar buiten. Twee huizen verderop nam ze het gesprek aan. Haar woning zou niet bezoedeld worden.

'Kim Stone.'

'Eh... mevrouw Stone, ik bel over een voorval met uw moeder. Ze...'

'En u bent?'

'O, excuses. Ik ben Laura Wilson, nachtzuster bij de Grantley-zorginstelling. Ik vrees dat ze een terugval had.'

Kim schudde haar hoofd, in verwarring. 'Waarom belt u mij?'

Er was een korte stilte. 'Eh... omdat u staat aangegeven als haar contactpersoon bij noodgevallen.'

'Staat dat in het dossier?'

'Ja.'

'Is ze dood?'

'Hemel, nee. Ze kreeg een hekel aan...'

'Dan had u haar dossier beter moeten lezen, mevrouw Wilson – want dan had u geweten dat er maar één situatie is waarvan ik op de hoogte wil worden gebracht en u hebt al bevestigd dat daar geen sprake van is.'

'Het spijt me heel erg. Dat wist ik niet. Excuses dat ik u heb gestoord.'

Kim hoorde de bibbering in de stem van de vrouw en had meteen spijt van haar reactie.

'Oké, wat heeft ze deze keer gedaan?'

'Eerder vandaag raakte ze ervan overtuigd dat een hulpverpleegster haar kwam vergiftigen. Ze is behoorlijk energiek voor een vrouw van bijna zestig en ze viel de verpleegster aan en vloerde haar.'

'Is ze in orde?'

'Het gaat goed met haar. We hebben haar medicatie iets aangepast naar...'

'Ik bedoel de verpleegster.'

'Ze was een beetje geschrokken maar het gaat nu goed met haar. Het hoort nou eenmaal bij dit werk.'

Yep, dit was een normale dag in het leven van een paranoïde schizofreen.

Kim popelde om het gesprek te beëindigen. 'Is er nog iets?'

'Nee, dit was alles.'

'Bedankt voor het belletje, maar ik zou het op prijs stellen als u een extra aantekening in het dossier maakt over wat ik eerder zei.'

'Natuurlijk, mevrouw Stone, en nogmaals excuses voor mijn vergissing.'

Kim drukte op de OPHANGEN-knop en leunde tegen de lantaarnpaal, terwijl ze alle gedachten aan haar moeder uit haar hoofd zette.

Ze wilde alleen op haar eigen voorwaarden aan die vrouw denken. En dat was één keer per maand op een tijd en plek van haar eigen keus. Onder haar controle.

Ze liet alle gedachten aan haar moeder op straat achter en trok de voordeur stevig achter zich dicht. Kim zou haar moeders invloed niet toelaten op haar veilige plek.

Ze pakte schone mokken uit het keukenkastje en schonk nieuwe koffie in voor haarzelf en Bryant. Hij zei niets toen ze de garage weer in kwam, alsof het de normaalste zaak van de wereld was dat ze haar eigen huis uit vluchtte om een telefoontje aan te nemen.

Ze ging weer op de werkbank zitten en legde de benzinetank op haar schoot. Ze pakte een staalborstel die qua grootte en vorm op een tandenborstel leek, en veegde voorzichtig over een klein roestplekje aan de rechterkant. Bruine spikkeltjes vielen op haar jeans.

'Er is toch zeker wel een snellere manier om dat te doen?'

'O, Bryant, alleen mannen maken zich zorgen om de snelheid.'

Er viel een comfortabele stilte tussen hen terwijl ze bezig was.

'Hij gaat je niet van de zaak halen, dat weet je,' zei Bryant zachtjes.

Kim schudde haar hoofd. Ze was er niet zo zeker van. 'Ik weet het niet, Bryant. Woody heeft gelijk als hij zegt dat ik niet betrouwbaar ben. Hij weet dat ik me ondanks gedane beloftes af en toe niet kan inhouden.'

'En dat is waarom hij je er niet af haalt.'

Ze keek naar hem.

'Hij weet hoe je te werk gaat en toch ben je er nog steeds. Er staat geen aantekening in je dossier... wat behoorlijk schokkend is, als je het mij vraagt. Hij weet dat je resultaten behaalt en dat je niet zult rusten voordat je een zaak hebt opgelost, met name deze zaak.'

Kim zei niets. Deze zaak raakte haar en Woody zou dat nadelig kunnen vinden.

'En er is nog een reden waarom hij je niet van deze zaak haalt.'

'En dat is?'

'Omdat het ontzettend dom van hem zou zijn als hij dat deed – en we weten allebei dat Woody niet dom is.'

Kim slaakte een diepe zucht terwijl ze de brandstoftank opzijlegde. Ze hoopte oprecht dat haar collega en vriend gelijk had.

23

Nicola Adamson spoelde het nieuwsbericht terug en bekeek het opnieuw.

Een lange, stevige zwarte man genaamd Woodward bevestigde de ontdekking van een lijk op het terrein van het oude Crestwood-kindertehuis. Op zijn korte mededeling volgde een luchtopname van de plek die ze ooit haar thuis had genoemd.

Nicola voelde zich ogenblikkelijk opgelucht. Eindelijk zouden ze de geheimen van dat ellendige oord aan het licht brengen.

Maar toen kwam de angst. Hoe zou Beth reageren op het nieuws? Nicola wist dat haar zus zich niet zou openstellen en met haar zou praten. Als kinderen waren ze zo hecht geweest; het enige wat ze hadden was elkaar. Ze hadden alles gedeeld. Nicola probeerde zich te herinneren wanneer dat was veranderd.

Ze waren uit elkaar gegroeid na Crestwood. Beth was vier jaar geleden teruggekomen, toen Nicola de ziekte van Pfeiffer kreeg, maar toen ze eenmaal niet meer zoveel zorg nodig had, was Beth verdwenen.

Een week geleden was ze teruggekeerd en hoewel er kleine irritaties waren nu ze samen haar woning deelden, vond Nicola het geweldig dat haar zus bij haar was. Een klein stemmetje in haar achterhoofd vroeg zich af voor hoe lang.

Als Beth weg was, had Nicola altijd het gevoel dat een deel van haarzelf ontbrak. Maar als ze terug was, maakte Nicola zich meer zorgen, was ze constant bang voor Beths reacties.

Om de een of andere reden was haar zus veranderd. Ze had een afstandelijker karakter gekregen, een kilheid die zich uitte in een nijdig trekje, in ongeduld naar de rest van de wereld. Het voelde voor Nicola alsof haar zus elk greintje vreugde was kwijtgeraakt.

Ze controleerde de inhoud van de oven. Ze had besloten Beths lievelingseten te maken: gepaneerde kipnuggets en aardappelwafels met een klodder tomatenketchup. Nicola glimlachte. Het was vreemd dat dat hetzelfde was gebleven.

Ondanks hun verschillen wilde Nicola een hechtere band smeden met Beth. Ze wilde begrijpen wat hen uit elkaar had gedreven.

Ze hoopte dat ze samen in hun pyjama een film konden kijken en het jeugdmaal konden eten dat Beths geheugen misschien zou opfrissen.

Samenwonen was niet ideaal, maar Nicola nam de kleine ergernissen voor lief als ze daarmee Beth terug had in haar leven.

En ze zou alles doen wat ze kon om haar te laten blijven.

24

Kim kwam het kantoor binnen na een gesprek van drie kwartier met Woody. Drie paar ogen keken verwachtingsvol naar haar.

'Ik heb nog steeds de leiding over de zaak.'

Een collectieve zucht ging door de ruimte.

Kim ging verder. 'De forensisch osteoarcheoloog heeft bevestigd dat de botten van een mens zijn en recent, dus de locatie is nu een plaats delict. Cerys is daar gebleven en zal de archeologische kant voor haar rekening nemen, en een forensisch antropoloog arriveert spoedig vanuit Dundee.'

Aan de universiteit van Dundee in Schotland was het Centre for Anatomy and Human Identification en daar werden al jaren forensisch antropologen opgeleid. Het CAHID werd regelmatig om advies en medewerking gevraagd bij opvallende identificatiezaken in binnen- en buitenland.

Hier had Woody zijn invloed voor aangewend, die ervoor wilde zorgen dat iedereen die mogelijk in de getuigenbank moest plaatsnemen, volledig bevoegd was.

'Hoe ver zijn we met de personeelsleden van Crestwood?'

Dawson pakte een vel papier op. 'Ik heb een aantal tijdelijke werknemers kunnen wegstrepen en nu zijn er nog vier over waarvan bekend is dat ze daar werkten toen de boel afbrandde.

Zoals we weten, was Teresa Wyatt de onderdirecteur en Tom Curtis de chef-kok. Algemeen directeur was een vent genaamd Richard Croft.

Er werkte jarenlang een dienstbode die Mary Andrews heet en twee nachtwakers die ook conciërge waren, manusjes-van-alles.

Tot dusver heb ik Mary Andrews weten op te sporen, die in een verpleeghuis in Timbertee zit...'

'Richard Croft, heet het parlementslid van de Conservatieve Partij uit Bromsgrove niet zo?' onderbrak Kim hem. Ze dacht onlangs ergens gelezen te hebben dat Croft een of andere fietstocht had georganiseerd voor een goed doel.

'Zeker dezelfde naam, maar ik heb hem tot nu toe nog niet kunnen linken aan...'

'Laat Stacey het uitzoeken,' beval Kim.

Ze zag Dawson gezicht verstrakken.

'Stacey, wat weet je over de namen van de kinderen?'

'Tot nu toe heb ik er zeven en de meesten heb ik van Facebook.'

Kim rolde met haar ogen.

Stacey haalde haar schouders op. 'Er is niet veel over Crestwood geschreven en heel weinig mensen willen praten over die plek. Voor zover ik begrijp waren de jongere kinderen al ondergebracht in pleeggezinnen of andere tehuizen in de omgeving. Nog eens zes of zeven waren teruggegaan naar familieleden, waardoor er ongeveer tien kinderen overbleven ten tijde van de brand.'

'Klinkt als een heuse nachtmerrie.'

Stacey grijnsde. 'Voor gewone stervelingen misschien.'

Kim glimlachte. Stacey hield wel van een uitdaging en dat zou nog van pas gaan komen.

'Oké, Bryant, ga de auto halen.'

Bryant pakte zijn jas en verliet het kantoor. Kim stapte De Kom in en ging zitten om haar motorschoenen uit te trekken. Terwijl ze dit deed, ving ze het gesprek op dat in de ruimte erbuiten werd gevoerd.

'Heb je het met bloemen geprobeerd?' vroeg Stacey.

‘Check,’ antwoordde Dawson.

‘Chocolaatjes?’

‘Check.’

‘Sieraden?’

Geen reactie.

‘Meen je dat nou? Je hebt het niet met sieraden geprobeerd? O, Kev, niets zegt zo duidelijk “sorry dat ik een volstrekt immorele hufter ben geweest” als een glinsterend dure halsketting.’

‘Rot op, Stace, wat weet jij er nou van?’

‘Dat weet ik, donjuan, omdat ik een vróúw ben.’

Kim glimlachte terwijl ze haar rechterveter vastmaakte.

‘Ja, maar je liefdesleven in de koboldwereld telt niet mee. Ik heb advies nodig van een vrouw die met mannen uitgaat. Echte, welteverstaan.’

Het gesprek werd gestaakt toen Kim de ruimte weer in stapte. ‘Stace, je werkt nu aan de personeelsleden én ex-bewoners.’

Dawson keek beduusd.

‘Pak je jas, jij gaat met mij mee.’

Hij pakte zijn colbert van de rugleuning van de stoel.

‘Ik zou je gewone jas ook maar meenemen. Je blijft voorlopig samen met de forensisch onderzoekers op de vindplek.’

Zijn gezicht klaarde op. ‘Meen je dat, baas?’

Kim knikte. ‘Ik moet weten wat er gebeurt zodra het gebeurt. Ik wil dat je je als een ultieme lastpost gedraagt. Blijf vragen stellen, loop mee met mensen, luister naar gesprekken en zodra je iets nieuws weet, neem je contact op met mij.’

‘Doe ik, baas,’ zei hij enthousiast.

Hij volgde haar naar de auto die klaarstond.

Ze ging voorin op de passagiersstoel zitten en hij op de achterbank.

‘Riemen vast, kinders,’ zei Bryant, terwijl hij de parkeerplaats af reed.

Kim wierp een blik in de achteruitkijkspiegel op Dawsons gretige, enthousiaste gezicht, wendde zich vervolgens af en keek naar buiten.

Ook al was ze iemand zonder enige sociale vaardigheden, ze zou het waarschijnlijk zo nu en dan toch ook een keer goed doen.

25

De plek die ze gisteren achterliet, zag er nu uit als een kleine vesting. Rondom het hele perceel waren metalen hekken geplaatst. Er was een opening bij het hoogste gedeelte van het terrein en eentje bij het laagste gedeelte, beide bewaakt door twee agenten. Langs de omheining liepen nog meer agenten, die ervoor zorgden dat ze in het zicht bleven van hun collega's. Kim was tevreden over de beveiliging van de plek.

Langs het bovenste deel van het perceel was een aparte plek ingericht voor de pers, maar ze kon zien dat ze daar niet bleven en al verder langs het hek begonnen te lopen. Er waren twee witte tenten verrezen, eentje rondom de kuil en een andere waar de specialisten hun uitrusting konden opbergen.

Kim liep naar de eerste tent, maar was niet voorbereid op de aanblik van het skelet in de kuil – noch het effect dat dat op haar had. Ze had veel plaatsen delict bezocht, had lijken gezien in verschillende stadia van ontbinding, maar dit was alleen maar bot. Als er nog weefsel aan zat, voelde het alsof er nog iets was om terug te geven aan de familie, een overblijfsel van diegene dat begraven en waar om gerouwd kon worden. Maar botten voelden naamloos, onpersoonlijk, als de funderingen van een gebouw maar zonder het bouwwerk dat het uniek maakte. Kim besefte dat die gedachte haar totaal niet aanstond.

Ze schrok ook van hoe weinig ruimte het skelet innam.

'Geen kleren?' zei Kim toen de forensisch archeoloog naast haar kwam staan.

'Goeiemorgen, rechercheur,' zei Cerys.

Juist, dat deel vergat ze steeds.

'Om je vraag te beantwoorden: het betekent niet dat er geen kleren waren. Alleen dat ze er nu niet zijn. Verschillende materialen vergaan in verschillend tempo. Dat hangt af van hoe lang ze in de grond zitten. Katoen kan in tien jaar of zoiets verdwenen zijn, terwijl wol decennialang intact kan blijven.' Cerys draaide zich naar haar toe. 'Ik was er niet zo zeker van dat je terug zou komen.'

Ze stapten allebei opzij toen forensisch specialisten van alle kanten foto's maakten. Een geel markeringsbordje was naast de botten gezet.

'We hadden gisteren niet veel tijd om te kletsen,' zei Kim.

Cerys streek een losse pluk haar achter haar oor. 'Had je niet ingeschat als een kletserig type, maar goed... Ik ben negentwintig, single en kinderloos. Mijn favoriete kleur is geel. Ik heb een zwak voor chips met kipsmaak en ik zet me in voor het nationale reserveleger als ik niet druk aan het breien ben.' Cerys zweeg even. 'Oké, dat van dat breien is gelogen.'

'Allemaal goed om te weten, maar dat was niet echt wat ik bedoelde.'

'Vraag dan maar wat je wilt weten, rechercheur.'

'Hoe geschikt ben je voor dit werk?' zei Kim zonder spier te vertrekken.

Cerys probeerde haar glimlach te verbergen, maar haar ogen begonnen te schitteren. 'Ik heb acht jaar geleden mijn archeologiediploma behaald in Oxford. Daarna heb ik vier jaar gereisd voor archeologische projecten, voornamelijk in West-Afrika. Toen keerde ik terug naar huis en studeerde ik af in Forensisch Onderzoek en de afgelopen twee jaar heb ik geprobeerd wat aanzien te krijgen in een door mannen gedomineerd werkgebied. Klinkt dat bekend, rechercheur?'

Kim lachte luid en stak haar hand uit. 'Fijn dat je in het team zit.'

'Dank je. Nou, de beenderen zijn blootgelegd en ik wacht nu op de antropoloog om te overleggen hoe we ze gaan verwijderen. Ik wil zeker weten dat we niet te weinig en niet te veel weghalen.'

Kim keek haar niet-begrijpend aan.

'Sorry, maar we moeten ontzettend uitkijken dat we niet te veel en niet te weinig meenemen. We kunnen niet teruggaan en het overdoen.'

Kims gezichtsuitdrukking veranderde niet.

Cerys dacht even na. 'Oké, stel je de grond voor als een gemetselde muur. Elke laag staat voor een bepaalde tijdsduur. Als we te veel van de grond meenemen, riskeren we inmenging van andere gebeurtenissen die plaatsvonden voor de moord, wat ons verkeerde informatie zou kunnen opleveren.'

Kim knikte begrijpend.

'Als de beenderen eenmaal verwijderd zijn, beginnen we met het ziften van de aarde om te zoeken naar aanwijzingen.'

'Hé, rechercheur, er is hier iemand die ik aan u wil voorstellen.'

Kim hoorde de vertrouwde stem van Keats, haar favoriete patholoog.

'Rechercheur Kim Stone, dit is dokter Daniel Bate. Hij is de forensisch antropoloog uit Dundee en zal gedurende deze zaak zowel hier aan de slag gaan als in mijn lab.'

De man die zijn hand uitstak was ongeveer vijf centimeter langer dan Kim en had de lichaamsbouw van een atleet. Hij had een krachtige kaaklijn en donker haar. Opvallend groene ogen vormden een interessant contrast met zijn duistere gelaatstrekken.

Cerys, Keats en de nieuweling stelden zich aan elkaar voor. De handdruk die hij Kim gaf was krachtig en stevig.

Meteen daarna begon dokter Bate om de kuil heen te lopen en Kim bestudeerde hem even. Hij zag er niet uit als een wetenschapper. Zijn gestalte leek beter te passen bij fysiek werk in de buitenlucht. Kim vermoedde dat het ook niet meehielp dat hij gekleed ging in jeans en een sweatshirt.

'Dus,' zei Keats. 'De drie belangrijkste mensen om dit misdrijf uit te zoeken zijn er nu. Degene die de aanwijzingen zal blootleggen, degene die de aanwijzingen zal duiden en degene die alles zal samenvoegen tot één geheel en ons de moordenaar zal geven.'

Kim negeerde hem en ging naast dokter Bate staan.

'Kunt u ons na eerste inspectie al iets vertellen?'

Hij wreef over zijn kin. 'Ja, ik kan met zekerheid bevestigen dat er beenderen in die kuil liggen.'

Kim zuchtte. 'Nou, dat kan ik zelf ook wel zien, dokter Bate.'

'Ik begrijp dat u meteen antwoorden wilt krijgen, maar ik heb de botten nog niet aangeraakt en zal geen aannames doen voordat dat is gebeurd.'

'Familie van je?' vroeg ze aan Keats.

Keats lachte. 'Ik wist wel dat jullie het goed met elkaar zouden kunnen vinden.'

Ze wendde zich weer tot de dokter. 'U kunt vast wel iéts zeggen, toch?'

'Oké, ik kan je vertellen dat deze arme ziel hier minstens vijf jaar heeft gelegen. Het lichaam van een gemiddelde volwassene is binnen tien tot twaalf jaar volledig weggeteerd, kinderen vergaan twee keer zo snel.

Het eerste stadium van ontbinding is autolyse, waarbij lichaamsweefsels worden afgebroken door enzymen die vrijkomen na het sterven. Het tweede stadium is putrefactie, waarbij de zachte delen vergaan als gevolg van aanwezige micro-organismen. Uiteindelijk worden de zachte delen vloeistof en gas.'

'Wordt u vaak uitgenodigd voor feestjes, dok?' vroeg Kim.

Hij lachte luid. 'Excuses, rechercheur. Ik kom net terug van de Body Farm in Knoxville, Tennessee, waar lijken op verschillende manieren worden verwerkt om vast te stellen...'

'Sekse?' vroeg ze.

'Niet voordat u me mee uit eten hebt genomen, rechercheur.'

‘Totaal niet grappig. Enig idee?’

Hij schudde zijn hoofd.

Ze rolde met haar ogen. ‘Ga me niet vertellen dat je nog niet de kans hebt gehad om het lichaam te onderzoeken in het lab.’

‘Dat zou waarschijnlijk niets uitmaken, ben ik bang. Als het hierbij om een jongere gaat, hebben de veranderingen in botstructuur die de seksen van elkaar onderscheiden nog niet plaatsgevonden.

Als ons slachtoffer tussen de zestien en achttien is, zou dat ons helpen dankzij de verandering van het bekken, maar bij jonger dan dat zullen weinig wetenschappers zich eraan wagen het geslacht te bepalen aan de hand van de botten.’

‘Betekent dat dat er andere manieren zijn?’

‘Er zijn technieken waarbij DNA uit tanden wordt gehaald om het X- en Y-chromosoom vast te stellen, maar dat is zowel duur als tijdverslindend. Het is veel gemakkelijker om de leeftijd van een kind te bepalen dan het geslacht. Daarvoor kijken we naar botgroei en -ontwikkeling, gebitskenmerken en in hoeverre de schedel is dichtgegroeid. U krijgt later vandaag een schatting van de leeftijd.’

‘Beste gok nu?’ drong ze aan.

Bate draaide zich om en keek haar aan. Zijn blik was intens en uitdagend. ‘Datum, tijdstip en plaats van uw arrestatie van de moordenaar?’

Kim was niet van haar stuk gebracht. ‘Dat zal professor Plum zijn in de bibliotheek op donderdag de achttiende om elf uur ’s ochtends. En ook al hebt u dat niet gevraagd, hij zal de kandelaar in zijn handen hebben.’

‘Ik ben een wetenschapper, ik doe niet aan gissen.’

‘Maar u kunt toch zeker wel iets afleiden uit...’

‘Keats,’ riep hij over haar hoofd heen. ‘Red me alsjeblieft uit deze ondervraging voordat ik een ontvoering ga bekennen die ik niet heb gepleegd.’

Kim vond de rijke Schotse tongval vreemd klinken naast het Black Country-accent dat overal rondom de opgraving te horen was. Als ze haar ogen dichtdeed, klonk hij bijna als Sean Connery. Bijna.

'Ik wist wel dat jullie elkaar kostelijk zouden vinden,' zei Keats met een grijns. 'Daniel, de dozen zijn zojuist gearriveerd.'

Kim liep naar het andere uiteinde van de kuil toen er meer forensisch specialisten verschenen, die doorzichtige plastic dozen bij zich hadden. Ze had geen idee meer welke mensen bij welk team hoorden en ze was blij dat Dawson hier zou blijven en niet zij.

Als ze nog langer met die hinderlijke dokter moest dealen, zou het goed kunnen dat ze een tweede graf zou veroorzaken.

'Een nieuwe vriend gemaakt?' vroeg Bryant.

'Nou, een echte lolbroek is het.'

'Een typische wetenschapper?'

'Ja, en dat heb ik hem laten weten ook.'

'O, oké, ik wed dat hij je daar heel dankbaar voor was.'

'Dat was lastig inschatten.'

Bryant grinnikte. 'Niet erg goed in het aflezen van emoties van andere mensen, hè, baas?'

'Bryant, rot...'

'Nee, nee, nee,' riep dokter Bate terwijl hij de kuil in stapte. Zijn stem was luid en gebiedend. Iedereen stopte met wat hij of zij aan het doen was.

Hij knielde neer naast de man die bezig was geweest met de schedel. Cerys ging de kuil in en hurkte neer naast de dokter.

Niemand anders sprak terwijl de twee rustig overlegden. Ten slotte draaide de dokter zich om en keek recht naar haar.

'Rechercheur, ik heb toch nog iets voor u.'

Kim kwam dichterbij, haar adem stokte in haar keel. Ze sprong de kuil in, naast hem. 'Vertel.'

'Ziet u deze botten hier?'

Ze knikte.

'De ruggengraat gaat over in de hals, waar zeven botten zitten die samen de halswervels vormen. De bovenste is C1; de atlas, die daaronder C2; de draaier.'

Zijn vinger ging verder omlaag langs de nek terwijl hij de andere C-botten aanwees, van drie tot en met zeven. Kim zag een een radicale breuk tussen drie en vier. Automatisch ging haar rechterhand naar de achterkant van haar eigen nek. Ze vroeg zich af hoe hij dat in hemelsnaam vanaf die afstand had kunnen zien.

'Leg het me uit, dok.'

'Ik kan je vertellen dat er geen twijfel over mogelijk is dat deze arme ziel onthoofd is.'

26

Kim klom uit de kuil. 'Kom mee, Bryant. Tijd om aan de slag te gaan.'

Ze keek naar de Toyota pick-uptruck die aan dokter Daniel Bate moest toebehoren, aangezien ze wist van wie de andere wagens waren. Er zat een deuk boven de wielkast van het achterwiel en hij was modderig.

'Jezus christus, wat is dat?' riep ze, en ze sprong achteruit.

'Nou... Dat is een hond, baas.'

Kim keek beter naar de pluizige kop die in het achterraam aan de passagierskant was verschenen en fronste. 'Bryant, ligt het aan mij of...'

'Nee, baas, hij lijkt maar één oog te hebben.'

'Rechercheur, hou eens op met mijn hond bang te maken.' Daniel Bate liep naar hen toe. 'Ik kan u ervan verzekeren dat zij van niets weet.'

Kim wendde zich tot haar collega. 'Weet je, Bryant, honden nemen altijd trekjes van hun baas over.'

'Weet u, rechercheur, na om vier uur 's ochtends uit bed te zijn gebeld en een halfuur gereden te hebben, zit ik hier dus echt niet op te wachten.'

'Is ze blind?' vroeg Kim toen de arts het portier opende.

De hond sprong naar buiten en ging zitten. Dokter Bate maakte een riem aan haar rode halsband vast en schudde intussen zijn hoofd. 'Met haar rechteroog ziet ze uitstekend.'

Kim vermoedde dat de hond een witte Duitse herder was. Ze liep eropaf en stak haar hand uit zodat het dier eraan kon ruiken. 'Bijt ze?'

'Alleen arrogante rechercheurs.'

Kim rolde met haar ogen en aaide de hond over haar kop. Haar vacht voelde zacht en warm aan.

Ze dacht even na. Met de auto duurde het heel wat langer dan een halfuur om de ruim 550 kilometer vanuit Dundee naar hier af te leggen. 'Waarom hebt u haar meegebracht?'

'Na de laatste zaak had ik een paar dagen vrij genomen. Ik was in Cheddar omdat ik wilde gaan klimmen, maar toen belde mijn leidinggevende. Ik was hier het dichtst bij.'

Er klonk geen ergernis door in Daniels stem, alleen acceptatie dat dit soort telefoontjes bij zijn werk hoorden.

Kim voelde de warme neus van de hond tegen haar rechterhand duwen omdat ze even was gestopt met aaien.

'Kijk eens aan, rechercheur,' zei Daniel Bate geamuseerd. 'Er is in elk geval iemand hier die u aardig vindt.'

Het geluid van haar mobieltje bespaarde Kim een eenlettergrepig antwoord.

Toen ze het telefoontje aannam, draaide Daniel zich om en liep met de hond naar het hoogstgelegen deel van het veld.

'Wat is er, Stace?'

'Waar zijn jullie?'

'We staan op het punt om weg te gaan bij de opgraving. Hoezo?'

'Kijk je nu naar boven of naar beneden?'

'Wat?'

'Ik heb William Payne gevonden, een van de nachtwakers.'

'Wat is het adres?'

'Kijk vanaf de heuvel maar naar beneden. Daar zie je als het goed is zeven huizen op een rijtje. Hij woont in het midden. De voor- en achtertuin zijn volledig bestraat.'

Kim was al bezig de heuvel af te lopen. 'Hoe wist je dat nou weer?'

'Google Earth, baas.'

Kim schudde haar hoofd en beëindigde het gesprek. Soms was Staceys kennis bijna eng.

'Waar gaan we nu precies heen?'

'Onze eerste getuige verhoren.'

'Hier?' vroeg Bryant zodra ze het tot hun middel reikende hek opende.

De voortuin bestond inderdaad uit niets anders dan haast griezelig strak gelegde grijze leisteen. De enige indicatie dat er een pad was, was de drempelhulp die naar de voordeur leidde.

Na twee keer kloppen werd de deur geopend door een lange man met een bos wit haar.

'William Payne?'

Hij knikte.

Bryant pakte zijn politiepas. 'Mogen we binnenkomen?'

De man verroerde zich niet en fronste alleen. 'Dit begrijp ik niet. Ik heb gisteren al een verklaring afgelegd.'

Kim keek even naar Bryant voor ze sprak. 'Meneer Payne, we zijn hier omdat er een onderzoek gaande is naar Crestwood.' Zij had hier niemand heen gestuurd.

Nu daagde er iets van begrip op zijn gezicht. 'O, natuurlijk. Komt u toch binnen.'

Hij stapte opzij en Kim nam hem goed in zich op. Zijn haar had haar de indruk gegeven dat hij oud was, maar die impressie werd tenietgedaan door zijn gezicht. Het was alsof er twee totaal onafhankelijke verouderingsprocessen gaande waren. De lijnen in zijn gezicht gaven haar het vermoeden dat hij niet ouder kon zijn dan halverwege de veertig.

'Doet u alstublieft zachtjes, m'n dochter slaapt.'

Zijn stem klonk zacht en vriendelijk, zonder ook maar een spoortje Black Country-accent.

'Hierheen,' fluisterde hij.

Hij ging hun voor naar een kamer die de hele lengte van het huis in beslag nam. Het voorste deel was de woonkamer, met daarachter een eettafel en -stoelen en een stel openslaande deuren die naar de kleine achtertuin leidden. De betegeling in de achtertuin was strak en liet geen ruimte voor gras of planten. Achter zich hoorde Kim een geluid, een zacht, ritmisch getik.

Het geluid kwam uit een machine die zo te zien bedoeld was om iemands ademhaling te reguleren. Het apparaat was verbonden met een meisje, dat naar Kims inschatting een jaar of veertien, vijftien moest zijn. Ze zat in een rolstoel, die een maatje te groot was. Aan haar andere kant bevond zich een infuus.

Aan de linkerarmsteun van de rolstoel hing een ketting met noodknop, het soort dat gebruikt wordt voor zwaar gehandicapten en direct in verbinding staat met 112. Kim besefte dat de knop geen nut zou hebben als hij om de nek van het meisje zou hangen – hij bevond zich nu een paar centimeter van haar linkerhand.

De flanellen pyjama met Betty Boop kon het uitgeteerde lichaam eronder niet echt verhullen.

'Dit is mijn dochter Lucy,' zei William Payne. Hij leunde voorover en veegde een losse pluk blond haar achter het oor van het meisje.

'Ga alstublieft zitten,' zei hij vervolgens met een gebaar naar de kleine tafel. Op de achtergrond klonk zacht een nummer van Jeremy Kyle.

'Kan ik u een kop koffie aanbieden?'

Ze knikten allebei en William Payne liep naar de open keuken, die zich naast de woonkamer bevond.

Hij legde drie metalen onderzetters op de tafel en plaatste er vervolgens drie porseleinen mokken op.

De koffie rook heerlijk en Kim nam meteen een slokje. 'Colombian Gold?' vroeg ze.

Hij glimlachte. 'Mijn enige zonde, rechercheur. Ik drink niet, ik rook niet. Ik rij geen snelle auto en ik jaag ook niet achter de vrouwen aan. Maar ik hou wel van goede koffie.'

Kim knikte en nipte nogmaals van de drank.

Bryant goot het spul echter naar binnen alsof het een bekertje instantkoffie van de dichtstbijzijnde supermarktkoffieautomaat was.

'Meneer Payne, mogen we u vragen...'

Bryant zweeg toen Kim hem onder de tafel met haar been aanstootte. Zíj zou dit gesprek leiden.

'Mogen we u vragen wat Lucy mankeert?'

Hij glimlachte. 'Natuurlijk. Ik praat altijd graag over mijn meisje. Lucy is vijftien en heeft aangeboren spierdystrofie.'

Hij keek naar zijn dochter en zijn blik bleef een tijd op haar rusten. Daardoor kreeg Kim de kans om hem nogmaals echt goed te bekijken.

'Het werd ons al vrij snel duidelijk dat er iets mis was. Ze ging pas laat lopen en bleef in die onhandige, wankele fase hangen.'

Kim keek rond. 'Is Lucy's moeder er ook?'

William richtte zijn blik weer op haar. Er lag oprechte verbazing in. 'Mijn excuses. Ik vergeet vaak dat Lucy ooit een moeder heeft gehad. We zijn al zo lang met z'n tweetjes.'

'Ik begrijp het,' zei Kim, en ze leunde iets naar voren. Zijn stem was nauwelijks nog meer dan een fluistering.

'Lucy's moeder was geen slecht mens, maar ze had bepaalde... verwachtingen. Een gehandicapt kind paste niet in haar plannen. Begrijp me niet verkeerd, iedere ouder wil dat zijn of haar kind perfect is. Ons toekomstbeeld bevat normaliter niet de zorg voor een volwassene die nooit voor zichzelf zal kunnen zorgen. Een ogenblikje.'

Hij pakte een papieren zakdoekje en veegje een straaltje kwijl van zijn dochters kin.

'Sorry daarvoor. Maar goed. In het begin heeft Alison het echt wel geprobeerd. Toen kon ze zich nog aan een enigszins normaal beeld vastklampen, maar naarmate de ziekte vorderde, werd het haar te veel. Tegen de tijd dat ze ons verliet, had ze Lucy in geen maanden aangeraakt en kon ze zelfs niet meer naar haar kijken. We besloten gezamenlijk dat het het beste zou zijn als ze weg zou gaan. Dat was dertien jaar geleden; sindsdien hebben we niets meer van haar gehoord.'

Hoewel zijn toon zakelijk was, kon Kim de gepijnigde ondertoon wel degelijk horen. Hij was een stuk vergevingsgezinder ten opzichte van Lucy's moeder dan zij in zijn situatie geweest zou zijn.

'En daarom nam u de baan als nachtwaker op Crestwood aan?'

Payne knikte. 'Ik werkte vroeger als landschapsarchitect, maar het bleek onmogelijk om voor Lucy te zorgen en daarnaast nog te werken. Mijn nachtelijke werk op Crestwood zorgde ervoor dat ik overdag voor Lucy kon zorgen. Mijn buurvrouw kwam dan vaak 's nachts op Lucy passen.'

'Er is nooit een tweede mevrouw Payne geweest?' vroeg Bryant.

William schudde zijn hoofd. 'Nee, mijn huwelijksgelofte was voor het leven. De wet mag misschien tevreden zijn met een scheiding, maar God is dat niet.'

Kim vermoedde dat zelfs als hij het gewild had, het hem niet meegevallen zou zijn om iemand te vinden. Slechts weinig mensen waren bereid om hun leven te wijden aan de zorg voor een gehandicapt kind dat niet van hen was.

Er klonk een murmelend geluid op uit de hoek en meteen schoot William overeind. Hij ging voor zijn dochter staan.

'Goedemorgen lieverd, heb je lekker geslapen? Wil je iets drinken?'

Hoewel Kim geen beweging zag, moest er duidelijk iets van communicatie tussen vader en dochter zijn. William pakte een lange, doorzichtige buis en plaatste die tussen de lippen van het meisje. De rechtervinger van Lucy's hand drukte een knop op het paneel in de armleuning van de rolstoel in. Een hoeveelheid vloeistof stroomde door de buis haar mond in.

'Wil je muziek luisteren? Een audioboek dan?' Hij glimlachte. 'Zal ik je omdraaien?'

Aha, besefte Kim. Ze communiceerde door met haar ogen te knipperen.

Toen William de rolstoel omdraaide, werd Kim geraakt door de bleke, zuivere huid van het meisje, evenals haar openhartige blik.

De ironie: een perfect functionerend brein in een nutteloos lichaam. Een wreder lot bestond toch niet?

'Lucy zit graag bij het raam zodat ze kan zien wat er buiten gebeurt. De opwinding van gisteren vond ze machtig interessant.'

'Meneer Payne, u was ons iets aan het vertellen,' zei ze vriendelijk om hem weer bij de les te brengen.

'Ja, natuurlijk. Mijn baan op Crestwood was niet moeilijk. Ik moest ervoor zorgen dat alles goed afgesloten was, zodat de meisjes er niet uit konden en buitenstaanders er niet in konden. Daarnaast controleerde ik de rookmelders en rondde ik klusjes af waar het personeel overdag niet aan toegekomen was. De uren kwamen mij heel goed uit. Ik was dan ook knap teleurgesteld toen er een einde aan kwam.'

'Door de brand?'

Hij knikte. 'Ze gingen het tehuis hoe dan ook sluiten, maar ik had graag de laatste maanden daar nog afgemaakt.'

'Had u die avond dienst?'

'Nee, Arthur had dienst. Maar ik hoorde het alarm meteen. Ik slaap namelijk in de kamer aan de voorkant.'

'Wat hebt u toen gedaan?'

'Eerst ben ik bij Lucy gaan kijken; daarna ben ik naar de overkant gerend. Arthur had de meeste meisjes al naar buiten gebracht, maar hij had rook ingeademd en kreeg daardoor ademhalingsproblemen. Ik ben toen naar binnen gegaan om te zien of er niemand achter was gebleven. Juffrouw Wyatt en Tom Curtis arriveerden en daarna ontstond er eigenlijk alleen maar een boel verwarring. Iedereen maakte lijsten om te zien of alle meisjes er waren. Het ambulancepersoneel behandelde de meisjes voor kleine verwondingen en ademhalingsproblemen, maar ze hielden niemand op de hoogte. Ik wilde helpen, maar alles wat ik deed leek het erger te maken. Toen er nog meer personeel kwam, ging ik maar naar huis.'

'Hoe laat was dat?'

'Ik denk rond half twee 's ochtends.'

'Hebben ze de oorzaak van de brand ooit achterhaald?'

'Ik weet het niet. Ik heb ook geen idee hoe goed daarnaar gekeken is. Niemand raakte zwaar gewond en het tehuis zou toch al sluiten.'

'Weet u dat zowel Teresa Wyatt als Tom Curtis vermoord is?'

William stond op en liep naar zijn dochter. 'Lieverd, tijd voor een muziekje, vind je ook niet?'

Kim zag het geknipperde antwoord niet, maar William zette het meisje een koptelefoon op en zette de muziek aan.

'Met haar gehoor is niets mis, rechercheur. Een normale vijftienjarige zou je vragen de kamer te verlaten. Dit is onze versie daarvan.'

Kim gaf zichzelf mentaal een standje. Zonder erbij stil te staan had ze net gedaan alsof Lucy onzichtbaar was, alleen omdat ze gehandicapt was. Die fout zou ze niet nogmaals maken. 'Wat kunt u ons over de slachtoffers vertellen?'

'Weinig. Ik kwam slechts zelden het personeel van overdag tegen. Soms bleef Mary, de huishoudster, tot ik er was zodat ze me bij kon praten.'

'Wat vertelde ze dan?'

'Meestal ging het erover dat juffrouw Wyatt en meneer Croft weer eens ruzie hadden. Het ging om macht, zei Mary.'

'Kunt u iemand bedenken die de meisjes iets zou willen aandoen?'

William werd bleek en keek naar buiten. 'U denkt toch niet dat iemand... Denkt u echt dat het lichaam dat daar gevonden is van een meisje van Crestwood is?'

'We sluiten de mogelijkheid niet uit.'

'Het spijt me, maar ik denk niet dat ik u verder kan helpen.'

William stond abrupt op. Zijn uitdrukking was veranderd. Hoewel hij nog altijd zacht sprak, was het duidelijk dat hij besloten had dat ze moesten gaan.

Maar Bryant drong aan. 'En de meisjes? Veroorzaakten ze veel problemen?'

William liep een stukje weg. 'Niet echt. Er zaten er een paar bij die opstandig waren, maar voor het merendeel waren het sympathieke meisjes.'

'Wat bedoelt u precies met opstandig?' vroeg Bryant.

'Gewoon, de standaard dingen.'

Het was duidelijk dat William Payne wilde dat ze weg zouden gaan en ineens drong het tot Kim door waarom dat zo was.

'Wat voor...'

'Bryant, we zijn klaar hier,' zei Kim en ze stond op.

William keek haar dankbaar aan.

'Maar als ik...'

'Ik zei dat we klaar zijn.' Haar stem klonk enigszins nors.

Bryant sloeg zijn notitieboekje dicht en stond op.

Kim liep langs William. 'Bedankt voor uw tijd, meneer Payne. We zullen u niet langer ophouden.' Toen liep ze langs Lucy's rolstoel. Zachtjes raakte ze de linkerhand van het meisje aan. 'Tot ziens, Lucy. Het was leuk je te ontmoeten.'

Bij de deur draaide ze zich nog even om. 'Meneer Payne, ik wil u nog heel even iets vragen. Waar dacht u in eerste instantie dat we voor kwamen?'

'Eergisterenavond was er een poging tot inbraak. Ze hebben niets meegenomen, maar ik heb wel aangifte gedaan.'

Kim bedankte hem met een glimlach en hij sloot de deur achter hen.

Eenmaal buiten het hek keek Bryant haar aan. 'Wat was er? Heb je niet gemerkt dat hij nerveus werd toen we over de meisjes begonnen? Hij wist niet hoe snel hij van ons af moest komen.'

'Het is niet wat je denkt, Bryant.'

Kim stak de weg over en nam het huis nog eens goed in zich op. Het was het enige van de zeven met een zichtbaar alarm naast de voordeur: een passieve infraroodsensor die direct op het hek gericht stond. Ze had een vergelijkbare sensor binnen gezien die op de achtertuin gericht stond. Om de achtertuin heen stond een manshoog hek met een anti-overklimstrip.

Inbrekers kozen nooit het lastigste huis in een rij. En Kim geloofde niet in toeval.

Bryant snoof. 'Je weet niet wat ik denk, want je gaf me de kans niet om iets te weten te komen. Hij was zenuwachtig, baas.'

Kim schudde haar hoofd en begon de heuvel weer op te lopen.

Ze kwam langs Daniel Bate, die met zijn hond terug naar zijn auto liep.

'Hé rechercheur, kun je je nou echt niet van me losrukken?'

'Jawel hoor, dokter. Echt wel,' antwoordde ze, intussen stug doorlopend.

'Baas, wat is er nou?' vroeg Bryant zodra ze bij de auto waren. 'Normaal gesproken ga je de uitdaging aan. Die kerel was hartstikke nerveus en jij hebt hem gewoon daar gelaten.'

'Dat klopt.'

'Hij zette ons zowat letterlijk de deur uit.'

'Dat deed hij inderdaad, Bryant.' Ze keek hem over het dak van de auto heen aan. 'Hij moest namelijk de luier van zijn vijftienjarige dochter verschonen.'

27

Het verzorgingstehuis leek ontworpen door iemand die symmetrie voor ogen had gehad. Aan iedere kant van de toegangshal was een glazen deur. Rechts van Kim was een klein kantoortje; links was een ruimte met een aantal bureaus en een vrouw in een zwart T-shirt: de poortwachter.

'Kan ik u helpen?'

Kim nam aan dat ze door de glazen barrière die hen scheidde heen had gesproken. 'Kunnen we een van uw patiënten spreken?'

De vrouw haalde niet-begrijpend haar schouders op. Kim wees naar de kantoordeur, maar de vrouw schudde haar hoofd en mimede de woorden 'Alleen in noodgevallen'.

Heel even had Kim het gevoel dat ze in een ontsmettingsruimte waren beland. Ze wees naar de binnenste deuren.

De vrouw knikte en wees naar een boek dat opengeslagen op een vensterbank rechts van de ruit lag. Ze maakte een kronkelend gebaar met haar rechterhand.

Kim nam aan dat ze bedoelde dat ze moesten intekenen. 'Hoe ver is de wereld ook alweer gekomen op communicatiegebied?' mompelde ze tegen Bryant.

Ze schreven allebei hun naam in het boek en wachtten tot de deur geopend werd.

Eenmaal binnen zag Kim dat in het gebouw twee gemeenschappen waren. Aan de linkerzijde bevonden zich de nog enigszins mobiele bewoners. Een paar schuifelden met behulp van een rollator rond; anderen zaten in hun oorfauteuils en spraken met elkaar. Philip Schofield bazelde op televisie iets over geldzaken. Bewoners hadden zich omgedraaid en keken hun kant op; nieuwe gezichten trokken altijd de aandacht.

Van rechts kwam maar weinig geluid. Een verpleegster liep rond met een trolley en deelde medicatie uit. Niemand keek hun kant op.

De vrouw die hen ontvangen had, kwam uit het kantoor naar hen toe gelopen. Net boven haar linkerborst bevond zich een naambordje waar 'Cath' op stond. 'Waarmee kan ik u helpen?'

'We willen graag een van de bewoners spreken. Mary Andrews.'

Caths hand vloog naar haar keel. 'Bent u familie?'

'Rechercheurs,' antwoordde Bryant.

Hij praatte verder, maar de reactie van de vrouw zei Kim al voldoende: ze waren te laat.

'Het spijt me, maar Mary Andrews is tien dagen geleden overleden.'

Voor het allemaal begon, dacht Kim – of misschien was dat juist het begin geweest.

'Dank u,' zei Bryant. 'We zullen contact opnemen met de patholoog-anatoom.'

'Waarom?' vroeg Cath.

'Aanwijzingen omtrent de doodsoorzaak,' legde Bryant uit.

Kim had zich inmiddels omgedraaid. Ze duwde tegen de deur, maar die zat op slot.

'Er is geen sectie verricht op Mary Andrews. Ze leed aan een terminale vorm van alvleesklierkanker, dus haar dood kwam niet als een verrassing. Er was geen enkele noodzaak om haar familie een onderzoek aan te doen, dus hebben we haar lichaam naar Hickton's laten brengen.'

Kim hoefde niet door te vragen. Iedereen kende de begrafenisonderneming in Cradley Hearth: al sinds 1909 waren zij degenen die de plaatselijke bevolking ter aarde bestelden.

'Had Mary Andrews die dag nog bezoek gehad?'

'We hebben hier zesenvijftig bewoners, dus het spijt me, maar dat weet ik niet meer.'

Kim hoorde de vijandige toon van de vrouw, maar besloot er geen aandacht aan te schenken.

'Vindt u het erg als wij even in het gastenboek kijken?'

Cath dacht daar even over na en knikte vervolgens. Ze drukte op een groene knop; de deuren zwaaiden open en Kim stapte de hal weer in.

Bryant hield de deur met zijn voet open terwijl Kim langs de pagina's bladerde.

'Meneer, u moet de deur dicht laten vallen, anders gaat het alarm af.'

Gehoorzaam liep Bryant verder de hal in.

'Wat is er? Heb je iets tegen oude mensen?' zei Kim toen ze Bryants stugge uitdrukking zag.

'Nee hoor, maar het is zo deprimerend.'

'Wat?' Kim bladerde nog een paar pagina's terug.

'De wetenschap dat dit de laatste halte is. Als je in de wijde wereld leeft, lijkt alles nog mogelijk. Maar eenmaal op een plek als deze weet je dat er nog maar één manier is waarop je weer vertrekt.'

'Nou, wat een opwekkende gedachte. Hierzo,' zei ze op de pagina tikkend. 'Om 12.15 uur op de tiende. Iemand heeft ingetekend om Mary Andrews te bezoeken, maar de naam is volkomen onleesbaar.'

Bryant wees naar het plafond van de hal, rechts boven hen.

Kim knikte en klopte op de glazen ruit. Cath trok een gezicht en Kim wees op de toegangsdeuren. Opnieuw klonk het zoemende geluid dat aangaf dat de deuren geopend waren. 'We willen de beelden van de bewakingscamera zien.'

Cath leek even te willen protesteren, maar toen schraapte ze alleen luidruchtig haar keel. 'Deze kant op.'

Ze volgden haar door het kantoor naar een ruimte erachter.

'Hier,' zei Cath, waarna ze hen alleen liet.

De ruimte was het nauwelijks waard een kamer genoemd te worden. Er stond een klein bureau met daarop een ouderwetse monitor en wat knoppen om hem te bedienen. Een videospeler stond ernaast.

'Een digitaal systeem was natuurlijk te veel gevraagd,' gromde Bryant. 'Hoera, oude, vertrouwde videobanden. Laat ze alsjeblieft gelabeld zijn.'

Kim ging op de enige stoel in de ruimte zitten, terwijl Bryant de rijen aan videobanden bestudeerde.

'Er staan er maar twee met die datum erop. Eén van overdag en eentje van 's nachts. Blijkbaar worden de banden elke twaalf uur verwisseld.'

'Dus het zijn geen continue opnames, maar timelapses?'

'Ik ben bang van wel,' zei hij terwijl hij een band pakte. Bewijstechnisch gezien werden realtime videobeelden geaccepteerd, aangezien alles aan één stuk door opgenomen werd. Bij een timelapse werd iedere paar seconden een opname gemaakt, waardoor de film steeds een sprongetje maakte. Het zag eruit als een reeks screenshots in plaats van een film.

Kim stak de video in de recorder. Het scherm kwam flikkerend tot leven. Ze spoelde de band terug tot de tijd die ze zocht. Toen staarde ze naar het beeld. 'Zie jij wat ik zie?'

'Die band moet behoorlijk oud zijn. Shit, daar zie je niks op.'

Kim leunde naar achteren in de stoel. 'Hoe vaak zouden deze banden gebruikt zijn?'

'Zo te zien minstens honderd keer.'

Normaal gesproken werden dergelijke videobanden na een keer of twaalf vernietigd om juist te voorkomen wat er nu gebeurd was.

Desondanks bleef Kim naar de schaduwen kijken die de hal in- en uitliepen. 'Jezus, dat had ik zelfs kunnen zijn.'

Bryant nam haar ernstig op. 'Was jij dat, baas?'

Kim leunde nog wat verder naar achteren en trok de deur open. 'Cath!' riep ze. 'Heb je even?'

Cath verscheen in de deuropening. 'Echt, rechercheur, u hoeft niet...'

'We nemen deze band mee.'

Cath haalde haar schouders op. 'Oké.'

'Heb je een vrijwaringsformulier voor ons?'

'Een wat?'

Kim rolde met haar ogen. 'Bryant.'

Hij scheurde een pagina uit zijn aantekeningenboekje en schreef het nummer van de videoband op, evenals hun namen en hun bureau.

Hoewel ze zich overduidelijk afvroeg waarom ze de moeite zouden nemen, pakte Cath het papiertje aan.

'Cath, snap je dat dit systeem zo goed als nutteloos is?'

De vrouw staarde haar aan alsof ze dacht dat Kim ze niet allemaal op een rijtje had. 'Dit is een verzorgingstehuis, rechercheur, geen verzamelplek voor misdadigers.' Triomf straalde van haar af.

Kim knikte even; Bryant staarde naar zijn nagels. 'Je hebt gelijk... Maar met betere beelden hadden we nu kunnen identificeren wie verantwoordelijk is voor twee of misschien zelfs drie moorden en was de kans beduidend kleiner geweest dat hij of zij nogmaals zal toeslaan.' Kim glimlachte vriendelijk naar de vrouw, die haar nu vol afschuw aan stond te staren. 'Maar toch bedankt voor je tijd en je medewerking.' Ze liep langs de vrouw en liet zichzelf uit.

'Weet je, baas, ik heb altijd al geweten dat ik banger voor je moet zijn als je lacht.'

'Zorg dat Stacey die videoband krijgt. Zij kent misschien iemand die ons kan helpen iets eruit te halen.'

'Komt voor elkaar. En nu, baas?'

Kim pakte de autosleutel uit zijn hand. 'Wij gaan de rit uit je nachtmerries maken, Bryant,' zei ze, en ze sperde haar ogen wijd open. 'We gaan van het verzorgingstehuis naar de begrafenisondernemer.'

Bryant rilde zichtbaar. 'Prima. Maar als jij rijdt, zorg er dan wel voor dat het niet echt mijn laatste rit is, ja?'

28

'Ik heb weleens gehoord dat mensen een ambulance achterna racen, maar een lijk? Jezus, baas.'

Kim haalde de wagen voor hen snel in. 'Je hebt de begrafenisondernemer gehoord: ze is pas twee uur geleden opgehaald. Als we op tijd zijn, kunnen we de ceremonie stilleggen en een sectie laten verrichten.'

'Ja, daar zal de familie echt heel blij mee zijn.'

'Zeik niet zo.'

'Je weet toch dat we op weg zijn naar het crematorium naast de opgraving, hè? Heb jij ook weleens het gevoel dat we letterlijk rondjes rijden?'

'Reken maar,' zei ze, intussen toeterend naar de auto voor hen, die voor een verkeerseiland was blijven staan. Snel sloeg de auto rechtsaf.

Kim scheurde de heuvel bij Garret Lane op en de brug over het kanaal over. Bryant zat letterlijk op en neer te stuiteren in zijn stoel. Ze nam de vierde afslag op de rotonde, racete het terrein van het crematorium op en stopte precies voor de ingang.

'Verdomme, geen andere wagens of bezoekers.'

'Misschien zijn we nog te vroeg. De familie kan nog thuis zijn.'

Kim zei niets; ze stapte uit en liep het gebouw binnen. Op de muur naast de ingang zat een meisje naar beneden te staren, maar Kim liep door. Tijd om een crematie te verhinderen.

Er ging een rilling door haar heen toen ze het gebouw binnenliep. Aan beide kanten van de hal waren houten banken neergezet. Het middenpad leidde naar een ruimte die door gordijnen van de rest kon worden afgescheiden. De roodfluwelen gordijnen waren opengetrokken.

Rechts stond een kansel op een klein podium. Een bord erachter bevatte drie hoofdstuk- en versnummers van Bijbelse gezangen.

Kim vond alles in- en in zielloos. Ze had weinig met kerken, maar die boden in ieder geval nog balans. In kerken werd ook getrouwd en gedoopt, een nieuw begin als tegenhanger van het verlies. Deze plaats was puur ingericht voor de dood.

'Kan ik u helpen?' klonk een stem, ook al was er niemand te zien.

Bryant en zij keken elkaar aan.

'Jezus christus,' fluisterde Bryant.

'Niet bepaald,' zei een gedaante die van achter de kansel oprees.

Hoewel hij niet dik was, was het zwarte gewaad van de man ook niet bepaald flatterend te noemen. Zijn gezicht was minder vol dan zijn lichaam deed vermoeden. Zijn peper-en-zoutkleurige haar was dik aan de zijkanten, maar bovenop leek een breed pad uitgesleten te zijn. Kim schatte hem op midden tot eind vijftig.

'Kan ik u misschien helpen, aangezien Hij er niet is?'

Zijn stem klonk laag en kalm en had een vriendelijk timbre. Kims vijfde pleegmoeder had een telefoonstem gehad die totaal niet leek op haar gewone stem. Zou deze geestelijke ook een speciale stem hebben voor diensten?

'We komen voor de crematie van Mary Andrews,' zei Bryant.

'Bent u familie?'

Bryant toonde zijn politiepas.

'In dat geval bent u te laat.'

'Verdomme. Kunnen we het proces nog tegenhouden?'

De predikant keek op zijn horloge. 'Ze ligt al een uur in elfhonderd graden. Ik denk niet dat er nog veel over is.'

'Verdomme... Sorry, eerwaarde.'

'Ik ben predikant, geen priester, liefje, maar ik zal uw excuses doorgeven.'

'Bedankt voor uw hulp,' zei Bryant en hij trok Kim mee naar de deur.

'Verdomme, verdomme, verdomme,' zei Kim buiten.

Vanuit haar ooghoek zag ze de tiener nog altijd in haar eentje op de muur zitten. Eenmaal bij de auto keek ze achterom. Het meisje zat overduidelijk te beven, maar dat was niet haar probleem.

Ze opende het portier, maar bleef toen staan. Misschien...

'Ogenblikje,' zei ze, en ze sloeg het portier weer dicht.

Op een drafje ging Kim naar de muur toe en bleef staan. 'Hé, gaat het wel?'

Het jonge meisje keek haar verrast aan. Ze probeerde beleefd te glimlachen en knikte kort. Haar ogen leken diepe poelen in haar bleke gezicht.

Aan haar voeten droeg ze lakleren schoenen met zwart-witte strikken erop en daarboven een zwarte maillot en een rok tot de knie. Een grijs shirt zat slordig onder een colbert dat niet alleen twintig jaar geleden in de mode was, maar ook twee maten te groot. Het was duidelijk dat haar kleren bedoeld waren voor de crematie en niet om buiten te zitten in een temperatuur die net boven het vriespunt uitkwam.

Kim haalde haar schouders op en draaide zich om. Ze had het gevraagd. Het kind zat niet in de problemen; ze was gewoon in de rouw. Er was niets dat haar ervan weerhield om weg te lopen. Het was echt haar probleem niet.

'Iemand die je goed kende?' vroeg ze terwijl ze met een hupje op de muur ging zitten.

De tiener knikte opnieuw. 'Mijn oma.'

'Gecondoleerd,' zei Kim. 'Het helpt niet als je hier blijft zitten, weet je.'

'Dat weet ik, maar ze was zo'n beetje m'n moeder.'

'Waarom zit je nog hier?' vroeg Kim nu vriendelijker.

Het meisje keek op naar de schoorsteen. Dikke rook steeg op en verwaaide. 'Ik wil niet bij haar weg tot... Ik wil niet dat ze alleen is.' Haar stem brak en tranen liepen over haar wangen.

Kim slikte toen ze besefte met wie ze hier zat te praten. 'Heette je oma Mary Andrews?'

Het meisje stopte met huilen en knikte. 'Ik ben Paula. Hoe wist u dat?'

Kim vond het niet nodig Mary's kleindochter precies te vertellen wat er aan de hand was. 'Ik ben rechercheur. We zijn verderop bezig en zo ben ik aan haar naam gekomen.'

'Ja, ze werkte op Crestwood. Ze is daar zo'n twintig jaar huishoudster geweest.' Ineens brak er een glimlach door op Paula's gezicht. 'Als ze in het weekend moest werken, nam ze me soms mee. Dan hielp ik bedden verschonen of de was doen. Maar ik weet niet of dat echt hielp, hoor.

Alle meiden daar waren dol op haar, ook al was ze best wel streng voor hen. Ik dacht altijd dat ze respect voor haar hadden. Ze waren beleefd en ze kreeg altijd veel knuffels.'

'De rest van het personeel zal ook wel dol op haar geweest zijn, dan?'

Paula haalde haar schouders op en glimlachte weer. 'Oom Billy wel.' Met haar hoofd gebaarde ze richting de voet van de heuvel. 'Hij woonde daarbeneden.'

Nu had ze Kims aandacht pas echt te pakken. 'Waar kende je Billy van?'

'Soms paste mijn oma op zijn dochter als hij boodschappen ging doen.' Het meisje keek weer naar de schoorsteen. 'Het idee was dat ze Lucy alleen in de gaten zou houden, maar daar was oma niet zo goed in. Er was altijd wel iets te doen voor hij terugkwam, stofzuigen of strijken en zo. Dan speelde ik met Lucy. Als hij dan terugkwam, zei oma niet wat ze gedaan had. Ze wilde niet bedankt worden, ze wilde hem gewoon helpen.'

'Dat klinkt alsof je oma een heel bijzondere vrouw was.' Kim meende het.

'Na de brand zijn we er nooit meer geweest. Oma zei dat oom Billy en Lucy verhuisd waren.' Paula leek even na te denken. 'Weet je, na die brand veranderde er veel. Ze was nooit een oude oma, weet je wel, maar na die brand leek iets aan haar echt anders te zijn.'

Kim vroeg zich af waarom Mary Andrews haar kleindochter de leugen had verteld dat William Payne verhuisd was.

'Heb je haar er nooit naar gevraagd?' drong Kim vriendelijk aan.

Ze wist dat ze misbruik maakte van Paula's behoefte om over haar oma te praten. Praten over iemand die je verloren had, hield diegene voor je gevoel levend en dichtbij. Het was een manier om de band in stand te houden. Kim hoopte maar dat ze elkaar zo konden helpen.

Paula knikte. 'Eén keer en toen werd ze heel boos. Dat weet ik nog omdat oma nooit boos werd. Ze zei dat ik nooit meer naar die plek of die mensen mocht vragen, dus deed ik dat ook niet.'

Kim zag dat het meisje opnieuw trilde. Haar hele lichaam beefde, maar er kwam nog steeds rook uit de schoorsteen.

'Weet je, iemand heeft ooit iets tegen me gezegd dat mij heel erg heeft geholpen.' Kim herinnerde zich het nog goed. Het was bij de crematie van pleegouders nummer vier geweest. Ze was toen dertien geweest.

Het onschuldige, rimpelloze gezicht wendde zich gretig tot haar, op zoek naar troost – net als Kim destijds, ook al had ze dat voor iedereen verborgen gehouden.

'Ze zeiden dat het lichaam niets meer is dan een omhulsel dat afgeworpen wordt wanneer het niet langer nodig is. Jouw oma is daar niet meer, Paula. Het omhulsel dat ze droeg, deed haar pijn en nu is ze vrij van die pijn.'

Kim keek naar de rook, die nu dunner werd. 'Volgens mij is haar omhulsel weg en is het ook voor jou tijd om te gaan.'

Het meisje sprong van het muurtje. 'Bedankt. Heel erg bedankt.'

Kim knikte en Paula draaide zich om. Alles wat ze zei zou het meisje tijdelijk troosten. Rouw was van nature egoïstisch en zodoende voorbehouden aan de levenden. Het was een maatstaf voor iemands eigen lijden en, in sommige gevallen, iemands eigen spijt. Dat laatste wist Kim maar al te goed.

Ze keek toe terwijl Paula de heuvel af liep. Even had ze het meisje willen vertellen dat Lucy nog altijd in hetzelfde huis woonde, maar er moest een reden zijn dat haar oma tegen het kind had gelogen en Kim wilde die wens respecteren.

Het geluid van haar mobieltje bracht haar terug in het heden.

Het was Dawson. 'Waar zit je, baas?'

'Zo dichtbij dat ik je aftershave zowat kan ruiken.'

Deze dag begon op een slechte aflevering van een horrorserie te lijken.

'Mooi zo, want we hebben je hier nodig, baas.'

'Wat is er aan de hand?' Ze trok een sprintje richting Bryant.

'Die metaaldetector is zojuist op hol geslagen. Het lijkt erop dat we nog een lichaam hebben gevonden.'

29

Kim was er te voet sneller dan Bryant met de auto. Onderweg passeerde ze dokter Bate en dokter Keats, die bezig waren dozen in een busje te laden.

Dokter Bate draaide zich naar haar om. 'Zeg inspecteur, als het zo doorgaat, moet ik nog een contactverbod aan gaan vragen.'

'Wat dacht je ervan gewoon je bek te houden?' kaatste ze terug zonder haar pas in te houden.

'Je had gelijk,' zei hij tegen dokter Keats.

Ze had geen idee waar Keats gelijk in had gehad en op dit moment kon het haar ook niet bepaald schelen.

Haar doel was het groepje mensen dat zo'n twaalf meter ten westen van de eerste tent stond. De tent waarin alle spullen lagen opgeslagen onttrok hen aan het zicht van de verzamelde pers en Kim was God heel dankbaar voor die kleine meevaller.

'Wat is er aan de hand?'

Cerys nam haar terzijde. 'Gareth liep voor de zekerheid nog een rondje over het veld. Toen hij hier kwam, gaf de magnetometer aan dat er daar ook iets in de grond zit.'

'Jezus christus,' zei Kim terwijl ze een hand door haar haren haalde. 'Kan het ook iets anders zijn?'

Cerys haalde haar schouders op. 'Dat kan altijd, maar dat weten we pas als we gaan graven. Intussen wil ik je ook graag nog iets anders laten zien.'

Kim volgde Cerys de opslagtent in. Op klaptafels stonden meerdere Tupperware-dozen. Sommige waren leeg, maar in de meeste lagen hoopjes aarde van verschillende grootte.

'We hebben wat stukken metaal gevonden die ik nog nader moet onderzoeken, maar het leek me dat dit je wel zou interesseren.'

Cerys pakte een van de kleinere Tupperware-dozen. Behalve aarde bevatte hij iets dat op Maltesers leek.

'Wat zijn dat?'

Cerys pakte er eentje en hield hem voor Kims neus.

Het was een perfect bolletje, roze met gele stippen.

Kim hield haar hoofd schuin. 'Een kraal?'

Cerys knikte.

'Hoeveel?'

'Tot dusver zeven.'

'Armband?'

Cerys haalde haar schouders op en glimlachte. 'Dat is jouw werk, rechercheur. Maar het is natuurlijk ook mogelijk dat ze uit een totaal verschillende context komen.'

'Een verschillende wat?'

Heel even sloot Cerys haar ogen. 'Weet je nog wat ik over die muur vertelde?'

Kim herinnerde zich vaag iets over gebeurtenissen in lagen. 'Dus je bedoelt dat die kralen ook helemaal niets met het lichaam te maken kunnen hebben?'

'Dat is een mogelijkheid.'

'Wanneer kan ik foto's ervan krijgen?'

'Alles wat we vandaag hebben opgegraven en vastgelegd ligt morgenochtend in foto's gedocumenteerd op je bureau.'

Kim knikte en liep de tent weer uit. Met gele verf was het stuk gemarkeerd waar de machine was gaan piepen.

Toen Cerys naast haar kwam staan, wendde ze zich naar haar. 'Waarom is nog niemand begonnen met graven?'

'Het is bijna drie uur. We hebben nog maar een halfuur daglicht en dat is te weinig tijd.'

'Meen je dat? Laat je haar daar gewoon liggen?'

Verrast keek Cerys haar aan. 'Ten eerste weten we nog helemaal niet zeker of het niet gewoon een dode hond is,' zei ze, Kims voorbeeld van de vorige dag aanhalend. 'Ten tweede, mocht er nog een lichaam zijn, dan kunnen we daar geen sekse van bepalen als we bij het eerste...'

'Wat is er mis met jullie? Jullie wetenschappers zijn allemaal hetzelfde. Hoort bij jullie universitaire opleiding ook het verwijderen van dat deel van je hersenen waarmee je creatief denkt?'

'Als we nu de grond overhoop halen en de opgraving niet afronden, lopen we het risico dat we de vindplek blootstellen aan de elementen. Daardoor kan belangrijke informatie verloren gaan.'

Kim schudde haar hoofd. 'Dat bedoel ik. Jullie zijn robots die alleen...'

'Ik verzeker je dat we níét allemaal hetzelfde zijn. Gisteren hebben we het op jouw manier gedaan; vandaag doen we het op mijn manier.'

Kim wierp haar een boze blik toe.

Cerys sloeg haar armen over elkaar. 'Ik begrijp je ongeduld, rechercheur. Ik herken het zelfs, maar ik weiger me te laten dwingen en daarmee het risico te lopen fouten te maken. Daarnaast is mijn team vanochtend om vier uur vertrokken om hier op tijd te zijn. Ze hebben hun rust nodig.' Ze draaide zich om en wilde weglopen, maar voegde er nog aan toe: 'Ik beloof je dat ze vannacht veilig is.'

'Bedankt, Cerys.'

'Graag gedaan, Kim.'

Kim liep naar Bryant en Dawson en nam hen terzijde. 'Oké jongens, ze zijn bijna klaar voor vandaag. Als we morgen nog een lichaam vinden, breekt de hel los. Ga naar huis en ga op tijd slapen. Vanaf morgen zijn we hier ongetwijfeld non-stop mee bezig, dus laat alsjeblieft aan jullie gezinnen weten dat jullie reguliere diensten tijdelijk vervallen.'

'Geen probleem, baas,' zei Dawson opgewekt. Zijn ogen waren een beetje bloeddoorlopen, maar het was duidelijk dat hij zijn lesje had geleerd.

'Goed, Bryant?'

'Zoals altijd, baas.'

'Oké, morgenochtend om zeven uur een briefing. Een van jullie geeft het door aan Stacey.'

Toen Kim wegliep, voelde ze ergernis branden. Wachten was niet bepaald haar favoriete bezigheid.

30

Het was al bijna middernacht toen Kim de garage in liep. Over haar straat, voornamelijk bewoond door gezinnen, was een gemoedelijke stilte neergedaald. Ze zette haar iPod aan en selecteerde Chopins *Nocturnes*. De pianostukken zouden haar geest kalmeren tot haar lichaam zo hard om slaap riep dat het niet langer te negeren was.

Ze was na haar bezoek aan de plaats delict naar het bureau teruggekeerd, niet in staat om niets te doen terwijl daar in de grond een lichaam lag te wachten.

Uiteindelijk was ze naar huis gegaan en had ze alles grondig gestofzuigd. Ze had de keuken gedweild en vervolgens met zeker een halve fles Cillit Bang het aanrecht schoongeschrobd. Daarnaast had ze twee wassen gedraaid en die vervolgens in de droger gedaan, gestreken en weggeborgen.

En nog steeds had een nerveuze energie haar in zijn greep gehad. Daarom had ze een kapot plankje in de badkamer gerepareerd, de meubels in de woonkamer anders neergezet en de kast die bovenaan de trap stond uitgeruimd.

Ze had duidelijk behoefte aan ruimte in haar hoofd, dacht ze terwijl ze haar meest geliefde ruimte van het hele huis binnenstapte.

Links van haar stond de Ninja, achteruit ingeparkeerd en klaar voor hun volgende avontuur.

Heel even stelde Kim zich voor hoe het voelde om zich tegen het voertuig aan te drukken, haar buik en borsten tegen de benzinetank, haar dijen om de lederen zitting geklemd, van de ene bocht naar de andere sturend, haar knieën steeds een paar centimeter boven het asfalt.

De manier waarop ze haar handen en voeten moest laten samenwerken om dat monster te besturen vergde alles van haar concentratie en liet al het andere verdwijnen. Rijden op de Ninja was als het temmen van een vurig paard. Het ging om controle, om het bedwingen van een rebelse geest.

Bryant had een keer gezegd dat ze blijkbaar graag het lot tartte, dat ze voor schoonheid was bestemd, maar dat ze ertegen vocht door niets aan haar uiterlijk te doen. Volgens hem had het lot haar geen enkel gevoel voor koken gegeven, maar toch stortte ze zich iedere week weer op moeilijke gerechten.

Alleen zij wist dat datzelfde lot had beslist dat ze jong zou sterven en tot dusver had ze dat ook betwist. Betwist en gewonnen.

Voor haar gevoel joeg het noodlot haar soms na, met als enig doel haar te reduceren tot wat ze al had moeten zijn toen ze zes was: een statistisch gegeven. Dus zo nu en dan tartte ze het en verleidde ze het tot hetzelfde kat-en-muisspel als toen.

De restauratie van de Triumph Thunderbird was liefdewerk, een ode aan de twee mensen die hun best hadden gedaan om haar veiligheid en liefde te geven. Het was een emotionele reis waarmee ze haar geest reinigde.

In deze ruimte vielen de stress en spanningen van haar werkdag van haar af; hier voelde ze zich ontspannen en tevreden. Hier hoefde ze niet de analytische rechercheur te zijn die iedere aanwijzing naploos, of de leider van haar team die alles deed om de beste resultaten te behalen. Hier hoefde ze geen verantwoording af te leggen over de manier waarop ze haar werk aanpakte – werk waar ze oprecht van hield – en ook niet te knokken om haar gebrek aan sociale vaardigheid te maskeren. Hier kon ze oprecht gelukkig zijn.

Ze ging in kleermakerszit zitten en bekeek de stukken die ze de afgelopen vijf maanden had verzameld. De authentieke Triumph-onderdelen uit 1993 zouden samen de behuizing voor de krukas moeten gaan vormen. Nu moest ze er alleen nog achter komen hoe.

Bij het restaureren van een klassieke motor hoorden ook dit soort kleinere taken. De behuizing voor de krukas was het hart van de machine, dus deed ze wat ze altijd deed als ze een puzzel in een puzzel tegenkwam: ze legde vergelijkbare stukken bij elkaar.

Twintig minuten later waren de ringen, pakkingen, veren, kleppen, buizen en zuigers allemaal gesorteerd. Ze pakte het diagram erbij dat haar zou helpen deze uitdaging te overwinnen.

Normaal gesproken rees het proces als een driedimensionaal hologram van de pagina op. Haar geest vond het meest logische beginpunt en van daaruit kon ze verder. Maar vanavond bleven de instructies weinig anders dan een verzameling cijfers, pijlen en vormen.

Ook na tien minuten vloeken zei de pagina haar nog steeds evenveel als de steen van Rosetta.

Hoe hard Kim er ook tegen vocht, deze hele zaak bracht haar danig uit haar evenwicht.

Ze strekte haar benen en leunde naar achteren, tegen de muur. Misschien kwam het doordat ze zoveel tijd in de buurt van Mikeys graf doorbracht. Hoewel ze iedere week verse bloemen neerlegde, had ze de herinneringen sinds haar zesde veilig weggeborgen gehouden.

Het was net een bom die aan een bewegingssensor zat, dat stuk van haar geest moest veilig weggestopt blijven. Iedere psycholoog die ze ooit had bezocht had geprobeerd die doos vol herinneringen open te breken. Allemaal hadden ze haar ervan verzekerd dat ze over het trauma moest praten om het achter zich te kunnen laten, maar dat had ze geweigerd. Ze hadden het namelijk stuk voor stuk mis gehad.

De eerste paar jaren na Mikeys dood was Kim als een lastig enigma van de ene psycholoog naar de andere gestuurd. Achteraf vroeg ze zich af of er een prijs was uitgeloofd voor de professional die erin zou slagen de overlevende helft van de tweeling, slachtoffers van het ergste geval van verwaarlozing dat Black Country ooit had meegemaakt, te kraken.

Maar ze vermoedde dat er geen prijs was uitgeloofd voor het repareren van de schade aan het betreffende kind.

Stilte en agressie waren haar trouwe metgezellen geweest. Kim was een moeilijk kind geworden, precies zoals ze had gewild. Ze had niet geknuffeld, aanbeden en begrepen willen worden. Ze had geen band gewild met haar pleegouders, nepbroers en -zussen of het personeel in de tehuizen. Het enige dat ze wilde, was met rust gelaten worden.

Maar toen kwam pleeggezin nummer vier.

Keith en Erica Spencer waren van middelbare leeftijd geweest toen ze het pleegoudersysteem in waren gestapt. Kim was hun eerste pleegkind geweest – en ook hun laatste.

Keith en Erica waren allebei docent en hadden er bewust voor gekozen zelf geen kinderen op de wereld te zetten. In plaats daarvan hadden ze op de motor de hele wereld rondgereisd. Na de dood van een van hun vrienden waren ze gestopt met reizen, maar hun liefde voor motoren was blijven bestaan.

Toen Kim op tienjarige leeftijd bij hen terecht was gekomen, had ze haar stekels opgezet, klaar voor een aanhoudende strijd in de vorm van lange, indringende gesprekken en beperkt begrip.

De eerste drie maanden had ze op haar kamer doorgebracht, wachtend op hun inmenging en op zoek naar nog meer manieren om mensen af te wijzen. Maar toen die inmenging niet gekomen was, was Kim steeds vaker even beneden gekomen, haast als een dier dat voorzichtig controleerde of het veilig was om uit winterslaap te komen. Als Keith en Erica al verrast waren geweest, dan hadden ze dat niet laten merken.

Tijdens zo'n verkenningstocht had Kim Keith in de garage aangetroffen, waar hij bezig was geweest een oude motor te repareren. In het begin was ze zo ver mogelijk bij hem vandaan gaan zitten en had ze alleen toegekeken. Zonder zich om te draaien had Keith haar verteld waar hij mee bezig was. Ondanks dat ze nooit iets terug had gezegd, was hij daar gewoon mee doorgegaan. En iedere dag was ze steeds een beetje dichterbij komen zitten, tot ze op een dag in kleermakerszit naast hem zat.

Steeds als Keith in de garage was geweest, was zij daar ook.

Uiteindelijk was ze vragen gaan stellen over de techniek van de machine; haar interesse was aangewakkerd. Keith had haar schema's laten zien en haar de praktijk uitgelegd.

Het kwam regelmatig voor dat Erica hen vanuit de garage naar de keuken moest slepen voor het avondeten, culinaire hoogstandjes uit een van de talloze kookboeken die op de planken in de keuken stonden. Als Kim tijdens het eten door Erica's geliefde klassieke muziek heen bleef doorvragen, rolde ze liefdevol met haar ogen.

Toen ze ongeveer achttien maanden bij hen was geweest, had Keith haar aangekeken en gevraagd: 'Je hebt het me vaak genoeg zien doen. Denk je dat jij die bout en sluitring bij de uitlaat geplaatst krijgt?' Hij was opgestaan en naar de keuken gelopen om iets te drinken te halen.

Met het aandraaien van die eerste bout was haar passie ontvlamd. Ze had zich op de andere onderdelen op de garagevloer gestort, totaal gegrepen door het proces. Uiteindelijk had ze nog een aantal onderdelen geplaatst.

Toen ze een zacht gelach had gehoord, was ze opgeschrokken. Keith en Erica stonden in de deuropening en keken naar haar. Erica had tranen in haar ogen gehad.

Keith was naast haar komen zitten. 'Volgens mij heb je dat slimme brein van mij, lieverd,' had hij met een plagend duwtje gezegd.

Hoewel ze had geweten dat dat onmogelijk was, hadden die woorden haar keel dichtgeknepen. Zij en Mikey hadden zo gelukkig kunnen zijn als het lot vriendelijker was geweest.

Twee weken voor haar dertiende verjaardag had haar pleegmoeder haar een kop warme chocolademelk gebracht, die ze op het nachtkastje had gezet. Bij het weggaan was Erica bij de deur blijven staan. Ze had zich niet omgedraaid, maar haar hand had de deurknop stevig vastgehouden. 'Kim, je weet toch hoeveel we van je houden, niet?'

Kim had niets gezegd en alleen naar Erica's rug gestaard.

'We zouden niet meer om je hebben gegeven als je onze biologische dochter was geweest en we zullen nooit proberen je te veranderen. We houden van je zoals je bent, oké?'

Kim had tranen in haar ogen gehad en alleen geknikt. Zonder dat ze het in de gaten had gehad, had dit stel veertigers haar hart geraakt; zij vormden de eerste stabiele basis die ze ooit gekend had.

Twee dagen later waren Keith en Erica omgekomen bij een kettingbotsing op de snelweg.

Later was Kim erachter gekomen dat ze op de weg terug waren van een advocaat die gespecialiseerd was in adoptiezaken.

Binnen een uur na het ongeluk was Kim als een ongewild pakketje het systeem weer ingestuurd. Niemand vierde haar terugkeer in het kindertehuis. Niemand zei iets over de drie jaar die ze afwezig was geweest. Er werd geknikt en ze kreeg het laatste beschikbare bed dat er nog was.

Kim veegde een ontsnapte traan van haar wang. Dit was nou precies het probleem met haar verleden: iedere gelukkige herinnering leidde tot ellende en pijn en daarom vermeed ze het dus meestal maar om eraan te denken.

Vanuit de keuken lonkte het aroma van verse koffie. Ze stond op en pakte haar mok om hem bij te vullen.

Terwijl ze de hete vloeistof in de mok goot, liet ze haar blik over de uitgebreide collectie kookboeken gaan.

Ineens rolden de woorden die eenentwintig jaar te laat waren over haar lippen: 'Erica, ik hield ook van jou.'

31

Nicola Adamson nam een slokje Southern Comfort-whiskey. Normaal gesproken dronk ze niet tijdens haar werk, maar op de een of andere manier lukte het haar vanavond maar niet om zich te ontspannen. Het voelde alsof al haar gewrichten aan elkaar geplakt zaten en haar spieren met cement gevuld waren.

De sfeer in de club was uitgelaten. Een groepje Zwitserse bankiers had er zin in en het was duidelijk dat ze goedgevulde zakken hadden. De muziek stond hard, maar het gelach klonk er nog bovenuit. De andere meisjes hadden zich tussen de klanten begeven en lachten oprecht naar iedereen. Het was zo'n avond die voor iedereen een succes zou worden, zo'n avond waarop haar werk haar geen enkele moeite kostte. Normaal gesproken, dan.

Maar nu had Nicola moeite de ruzie met haar zus van zich af te zetten. De aanleiding was iets totaal onbenulligs geweest, maar het was uitgelopen op een enorme ruzie waarbij nog net geen klappen waren gevallen.

Uiteraard had Beth zoals altijd de slachtofferkaart gespeeld: Nicola had alles en zij, Beth, had niets. Uiteindelijk was Beth woedend weggestormd en toen Nicola naar haar werk was vetrokken, was haar zus nog niet terug geweest.

Hoewel Beth volwassen was en prima in staat om voor zichzelf te zorgen, voelde Nicola zich als de oudste zus toch verantwoordelijk; zij hoorde haar zusje te beschermen. Ondanks hun gespannen verhouding maakt ze zich zorgen om Beth.

'Hé Nic, gaat het wel?'

Ze schrok op. 'Ja hoor, Lou.'

De eigenaar van de club was een voormalig worstelaar en op de een of andere manier maakten zijn pak en overhemd dat overduidelijk. Hij had de zaak vanaf de grond af opgebouwd. Lou's visie was dat zijn club een chique nachtclub moest zijn, waarin aantrekkelijke meisjes dansten om de klanten te vermaken. Hij had drie principes en die golden evenzeer voor zijn medewerkers als zijn klanten: niemand was naakt, niemand werd aangeraakt en niemand werd respectloos behandeld.

Voor zijn medewerkers gold een vierde regel: niemand gebruikte drugs. Zelf zag hij toe op de naleving van de eerste drie regels, een maandelijkse test voorzag in de naleving van de vierde. Zijn zaak en missie waren op die principes gestoeld en hij gaf zelf het goede voorbeeld. Voor zover Nicola wist, had geen enkel meisje zich ooit ongemakkelijk gevoeld in bijzijn van Lou.

'Je bent jezelf niet vanavond.'

Ze overwoog om te liegen, maar haar baas kende haar te goed. 'Ik ben gewoon een beetje afgeleid, Lou.'

'Wil je achter de bar werken?'

Nicola schudde haar hoofd, knikte vervolgens en zuchtte toen. Ze wist eigenlijk niet wat ze wilde.

Hij gebaarde naar haar dat ze hem moest volgen. In de gang was het relatief stil en hij bleef staan.

Mary Ellen, een voormalig model uit San Diego, wrong zich tussen hen door.

Lou wachtte tot ze buiten gehoorsafstand was. 'Heeft dit iets te maken met je zus?'

Nicola's mond viel open. 'Hoe weet jij van Beth?'

Hij keek om zich heen. 'Kijk, ik wilde er niets over zeggen, maar ze kwam eerder vandaag langs.'

Nu werd Nicola's mond droog. 'Was ze hier?'

Lou knikte. 'Ze eiste dat ik je zou ontslaan zodat je iets nuttigs kon gaan doen met je leven.'

'O god. Nee, toch?' fluisterde Nicola. Haar wangen begonnen te gloeien. Nog nooit had ze zich zo vernederd gevoeld.

'Wat heb je tegen haar gezegd?'

'Ik zei dat je een grote meid bent en dat je prima in staat bent je eigen keuzes te maken.'

'Bedankt, Lou. Het spijt me heel erg. Heeft ze nog meer gezegd?'

'Ja, ze riep me een paar fraaie bijnamen toe en beschuldigde me ervan misbruik van je te maken. Niks nieuws, dus.' Hij rolde met zijn ogen.

Nicola glimlachte. 'Wat zei jij toen?'

'Ik bedankte haar voor haar commentaar en vroeg of ik verder nog iets voor haar kon doen.'

Nu lachte Nicola hardop, wat de spanning in haar lichaam verlichtte. Ondanks dat Lou het goed op had gevat, vond ze het vreselijk dat Beth op haar werk had laten blijken dat er problemen waren.

'Zeg, Lou. Ik ben er vanavond gewoon niet bij met mijn hoofd, dus misschien kan ik maar beter naar huis gaan.'

Hij knikte begrijpend. 'Weet je, ik ben blij dat ik jou in mijn zaak heb en niet je zus, want dat is me een kwaaie meid, zeg.'

'Dat weet ik,' zei Nicola zacht. Bij zichzelf dacht ze: je hebt geen idee. Ze draaide zich om en liep richting de kleedkamer aan het einde van de gang.

'O, en Nic...'

Ze keek om.

'Pas goed op jezelf. Ik kreeg het gevoel dat ze heel erg kwaad op je is.'

Nicola zuchtte diep.

Hij had écht geen idee.

32

'Goed, jij eerst, Kev,' beval Kim.

Ze had haar team bijgepraat over de plaats delict die ze de vorige dag ontdekt hadden en de ontdekking van de conifeer die de link was tussen de twee misdaden.

Cerys had woord gehouden: iets na halfzeven waren de foto's binnengekomen. Op het whiteboard zat nu een luchtfoto van de vindplaats geplakt.

Dawson stond op en ging met zijn vinger over een denkbeeldige lijn van de locatie van het eerste graf naar de rand van de kaart. 'Dit is het eerste slachtoffer. Hoewel er geen geslacht is vastgesteld, is het gezien de kleding en de gevonden kralen aannemelijk dat het om een vrouw gaat. De verwachting is dat ze daar al zo'n tien jaar ligt. Het lichaam is opgegraven en wordt nu door dokter Keats en dokter Bate onderzocht. Het enige wat we tot dusver zeker weten, is dat ze onthoofd is.'

'Wat gruwelijk,' zei Stacey.

Terwijl hij sprak, maakte Dawson aantekeningen op het whiteboard.

Het stoorde Kim dat het kopje nog steeds 'slachtoffer 1' was. Die botten waren ooit een mens geweest, een mens met spieren en een huid, met hier en daar misschien een moedervlek. Een gezicht met emoties. Niet gewoon botten. Dit meisje was al zo'n groot deel van haar leven anoniem... Het stoorde Kim dat ze nog steeds geen naam had.

Kim herinnerde zich nog maar al te goed hoe ze voor het eerst besefte dat kinderen als onzichtbaar werden beschouwd. Op haar achtste was ze een keer de linnenkamer ingelopen om een schone kussensloop te halen. Haar blik was op een stapeltje papier op een clipbord blijven rusten. Op de pagina's waren diagrammen van de zeven slaapkamers van het kindertehuis getekend, op elke pagina een kamer. Ieder bed had een nummer, met hokjes om aan te vinken eronder. Ze had zich afgevraagd waarom daar 'Bed 19' had gestaan in plaats van haar naam.

Maar al snel had Kim beseft dat het te veel moeite was om de namen van de kinderen op te schrijven. De kinderen veranderden, maar de plaatsing van de bedden niet.

Kim was op een houten kruk geklommen en had alle namen van de meisjes naast hun bedden geschreven.

Twee dagen later was ze weer gaan kijken. Op het clipbord was een nieuw setje papier bevestigd: bed één, bed twee, bed drie. Haar eigen plek, haar identiteit, de enige plek waar ze zich veilig voelde – achteloos verwijderd.

Die les stond in haar geheugen gegrift.

Dawson wees op het bord en ze vestigde haar aandacht weer op hem. 'Dit is de plaats van de tweede vondst, zo'n vijftien meter verderop.'

Hij trok een lijn naar de rand van de kaart, maar zette er alleen een sterretje bij. Kims hele lichaam kwam in opstand bij het woord 'vondst', maar ze onderdrukte het gevoel. Vooralsnog was er geen lichaam.

'Bedankt, Kev. Vandaag doet het archeologisch team een ronde over het hele veld om te zien of er nog meer zijn.'

'Verwacht je nog meer lichamen, baas?'

Kim haalde haar schouders op. Ze had werkelijk geen idee.

'Stace, is het gelukt om die videoband te bekijken?'

Stacey rolde met haar ogen. 'Ja, en hij zou best eens gebruikt kunnen zijn voor de originele opname van *Ben Hur*. Hij is honderden keren gewist en weer gebruikt. Ik ken wel iemand die er misschien iets mee kan, maar hij staat niet in onze lijst van goedgekeurde...'

'Schakel hem toch maar in. We kunnen die band dan weliswaar nooit als bewijs gebruiken als Mary Andrews' dood geen toeval was, maar hij kan toch een aanwijzing voor ons bevatten.'

Stacey knikte en schreef iets op. 'Ik heb niets nieuws over Teresa Wyatt. Ik heb haar telefoongegevens doorgenomen en alle gesprekken zijn te verklaren, zowel de binnenkomende als uitgaande. Het forensisch team heeft niets anders gevonden op de plaats delict dan een paar schoenafdrukken, waar tweemaal in gestapt is.'

De moordenaar was dus in zijn eerste voetsporen teruggelopen om identificatie nog moeilijker te maken. En de brandweer had al genoeg schade aangericht.

'Slim én ongeduldig, dus,' merkte Kim op.

'Hoezo ongeduldig?' vroeg Bryant.

'De ontdekking van Teresa Wyatts lichaam werd aanzienlijk versneld door de brand, waardoor ze binnen een uur na haar dood gevonden werd. Tom Curtis zou waarschijnlijk ook overleden zijn aan de whisky, maar dat was niet goed genoeg voor onze moordenaar.'

'Hij wil ons laten weten dat hij kwaad is,' zei Bryant.

'Hij heeft duidelijk een mening.'

'Laten we hem tegenhouden voor hij die aan de volgende bekendmaakt,' voegde Stacey daaraan toe. Ze tikte iets op haar toetsenbord. 'Aansluitend op Kevs werk kan ik jullie meedelen dat Richard Croft, medewerker van Crestwood, zeer zeker dezelfde Richard Croft is die nu voor Bromsgrove in het Lagerhuis zit voor de Conservatieven.'

'Verdomme,' zei Kim. Hier zou Woody echt niet blij mee zijn.

'Ik heb zijn adres. Dat van de tweede nachtwaker trouwens ook.'

De printer kwam tot leven en Bryant greep het vel papier dat eruit kwam.

'Daarnaast kreeg ik van een plaatselijke huisarts het laatste overzicht van de meisjes die op Crestwood verbleven, maar Facebook blijkt een betrouwbaarder bron als het gaat om wie er ten tijde van de sluiting nog was.'

'Blijf in die richting doorzoeken, Stace, dat helpt ons misschien bij de identificatie van ons eerste slachtoffer. Wie weet herkent iemand de kralen. Vandaag richten wij ons verder op het personeel. Er is geen enkele aanwijzing dat de voormalige bewoners in gevaar zijn. Bryant en ik hebben met William Payne gesproken. Hij heeft een dochter die zwaar gehandicapt is. Hij hield van zijn werk, maar als nachtwaker zag hij de andere personeelsleden maar weinig. Onlangs heeft hij een poging tot inbraak gemeld. Gezien de beveiliging van zijn huis slaat dat nergens op, dus Kev, ik wil dat je even met hem gaat praten als je teruggaat naar de vindplek.'

Dawson knikte begrijpend.

Kim stond op. 'Dan weten we allemaal waar we mee aan de slag gaan. Ja, toch?' Ze liep naar de hal om haar jas te pakken. 'Kom mee, Bryant. Wij gaan naar het lab om te horen of dokter Spock ons iets te melden heeft.'

Bryant liep met haar mee naar buiten. 'Kalm aan, baas, het is net halfacht. Geef hem even de tijd.'

'Hij is er heus wel,' zei ze onderaan de trap.

Toen ze het portier aan de passagierskant opende, haalde ze even diep adem.

God mocht weten wat ze vandaag tegen zouden komen.

33

Toen Kim de autopsieruimte binnenstapte, moest ze drie keer knipperen tegen het licht dat door alle roestvrijstalen oppervlakken weerkaatst werd.

'Ik krijg de kriebels van deze plek.'

Ze keek naar Bryant. 'Sinds wanneer ben jij zo'n watje?'

'Altijd al geweest, baas.'

De werkruimte van de patholoog was recent gemoderniseerd en bevatte nu vier afzonderlijke werkplekken, net als in een ziekenhuiskamer. Elke werkplek bevatte een wastafel, een onderzoekstafel, muurkastjes en een heel assortiment aan instrumenten. Veel instrumenten leken onschuldig omdat ze weinig verschilden van de scharen en scalpels die door chirurgen gebruikt werden, maar andere, zoals de schedelbeitel, botzaag en ribsnijders, zagen eruit alsof ze regelrecht aan de fantasie van Wes Craven waren ontsproten.

In tegenstelling tot in een ziekenhuis hingen er geen gordijnen rond de werkplekken. Deze patiënten gaven niets om hun zedelijkheid.

Het opgegraven skelet was op een onderzoekstafel neergelegd en zag er op de een of andere manier nog verlorener uit dan toen het nog in de grond had gelegen. Nu lagen de botten tentoongesteld in een steriele omgeving, klaar om bekeken, geanalyseerd en bestudeerd te worden – de zoveelste vernedering die ze moesten ondergaan.

De werktafel was lang en dankzij de opstaande rand zag hij eruit als een overmatig grote serveerschaal. Kim voelde een haast overweldigende aandrang om de botten te bedekken.

De boven de tafel hangende onderzoekslamp was naar beneden getrokken en deed Kim denken aan een tandartslamp.

Dokter Bate was bezig het rechterdijbeen te meten en schreef de gegevens op een clipbord.

'Iemand is hier druk bezig geweest.'

'De morgenstond heeft goud in de mond, nietwaar? Dan is het dus maar goed dat dit geen echte tandartslamp is.'

Kim greep naar haar borst. 'Was dat nou een grap? Nee, toch?'

Zijn witte jas hing open en onthulde een versleten spijkerbroek en een groen-blauw gestreept rugbyshirt.

'Rechercheur, doe je tegen iedereen zo sarcastisch?'

Daar dacht ze heel even over na. 'Als het lukt wel.'

Nu keek hij haar recht aan. 'Hoe kun je zo succesvol zijn als je zo onbeleefd, arrogant, ergerlijk...'

'Kalm aan, dok. Ik heb ook slechte kanten. Vertel het hem maar, Bryant.'

'Ze heeft ook...'

'Wat kun je ons vanochtend over ons slachtoffer vertellen?' onderbrak Kim hem.

De arts schudde geërgerd zijn hoofd en wendde zich af. 'Om te beginnen vertellen de botten vaak meer over het leven van het slachtoffer dan over diens dood. We kunnen iemands leeftijd zien, evenals ziektes, oude verwondingen, iemands lengte en bouw en afwijkingen in het skelet.

De leeftijd bij overlijden heeft invloed op de ontbinding. Hoe jonger de overledene, hoe sneller hij of zij vergaat. Kinderbotten zijn kleiner en bevatten minder mineralen.

Daarentegen zal een obese persoon ook sneller vergaan vanwege de grote hoeveelheden vlees waar micro-organismen en maden zich mee kunnen voeden.'

'Fascinerend. Kun je ook nog iets vertellen dat daadwerkelijk nuttig voor ons is?'

De arts gooide zijn hoofd in zijn nek en schaterde het uit. 'Ik moet het je nageven, rechercheur, je bent wel duidelijk.'

Kim zei niets en wachtte geduldig tot hij een bril met een eenvoudig zwart montuur op had gezet.

'In de linkervoet zijn twee middenvoetsbeentjes gebroken. Het is een typische verwonding die je met voetballen oploopt, maar dit was een recente breuk. De botten waren nog niet terug aan elkaar gegroeid.'

'Kun je zo'n breuk oplopen als je ergens tegenaan trapt?' vroeg Bryant.

'Dat is mogelijk, maar de meeste mensen zouden met rechts schoppen, tenzij ze geleerd hadden beide benen te gebruiken.' Hij liep richting het hoofd op de tafel. 'Ik heb je de breuk in de nekwervels al laten zien. We weten dus dat het slachtoffer op een zeker moment onthoofd werd. De aanval was bruut; de klap die het bot verbrijzelde was niet de eerste.'

Hij pakte een vergrootglas. 'Kijk maar naar C1 en C2, dan zie je wat ik bedoel.'

Kim leunde naast hem over het lichaam heen. Er zat een duidelijke ribbel in het C1-bot.

'Zie je?'

Kim knikte. Ze rook de pepermuntgeur van zijn adem.

'Hier, hou vast.' Hij reikte haar het vergrootglas aan. Voorzichtig draaide hij het lichaam, zodat ze de nekwervels vanaf de zijkant konden bekijken. 'Kijk nu eens naar C2.'

Hij hield de botten op hun plek terwijl zij het vergrootglas boven de nekwervels net onder de schedel hield. Opnieuw een duidelijke ribbel in het bot.

Kim stapte met een onpasselijk gevoel naar achteren. 'De verwonding die je me gisteren liet zien, bevond zich niet aan de zijkant van de nek.'

De arts knikte en even wisselden ze een blik van verstandhouding.

'Ik snap het niet,' zei Bryant, die nu over de werktafel heen leunde om het beter te kunnen zien.

'Ze leefde nog,' mompelde Kim. 'Ze bewoog toen hij probeerde haar te onthoofden.'

'Gestoorde gek,' verzuchtte Bryant hoofdschuddend.

'Zou de verwonding aan de voet ontstaan kunnen zijn doordat de moordenaar erop ging staan zodat het slachtoffer niet weg kon komen?'

Dat zou verklaren waarom het slachtoffer op de grond had gekronkeld maar niet weg had kunnen komen.

'Dat lijkt me een logische conclusie.'

'Pas op met te stellig zijn, dok.'

'Ik kan die theorie niet bevestigen omdat er geen weefsel meer is, rechercheur, maar ik kan wel stellen dat ik geen andere duidelijke doodsoorzaak heb kunnen aanwijzen.'

'Hoelang heeft ze daar gelegen?'

'Minimaal vijf jaar, mogelijk wel twaalf.'

Kim rolde met haar ogen.

'Als het kon, gaf ik je de precieze datum, maar er zijn allerlei factoren van invloed op de ontbinding, waaronder warmte, de samenstelling van de aarde, de leeftijd, mogelijke ziektes, infecties. Net als jij zou ik het liefst hebben dat iedereen met een foto, een volledig medisch profiel, een paspoort en een recente nuts-rekening gevonden werd, maar helaas zullen we het hiermee moeten doen.'

Kim was niet onder de indruk van zijn uitbarsting. 'Dus wat hebben we hier nu precies, dok?'

'Mijn onderbouwde vermoeden is dat we hier het lichaam hebben van een nog niet volwassen persoon die niet ouder geweest kan zijn dan vijftien jaar.'

'Onderbouwd vermoeden? Is dat wetenschappelijk jargon voor een gok?'

Hij schudde zijn hoofd. 'Nee, ik ben bereid deze conclusie in de rechtszaal onder ede te verklaren. De gok is dat het om een meisje gaat.'

Kim fronste. 'Gisteren zei je...'

'Er is geen wetenschappelijke onderbouwing voor.'

'Vanwege de kralen?'

Hij schudde zijn hoofd. 'Cerys kwam gisteravond hiermee aanzetten.' Hij hield een plastic zakje met daarin een stukje stof omhoog.

Kim kwam dichterbij. Er was een patroon te zien.

'Het is een stukje van een sok. Wol ontbindt veel langzamer dan andere stoffen.'

'Maar ik zie niet...'

'Onder de microscoop zijn nog net de vormen van een roze vlinder te zien.'

'Daar kan ik iets mee,' zei Kim. Ze draaide zich om en liep het lab uit.

34

Vanaf het moment dat ik het meisje ontmoette, mocht ik haar al niet. Ze had iets meelijwekkends over zich... en ze was lelijk.

Alles leek haar te klein. Haar tenen duwden tegen een scheurtje aan de voorkant van haar schoenen. Haar spijkerrokje onthulde iets te veel dijbeen. Zelfs haar bovenlichaam leek te klein voor de lange ledematen die eraan vastzaten.

Zij was wel het laatste meisje waar ik problemen van verwachtte: ze was zo onopvallend dat ik me haar naam nauwelijks nog herinner.

Ze was niet de eerste en ook niet de laatste, maar iets aan het beëindigen van haar ellendige leven schonk me oprecht genoegen. Zij was zo'n meisje waar niemand ooit van had gehouden en waar niemand ooit van zou houden.

Haar ongelukkige lot had al vastgestaan vanaf het moment dat haar vijftienjarige moeder haar in een van de huisjes van het Hollytree-wooncomplex ter wereld liet komen. Toen vijf jaar later het tweede kind was geboren, was haar moeder ervandoor gegaan.

De definitieve afwijzing van haar vader volgde zes jaar daarna, toen hij haar samen met een tasje wereldse bezittingen op Crestwood dumpte. Hij had duidelijk gemaakt dat er geen bezoekjes zouden volgen en thuiskomen was helemaal uitgesloten.

Het kind was oud genoeg om te begrijpen wat er gebeurde toen ze daar aan de receptie stond en haar vader de papieren tekende die hen zouden scheiden.

Hij was weggelopen zonder een knuffel, zonder een aanraking en zelfs zonder afscheid te nemen. Pas op het laatste moment had hij zich naar haar omgedraaid en haar aangestaard. Zijn blik was hard geweest.

Had ze, al was het maar even, gehoopt op spijt of een verklaring? Een uitleg die ze kon begrijpen? Had ze gehoopt op de belofte dat haar vader terug zou komen, zelfs al was die niet oprecht geweest?

Hij was teruggelopen en had haar nog even terzijde genomen.

'Luister, kiddo, het enige dat ik je ken vertellen is dat je goed mot leren, want een man ga je nooit vinden.' En toen was hij weggelopen.

Ze had als een schaduw om haar leeftijdsgenootjes heen gehangen, wanhopig op zoek naar een manier om erbij te horen, naar iets van liefde of zelfs maar een glimp van iets dat daarop leek.

Haar beperkte besef van wat liefde inhield, zorgde ervoor dat ieder beetje aandacht van de andere meisjes tot een haast trieste dankbaarheid leidde, en die leverde haar twee vriendinnen alles op wat ze wilden, van eten tot zakgeld. Ze liep als een slungelige pup achter hen aan en zij stonden dat toe.

Het is grappig dat het meest waardeloze meisje ooit nu toch een rol speelt. Iedereen kijkt naar haar voor antwoorden; ik ben blij haar dat nut gegeven te hebben.

Op een avond zei ze tegen me: 'Ik heb een geheim. Het gaat over Tracy.'

Ik zei: 'Ik heb er ook een.'

Ik vroeg haar om bij me te komen als de anderen sliepen. Het was ons geheimpje, want ik had een verrassing voor haar: konijntjes bij het meer. Die smoes werkte altijd.

Om half twee 's nachts zag ik hoe de achterdeur langzaam openzwaaide. Het licht achter haar slungelige silhouet gaf haar de aanblik van een stripfiguurtje.

Ze trippelde naar me toe en ik glimlachte.

Zij vormde geen enkele uitdaging. Die manier waarop ze naar aandacht snakte, was gewoon misselijkmakend.

'Ik mot iets vertellen,' fluisterde ze.

'Vertel maar,' zei ik met gemaakte nieuwsgierigheid om haar spelletje mee te spelen. 'Volgens mij is Tracy niet weggelopen.'

'Echt?' vroeg ik met zogenaamde verrassing. Dit was nou niet bepaald

nieuws. Ze had iedereen die niet snel genoeg van haar af had weten te komen al verteld dat ze dacht dat Tracy niet weggelopen was.

Haar domme, lelijke gezicht stond ernstig. 'Kijk, zo iemand is ze niet en ze heb haar iPod achtergelaten. Ik vond 'm aan het voeteneinde van d'r bed.'

Dat was niet wat ik verwacht had. Verdomme. Hoe had ik dat kunnen vergeten? Dat stomme wijf had dat ding áltijd om haar nek gehad. Ze had het ongetwijfeld gestolen en het was haar grootste schat geweest.

'Wat heb je ermee gedaan?' vroeg ik.

'Hij leg in m'n kassie, zodat niemand 'm ken jatten.'

'Heb je dit ook nog aan iemand anders verteld?'

Ze schudde haar hoofd. 'Niemand boeit 't. 't Is net of ze nooit bestaan heb.'

Precies zoals ik het wilde.

Maar nu zat ik dus met die godvergeten iPod.

Ik glimlachte breed naar haar. 'Je bent een slim meisje.'

De duisternis om ons heen slaagde er niet in de blos op haar wangen te verbergen. Ze glimlachte, blij met het compliment, blij van nut te zijn – blij om gezien te worden.

'En dan nog iets. Ze zou niet weglopen, want ze was...'

'Sst.' Ik legde mijn vinger tegen mijn lippen. Ik leunde naar haar toe om de indruk te wekken dat ik een vriendelijke mede-samenzweerder was. 'Je hebt gelijk. Tracy is niet weggelopen. Ik weet waar ze is.' Ik stak mijn hand uit. 'Zullen we naar haar toe gaan?'

Ze pakte mijn hand en knikte.

Ik liep met haar over het grasveld naar de verste uithoek van het veld. De omringende bomen maakten de duisternis er dieper. Ze liep rechts van me.

En toen stapte ze in het gat en viel achterover. Ik liet haar hand los.

Verwarring tekende zich af op haar gezicht, maar zodra ik voet in de kuil zette, stak ze haar handen omhoog om me af te weren.

Ik voelde langs de randen naar de schop, maar die moest ze per ongeluk weggeduwd hebben toen ze viel.

Daardoor kreeg ze de kans om op te staan. Verdomme, ik wilde haar plat op de grond hebben. Mijn vuist greep haar haren en rukte haar hoofd achterover. Haar gezicht was maar een paar centimeter van het mijne verwijderd.

Haar ademhaling was snel en oppervlakkig. Ik hief de schop hoog in de lucht en liet hem hard op haar voet neerkomen. Ze schreeuwde slechts één keer, voor ze op de grond viel en naar haar voet greep. Heel even rolden haar ogen weg in hun kassen; ze was bewusteloos van de pijn. Ik trok de sok van haar andere voet en propte die in haar mond.

Daarna trok ik aan haar lichaam zodat ze languit in haar graf kwam te liggen. Toen liet ik de schop naar beneden suizen. Hij raakte haar aan de zijkant van haar hals. De pijn bracht haar weer bij. Ze probeerde te schreeuwen, maar de sok dempte het geluid.

Haar ogen schoten wild van angst heen en weer. Ik hief de schep hoger op en stootte hem met kracht naar beneden toen ze begon rond te rollen. Dit werkte beter. Ik hoorde het geluid van metaal dat vlees uiteenreet.

Maar het kind bleek een vechter, want opnieuw rolde ze om. Ik trapte haar hard in haar buik. Zo te horen stikte ze nu in haar eigen bloed. Met een tweede trap eindigde ze op haar rug.

Nu moest ik me concentreren. Het ging erom dat ik de juiste plek raakte. Ik hief de schop nogmaals op en mikte op haar keel. Het licht in haar ogen was gedoofd, maar haar onderlichaam schokte nog.

Dat deed me denken aan het omhakken van een boom. Ik was erdoor; met nog één klap zou ik kroon en wortels volledig van elkaar scheiden.

Opnieuw liet ik de schop van hoog neerkomen. Er klonk het krakende geluid van metaal op bot.

Toen stopten al haar bewegingen. Ineens was het stil.

Ik zette mijn rechtervoet op de schep en daarna de linker-, alsof het een springstok was. Wiebelend duwde ik het blad van de schop verder en verder, tot ik hem in de zachte aarde onder haar voelde dringen.

Haar ogen leken me te volgen toen ik haar begroef. De dood maakte haar bijna mooi.

Een stukje van het graf af bleef ik staan. Te midden van de rotzooi van de kermis zou niemand het opmerken.

Die meid had altijd willen helpen, had altijd nuttig willen zijn, had altijd een doel willen dienen. Nu was het haar gelukt.

Ik stampte het gras aan en liep weer een stukje terug.

In gedachten bedankte ik haar dat ze mijn geheim bewaard had.

Eindelijk had ze iets goeds gedaan met haar leven.

35

'Wat denk jij?' vroeg Bryant toen ze op de passagiersstoel ging zitten.

'Waarvan?'

'De arts en de archeoloog?'

'Klinkt als het begin van een slechte mop.'

'Kom op. Je weet wat ik bedoel. Denk je dat ze...'

'Jezusmina,' snauwde ze. 'Een halfuur geleden zat je te piepen als een klein meisje en nu gedraag je je als een ouwe roddelaarster.'

'Hé, dat "ouwe" doet pijn hè, baas.'

'Gebruik dat beetje hersens van je liever voor deze zaak in plaats van je druk te maken om het seksleven van onze collega's.'

Bryant haalde zijn schouders op en reed richting Bromsgrove. Ze waren op weg naar het kantoor van Richard Croft, dat zich in de hoofdstraat van het stadje bevond.

Kim staarde uit het raam toen ze door Lye reden. Steeds zag ze het weer voor zich: een vijftienjarig meisje dat over de grond rolde, de handen om haar gebroken voet geslagen. Wanhopig probeerde ze aan de dodelijke klap van een schop te ontsnappen. Dat de eerste twee klappen haar huid, kraakbeen en spieren tot op het bot hadden doorboord zonder dodelijk te zijn, was een walgelijk idee.

Ze sloot haar ogen en probeerde zich de doodsangst van het kind voor te stellen.

Zo bleef Kim in gedachten verzonken tot ze de buitenwijken van Bromsgrove binnenreden aan de kant waar voorheen het Barnsley Hall-psychiatrisch hospitaal had gestaan.

Het gebouw was in 1907 geopend en had tijdens zijn hoogtijdagen twaalfhonderd mensen gehuisvest. In de jaren zeventig was het de thuisbasis van haar moeder geweest – tot ze haar op haar drieëntwintigste de samenleving in hadden gestuurd.

Wat was dat toch een goed idee geweest, dacht Kim toen ze langs het flatgebouw kwamen dat daar na de sluiting en sloop van het oude gebouw in de jaren negentig neergezet was.

De sloop van de oude, sierlijke watertoren in 2000 was door de inwoners van het stadje zeer betreurd. Het rood bakstenen gebouw in Gotische stijl, met zijn zandsteen- en terracottakleurige decoratie, had boven het psychiatrisch hospitaal uitgetorend. Kim was persoonlijk erg blij geweest met de sloop. Het was namelijk de laatste tastbare herinnering geweest aan een instituut dat onomstotelijk had bijgedragen aan de dood van haar broer.

Bryant parkeerde op een klein parkeerterrein achter een dierenwinkel en Kim dwong zichzelf zich te concentreren.

Ze namen een tussendoorroute door een steeg tussen twee winkels en werden begroet door de geur van het verse brood van Gregg's, de plaatselijke bakkerij.

Bryant smakte met zijn lippen.

'Vergeet het maar,' zei Kim. Ze keek naar de huizen. 'Daar is het,' zei ze, wijzend op een rode deur tussen een kaartenwinkel en een winkel vol goedkope kleding in.

Onder het naambordje bevond zich een intercom. Kim drukte erop en een vrouwenstem antwoordde. 'We willen meneer Croft graag spreken.'

'Het spijt me, hij is momenteel niet aanwezig. We hebben een inloop...'

'We zijn bezig met een moordonderzoek. Doe alstublieft die deur open.' Kim was niet van plan om politiezaken via een elektronisch apparaat te bespreken.

Er klonk een zacht piepje en Kim duwde de voordeur open. Een smalle trap leidde naar de eerste verdieping.

Aan weerszijden van de overloop was een deur. De deur links was van hout; de deur rechts bevatte vier glazen ruiten.

Ze duwde de rechterdeur open.

Erachter bevond zich een kleine kamer zonder raam. De vrouw die er zat te werken, was halverwege de twintig en had haar haren zo strak naar achteren opgestoken dat je het kon zien trekken bij haar slapen.

Bryant pakte zijn politiepas en stelde hen voor.

Hoewel het kantoor klein was, was het opgeruimd en praktisch ingedeeld. Langs één muur stonden dossierkasten. Een jaarplanner en enkele certificaten bedekten deels de andere muur. Uit de computerspeakers klonk Radio 2 op.

'Kunnen we meneer Croft spreken?'

'Ik ben bang van niet.'

Kim keek naar de deur aan de andere kant van de overloop.

'Hij is er niet. Hij is op huisbezoek.'

'Is hij huisarts dan?' vroeg Kim geërgerd. Waarom voelden alle secretaresses zich genoodzaakt mannen van middelbare leeftijd te beschermen? Zat dat in hun opleiding ingebakken of zo?

'Wethouder Croft gaat vaak op bezoek bij kiezers die aan huis gebonden zijn.'

Kim bedacht dat het vast een letterlijk geboeid publiek moest zijn. Het beeld kwam bij haar op van de wethouder die weigerde weg te gaan tot ze hadden toegezegd op hem te stemmen.

'We zijn bezig met een moordzaak, dus...'

'U kunt een afspraak maken,' zei ze, en ze reikte naar een agenda in A4-formaat.

'Waarom belt u hem niet even om hem te laten weten dat we er zijn? Wij kunnen wel wachten.'

De vrouw speelde met haar parelketting. 'Hij wil niet gestoord worden tijdens het afleggen van visites, dus als u een...'

'Nee, ik wil verdomme geen...'

'We begrijpen dat de wethouder een drukbezet man is,' zei Bryant. Hij gaf Kim een zacht duwtje en stapte naar voren. Zijn stem klonk laag en warm, vol begrip. 'Maar we zijn bezig met een moordzaak. Weet u zeker dat hij vandaag geen tijd heeft?'

Crofts secretaresse keek weer in de agenda en schudde toen haar hoofd.

Bryant volgde haar blik.

'Hij kan echt pas donderdagochtend om...'

'Meen je dat nou?' blafte Kim.

'We nemen de eerste tijd die uitkomt.'

'Dat is om kwart over negen, rechercheur.'

Bryant knikte met een glimlach. 'Bedankt voor uw hulp.' Hij draaide zich om en trok Kim met zich mee.

Eenmaal buiten draaide Kim zich woedend naar hem om. 'Donderdagochtend, Bryant?'

Hij schudde zijn hoofd. 'Natuurlijk niet. Volgens zijn agenda werkt hij vanmiddag thuis. We weten waar hij woont.'

'Prima,' zei ze, tevreden.

'Weet je, baas, je vangt meer vliegen met stroop dan met azijn.'

Dat was Kim niet met hem eens. Tot dusver kreeg ze altijd alles voor elkaar.

'Ooit gehoord van het boek *Hoe je vrienden maakt en mensen beïnvloedt?*'

'Ooit *One Flew Over the Cuckoo's Nest* gezien? Zij is hard bezig een ware zuster Ratched te worden.'

Bryant schoot in de lach. 'Ik wil alleen maar zeggen dat er meerdere wegen zijn die naar Rome leiden.'

'En daar heb ik jou dus voor,' zei ze terwijl ze voor een koffiebar bleef staan. 'Een latte met dubbele espresso voor mij.' Ze duwde de deur open.

Bryant rolde met zijn ogen en zij liep naar een tafeltje bij het raam.

Hij kon het wel zeggen, maar ze was nooit in staat geweest haar gedrag aan te passen om andere mensen een plezier te doen. Zelfs als kind al had Kim de vaardigheid om ergens deel van uit te maken simpelweg niet gehad. Ze was niet in staat haar gevoelens te verbergen; haar gezicht was een open boek dat leesbaar was voor ze zelfs maar de kans had gehad daar iets tegen te beginnen.

'Soms wil je gewoon een kop koffie,' gromde Bryant terwijl hij twee bekers op de tafel zette. 'Ze hebben meer keus dan een Chinees afhaalrestaurant. Dit is blijkbaar een Americano.'

Kim schudde haar hoofd. Soms kreeg ze het gevoel dat Bryant in een tijdscapsule vanuit de jaren tachtig hierheen was gekomen.

'Dus, waarom werd je nou zo pissig op zuster Ratched daarzo?'

'We komen geen steek verder, Bryant.'

'Ja, we zijn bij de uienringen blijven hangen.'

'De wat?'

'Ik zie een zaak altijd als een driegangendiner. Het eerste deel is het voorgerecht. Je stort je erop, want je hebt trek. Er zijn getuigen en een plaats delict, dus prop je je vol met informatie. Dan komt het hoofdgerecht, een mixed grill of zo. Je moet de goede stukken eruit kiezen. Er is te veel eten – te veel informatie. Moet je voor het vlees gaan en de salade laten liggen of sla je de worst over zodat je nog plek overhoudt voor het toetje?

De meeste mensen zullen zeggen dat het toetje het beste deel is van de maaltijd: daar komt alles samen en de trek is gestild.'

'Dat is de grootste on...'

'Maar kijk eens waar we nu staan. We hebben het voorgerecht gehad en kunnen nu twee kanten op. We moeten bedenken waar we heen moeten om bij het toetje te komen.'

Kim nam een slokje koffie. Bryant was dol op analogieën en zo nu en dan liet ze hem begaan.

'Het hoofdgerecht valt meestal beter als er een diepzinnig gesprek aan voorafgaat.'

Kim glimlachte. Ze werkten echt al te lang samen.

'Kom maar op. Wat zegt je onderbuikgevoel?' vroeg haar partner.

'Wat was onze oorspronkelijke theorie ook alweer?'

'Dat Teresa Wyatt is vermoord omdat iemand persoonlijk wraak wilde nemen.'

'En vervolgens?' zei ze.

'Na de moord op Tom Curtis namen we aan dat het iemand is die op de een of andere manier een connectie heeft met Crestwood.'

'De dood van Mary Andrews?' vroeg Kim.

'Deed daar niets aan af.'

'De ontdekking van het begraven lichaam?'

'Leidde tot het vermoeden dat iemand bezig is mensen te doden die bij misdaden van tien jaar geleden betrokken waren,' reageerde Bryant.

'Samengevat denken we dus dat degene die het meisje vermoordde, degene is die het personeel vermoordt, zodat hij of zij niet gepakt wordt voor zijn of haar eerdere misdaad?'

'Uiteraard,' zei Bryant met klem.

En daar speelde haar onderbuikgevoel op. 'Volgens mij was het Einstein die zei dat als de feiten niet bij de theorie passen, je de feiten moet veranderen.'

'Huh?'

'Degene die ons begraven slachtoffer doodde, ging berekenend en methodisch te werk. Hij of zij is erin geslaagd zich van ten minste één lichaam te ontdoen zonder gepakt te worden. Er zijn geen sporen gevonden en de misdaad zou nooit ontdekt zijn als professor Milton niet zo vasthoudend was geweest.

Dan naar Tom Curtis. De alcohol zou genoeg geweest zijn, maar dat was niet voldoende voor de moordenaar. De boodschap was overduidelijk: Tom Curtis verdiende het te sterven.'

Bryant slikte. 'Baas, bedoel je dat je onderbuikgevoel zegt wat ik denk dat het zegt?'

'Wat dan?'

'Dat we op zoek zijn naar meerdere moordenaars?'

Kim nam nog een slokje van haar latte. 'Wat ik denk, Bryant, is dat we een groter bord nodig hebben.'

36

'Weet je zeker dat ze deze hier bedoelde?' vroeg Kim.

'Jawel, dit is 'm, de Bull and Bladder. Beroemd omdat hij de tweede pub is van de Delph Run.'

De Delph Run was een verzamelnaam voor zes pubs die aan Delph Road lagen. Hij begon met de Corn Exchange op Quarry Bank en eindigde bij The Bell in Amblecote. De Delph Run maakte deel uit van een rite de passage voor mannen – en recentelijk ook vrouwen – die van de ene kant van de straat naar de andere moesten zien te komen en daarbij zo veel mogelijk alcohol in hun lijf moesten gieten.

Geen enkele zichzelf respecterende man in een omtrek van drie kilometer zou willen toegeven dat hij de Delph Run niet gehaald had.

Bryant was er bij een bezoek aan Arthur Connops huis door zijn ongeinteresseerde vrouw op gewezen dat haar echtgenoot hier uithing.

De Bull and Bladder was een mosterdkleurig gebouw met drie ramen en mahoniehouten kozijnen en deuren.

'Om half twaalf 's ochtends?' vroeg Kim. Dit was het soort bar waar je je voeten veegde bij het naar buiten gaan.

De voordeur leidde naar een kleine, donkere hal met meerdere deuren. Meteen links was de gelagkamer, met daarnaast de deuren naar de toiletten. Alle deuren waren van hetzelfde donkere hout als dat van de kozijnen, wat ervoor zorgde dat de hal nogal claustrofobisch aanvoelde.

Daarnaast stonk het café erger dan de meeste plaatsen delict die Kim had bezocht; de geur van verschaald bier was werkelijk niet te harden.

Bryant opende de deur rechts, die naar de bar leidde. Het was er niet veel lichter dan in het halletje. Rondom langs de muren was een lange bank bevestigd. Het meubilair was vlekkerig en vuil. Voor de bank stonden houten tafels en wat krukken.

In de hoek rechts lag een opengeslagen krant naast een halve pint bier.

Bryant liep naar de bar en sprak de barvrouw aan, die zo te zien in de vijftig was en met een nogal groezelig uitziende theedoek glazen stond af te drogen. 'Arthur Connop?' vroeg hij.

Ze knikte richting de deur. 'Effe pissen.'

De deur zwaaide open en een man van maximaal een meter vijftig stapte binnen, intussen bezig zijn riem vast te doen. 'Een broodje kaas, Maureen,' zei hij terwijl hij langs hen heen liep.

Maureen deed een plastic doos open, bekeek een verpakt broodje en legde het toen op de bar. 'Twee pond.'

'En een pint donker.' Nu wierp hij een blik in hun richting. 'De smerissen kunnen hun eigen bier wel betalen.'

Maureen tapte een pint en zette die ook op de bar.

Arthur telde zijn geld uit en legde het op een smoezelig biermatje.

'Bedankt, maar wij hoeven niets,' zei Bryant.

Kim was hem zeer dankbaar.

Arthur perste zichzelf tussen de tafel en de bank in en ging zitten.

'Wat motten jullie?' vroeg hij toen ze allebei op een kruk aan de andere kant van de tafel gingen zitten.

'Verwachtte u ons, meneer Connop?'

Hij rolde ongeduldig met zijn ogen. 'Ik ben niet van gisteren. Jullie hebben rondgevraagd bij me ouwe werkgever. Ouwe collega's worden om zeep geholpen, dus mosten jullie mijn ook wel op komme zoeken.'

Hij haalde de vershoudfolie van het broodje, dat zo te zien het enige eetbare op het menu was. Meteen drong een sterke uiengeur tot Kim door. Een stukje kaas viel op de tafel. Arthur likte aan zijn wijsvinger, drukte hem op de kaas en at het stukje vervolgens op.

Kim had zo'n vermoeden dat hij na zijn toiletbezoek zijn handen niet had gewassen en werd prompt een beetje misselijk.

Onder de tafel stootte Bryant haar knie aan. Blijkbaar wilde hij dit verhoor leiden en daar had ze geen enkel probleem mee.

'Meneer Connop, we zijn op dit moment vooral op zoek naar achtergrondinformatie. Denkt u ons daarbij te kunnen helpen?'

'Als jullie willen. Schiet op en laat me dan met rust.'

Kim kwam in de verleiding hem de foto's op haar telefoon te laten zien, maar herinnerde zich toen het advies van Woody: als je niet aardig kunt zijn, dan laat je Bryant het doen.

Connops huid vertoonde de grauwe tint en kapotte haarvaatjes van iemand die al zijn hele leven drinkt. Het wit van zijn ogen was gelig. Zijn baard van een paar dagen was wit. De rimpels in zijn voorhoofd bewogen niet mee als hij zijn wenkbrauwen ontspande en gezien hun diepte nam ze aan dat hij er zo ongeveer mee geboren was.

Met twee handen hield hij het broodje vast en kauwde er luidruchtig op.

Het was duidelijk dat hij een echte multitasker was, want hij bleef ook gewoon praten. 'Stel je vragen en pleur dan op.'

Kim keek weg toen zijn mond op het mengsel van kaas en brood bleef malen.

'Wat kunt u ons over Teresa Wyatt vertellen?'

Met een slok bier spoelde hij de hap weg. Toen trok hij zijn neus op. 'Nogal arrogant en uit de hoogte, maar je had 'r geen last van. Met mensen als mijn hield zij zich niet bezig. Klussies stonden op het bord en ik deed ze dan.'

'Hoe was haar relatie met de meisjes?'

'Had ze ook niet veel mee van doen. Ze had niks met de dagelijkse rompslomp. Om eerlijk te zijn, had het haar niet geboeid of 'r kinderen of dieren rondliepen. Ik hoorde dat ze nogal een lontje had, maar daar ken ik zelf niks over zeggen.'

'En Richard Croft?'

'Een godvergeten rukker,' zei hij door nog een hap heen.

'Wilt u dat toelichten?'

'Niet echt. Als hij nog leeft als jullie hem spreken, zien jullie dat zelf wel.'

'Had hij veel met de meisjes te maken?'

'Grappie, zeker? Hij kwam niet lang genoeg uit z'n kantoor om met ze te praten. En zij wisten wel beter dan hem te storen. Hij deed de budgetten en zo. Praatte steeds over standaards en prestatie-indicaties of zo.'

Kim vermoedde dat hij het over standaarden en prestatie-indicatoren had gehad, wat de klusjesman inderdaad niets gezegd zou hebben.

Arthur tikte tegen zijn neus. 'Kleedde zich altijd boven z'n stand, weet je.'

'U bedoelt dat hij goede kleding droeg?'

'Ik bedoel dat alles sjiek was. Pakken, overhemden, schoenen, stropdassen. Dat koop je niet van een pennelikkerssalaris.'

'Vond u hem daarom niet aardig?' vroeg Kim.

Arthur gromde. 'D'r waren heel veel redenen dat ik hem niks vond, maar niet om die reden.' Zijn gezicht vertrok in een uitdrukking van walging. 'Slijmerige klootzak. Omhooggevallen en geheimzinnig en...'

'Waarover?' vroeg Bryant.

Arthur haalde zijn schouders op. 'Geen idee. Maar waarom iemand twee computers op z'n bureau mot hebben, snap ik niet. En hij klapte die kleine altijd dicht als ik binnenkwam. Geen idee waarom. Niet alsof ik snapte wat hij deed.'

'Kende u Tom Curtis?'

Arthur knikte, zijn mond vol met het laatste restje van zijn broodje.

‘Geen slechte vent. Jong en knap. Had meer met de meiden te maken dan de rest. Maakte een broodje voor ze als ze het avondeten misten en zo. Hij maakte ’r nog wat van.’

‘Waarvan?’

‘Van dat hij op Crestwood was, natuurlijk. Dat was het ’m nou juist. Iedereen had een reden dat-ie daar was. Het was een opstapje voor waar je heen wilde. Behalve Mary. Zout der aarde, dat was zij.’

Kim dacht aan de pupillen van deze groep mensen, die in het beste geval geen enkele warmte, begeleiding of oprechte zorg hadden geboden en in het ergste geval zelfs nog veel meer hadden gedaan.

‘Kende u William Payne?’ vroeg Bryant.

Arthur begon bulderend te lachen. ‘O, Gouden Kloten bedoel je?’ zei hij, nog steeds lachend.

Het was geen prettig geluid.

Kim keek weer naar de man tegenover haar. De alcohol maakte hem loslippiger. Zijn ogen stonden een beetje wazig toen hij de laatste grote slok van zijn pint nam.

Ze stond op en liep naar de bar. ‘Hoeveel heeft hij er al op?’ vroeg ze aan Maureen.

‘Een dubbele whisky en dit is zijn vierde pint.’

‘Drinkt hij gewoonlijk ook zoveel?’

Maureen knikte, intussen bezig schaaltjes met gezouten nootjes te vullen om op de tafels te zetten.

Al had iemand een AK-47 tegen haar hoofd gehouden, dan nog had Kim hier geen nootje willen aanraken.

Maureen gooide het lege zakje in de prullenbak. ‘Als hij die op heeft en om de volgende vraagt, krijg hij niet meer. Dan scheldt-ie me uit en wankelt naar huis om daar z’n roes uit te slapen. Vanavond komt-ie gewoon weer terug.’

‘Elke dag hetzelfde verhaal?’

Maureen knikte.

'Jezus.'

'Heb niet te veel medelijden met hem, rechercheur. Als je dan toch medelijden wilt hebben, heb het dan met zijn vrouw.

Arthur is een ongelukkige ouwe vent die al zolang als ik 'm ken het slachtoffer uithangt. Hij is niet bepaald een gezellig oud opaatje en of-ie nu dronken of nuchter is, hij blijft onhebbelijk.'

De eerlijkheid van de vrouw deed Kim glimlachen. Toen ze weer ging zitten, was de laatste pint al halfleeg.

'Klote-Billy dit, Billy dat. Iedereen likte Billy's reet, verdomme. Alleen omdat-ie een spastische dochter had.'

Kim verstijfde. Bryant schudde zijn hoofd en ze ontspande haar vuisten. Het zou toch niet helpen als ze hem vloerde. Hij zou nooit veranderen.

'Laten we allemaal voor Billy zorgen. Hij krijg de makkelijke klussies, dan mag Arthur het kutwerk doen. Laat Billy z'n uren kiezen, Arthur doet de rest wel. We hadden verdomme allemaal problemen. Als hij dat kind gewoon in een tehuis had gestopt, hadden we nooit...'

Kim leunde voorover. Ze zag een laatste sprankje helderheid in zijn ogen.

'Nooit wat, meneer Connop?' drong Bryant aan.

Hij schudde zijn hoofd. Zijn ogen rolden in zijn kassen, maar zijn hand vond zijn glas. Hij hief het naar zijn mond en dronk het leeg. Toen stak hij het omhoog. 'Nog een, Maureen?' brulde hij.

'Je hebt genoeg gehad, Arthur.'

'Kuthoer,' mompelde hij. Het glas kwam met een klap op de tafel neer. Wankelend stond hij op.

'Arthur, wat wilde je zeggen?'

'Niks. Pleur op en laat me. Jullie zijn verdomme te laat.'

Kim volgde hem naar buiten, waar ze hem bij zijn bovenarm pakte.

Haar geduld met de bittere oude man was op.

Ze verhief haar stem toen een auto in de buurt zijn motor brullend tot leven liet komen.

'Luister, je weet dat in de afgelopen twee weken drie oud-personeelsleden zijn omgekomen. Zeker twee daarvan zijn vermoord. Tenzij je ons vertelt wat je weet, ben jij waarschijnlijk de volgende.'

De blik die hij haar toewierp, logenstrafte het promillage in zijn bloed. 'Laat ze verdomme maar kommen. Dat zou een opluchting zijn.'

Hij trok zich los en strompelde de weg over. Als een balletje in een flipperkast botste hij eerst tegen een geparkeerde auto en toen tegen de muur.

'Het heeft geen zin, baas. In deze staat gaat hij ons toch niks vertellen. Misschien moeten we later terugkomen, als hij zijn roes uitgeslapen heeft.'

Kim knikte en draaide zich om.

Ze liepen naar de auto, die om de hoek geparkeerd stond. Toen Kim het portier opende, klonk een misselijkmakende klap en toen een hoge gil.

'Wat...' begon Bryant.

Maar Kim hoefde het zich niet af te vragen. Ze holde naar de pub.

Ze wist al wat er gebeurd was.

37

Binnen een paar seconden was Kim bij Arthur Connop, die op straat lag.

'Opzij,' blafte ze.

Drie mensen gingen opzij en Bryant ging tussen hen en de man op de grond in staan.

Voor ze zich op het slachtoffer richtte, knikte Kim naar een tiener aan de overkant die met een telefoon in hun richting stond te gebaren.

Bryant holde erheen en de mensen drongen opnieuw om haar heen.

'Mensen, achteruit,' riep ze weer, intussen de schade in zich opnemend.

Connops linkerbeen lag in een onnatuurlijke hoek. Kim leunde voorover om twee vingers tegen zijn hals te leggen, wat haar precies vertelde wat ze al vermoedde: hij was dood.

Een jonge vrouw met een buggy belde een ambulance.

Bryant kwam terug en keek naar hen. 'Baas, moet ik...'

'Neem getuigenissen op,' zei ze. Ze zou nooit van haar team verwachten dat zij dingen deden die ze zelf niet wilde doen. En ze had training gehad. Verdomme.

Ze knielde op de grond terwijl Bryant de getuigen achteruit probeerde te drijven.

Voorzichtig rolde ze de man op zijn rug. Zijn gezicht was geschaafd door het asfalt en zijn ogen staarden nietsziend naar de hemel.

Ze hoorde een van de kijkers naar adem snakken, maar ze had dus geen tijd voor de gevoeligheden van de omstanders. Het was niet meer dan menselijk om te willen kijken naar de dingen die je later nachtmerries zouden bezorgen. Arthur Connop had nu prioriteit.

Met twee vingers onder zijn kin duwde Kim zijn hoofd zachtjes naar achteren.

Zijn vest was niet dichtgeritst, dus kon ze meteen zijn overhemd openscheuren.

Ze zette de muis van haar hand midden op zijn borst en legde haar linkerhand erop, de vingers in elkaar gevouwen. Toen zette ze kracht, zodat zijn borst ongeveer zes centimeter naar beneden werd gedrukt. Ze telde tot dertig en stopte.

Met haar linkerhand kneep ze Arthurs neus dicht. Haar lippen sloten zich over de zijne en ze blies. Zijn borst rees met de ingeblazen adem mee. Ze herhaalde het proces en ging toen verder met de hartmassage.

Ze wist dat reanimatie voornamelijk bedoeld was om de hersenfuncties in stand te houden tot er verdere maatregelen genomen konden worden om de bloedsomloop en ademhaling weer op te starten. Het was ironisch dat zij nu bezig was een brein te redden dat zijn eigenaar jarenlang aan het vernielen was geweest.

Achter haar hoorde ze politiesirenes. Hun eerste prioriteit was het afzetten van de weg om de resterende sporen te beschermen. Anderen zouden de getuigen gaan ondervragen.

Hoewel ze zich bewust was van de toenemende bedrijvigheid om haar heen, bleef haar aandacht gericht op de levenloze gestalte onder haar handen.

Eén stem brak door de kakofonie heen.

'Zal ik het overnemen, baas?'

Zonder op te kijken schudde Kim haar hoofd. Ze was met de hartmassage gestopt, want ze had zijn borst net uit zichzelf zien bewegen.

Ingespannen staarde ze ernaar. Opnieuw rees zijn borst omhoog. Zijn blik werd helderder en een hese kreun kwam over zijn lippen.

Met armen die krachteloos waren van vermoeidheid ging Kim rechtop zitten.

Arthur Connop staarde haar aan. Ze zag heel even herkenning en vervolgens het begrip in zijn ogen toen de pijn via zijn zenuwbanen zijn hersens bereikte. Een grimas verwrong zijn gezicht toen hij opnieuw kreunde.

Kim legde een hand op zijn borst. 'Niet bewegen, de ambulance komt zo.'

Zijn zoekende ogen vonden haar blik. In de verte hoorde ze een sirene aankomen.

'Einde,' hijgde hij.

Kim boog zich voorover. 'Welk einde, Arthur?'

Hij slikte en bewoog zijn hoofd heen en weer. Opnieuw kreunde hij.

Ze hoorde het ambulancepersoneel aankomen. 'Wat zei je?'

'Maak er een einde aan,' slaagde hij erin uit te brengen.

Ze hield zijn blik vast en zag hem wederom wegglijden.

Haar pijnlijke armen gingen automatisch weer richting zijn borst, maar ze werd al opzij geduwd.

Twee groene uniformen ontnamen haar het zicht. De man voelde naar een polsslag en schudde zijn hoofd. De vrouw begon aan hartmassage terwijl de man in zijn tas reikte.

Bryant nam haar bij de arm en leidde haar weg. 'Hij is in goede handen, baas.'

Ze schudde haar hoofd toen ze de ambulancebroeder defibrillatieplakkers op Arthur Connops borst zag plaatsen. 'Nee, ze zijn hem kwijt.'

'Wat zei hij?'

'Hij vroeg me er een einde aan te maken.'

Ze leunde tegen de muur toen vermoeidheid de adrenaline in haar systeem verjoeg. 'Wat er ook op Crestwood gebeurd is, het kwelt die mensen de rest van hun leven.'

Bryant knikte. 'Getuigen hebben een witte auto weg zien scheuren. Niemand heeft de aanrijding gezien, maar de een zegt dat het een Audi was en de ander een BMW. Het kan volledig losstaan van de zaak, baas.'

Ze keek hem aan. 'Bryant, iedere dag strompelt hij die honderd meter naar huis en er gebeurt nooit wat.'

'Je denkt niet dat het gewoon een aanrijding was en de dader geschrokken is gevlucht?'

'Nee, Bryant. Ik denk dat onze moordenaar zat te wachten en dat die schoft verdomme ook nog eens het lef had om het recht onder onze neus te doen.'

Hij legde zachtjes een hand op haar arm. 'Kom, je moet iets schoons aan voor we...'

Ze trok zich los. 'Hoe laat is het?'

'Iets na twaalven.'

'Tijd om op bezoek te gaan bij ons plaatselijke raadslid.'

'Maar baas, over een paar uur...'

'Kunnen we al te laat zijn,' zei ze terwijl ze in de richting van de auto begon te lopen. 'Naast William Payne is alleen het raadslid nog over.'

38

'Heb je die pepermuntjes nog, Bryant?' vroeg Kim. Zelfs nu ze met drie vochtige doekjes – die verfrommeld op haar schoot lagen – haar gezicht, hals en handen had schoongeboend rook ze nog steeds bier en uien, hoewel dat waarschijnlijk puur psychologisch was.

Bryant reikte in het zijvak in het portier aan de chauffeurskant en stak haar een pas geopend pakje peperpuntjes toe. Ze nam er eentje en stak hem in haar mond.

Het mentholaroma brandde zich meteen een weg naar haar longen.

'Jezus, heb je een speciale vergunning nodig om deze te mogen kopen?' vroeg ze zodra haar ogen waren gestopt met tranen.

'Denk eens na over het alternatief, baas.'

Ze zoog op het pepermuntje en keek uit het raam toen ze het centrum van Bromsgrove naderden. Bryant reed langs het oude vakbondshuis, dat tot 1948 in bedrijf was geweest.

Hoewel het stadje slechts achttien kilometer van Stourbridge lag, leek het alsof ze een andere wereld waren binnengereden.

Het gebied werd al bewoond sinds de negende eeuw, toen het nog Bremesgraf had geheten, en was altijd gericht geweest op landbouw en de nagelmakerij. De rijke plattelandsbewoners waren Brits en conservatief – slechts vier procent van de bevolking hier bestond uit etnische minderheden.

'Zitten we goed?' vroeg Kim toen ze Littleheath Lane uit reden. In dit deel van Lickey End stonden vrijwel uitsluitend miljoenenvilla's.

Hoge heggen en lange oprijlanen onttrokken de huizen aan het zicht. Dit gebied stond bekend als de 'bankiersgordel', vanwege de CEO's en CFO's die er vanwege de gemakkelijke toegang tot de M5 en M40 hun toevlucht hadden gezocht. Niet bepaald de natuurlijke leefomgeving van een plaatselijke volksvertegenwoordiger.

De auto kwam tot stilstand voor een smeedijzeren hek, dat een ommuurde tuin van de buitenwereld scheidde.

Bryant liet het raam zakken en drukte op de knop van de intercom. Een blikkerige stem klonk op, het geslacht onherkenbaar.

'Politie West Midlands,' zei Bryant.

Er kwam geen antwoord, maar met een laag gerommel schoof het hek links achter de muur weg.

Zodra de opening breed genoeg was, reed Bryant erdoorheen.

Het grindpad leidde hen naar een binnenplaats, uitgevoerd in rode baksteen, en een boerderij van twee verdiepingen.

Het gebouw was L-vormig. Erachter zag Kim een vrijstaande garage die groot genoeg was om het hele huis in één keer op te slokken. Ondanks dat de wagens blijkbaar hun eigen villa hadden, stonden er twee auto's op het grint rechts van het gebouw geparkeerd.

Langs de lengte van het huis liep een open veranda en grote plantenbakken met laurierbomen waren op regelmatige afstand van elkaar op de binnenplaats gezet.

'Dit zou je niet zomaar opgeven, hè?' vroeg Kim.

Bryant parkeerde naast de voordeur. 'Hij is een getuige en geen verdachte, baas.'

'Natuurlijk,' zei ze terwijl ze uitstapte. 'Ik zal proberen dat tijdens de ondervraging te onthouden.'

De deur zwaaide open voor ze konden aanbellen. Voor hen stond een man en Kim nam aan dat hij Richard Croft moest zijn.

Hij droeg een roomkleurige broek en een donkerblauwe polo. Zijn grijzende haar was vochtig; hij had een handdoek om zijn schouders geslagen. 'Excuses, ik kom net uit het zwembad.'

Natuurlijk. Daar had zij nou ook altijd last van.

'Leuke wagens,' merkte Kim vriendelijk op, met een knikje naar een Aston Martin DB9 en een Porsche 911. Tussen beide auto's was nog ruimte voor een derde.

Ze spotte ook twee beveiligingscamera's bovenop het gebouw.

'Is dat niet wat veel beveiliging voor een parlementslid?' vroeg ze terwijl ze Richard Croft naar binnen volgde.

Hij draaide zich om. 'O, de beveiliging is voor mijn vrouw.'

Hij sloeg links af en ze volgden hem door dubbele glazen deuren naar wat volgens Kim een van de woonkamers moest zijn. Het plafond was laag en steunde op dikke houten balken, die vakkundig waren gerestaureerd. Karamelkleurige sofa's en mauvekleurige muren gaven de ruimte een lichte aanblik. Openslaande deuren leidden naar een oranjerie die zo te zien de hele lengte van het huis besloeg.

'Ga alstublieft zitten, dan zorg ik voor thee.'

'Wat beschaafd,' zei Bryant toen Richard Croft de kamer uit was. 'Hij gaat thee voor ons zetten.'

'Volgens mij zei hij dat hij voor thee zou zórgen. Ik denk niet dat hij die zelf gaat zetten.'

'Marta komt het zo brengen,' zei Richard Croft toen hij weer terugkwam. De handdoek was verdwenen en zijn haar was gekamd, waardoor aan zijn slapen meer grijs zichtbaar was.

'Uw vrouw?'

Zijn glimlach onthulde tanden die net iets te wit waren. 'Lieve hemel, nee. Marta woont bij ons in. Ze helpt Nina met de jongens en de huishouding.'

'Het is een prachtig huis, meneer.'

'Richard, alstublieft,' bood hij grootmoedig aan. 'Het is de trots van mijn vrouw. Ze werkt hard en wil zich dan in een comfortabele woning kunnen ontspannen.'

'Wat doet ze precies?'

'Ze is mensenrechtenadvocate. Ze verdedigt de rechten van mensen met wie u misschien liever niet al te veel tijd doorbrengt.'

Kim begreep meteen waar hij op doelde. 'Terroristen.'

'"Personen die beschuldigd worden van terroristische activiteiten" is de politiek correctere term.'

Kim probeerde haar emoties te onderdrukken, maar blijkbaar was iets van haar afkeer toch op haar gezicht te lezen.

'Iedereen mag volledig gebruikmaken van de wet, nietwaar, rechercheur?'

Kim zweeg. Ze durfde haar mond niet open te doen. Ze was er absoluut van overtuigd dat de wet voor iedereen gold en dus moest ze toegeven dat verdediging voor die wet ook voor iedereen beschikbaar moest zijn. In die zin was ze het dus met hem eens. Maar op dit moment verafschuwde ze de gedachte.

Interessanter dan het beroep van Richard Crofts vrouw was het volledige gebrek aan beweging in zijn gezicht als hij sprak. Crofts voorhoofd en wangen bewogen niet. Kim vond het proces van vrijwillig een aftreksel van een van 's werelds snelstwerkende vergiffen in je lichaam injecteren nogal onwerkelijk. En voor een man die de vijftig naderde, was het gewoonweg weerzinwekkend. Ze had het gevoel dat ze naar een wassen beeld keek, niet naar de echte man.

Hij gebaarde om zich heen. 'Nina woont graag naar haar zin en ik heb simpelweg het geluk dat ik een vrouw heb die heel veel van me houdt.'

Waarschijnlijk moesten in die opmerking zelfspot en charme doorklinken, maar voor Kim klonk het eerder zelfvoldaan en vergenoegd.

Vast niet zoveel als dat jij van jezelf houdt, wilde Kim antwoorden. Gelukkig werd ze verhinderd iets te zeggen door de komst van een jonge, slanke blondine die een dienblad droeg – en wier haren ook vochtig waren.

Kim wisselde een veelbetekenende blik uit met Bryant. Jezus, zijn vrouw en hij hadden echt geen principes.

Ze vreesde voor de twee perfect geklede jongens in de foto op de gemetselde schoorsteenmantel.

Toen Marta weer weg was, schonk Richard de inhoud van de zilveren theepot in drie kleine kopjes.

Kim zag geen melk en rook geen cafeïne. Daarom stak ze haar hand op om de thee af te slaan.

'Ik wilde al eerder naar jullie toe komen om te kijken wat ik kon doen, maar ik heb het zo druk gehad met mijn kiezers.'

Die er ongetwijfeld op stonden dat hij rondscharrelde met de huishoudster, dacht Kim. Zelfs zijn stem klonk onoprecht. Ze vroeg zich af of ze hem in zijn kantoor geloofwaardiger zou hebben gevonden. Hier, in zijn luxe huis en in de wetenschap van wat hij zojuist had gedaan, kon ze de golf van afkeer die in haar opwelde in elk geval niet onderdrukken.

'Nou ja, we zijn nu hier. Als we wat vragen mogen stellen, zijn we daarna weer weg.'

'Natuurlijk, ga jullie gang.'

Hij ging op de bank tegenover hen zitten en legde zijn rechtervoet op zijn linkerknie.

Kim besloot bij het begin te beginnen. Iedere cel in haar lichaam walgde van deze man, maar ze zou haar best doen haar persoonlijke mening haar professionele oordeel niet te laten vertekenen.

'Weet u dat Teresa Wyatt recentelijk is vermoord?'

'Afschuwelijk,' zei hij. Zijn uitdrukking veranderde niet. 'Ik heb bloemen gestuurd.'

'Dat werd vast gewaardeerd.'

'Dat was wel het minste dat ik kon doen.'

'En u weet van Tom Curtis?'

Croft schudde zijn hoofd en boog het even. 'Vreselijk.'

Kim zou er haar huis om willen verwedden dat hij bloemen had gestuurd.

'Wist u ook dat Mary Andrews recentelijk is overleden?'

'Nee, dat wist ik niet.' Hij keek in de richting van zijn bureau. 'Ik moet niet vergeten om...'

'Bloemen te sturen,' maakte Kim zijn zin af. 'Herinnert u zich een personeelslid dat Arthur Connop heet?'

Daar leek Richard even over na te denken. 'Ja, hij was een van de klusjesmensen.'

Kim vroeg zich af wat deze man had willen doen om te helpen als hij de tijd had genomen om naar het bureau te komen, want hij had nu niet bepaald veel te zeggen.

'We hebben hem eerder vandaag gesproken.'

'Ik hoop dat het hem goed gaat.'

'Hij wenste u iets anders toe.'

Richard schoot in de lach en reikte naar zijn kopje groene thee. 'Ik heb gemerkt dat mensen hun bazen zelden in een gunstig licht bezien. Vooral als het om luie mensen gaat. Ik moest meneer Connop meermaals op de vingers tikken.'

'Waarom?'

'Slapen tijdens het werk, slordig werk...'

Zijn stem stierf weg alsof er nog meer was.

'En wat nog meer?'

Richard schudde zijn hoofd. 'Gewoon, wat dagelijkse dingetjes.'

'En William Payne?'

Kim zag iets in Richard Crofts ogen. 'Wat is er met hem?'

'Hij was de andere nachtwaker. Moest u hem ook op de vingers tikken?'

‘Totaal niet. William was een modelwerknemer. Jullie kennen zijn situatie, neem ik aan?’

Kim knikte.

‘William zou niets gedaan hebben dat zijn baan in gevaar bracht.’

‘Zou u zeggen dat William een voorkeursbehandeling kreeg ten opzichte van Arthur Connop?’ drong Kim aan. Er was iets aan de hand. Ze kon het voelen.

‘Om eerlijk te zijn, hebben we weleens een oogje dichtgeknepen.’

‘Waarvoor?’

‘We wisten dat William soms ’s nachts naar huis ging als zijn dochter er slecht aan toe was of als zijn buurvrouw niet op kon passen. Maar hij liet de meisjes nooit onbewaakt achter, dus zagen we het door de vingers. Ik bedoel, we wisten ervan, maar...’ Hij haalde zijn schouders op. ‘Zouden jullie in zijn schoenen willen staan?’

‘Is er nog meer? Arthur suggereerde...’

‘Werkelijk, rechercheur? Volgens mij is Arthur Connop bitter geboren. Als jullie hem gesproken hebben, weten jullie dat hij zich altijd en overal het slachtoffer voelt. Alles wat misgaat in zijn leven is andermans schuld en hij kan er zelf nooit iets aan doen.’

‘En eerder vandaag had hij daar misschien wel gelijk in, toen hij geschept werd door een auto en voor dood werd achtergelaten.’

Richard Croft slikte. ‘En is hij... dood?’

‘Dat weten we nog niet, maar het zag er niet goed uit.’

‘O, hemel. Wat een vreselijk, tragisch ongeluk.’ Hij zuchtte diep. ‘In dat geval lijkt het me maar het beste om volledig eerlijk te zijn, rechercheur.’

‘Dat zou fijn zijn,’ zei Kim. Ze zag niet in wat daar nou zo moeilijk aan was.

‘Niet lang voor de brand kreeg ik te horen dat Arthur een paar meisjes drugs had toegestopt. Geen zware drugs, maar niettemin drugs.’

'Waarom?' vroeg Kim scherp. Als dat uit was gekomen, had het hem zijn baan gekost en een strafblad opgeleverd, evenals mogelijk een paar maanden in de Featherstone-gevangenis.

'William was de nachtwaker en die twee avonden dat hij vrij was, nam een nachtverpleger het over. Soms viel Arthur in om extra geld te verdienen. De rest van het personeel was zich er niet bewust van, maar Arthur bracht op die avonden het eerste deel van zijn dienst in de pub door. Dat werd echter al snel ontdekt door een aantal bewoners, die de situatie naar hun hand zetten.'

'Chanteerden ze hem?' vroeg Bryant.

'Dat soort woorden gebruik ik niet graag, rechercheur.'

Als hoofd van het instituut? Nee, vast niet, dacht Kim.

'Arthur zweeg erover uit angst om zijn baan te verliezen.'

'En dat zou terecht zijn geweest,' riep Kim uit. 'Hij was verantwoordelijk voor de veiligheid van vijftien tot twintig meisjes tussen de zes en vijftien jaar oud. God weet wat er met die kinderen had kunnen gebeuren terwijl hij weg was.'

Richard nam haar vragend op. 'U keurt het gedrag van die meisjes goed, rechercheur?'

Nee, maar ze moest tot op heden nog iemand vinden die daadwerkelijk iets om die kinderen gegeven had.

Haar volgende woorden koos ze met zorg. 'Dat doe ik niet. Maar als Arthur zijn werk goed had gedaan, had hij zich helemaal niet in die positie bevonden.'

Hij glimlachte instemmend. 'Goed punt, rechercheur. Maar de betrokken meisjes waren nou niet bepaald modelburgers.'

Kim vocht tegen een vlaag van woede. Het gedrag van de meisjes maakte hen blijkbaar automatisch tot immorele delinquenten zonder enige toekomst of belofte. Maar ja, met rolmodellen als Arthur Connop verbaasde dat haar totaal niet.

Ze vroeg zich af waarom Richard dit nu opeens wel over Arthur had willen vertellen. Wat had hij daarbij te winnen?

Richard schoof naar voren. 'Nog wat thee?'

'Meneer Croft, u lijkt niet bijzonder bezorgd om het feit dat al uw oude collega's op een onnatuurlijk tempo aan hun einde komen.'

'Volgens mij is er sprake van twee moorden, een natuurlijke dood en een ongeluk dat wel of niet fataal zou kunnen zijn.'

'Wat is er al die jaren geleden op Crestwood gebeurd?' vroeg ze scherp.

Richard Croft antwoordde zonder aarzelen. 'Ik wou dat ik dat wist, maar ik ben alleen de laatste twee jaar bij de instelling betrokken geweest.'

'Dat was wel de tijd waarin het aantal weglopers toenam, nietwaar?'

Hij keek haar open aan, maar ze zag een glimp van ergernis. Ze was overgestapt van informeren naar ondervragen. Dat ze zijn leiding over de instelling in twijfel trok, zat hem danig dwars.

'Sommige jongeren houden eenvoudigweg niet van regels, hoe goedbedoeld die ook mogen zijn.'

Kim herinnerde zich dat het merendeel van de regels erop gericht was om het het personeel makkelijker te maken, niet de kinderen.

'U hebt het over Arthur gehad, maar hoe betrokken was ú bij de bewoners van Crestwood?'

'Niet heel erg. Ik was gevraagd de instelling te hervormen zodat die efficiënter zou functioneren.'

Zijn constante gebruik van het woord 'instelling' liet Crestwood klinken als de gesloten afdeling van een psychiatrisch instituut in plaats van een kindertehuis.

'Meneer Croft, hebt u reden om te denken dat iemand van uw collega's de pupillen iets aan wilde doen?'

Hij stond op. 'Natuurlijk niet. Hoe kunnen jullie zoiets vragen? Dat is een afschuwelijke gedachte. Iedereen die bij de instelling werkzaam was, was daar om voor die kinderen te zorgen.'

'Voor een goed maandsalaris,' zei Kim voor ze zichzelf kon tegenhouden.

'En ook de mensen die dat niet kregen,' vuurde hij terug. 'Zelfs de dominee drong niet tot sommige meisjes door.'

'En Arthur?'

'Hij beging een fout, maar hij zou niemand kwaad hebben gedaan.'

'Dat begrijp ik, meneer Croft, maar we hebben op het terrein van Crestwood het lichaam gevonden van waarschijnlijk een tienermeisje en het enige dat ik zeker weet, is dat ze daar niet uit zichzelf terechtgekomen is.'

Hij bleef stilstaan en streek met zijn vingers door zijn haar; het was zijn enige fysieke reactie op haar woorden. De botox verborg zijn gezichtsuitdrukking.

'Meneer Croft, hebt u of heeft iemand die u kent bezwaar ingediend tegen professor Miltons verzoek tot archeologisch onderzoek op dat stuk grond?'

'Zeker niet. Daar heb ik geen enkele reden toe.'

Ze stond op en keek hem recht aan. 'Dan nog een laatste vraag voor ik u met rust laat. Waar was u op de avond dat Teresa vermoord werd?'

Zijn gezicht liep rood aan en hij wees naar de deur. 'Ik wil u verzoeken mijn huis ogenblikkelijk te verlaten. Hierbij trek ik mijn aanbod om u te helpen in en alle andere vragen kunnen aan mijn advocaat gericht worden.'

Kim liep naar de deur. 'Meneer Croft, ik verlaat maar wat graag het huis van uw vróúw en ik dank u hartelijk voor uw tijd.'

Toen Kim de voordeur uit stapte, reed een zilverkleurige Range Rover de met grind bedekte parkeerplaats op. De chauffeur zette de wagen niet tussen de twee anderen, dus blijkbaar stond daar normaal gesproken een andere auto.

Een slanke vrouw stapte uit en pakte een koffertje van de achterbank.

Ze was gekleed in een zwart mantelpak met een kokerrok die net over de knie viel. Tien centimeter hoge hakken trokken de aandacht naar haar kuiten. Haar zwarte, glanzende haar was in een strakke staart naar achteren getrokken.

In het voorbijgaan merkte Kim op dat de vrouw heel knap was. Ze kreeg een welwillende glimlach en een kort knikje toegeworpen.

'Oké, wat ziet zij in vredesnaam in hém?' vroeg Bryant.

Kim schudde haar hoofd en stapte in de auto. De voordeur sloot achter het echtpaar. Sommige dingen zouden wat haar betreft altijd een raadsel blijven.

Bryant startte de auto en zette hem in zijn achteruit. 'Baas, leer je ooit nog het spelletje vriendelijk te spelen?'

'Natuurlijk – zodra ik een medespeler heb gevonden die ik aardig vind.'

Met een zucht keek ze naar het gebouw en dacht even aan William Payne en zijn dochter Lucy. Het lot had soms een heel verwrongen gevoel voor humor.

'Waar denk je aan?' vroeg Bryant toen het hek open gleed om hen eruit te laten.

'Ik denk aan zijn reactie op het nieuws van het begraven meisje.'

'Want?'

'Hij vroeg niet eens of we haar hadden geïdentificeerd. Niets van wat we zeiden bracht hem van zijn stuk. De botox mag zijn gezichtsspieren dan wel lamgelegd hebben, maar niet zijn oogbewegingen.'

Kims onderbuikgevoel had niet bepaald positief op de heer Richard Croft gereageerd. Hij wist iets. Maar ze was nog op zoek naar die ongrijpbare draad, dat laatste puzzelstukje dat, eenmaal gevonden, de geheimen van Crestwood zou onthullen.

39

'Wat wilden ze?' Nina Croft zette haar koffertje neer in de gang.

'Ze vroegen naar Crestwood,' antwoordde Richard, die haar naar de keuken volgde. Ze waren vijftien jaar samen en twee dingen aan haar verbaasden hem nog elke dag.

Het eerste was dat ze er nog even goed uitzag als op de dag dat ze elkaar hadden ontmoet. Hij was smoorverliefd op haar geworden en helaas voor hem was die liefde nog altijd niet bekoeld.

Het tweede was de kille afstandelijkheid waar ze hem al zeven jaar mee opnam.

Nina bleef bij het kookeiland in het midden van de grote keuken staan. Hij ging tegenover haar staan. Ze keek hem aan tussen de Le Creuset-pannen door die nooit gebruikt werden.

'Wat heb je ze verteld?' vroeg ze.

Richard sloeg zijn ogen neer. Zeven jaar geleden, na de geboorte van zijn tweede zoon, was hij euforisch geweest. Zijn beeldschone vrouw hun zoon zien baren had zoveel liefde en beschermingsdrang in hem opgeroepen, dat hij had geloofd dat hun band onverbrekelijk was. Hij had het gevoel gehad haar alles te kunnen toevertrouwen.

Twee dagen later, nadat hij Harrison in zijn wiegje had gelegd, had Richard, omdat hij zich zo met zijn vrouw verbonden voelde, haar de geheimen van Crestwood toevertrouwd. Sindsdien hadden ze het bed niet meer gedeeld.

Er was geen sprake geweest van woede, beschuldigingen of dreigementen dat ze hem zou aangeven. Tussen hen was een ijzige mist neergedaald die niet meer was opgetrokken.

'Wat vroegen ze?'

Hij herhaalde woord voor woord het hele gesprek. Pas bij de laatste paar vragen vertoonde ze iets van emotie. In haar wang trok een spiertje. Hij voelde het zweet in zijn haren prikken toen hij uitgesproken was en op haar reactie wachtte.

'Richard, ik heb je jaren geleden al gezegd dat ik niet zou toestaan dat jouw fouten uit het verleden mijn leven of dat van mijn kinderen zouden beïnvloeden.'

'Was dat de nacht dat je mijn bed voorgoed verliet, schat?'

Zo af en toe voelde de manier waarop ze zijn aanwezigheid nauwelijks tolereerde als een trap in de maag. En zo nu en dan bleek hij toch een ruggengraat te hebben.

'Ja, liefste, ieder greintje aantrekkingskracht dat ik voor je voelde, werd door die nachtelijke bekentenis weggevaagd. Het schandaal als een onderzoek naar Crestwood jouw onvermogen zou onthullen om je handen uit de zakken van de instelling te houden, zou al erg genoeg zijn.' Ze hief haar blik ten hemel alsof ze Harrison een standje gaf. 'Het geld van die meisjes stelen was walgelijk, liefste,' zei ze kil, 'maar wat je deed om het verbergen... Ik heb er eerlijk gezegd geen woorden voor.'

Opnieuw vervloekte hij zijn eerlijkheid van die nacht. Ja, hij had iets van het geld voor zichzelf gehouden. Hij had het verdiend en de meisjes hadden het niet gemist. In hun basisbehoeften was te allen tijde voorzien.

De walging op het gezicht van zijn vrouw vond een weg naar zijn hart, dat haar tot dusver niet had kunnen laten gaan, en Crofts eerste instinct was om terug te slaan, haar zo te kwetsen dat ze iets van gevoel zou laten blijken.

Met zijn hoofd schuin glimlachte hij. 'In elk geval is er nog iemand die me wat liefde wil betonen waar mijn vrouw dat verzaakt.' Richard hield zijn adem in. Iedere reactie met oprechte emotie was hem welkom; als het maar blijk gaf van wat ze ooit gedeeld hadden.

Ze schoot in de lach, maar het was geen vrolijk of gelukkig geluid. ‘Bedoel je Marta?’

Dit was niet wat hij verwacht had.

Ze glimlachte sluw.

De muren van de keuken leken ineens op hem af te komen. ‘Weet je... van Marta?’

‘Weten, liefste? Ik betaal haar er goed voor.’

Richard deinsde achteruit alsof ze hem geslagen had. Ze loog. Dat moest wel.

‘O Richard, domme, ouwe sukkel. Marta heeft een grote familie in Bulgarije die ze met deze baan onderhoudt. Haar salaris zorgt ervoor dat zij te eten hebben. Haar... extra werk zorgt ervoor dat haar twee broertjes naar school kunnen. Mocht ze dus graag seks met je willen, dan komt dat doordat ze per uur betaald wordt. En ik betaal haar graag, want ze is elke cent waard.’

Richard voelde dat zijn wangen begonnen te gloeien toen hij de afschuwelijke waarheid onder ogen zag. Marta had inderdaad nogal aangedrongen vandaag.

‘Kille bitch die je er bent.’

Nina negeerde de belediging en liep naar het koffiezetapparaat. ‘Ik heb je al eerder gezegd dat ik zelfs de suggestie van een schandaal niet aan mijn naam verbonden wil zien. Ik heb heel hard gewerkt om me dit leven te kunnen veroorloven en jouw aanzien in de gemeenschap zorgt ervoor dat ik je als passagier tolereer – mits je in stilte meereist.’

Walging rees in Richard op. Zijn enige nut voor zijn vrouw was wat van zijn aanzien als lid van het Lagerhuis op haar afstraalde. Het gaf haar een fatsoen dat als tegenwicht diende voor haar eigen onsmakelijke clientèle.

'Kijk niet zo geschokt, schat. Het is een regeling die tot dusver goed gewerkt heeft en ik zie niet in waarom dat nu niet langer zo zou zijn.'

De gedachte nog een keer met Marta het bed te delen maakte hem misselijk. Richard had geloofd dat er oprecht iets tussen hen was; nu bleek hij slechts een financiële bonus te zijn geweest.

'Maar waarom Marta?' vroeg hij, nog steeds verbijsterd door haar bekentenis.

'Mijn imago is het allerbelangrijkste. Jij zult dat niet bevlekken. Als man heb je bepaalde behoeften, maar ik kan niet toestaan dat je een of andere smerige straathoer neukt en daarmee mijn kinderen in gevaar brengt.'

Hij keek toe terwijl Nina haar telefoon pakte. 'Ga nu maar weer aan de slag, dan ruim ik je rotzooi wel op.'

Richard balde zijn handen tot vuisten; hij had het gevoel dat hij voor een levensbepalende keuze stond. Hij kon zich omdraaien en weglopen, weg van dit huis en Nina's kille controle.

Hij kon naar de politie gaan en eindelijk de last die op hem rustte delen. Hij kon vrij zijn van deze vrouw en zijn leven.

Hij dacht aan zijn armetierige ambtenarensalaris: 65.000 pond per jaar. Zelfs met wat creatief boekhouden kwam hij nog niet aan een bedrag met vijf nullen. Zijn maandelijkse inkomen dekte nauwelijks de kosten van het huis. Het salaris van zijn vrouw betaalde de hypotheek, de auto's en de 5000 pond toelage die op de eerste van de maand op zijn rekening gestort werd.

Richards schouders zakten en zijn handen ontspanden zich. Hij liep weg richting de studeerkamer, met het gevoel dat zijn ballen hem op een gouden dienblad waren opgediend.

Pas toen de deur achter hem dichtgevallen was, streek hij het zweet achter zijn oor weg. Zijn laatste restje trots had voorkomen dat hij dat ten overstaan van zijn vrouw deed.

Teresa en Tom waren dood en Arthur was hard op weg om dood te gaan. Richard wilde geloven dat hun overlijden toeval was. Dat moest hij wel geloven... want anders kon het maar één ding betekenen: dat hij waarschijnlijk de volgende was.

40

Kim belde Stacey terwijl Bryant hun bestelling doorgaf bij de drive-inbalie van de McDonald's. Bij de tweede keer overgaan nam ze op.

'Stace, we hebben de adressen nodig van oud-bewoners van Crestwood, want het aantal personeelsleden neemt rap af.'

'Ja, we hebben het gehoord. Woody is naar je op zoek.'

'Woody wil iets van me,' fluisterde ze tegen Bryant terwijl Stacey iets intikte op haar toetsenbord.

Bryant grimaste.

'De eerste op de lijst... O, dat zijn er twee. Tweelingzussen genaamd Bethany en Nicola Adamson. Nicola woont in Brindleyplace, Birmingham.'

Kim zei het adres hardop na en Bryant schreef het op.

'Goed, wil je op zoek gaan naar die dominee waar we het eerder over hadden? Hij werd nogmaals genoemd, dus ik denk dat het de moeite waard is hem een bezoekje te brengen. De meisjes zouden hem in vertrouwen genomen kunnen hebben.'

'Begrepen, baas.'

'Bedankt, Stace. Nog nieuws van Dawson?'

'Ik heb niets gehoord.'

Kim beëindigde het gesprek.

'We hadden vanochtend terug moeten gaan naar het bureau,' zei Bryant.

Kim wist dat ze Woody hadden moeten inlichten en de procedure die na ieder 'traumatisch voorval' verplicht was hadden moeten volgen, maar daarmee kwamen ze geen steek verder.

'Ik schrijf later wel een rapport en dan ga ik ook met Woody praten, maar we hebben nog maar weinig tijd. We zijn al vier mensen verloren die op Crestwood werkten toen het werd gesloten.'

Ze nam een hap van haar McChicken. Hij smaakte naar een stuk karton tussen twee stukken mdf. Ze legde hem weg en pakte haar telefoon.

Dawson nam meteen op.

'Hoe is het daar?' vroeg ze.

'Het gaat gestaag door. Cerys is in de kuil bezig, dus we zijn bijna bij wat daar ook moge zijn.'

Kim hoorde vermoeidheid doorklinken in zijn stem. 'Ben je langs William Payne geweest?'

'Zeker, baas. Ik heb ook het alarm getest om te zien of het werkte. De bewegingssensors in de voor- en achtertuin zijn schoongemaakt en ik heb hun radius van vijf meter gecontroleerd. Daarnaast heb ik hem een paar plantenbakken verder van het hek laten zetten en een nieuwe batterij in Lucy's alarmknop laten doen, gewoon voor de zekerheid. Ten slotte heb ik elke patrouilleagent in de buurt opdracht gegeven tijdens hun ronde Paynes huis te controleren.'

Kim glimlachte. Daarom zat hij in haar team. Dawson aansturen was zo ongeveer hetzelfde als een peuter ergens opdracht toe geven: soms vroeg hij het uiterste van haar geduld, soms deed hij op briljante wijze wat ze wilde.

'En ter informatie, baas: Ik hoorde op de telecom dat Arthur Connop overleden is.'

Kim zweeg. Ze had wel geweten dat hij het niet zou halen.

'De weg is nog steeds afgezet. Er zou een aanwijzing kunnen zijn.'

Kim beëindigde het gesprek. 'Connop,' fluisterde ze.

'Dood?' vroeg Bryant.

Kim knikte en zuchtte. Als ze eerlijk was, was het moeilijk om het verlies van Arthur Connop te betreuren. Zijn vrouw was duidelijk niet geïnteresseerd geweest in waar hij uithing. Niemand die ze gesproken hadden, had ook maar iets om de man gegeven, vroeger niet en nu ook niet. Maureen zou hem misschien missen qua inkomsten, maar weinigen zouden echt om hem treuren.

Kim zou graag willen denken dat de onbeleefde, onaangename man ooit een fatsoenlijk mens was geweest die met het verstrijken der tijd bitter was geworden... maar de schaamteloze verwaarlozing van zijn pupillen tien jaar geleden logenstrafte dat idee. Ze vermoedde dat Maureen gelijk had gehad: Arthur was altijd al egoïstisch en gemeen geweest... Maar misschien wel meer dan dat. Hoe ver zou hij zijn gegaan om zijn sporen uit te wissen?

Bryant veegde zijn mond af met een papieren servetje en Kim keek op de klok op het dashboard. Het was even na drieën en er lag een boel papierwerk op hen te wachten. De dag was tot dusver lang en zwaar geweest. Ze zou ook morgen aan de lijst met inwoners kunnen beginnen. Haar lichaam snakte naar een douche en wat rust.

'Zal ik naar dat adres in Birmingham rijden, baas?'

Met een glimlach knikte ze.

41

Met zijn bijna zeven hectare was Brindleyplace het grootste herontwikkelingsgebied in het Verenigd Koninkrijk. Langs kanalen gelegen fabrieken en een victoriaanse school waren in een wirwar van architecturale stijlen gerenoveerd.

Het project was in 1993 opgestart en bevatte nu drie afzonderlijke gebieden.

Brindleyplace bestond uit een aantal lage, luxe kantoorgebouwen, huurwoningen en galerieën, terwijl Water's Edge dé plek was voor bars, restaurants en cafés. In Symphony Court bevonden zich de woningen.

'Wat doen we toch verkeerd, baas?' vroeg Bryant toen ze op de vierde verdieping van het King Edwards Warf-gebouw stonden.

De deur werd geopend door een slanke, atletisch gebouwde jonge vrouw in een zwarte legging en een nauwsluitende sporttop. Haar gezicht had de rozige tint die je krijgt bij inspanning of fanatiek sporten.

'Nicola Adamson?'

'En u bent?'

Bryant toonde zijn politiepas en stelde hen beiden voor.

Ze ging opzij en gebaarde dat ze naar binnen mochten komen in wat een penthouse met een open indeling bleek te zijn.

De berkenhouten vloer liep door tot in de keuken. Witleren banken stonden diagonaal opgesteld voor een muur met een grote flatscreentelevisie erop. Eronder waren meerdere elektronische apparaten netjes in de muur weggewerkt, zodat er geen kabels meer zichtbaar waren.

In het plafond waren spotjes weggewerkt; boven een gashaard hingen enkele kleine hanglampen.

Een glazen eettafel met teakhouten stoelen gaf aan waar de woonkamer eindigde. Ook de houten vloer hield daar op en ging over in een tegelvloer.

Kim gokte dat het totale woonoppervlak zo'n honderdveertig vierkante meter besloeg.

'Kan ik u iets te drinken aanbieden? Koffie, thee?'

Kim knikte. 'Koffie graag, zo sterk als je 'm maar zetten kan.'

Nicola Adamson glimlachte breed. 'Is het zo'n dag, rechercheur?' Ze liep een wit glanzende keuken met houtkleurige accenten in.

Kim gaf geen antwoord, maar verkende de ruimte verder. De linkermuur bestond uit plafondhoge ramen, die slechts door enkele ronde, stenen pilaren van elkaar gescheiden werden. Erachter was een balkon, dat uitzicht bood op het Brindley Loop-kanaal.

Achter een oosters kamerscherm dat haaks op de ramen stond, kon Kim nog net een stukje van een loopband onderscheiden. Tja, als je dan toch ging sporten, was dit wel dé manier daarvoor.

Het was een indrukwekkend appartement voor een jonge vrouw van in de twintig die 's middags thuis was.

'Wat doet u voor werk?' vroeg Kim op de man af.

'Pardon?'

'Dit is een prachtig appartement. Ik vraag me af wat u voor werkt doet om dit te kunnen betalen.'

Kim had haar tact en diplomatie ergens rond elf uur die ochtend al achter zich gelaten. Het was een lange dag en ze zou wel merken of de vrouw zou antwoorden.

'Ik geloof niet dat het u aangaat, aangezien mijn werk allesbehalve illegaal is, maar ik ben danseres. Een nachtclubdanseres, en een goede ook.'

Kim vermoedde dat ze daar gelijk in had. De manier waarop ze bewoog had iets natuurlijk sierlijks en vloeiends over zich.

Nicola kwam terug met een dienblad, met daarop twee dampende mokken en een flesje water. 'Ik werk in The Roxburgh,' zei ze, alsof dat alles verklaarde. Dat was inderdaad zo voor Kim. De club bood erotisch entertainment voor de werkende elite, aangezien je er alleen mocht komen als je een lidmaatschap afsloot. Dankzij het strikte beleid van het management hoefden ze er zelden heen – in tegenstelling tot andere clubs in de binnenstad van Birmingham.

'Weet u waarom we hier zijn?' vroeg Bryant. Hij had de fout gemaakt naar achteren te leunen op de weelderige bank en deed nu moeite om niet door het meubelstuk verzwolgen te worden.

'Natuurlijk. Ik weet niet hoe ik kan helpen, maar vraag me wat u wilt.'

'Hoe oud was u toen u op Crestwood woonde?'

'Dat was geen onafgebroken periode, rechercheur. Mijn zus en ik zijn vanaf ons tweede van gezin naar tehuis en weer terug gegaan.'

'Hoe oud waren jullie op die foto?' Kim wees naar een foto in een zilveren lijstje, die op het bijzettafeltje naast haar stond.

Het uiterlijk van de twee meisjes was even identiek als hun kle ding. Beiden droegen de stugge witte schooloverhemden die je gratis kon ophalen. Kim herinnerde zich die kleren nog goed – evenals het gepest dat erbij hoorde.

Beide meisjes droegen een roze vestje met een gehaakt bloemetje op de linkerpols. Alles was hetzelfde, op hun haar na. Het ene meisje had haar blonde, golvende haren los; het andere had ze in een staart.

Glimlachend pakte de Nicola de foto. 'Ik herinner me die vestjes nog zo goed. Beth was op een gegeven moment het hare verloren en dan jatte ze soms het mijne. Dat was het enige waar we ooit ruzie over gehad hebben.'

Bryant opende zijn mond om iets te zeggen, maar Kim wierp hem een blik toe en hij sloot hem weer. Nicola's uitdrukking was veranderd. Ze keek niet meer naar de foto, maar naar een tijd die erachter lag.

'Het lijkt misschien onzinnig, maar die vestjes waren ons heel dierbaar. Mary had een aantal vrijwilligers gevraagd alle ramen en kozijnen af te nemen. Beth en ik hadden ons aangemeld, want Mary was een aardige vrouw die haar best voor ons deed. Aan het einde van de dag gaf ze ons een paar pond voor ons harde werk.' Nu keek Nicola wel op. Haar uitdrukking was weemoedig.

'U hebt geen idee hoe dat voelde. De volgende ochtend gingen we meteen naar de markt in Blackheath. De hele dag zwierven we rond, ons afvragend wat we zouden kopen. Het zat 'm niet zozeer in de vestjes, maar in het feit dat ze van óns waren, dat ze nieuw waren. Geen afdankertjes van de oudere meisjes of tweedehandskleding van de tweedehandswinkel. Ze waren nieuw en echt van ons.'

Er ontsnapte een traan uit Nicola's rechteroog. Ze zette de foto terug en veegde haar wang af.

'Het klinkt gek en jullie kunnen niet echt begrijpen...'

'Ik wel,' zei Kim.

Nicola glimlachte toegeeflijk en schudde haar hoofd. 'Nee, rechercheur, u kunt echt niet...'

'Ja, dat kan ik echt,' herhaalde Kim.

Nicola keek haar recht aan en hield haar blik even vast; toen knikte ze begrijpend. 'Om uw vraag te beantwoorden: we waren veertien.'

Bryant keek naar Kim en ze gebaarde dat hij door mocht gaan met zijn vragen. 'Kwamen jullie steeds op Crestwood terug?' vroeg hij.

Nicola schudde haar hoofd. 'Nee, onze moeder was heroïneverslaafd. Ik zou willen zeggen dat ze haar best deed, maar dat zou een leugen zijn. Tot ons twaalfde gingen we van pleeggezin naar tehuis en dan weer even naar huis als mama een tijdje afgekickt was. Ik herinner me er eerlijk gezegd weinig van.'

Maar Kim zag aan haar ogen dat ze zich genoeg herinnerde.

'Maar jullie hadden elkaar?' vroeg Kim met een blik op de foto. Zes jaar lang had ook zij dat gevoel gekend.

Nicola knikte. 'Ja, we hadden elkaar.'

'Mevrouw Adamson, er is reden om aan te nemen dat het lichaam dat op het terrein van Crestwood gevonden is, mogelijk een van de bewoners is.'

'Nee,' zei ze hoofdschuddend. 'Dat meent u niet.'

'Kunt u zich iets herinneren van uw tijd in het tehuis dat ons zou kunnen helpen?'

Nicola's blik schoot heen en weer toen ze in haar geheugen groef. Kim en Bryant zwegen.

Langzaam begon de jonge vrouw haar hoofd te schudden. 'Ik kan werkelijk niets bedenken. Beth en ik hielden ons vrij afzijdig. Ik zou het echt niet weten.'

'En uw zus? Zou zij ons misschien kunnen helpen?'

Nicola haalde net haar schouders op toen Kims telefoon ging. Twee seconden later ging ook die van Bryant. Beiden drukten ze snel het telefoontje weg.

'Sorry,' verontschuldigde Bryant zich. 'Wat zei u ook alweer?'

'Misschien herinnert Beth zich wel iets. Ze logeert hier.' Nicola keek op haar horloge. 'Ze komt als het goed is over een halfuur thuis. U mag op haar wachten, als u wilt.'

Kims telefoon begon opnieuw te trillen. 'Nee, dat hoeft niet,' zei ze. Ze stond op.

Bryant volgde haar voorbeeld en stak zijn hand uit. 'Mocht u zich nog iets herinneren, laat het ons dan vooral weten.'

'Natuurlijk.' Ze begeleidde hen naar de deur.

Door een ingeving draaide Kim zich nog even om. 'Herinnert u zich toevallig of een van de meisjes dol was op kralen?'

'Kralen?'

'Een armband misschien?'

Nicola dacht even na en sloeg toen haar hand voor haar mond. 'Ja. Ja, er was een meisje... Melanie. Ze was ouder dan ik, dus ik kende haar verder niet. Maar zij was een van de coole meiden, een van de herrieschoppers.'

Kim hield haar adem in.

'Nu zie ik die armbandjes weer voor me. Die gaf ze aan haar beste vriendinnen. Het was een soort clubje of zo.' Nicola knikte. 'Natuurlijk. Ze waren met z'n drieën. En allemaal hadden ze zo'n kralenarmband.'

Kims maag trok samen. Ze durfde erom te wedden dat alle drie de meiden 'weggelopen' waren.

42

'Shit,' zei Bryant toen ze in de auto zaten.

Kim voelde zich misselijk. 'Denk jij wat ik denk?'

'Als je bedoelt dat er mogelijk nog een lichaam is om te vinden: ja.'

'Vervang "mogelijk" door 'waarschijnlijk' en dan zitten we op één lijn.' Kim klikte haar gordel dicht en keerde zich half om. 'Je hebt hun namen opgeschreven, hè?'

Bryant knikte en ze pakte haar telefoon. Hij deed hetzelfde.

'Twee gemiste oproepen en een bericht van Dawson,' zei ze.

'De mijne zijn van Woody.'

Beiden luisterden ze hun voicemail af. Kim hoorde Dawsons opgewonden stem aan en verwijderde vervolgens het bericht.

'Dawson wil dat we meteen naar de opgraving komen.'

Bryant grinnikte. 'Woody wil dat ik je in diezelfde tijd terug naar het bureau breng. En hoewel ik absoluut in je talent geloof, kun je nog niet op twee plaatsen tegelijk zijn.' Hij keek haar aan. 'Wat wordt het, baas? Optie A of optie B?'

Kim keek hem aan en trok een wenkbrauw op.

'Ja, dat dacht ik al.'

43

Bryant parkeerde op het braakliggende terrein. Het had hun veertig minuten gekost om die twaalf kilometer vanuit het stadscentrum van Birmingham naar hier af te leggen.

Kim gooide haar portier open. 'Ga jij bij Dawson kijken. Vraag hem ook even hoe het gaat.'

'Komt voor elkaar, baas.'

Op een drafje begaf ze zich naar de derde tent. Inmiddels leek de plek meer op een festivalterrein dan een plaats delict.

In de opening bleef ze staan. Ze keek om, zocht het middelste huis onderaan de heuvel en zwaaide even naar de gevangene die zich daar bevond. Gewoon, voor het geval dat ze keek.

Cerys keek op toen ze binnenstapte.

Kim keek de kuil in. 'Waar is ze?' vroeg ze, zonder nadenken een geslacht aan het lichaam toekennend. Er was geen enkele zekerheid of het tweede lichaam vrouwelijk was. Maar haar instinct zei van wel en meestal vertrouwde ze daarop.

'Bij Dan in de tent. Een halfuur geleden zijn de overblijfselen weggehaald. We hebben een derde van de put al kunnen zeven en je wilt vast weten dat we meer...'

'Kralen hebben gevonden,' maakte Kim haar zin af.

'Hoe wist je dat?'

Kim haalde haar schouders op. 'Nog meer?'

Cerys zuchtte diep en knikte langzaam. 'We zijn het hele terrein afgegaan met de meter en vonden...'

'Nog een lichaam,' onderbrak Kim haar opnieuw.

Cerys liet haar rechterhand op haar heup rusten. 'Zal ik maar gewoon naar huis gaan?'

Kim glimlachte. 'Sorry, ik ben gewoon moe. Het is een lange dag vandaag. Wordt het onderzoek van deze tweede vindplek morgen afgerond?'

'Ik begin meteen morgenochtend met opgraving drie. We hebben het gebied nog niet afgezet. Laten we de gieren niet al te lekker maken.' Cerys doelde op de pers. 'We weten nog niet zeker dat de derde afwijking ook een lichaam is.'

Maar Kim voelde dat het wel zo was.

'Ze houden ons nauwlettend in de gaten, dus heb ik de jongens hun onderzoek af laten maken, de boel op laten ruimen en vervolgens uit de buurt gehouden, zodat niemand achterdochtig wordt.'

'Hoe weet je waar jullie moeten gaan graven als je de plek niet gemarkeerd hebt?' vroeg Kim.

'Ik heb de passen vanaf de tent geteld. Geloof me, ik vind het wel.'

Kim geloofde haar inderdaad.

'Het goede nieuws is dat de eerste vindplek morgenochtend dichtgegooid kan worden. Ik moet alleen nog even alles ondertekenen, dan halen we de eerste tent weg.'

'Nog iets interessants gevonden?'

'Een paar stukjes stof. Die zijn allemaal gelabeld, ingepakt en naar het lab gestuurd. Ze zouden kunnen helpen bij de identificatie.'

Nu ze Nicola gesproken hadden, vermoedde Kim dat ze uit slechts drie personen zouden hoeven kiezen.

'Nog meer?'

Cerys schudde haar hoofd en ging weer aan het werk.

Kim waardeerde haar gedrevenheid. Ze wist dat haar eigen verlangen om de zaak op te lossen meer was dan alleen dan haar wens om te weten wat er gebeurd was. Hoezeer ze zichzelf er ook van probeerde te overtuigen dat deze zaak niet anders was dan andere zaken, was hij dat wel. Ze wist wat deze meisjes geleden hadden. Geen van hen had bewust gekozen voor het pad dat ze ingeslagen waren. Hun gedrag kon niet worden toegeschreven aan een bepaalde tijd, dag, maand of jaar. Hun leven was een reis vol pieken en dalen geweest, die uiteindelijk ieder sprankje hoop uitdoofde.

Het zat 'm niet in de grote dingen. Kim herinnerde zich dat iedereen haar altijd 'kind' had genoemd. En dat had voor hen allemaal gegolden, want dan hoefde het personeel tenminste hun namen niet te onthouden.

Ze begreep dat haar motivatie voortkwam uit het verlangen gerechtigheid te vinden voor deze vergeten kinderen; ze zou geen gas terugnemen voordat ze die had.

En ze was blij met iedereen die haar bij probeerde te houden.

'Weet je,' zei Kim toen ze bijna buiten was. 'Bedankt.'

Cerys glimlachte.

Kim liep naar de tent met spullen. Daniel stond met zijn rug naar haar toe, maar ze zag dat hij en twee anderen bezig waren plastic zakjes te labelen. 'Hé dok, wat heb je daar?'

'Wat, geen beledigingen en geen gemopper?'

'Zeg, ik ben moe. Maar als je wilt, kan ik best...'

'Nee, dat hoeft niet. Ik kan vandaag wel zonder.'

Kim merkte dat hij somberder was dan gewoonlijk. Zijn schouders leken meer te hangen dan normaal terwijl hij de plastic zak met de schedel erin dichtmaakte. Witte tape, met zwarte stift beschreven, liet weten wat erin zat en waar het gevonden was.

Zijn assistent reikte naar het deksel van de doos, maar Daniel schudde zijn hoofd. 'Nog niet.'

Kim was in verwarring. Ze wist dat de zwaarste botten onderop werden gelegd zodat de lichtere, fragielere botten niet in de verdrukking kwamen. Normaal gesproken werd de schedel als laatste ingepakt.

Ze ging naast hem staan toen hij een doos pakte die zo groot was als een lunchtrommel. Vanbinnen was hij bekleed met vloeipapier. Helemaal rechts op de tafel lag een stapeltje kleine botjes. Zijn hand trilde lichtjes.

'Volwassen of niet?' vroeg Kim.

'Zeker nog niet volwassen. Op dit moment heb ik nog geen idee hoe ze gestorven is. Op het eerste gezicht lijken haar overblijfselen geen sporen van trauma te bevatten.'

Zijn stem klonk zacht en afgemeten.

Kim was even de draad kwijt. 'Wacht even, dok. Omdat ons eerste lichaam van een tiener was, weigerde je er een geslacht aan te hangen, wat ik ook zei. En nu is dit ineens een vrouw, hoewel je de botten nog niet in het lab bekeken hebt?'

Hij zette zijn bril af en wreef in zijn ogen. 'Klopt. Het geslacht van slachtoffer nummer twee was overduidelijk, rechercheur.' Hij keek weer naar de lunchtrommel.

'Deze jonge vrouw was namelijk zwanger.'

44

'Wat een kutdag,' zei Bryant terwijl hij de auto achter het bureau parkeerde. Het waren de eerste woorden die tussen hen vielen sinds ze waren weggereden bij de opgraving. 'Dawson was nogal stil.'

'Gek, hè?'

Dawson had zijn blik niet van de kleine doos af kunnen houden. Uiteindelijk waren botten in de grote doos bij de beenderen van de moeder gelegd.

'Ga naar huis, Bryant. Ik ga langs Woody en daarna ook naar huis.'

Het was iets na zevenen, uur dertien van dag zes dat ze aan deze zaak werkten. Bryant zou samen met haar doorgaan, dat wist ze. Maar hij had een gezin. Zij niet.

De trappen naar de derde verdieping slurpten haar laatste beetje energie op. Ze klopte en wachtte.

Woody riep haar binnen en ze verwonderde zich over hoeveel woede er in twee lettergrepen door kon klinken.

Hij had het stressballetje al in zijn hand toen ze ging zitten.

'U wilde me spreken, meneer?'

'Drie uur geleden, toen ik je belde,' gromde hij. 'Dat was een beter moment geweest om me te spreken.'

Kim keek naar zijn rechterhand en zou durven zweren dat ze het stressballetje om genade kon horen roepen.

'Er waren bepaalde ontwikkelingen op de vindplek die...'

'Stone, je bent betrokken geweest bij een traumatisch incident.'

'Zo erg is Bryants rijstijl nou ook weer niet,' vuurde ze zwakjes terug. Het was een lange dag geweest.

'Zwijg. Je weet precies wat de procedure is en jullie hadden terug moeten komen naar het bureau voor een debriefing en een medische controle.'

'Het ging prima, vraag Bryant maar...'

'Sorry, maar daar gaan we geen tijd mee verspillen.' Hij leunde naar achteren en nam het stressballetje in zijn linkerhand. Verdomme, hij was nog niet klaar met haar.

'Ik heb de plicht om voor jullie te zorgen, maar dat maak je me verdomme zo goed als onmogelijk. Je moet met iemand gaan praten die je helpt.'

Kim rolde met haar ogen. 'Als ik meen iemand nodig te hebben die me vertelt hoe ik me moet voelen, ben je de eerste die het hoort.'

'Het feit dat je niets voelt, is waarschijnlijk het probleem, Stone.'

'Niet voor mij, meneer.'

Hij leunde naar voren en keek haar indringend aan. 'Op dit moment niet, maar uiteindelijk zullen alle nare dingen jou en de manier waarop je functioneert gaan beïnvloeden.'

Dat betwijfelde Kim. Dit was de manier waarop ze altijd omging met wat er gebeurde. De nare dingen werden veilig opgeborgen in compartimenten. Het ging erom die deuren nooit te openen. Waarom deden gewoon niet meer mensen dat?

Men zei dat tijd alle wonden heelde. Nou, zij was een meester in het manipuleren van tijd. Het was slechts zeven uur geleden dat ze Arthur Connop niet had kunnen redden, maar alle gebeurtenissen sindsdien gaven haar het gevoel dat het veel langer geleden was. Vorige week, of zo. Daarom lag het gebeuren al veel verder achter haar dan Woody dacht.

'Bedankt voor uw bezorgdheid, maar echt, het gaat prima met me.

Ik accepteer dat ik niet iedereen kan redden en ik geef mezelf er niet de schuld van als iemand omkomt.'

Woody stak zijn hand op. 'Genoeg, Stone. Mijn besluit staat vast. Als deze zaak afgerond is, zoek je psychologische hulp. Anders schors ik je.'

'Maar...'

Hij schudde zijn hoofd. 'Als je het niet doet, ga je kapot aan alles wat je binnenhoudt.'

Maar wat ze binnenhield, was geen bron van zorg voor haar. Dat zat veilig weggeborgen. Haar enige angst was wat er zou gebeuren als ze het eruit zou laten. Dáár zou ze kapot aan gaan.

Ze slaakte een diepe zucht. Dat gevecht zou ze een andere keer wel aangaan.

'Ik ga hierover niet verder met je in discussie, maar ik wil wel nog iets anders bespreken.'

Geweldig, dacht ze.

'Ik ben gebeld door de commissaris, die gebeld was door de hoofdcommissaris. Ze willen jou van deze zaak af hebben.' Hij leunde achterover. 'Wie heb je vandaag kwaad gemaakt?'

Liegen had geen zin. Het was duidelijk dat ze iemand behoorlijk tegen de haren in gestreken had. 'Ik kan u een lijst geven, maar ik weet niet of hij wel compleet zou zijn. De enige persoon die ik kan bedenken die ik zo kwaad heb gemaakt, is Richard Croft. Maar ik kan me niet voorstellen dat hij zoveel invloed heeft.'

Er viel een stilte toen hun blikken elkaar kruisten. 'Zijn vrouw,' zeiden ze op hetzelfde moment.

'Wat heb je tegen hem gezegd?'

Ze haalde haar schouders op. 'Van alles.' Intussen bedacht ze dat Crofts vrouw blijkbaar toch veel van hem hield.

'Getuige of verdachte?'

Ze trok een gezicht. 'Een beetje van allebei.'

'Verdomme, Stone. Wanneer leer je nou eens een keer dat politiezaken op dit niveau een bepaalde mate van politiek behoeven?'

'Nee, meneer, op úw niveau behoeven politiezaken een bepaalde mate van politiek. Op mijn niveau houden we ons bezig met de waarheid.'

Woody wierp haar een boze blik toe.

Kim had het eigenlijk niet zo bedoeld, maar ze vertrouwde erop dat Woody dat wel wist en besloot niet terug te krabbelen.

In plaats daarvan stak ze haar kin naar voren. 'Gaat u de instructies opvolgen en me van de zaak halen?'

'Stone, je hoeft me niet te porren. Mijn ruggengraat is goed en wel aanwezig. Ik heb hun laten weten dat jij de zaak blijft leiden.'

Kim glimlachte. Ze had het kunnen weten.

'Het raadslid heeft vast iets te verbergen. Anders had hij zijn waakhond niet op ons afgestuurd.'

Voor het eerst in dagen zag ze iets dat bijna een glimlach was op zijn gezicht. 'Dan zal ik mijn speurhond ook maar loslaten.'

'Ja, meneer,' zei Kim met een glimlach.

45

Kim keek van Bryant naar Stacey. 'Oké, een nieuwe dag. Dawson gaat direct van huis naar de vindplek. Hij belt als er meer nieuws is.

Samengevat: van de zes personeelsleden waar we van weten, zijn er nog twee over. Dat zijn Richard Croft en William Payne. Richard Croft vindt me niet erg aardig, dus uit hem krijgen we vermoedelijk niets meer. Maar hij verbergt wel iets.'

'Baas, er is tweemaal een protest tegen het project van de professor ingediend door het advocatenkantoor Travis, Dunne en Cohen.'

'Is een van hen Crofts vrouw?'

Stacey knikte. 'Ze werkt onder haar meisjesnaam Cohen.'

'Wat hij ook te verbergen heeft, zij weet er dus van.'

'Tijd voor een bezoekje aan haar kantoor, baas?' vroeg Bryant.

Kim schudde haar hoofd. 'Ze heeft al geprobeerd me van deze zaak te laten halen. Ik ben niet van plan haar meer munitie te geven om mee te schieten.' Ze haalde haar schouders op. 'Zij gaat ons niet helpen. Wat Croft ook te verbergen heeft, zijn vrouw weet ervan en zal ons op elke mogelijke manier dwarszitten.'

'Hoe ver denk je dat ze gaat?' vroeg Stacey.

'Dat ligt aan de mogelijke gevolgen,' antwoordde Kim, terugdenkend aan het vrijstaande huis, de auto's en niet te vergeten de carrière van de vrouw.

Ze liep naar het whiteboard, dat nu in tweeën verdeeld was. Het linkerdeel was in vieren opgedeeld. Details over Teresa Wyatt en Tom

Curtis stonden in de bovenste twee vakken. In de onderste twee stonden die van Mary Andrews en Arthur Connop.

'Hebben we al nieuws van het forensisch team over Arthur?' vroeg Kim.

'Ze hebben gebroken glas van een koplamp aan de passagierszijde en stukjes witte verf op zijn broekspijp gevonden. Op dit moment proberen ze die te linken.'

Kim tuurde naar de linkerkant van het whiteboard. Ondanks dat ze niet kon bewijzen dat de dood van zowel Mary Andrews als Arthur Connop geen ongeluk was, wist ze zeker dat hun overlijden gelinkt was aan iets gruwelijks dat tien jaar eerder gebeurd was.

Wat hebben jullie gedaan? vroeg ze hun in stilte.

De andere kant van het whiteboard was in tweeën verdeeld. Beide delen bevatten gegevens over de opgegraven lichamen. Kim was er zeker van dat die kant tegen het einde van de dag in drieën verdeeld zou zijn.

Drie namen stonden op een briefje ernaast:

Melanie Harris

Tracy Morgan

Louise Dunston

'Hoe gaat het met de identificatie? ' vroeg Stacey toen ze Kims blik volgde.

Kim draaide zich niet om. 'Blijkbaar vormden zij met z'n drieën een groepje vriendinnen. Ik hoop dat dokter Bate aanwijzingen voor ons heeft over welk meisje wie is.'

'Denk je dat er meer dan drie zijn, baas?' vroeg Stacey.

Kim schudde haar hoofd. Er moest een reden zijn dat dit specifieke groepje aangevallen was.

'Kun je via Facebook meer over deze drie te weten komen zonder je identiteit prijs te geven?'

'Zeker. Toen ik vroeg of iemand zich mij herinnerde, vroeg iemand of ik dat verlegen kleine zwarte meisje met die jampotglazen was, dat stotterde. Ik zei ja.'

Kim rolde met haar ogen. 'Wat heb je over de dominee kunnen vinden?'

'De enige geestelijke die gelinkt kon worden aan Crestwood was Victor Wilks. Hij deed liefdadigheidswerk. Zijn naam kwam af en toe naar boven in een paar posts. De meisjes noemden hem "vader" en waren positief over hem. Hij kwam eens per maand langs om een korte dienst te houden voor de meisjes.'

'Achtergrond?'

'Geen idee. Ik weet dat hij een paar jaar in Bristol heeft gezeten, een paar in Coventry en een jaar in Manchester. Ik heb een paar e-mails gestuurd om te zien of iemand meer weet.'

'Waar werkt hij nu?'

'Dudley.'

'Sinds wanneer?'

Stacey tikte iets in op haar toetsenbord. 'Sinds twee jaar.'

'Heb je een adres?'

Stacey gaf Kim een stuk papier.

Bryant legde de hoorn op de haak. 'Baas, dat was de receptie. Je hebt bezoek.'

Kim fronste. Ze had het te druk om alles te laten vallen en zomaar iemand te woord te staan. 'Bel ze terug en zeg...'

'Dit is niet zomaar iemand, baas. Je bezoeker heet Bethany Adamson en ze is behoorlijk kwaad.'

46

'Kan ik u helpen?' vroeg Kim bij de receptie.

De vrouw draaide zich om en Kim was verbluft. Niet zozeer omdat ze zoveel op Nicola leek; ze waren een eeneiige tweeling. De verrassing was hoe wéínig ze op haar zus leek.

De vrouw stak haar hand niet uit. 'Mijn naam is Bethany Adamson en ik wil effe met u praten.'

Kim liep de gang weer in en gebaarde naar Bethany Adamson haar te volgen.

Er klonk een regelmatig getik achter haar terwijl ze naar verhoor kamer twee liep. Kim tikte de code in en hield de deur open. De vrouw liep langs haar, zich met een wandelstok in haar rechterhand ondersteunend.

Kim zag dat Bethany's laarzen plat en praktisch waren. Ze kwamen tot haar knieën. Haar zwarte spijkerbroek slobberde om haar benen. Een dikke winterjas leek haar slanke postuur, ogenschijnlijk nog tengerder dan dat van haar zus, te verzwelgen.

'Ik heb weinig tijd, mevrouw Adamson.'

'Ik heb nie veel te zegge, rechercheur.'

Haar zware Black Country-accent verraste Kim.

Ze gebaarde naar de vrouw om door te praten en nam haar intussen nog wat beter in zich op. Had ze niet geweten dat ze Nicola's tweelingzus was, dan had ze haar op haar oudere zus geschat.

Haar blonde haar zag er ongewassen en vettig uit en zat in een strakke paardenstaart naar achteren. Hoewel de structuur van haar gezicht gelijk was aan die van haar zus, leek het hare meer ingevallen en harder. Charisma en levenslust waren duidelijk niet eerlijk verdeeld tussen de tweelingzusjes.

Daarbij viel het Kim op dat de vrouw met haar hele gewicht op de wandelstok leek te leunen. Ze gebaarde naar de stoel, maar Bethany schudde haar hoofd.

Kim bleef ook staan. Ze keken elkaar over de metalen tafel heen aan.

'Je heb gister me zus gesproken.'

De harde uitdrukking op het gezicht van de vrouw schokte Kim. Haar lippen waren dun en haar wenkbrauwen raakten elkaar bijna.

Kim knikte. 'Jullie namen kwamen naar voren bij ons huidige onderzoek.'

'We hebbe jullie niks te vertelle.'

Nu had ze Kims aandacht pas echt te pakken. 'Hoe weet u dat?'

Bethany Adamson ving Kims blik. Haar ogen stonden kil en emotieloos. Niet boos, niet vurig, maar doods en onverzettelijk. Als het totaal van haar gezicht de optelsom was van haar afzonderlijke trekken, was de conclusie dat deze vrouw nog nooit één moment van vreugde in haar leven gekend had.

'Dat weet ik gewoon.'

Kim sloeg haar armen over elkaar. 'Uw zus was een stuk behulpzamer.'

'Nou, zij snap 't niet, hè?'

'Wat niet?'

Beth slaakte een diepe zucht. 'Onze jeugd was zwaar. Ma was een crackhoer die ons in- en uitcheckte bij de pleegzorg alsof we biebboeken waren. Toen we ouwer werden, verdween elke kans die we hadden omdat niemand ons most. We hadden alleen mekaar.'

'Dat begrijp ik, mevrouw Adamson, maar...'

'Onze tijd op Crestwood was nie echt leuk en u ken zich ech nie voorstellen hoe het voelt om alleen geboren te worden omdat je moeder kinderbijslag mot.'

De blik van de vrouw liet die van Kim niet los.

'In onze jeugd was geen liefde en geen stabiliteit en we willen daar nie aan herinnerd worden. Allebei niet.'

Dat begreep Kim beter dan ze ooit zou willen toegeven. Ondanks de houding van de vrouw voelde ze de aandrang een poging te doen haar te bereiken. Ze begreep waar die verdedigende houding vandaan kwam, maar tegelijkertijd werd ze omringd door een groeiende stapel lichamen.

'Wat is daar gebeurd, Beth?' vroeg ze zacht.

'Mevrouw Adamson, als je 't niet erg vindt, en dat is aan jou om uit te vinden, rechercheur. Maar laat mij en me zus 'rbuiten. D'r kom niks goeds uit voor ons.'

'Zelfs niet als we met jullie hulp een moordenaar kunnen pakken?'

Er was geen enkele emotie zichtbaar op dat doodse gezicht. 'Ook nie. Me zus is te beleefd om 't te vragen, maar ik nie. Laat ons met rust.'

'Als ik vanwege het onderzoek met een van jullie moet praten...'

'Dat zou ik ech niet doen als ik jou was. Als je ons nie met rust laat, krijg je daar spijt van.'

Bethany Adamson legde de afstand tot de deur verbazend snel af. Ze was al weg voor Kim goed en wel besefte dat ze zojuist bedreigd was.

Maar de woorden van de vrouw hadden het tegenovergestelde effect. Een nieuwe, prangende vraag was bij Kim opgekomen.

Nicola en Beth hadden precies dezelfde jeugd gehad, maar verschilden als dag en nacht van elkaar. Wat was er in hemelsnaam gebeurd dat van Bethany Adamson zo'n vijandig, hatelijk mens had gemaakt?

47

Het Hollytree-wooncomplex lag tussen Brierley Hill en Wordsley in. Het ontwikkelingsgebied stamde uit de vroege jaren zeventig en besloeg drie vierkante kilometer. Tegenwoordig was het de woonplaats van minstens drie veroordeelde zedendelinquenten.

Altijd als ze er kwam moest Kim aan Dantes kringen van de hel denken. De buitenlaag werd gevormd door grijze prefabhuizen met ramen die tralies hadden, kapot waren of dichtgetimmerd zaten. De schuttingen die ooit de tuinen van elkaar gescheiden hadden, waren al lang geleden verdwenen. Nu werden de tuinen gebruikt als vuilstortplaats voor de hele gemeenschap. Oude auto's met niet bij elkaar passende carrosserie stonden her en der geparkeerd.

De tweede kring werd gevormd door appartementengebouwen met twaalf maisonnettes per blok. De buitenmuren leken een wedstrijdje te doen wie de meeste vuilbekkende graffiti kon verzamelen en boden meer informatie over de bloemetjes en de bijtjes dan het biologiecurriculum op de middelbare school. De gemeente had ertegen gevochten, maar schromelijk verloren.

Kim hoefde niet uit de auto te stappen om de rottende geur van de gangen met al hun drugs te kunnen ruiken.

In het midden van het wooncomplex torenden drie flatgebouwen als wachttorens boven de rest van de huizen uit. Hoewel de gemeenteraad het ontkende, waren die drie flats de verblijfplaats van gezinnen die uit andere sociale huurwoningen in het gebied gezet waren. Alles dat ooit ten behoeve van het land gebouwd was, was nu nog slechts oude geschiedenis.

'Weet je, baas, ze zeggen dat Tolkien Mordor baseerde op Black Country. Als dat zo is, dan heeft hij ongetwijfeld dit gebied voor ogen gehad.'

Kim kon er niets tegen inbrengen. Dit gebied kende geen spoortje hoop meer. Zij kon het weten – Hollytree was de eerste zes jaren van haar leven haar thuis geweest.

Bryant parkeerde voor een rij gebouwen die ooit een klein, plaatselijk winkelstraatje hadden gevormd. De laatste winkel die was gesloten was de kiosk geweest, na een beroving door twee met messen bewapende twaalfjarige jongens.

Het middelste gebouw, vroeger een snackbar, was nu een opvangcentrum dat één ochtend per week geopend was. Een groep van zeven tienermeisjes had zich rond de ingang verzameld. Met hun lichaam en hun houding vormden ze een blokkade.

Bryant keek haar aan en Kim glimlachte naar hem. 'Pak ze niet te hard aan, baas.'

'Natuurlijk niet.'

Bryant hield zich afzijdig toen Kim voor de aanvoerster ging staan.

Haar haren waren in drie kleuren paars geverfd en haar gladde huid was een piercingfestijn. Ze stak haar rechterhand uit. 'Entreegeld.'

Kim keek haar aan en probeerde niet te glimlachen. 'Hoeveel?'

'Honderd?'

Kim schudde haar hoofd. 'Nee, te veel. Het is recessie, weet je.'

Het meisje grimaste en sloeg haar armen over elkaar. 'Daarom moet ik me prijzen hoog houwe.'

Haar aanhangers gniffelden en porden elkaar.

'Geef antwoord op één simpele vraag en je hebt een deal.'

'Ik heb niks te zegge, want jij kom nie binne, trut.'

Kim haalde haar schouders op en draaide zich om. 'Prima, dan ga ik weer. Op mijn manier had je nog een kans gehad.'

Het meisje aarzelde maar een seconde. 'Kom maar op dan.'

Kim draaide zich om en keek recht in een gezicht dat gretig op haar geld wachtte.

'Zeg eens hoeveel ik had moeten betalen als ik om vijftien procent korting had gevraagd?'

Het meisje fronste verward. 'Ik heb toch verdomme geen...'

'Kijk, als je nou naar school zou gaan, wist je veel beter hoe je mensen geld af moest troggelen.' Kim leunde naar voren, zodat hun gezichten nog maar een paar centimeter van elkaar verwijderd waren. 'Dus ga nu maar opzij, voor ik je aan je neusring wegsleur.'

Ze sprak met zachte stem en liet haar blik het werk doen.

Het meisje staarde een poosje terug. Kim knipperde niet.

'Kom meiden, dit wijf is 't nie waard,' zei de tiener vervolgens met een pas naar links. Haar bende volgde.

Zodra de doorgang vrij was, keerde Kim zich om. 'Hé dame, een tientje als je op de auto past.'

Het meisje aarzelde even, maar een van haar vriendinnen gaf haar een por. 'Afgesproken,' gromde ze.

Bryant volgde haar het uitgewoonde gebouw in. Alles van waarde was verwijderd, zelfs de plafondplaten. Een scheur van een meter of twee liep van de rechterhoek naar het midden van de achterste muur.

In de linkerhoek bevonden zich drie mannen. Allemaal draaiden ze zich om. Twee kregen prompt een paniekerige uitdrukking op hun gezicht en schoten snel langs hen heen de deur uit. Beroepscriminelen waren net bloedhonden; ze roken politie al op kilometers afstand.

'Hebben we iets verkeerds gezegd, jongens?' vroeg Bryant nog.

Een van de mannen liet zijn adem sissend ontsnappen. Het was een teken van respectloosheid.

Kim schudde haar hoofd. Zij voelde precies hetzelfde.

De achtergebleven man herkende Kim uit het crematorium waar Mary Andrews gecremeerd was.

'Dominee Wilks, ik herkende u niet met uw kleren aan,' grapte Bryant.

Victor Wilks glimlachte als een boer met kiespijn bij het horen van de uitgekauwde grap.

Maar Bryant had een punt.

In zijn gewaad had Wilks als vanzelf een eerzame, respectabele uitstraling gehad, waardoor je het gevoel kreeg hem in vertrouwen te willen nemen. In deze doodordinaire omgeving zag hij eruit als een gewone man. In het crematorium had Kim hem een dikke vijftiger geschat, maar zonder zijn gewaad leek hij zo'n tien jaar jonger te zijn. Zijn lichte spijkerbroek en blauwe sweater onthulden een gezet lichaam dat meer uit spieren dan vet bestond.

'Kan ik u iets te drinken aanbieden?' vroeg hij met een gebaar naar een zilverkleurige ketel.

Het viel Kim op dat de ringvinger en pink van zijn rechterhand gebogen bleven. Ze herkende de vergroeiing; ze had vuistvechters gekend met precies zo'n verwonding. Gecombineerd met zijn bovengemiddelde lengte leek het haar logisch dat hij op een zeker punt in zijn leven bokser was geweest.

Kim keek naar het vat en gaf Bryant een por zodat hij zou antwoorden.

'Nee bedankt, dominee... eerwaarde...'

'Victor, alstublieft.'

'Wat doet u hier in vredesnaam?' Geen enkel zinnig mens zou hier uit eigen beweging willen komen.

Hij glimlachte. 'Ik probeer hoop te bieden, rechercheur. Dit is een van de armste gebieden in het land. Ik probeer de mensen hier te laten zien dat er een andere weg is. Oordelen is makkelijk, maar ik geloof dat in iedereen iets goeds schuilt. Je moet alleen verder kijken dan je neus lang is.'

Aha, daar gaan we, dacht ze toen zijn stem een prekerige toon aannam.

'En hoeveel succes hebt u daarmee gehad?' vroeg Kim geïrriteerd. 'Hoeveel van deze zielen hebt u weten te redden?'

'Het gaat me niet om aantallen, liefje.'

'Gelukkig maar,' zei ze terwijl ze een rondje door de kamer maakte.

Bryant begon over het onderzoek. 'We hebben begrepen dat u Crestwood regelmatig bezocht. U kwam daar voor gesprekken met de meisjes en het houden van diensten?'

'Dat klopt.'

'We hebben begrepen dat u af en toe inviel voor William Payne. Klopt dat ook?'

'Jazeker. We vielen allemaal af en toe voor hem in. U bent het vast met me eens dat zijn situatie niet bepaald benijdenswaardig is. Zijn toewijding aan zijn dochter is heel bijzonder. Hij is onmetelijk dankbaar voor Lucy en zorgt niet-aflatend voor haar. Al het personeel deed zijn best om hem te helpen.' Hij dacht even na en voegde er toen aan toe: 'Nou ja, de meesten van ons.'

Kim had haar ronde door de ruimte gemaakt en kwam naast Bryant staan. 'Over het personeel gesproken: wie werkte daar in de tijd dat u daar ook kwam?'

Victor liep naar de ketel. Kim kon enige verbazing over dat het metalen object nog niet gestolen was, niet onderdrukken.

Hij liet een theezakje in een plastic bekertje zakken. 'Richard Croft was net aangesteld als manager. Hij had een hoofdzakelijk administratieve rol. Volgens mij moest hij het budget inperken en de efficiëntie verhogen. Hij had weinig contact met de meisjes en dat vond hij prima. Ik had altijd het gevoel dat hij nooit echt betrokken was bij zijn werk; hij was daar om zijn doelen te behalen en weer verder te gaan.'

'En Teresa Wyatt?'

‘Er was uiteraard sprake van wrijving tussen hen. Teresa had de managersfunctie niet gekregen, dus was ze jaloers op Richards positie.’

Wilks roerde het zakje rond om er nog wat smaak uit te krijgen. ‘Teresa was geen hartelijke vrouw en zij en Richard botsten meteen vanaf het begin al. Ze hadden een grondige hekel aan elkaar en iedereen wist ervan.’

Heel interessant, dacht Kim, maar geen verklaring voor de twee of mogelijk drie dode meisjes.

‘We hebben gehoord dat Teresa nogal opvliegend kon zijn.’

Victor haalde zijn schouders op, maar zei verder niets.

‘Hebt u daar iets van meegekregen?’

‘Niet persoonlijk, nee.’

‘Maar iemand anders wel?’ drong Kim aan.

Hij aarzelde even en spreidde toen zijn handen. ‘Ik neem aan dat het nu geen zwijgen meer behoeft. Teresa heeft een keer met me gesproken omdat iemand een aanklacht tegen haar wilde indienen. Ik had wel geruchten gehoord over losse handjes of wat geduw als Teresa’s frustratie de overhand kreeg, maar dit was anders. Ze had een meisje zo hard in haar buik gestompt dat ze bloed opgaf.’

Kims voet begon een ritme te tikken en ze legde een hand op haar knie om hem stil te houden. ‘Dat was ook de aanklacht?’

Hij schudde zijn hoofd. ‘Nee. Teresa maakte zich niet zozeer zorgen over de aantijging van mishandeling, als wel over wat de aanklager daarbij zou impliceren.’

‘Wat dan?’

‘Dat Teresa Wyatt het meisje in elkaar had geslagen omdat ze had geweigerd seks te hebben.’

‘Was dat ook zo?’

Victor keek onzeker. ‘Ik denk het niet. Teresa was eerlijk over wat ze het meisje had aangedaan. Ze vertelde gedetailleerd over wat ze had gedaan, maar ze zwoor dat het niet om seks was gegaan. Zo'n aantijging zou haar te gronde hebben gericht; die zou voor de rest van haar leven aan haar zijn blijven kleven.'

Met gesloten ogen schudde Kim haar hoofd. Het ene geheim volgde op het andere.

'Wie was het betrokken meisje?' vroeg ze. Ze durfde haar motor, huis én baan erom te verwedden dat het een van de drie vriendinnen was geweest.

'Dat zei ze niet, rechercheur. Het gesprek ging om haar en was ook voor haar. Ze wilde het bespreken om de zaken voor zichzelf op een rijtje te zetten.'

Natuurlijk, dacht Kim. God verhoede dat Teresa Wyatt de waarheid had moeten vertellen.

'En Tom Curtis?' vroeg Bryant.

Victor dacht even na. 'De kok, bedoelt u? Hij was nogal teruggetrokken. Niet dat hij problemen met iemand had, nee. Een beetje een zwart schaap, zou je hem kunnen noemen. Werd een paar keer op de vingers getikt omdat hij iets té vriendelijk was voor de meisjes.'

'O?' vroeg Kim.

'Hij was halverwege de twintig en het jongste personeelslid. Hij begreep hen beter dan de rest. Volgens sommigen begreep hij hen iets te goed... Maar dat was maar een gerucht, dus daar ga ik liever niet verder op in.'

'Maar u had er vast wel zo uw eigen ideeën over.'

Victors gezicht verhardde en hij stak zijn hand op. 'Ik zal de naam van een overledene niet bezoedelen als ik zelf geen enkel bewijs voor wangedrag heb gezien.'

'Bedoelt u daarmee dat anderen dat wel hebben gezien?' drong Kim aan.

'Dat is niet aan mij om te zeggen en ik weiger erover te speculeren.'

'Begrepen, Victor,' suste Bryant. 'Ga alsjeblieft verder.'

'Mary Andrews was een aanpakker van wie de meisjes waarschijnlijk de meeste aandacht kregen. Ze was streng, maar wel liefdevol en had aandacht voor haar pupillen. Voor Mary was het meer dan gewoon een baan.'

'En Arthur?'

Victor schoot in de lach. 'O, Arthur Connop. Ik was hem bijna vergeten. Ik had altijd het gevoel dat het hem nooit meezat. Vaak vroeg ik me af wat hem overkomen was dat hij zo bitter en vijandig was geworden. Een vreemd mannetje. Hij vond niemand aardig.'

'Vooral William Payne niet?' vroeg Bryant.

Victor trok zijn neus op. 'Ik geloof niet dat het persoonlijk was. Je kunt bijna niet anders dan William aardig vinden. Volgens mij nam Arthur het de rest van het personeel én William zelf kwalijk dat ze William soms een handje hielpen. Hij had er een hekel aan als iemand iets kreeg en hij niet.'

'Hoe gedroeg hij zich tegenover de meisjes?'

'Wie, Arthur? Hij had geen enkele interactie met hen. Aan allemaal had hij een hekel. En zijn aard maakte hem tot een makkelijk doelwit. Ze haalden geintjes met hem uit, ze verstopten zijn spullen... dat soort dingen.'

'Deden ze dat bij William ook?'

Victor leek even na te denken. Heel even gleed er een bepaalde uitdrukking over zijn gezicht, maar toen schudde hij zijn hoofd. 'Niet echt. William werkte 's nachts, dus kwam hij weinig in contact met de meisjes.'

Kim leunde naar voren. Hij verzweeg iets, daar was ze zeker van. 'Wat kun je ons over de meisjes vertellen?'

Hij leunde achterover. 'Het waren geen slechte meiden. Sommigen waren slechts tijdelijk op Crestwood vanwege problemen in hun familie. Anderen kwamen er als gevolg van meldingen van kindermishandeling. Weer anderen bleven tot een familielid hen kwam halen en sommigen hadden helemaal geen familie.'

'Herinner je je de tweeling Nicola en Bethany?'

Zijn glimlachte bereikte ditmaal ook zijn ogen. 'Zeker. Wat een leuk stel meiden. Als ik het me goed herinner, was Nicola de socialere van de de twee. Bethany verschool zich vaak achter haar zus en liet haar het woord voeren. Ze bemoeiden zich weinig met de andere meisjes. Ik neem aan dat dat kwam doordat ze elkaar hadden.'

'Dus er waren geen probleemgevallen?' vroeg Kim. Het klonk totaal niet als de tehuizen waar zij gezeten had.

'Er waren natuurlijk wel meisjes die... stoerder waren. Jongedames waar je niet tot kon doordringen. Er waren drie meisjes in het bijzonder... Sorry, ik kan me hun namen niet meer herinneren. Ze waren op zichzelf al erg genoeg, maar eenmaal samen vormden ze hun eigen hechte kliekje. Het gevolg was dat ze elkaar opstookten en allerlei problemen veroorzaakten: stelen, roken, jongens.' Hij keek weg. 'En andere dingen.'

'Wat voor dingen?' vroeg Bryant.

'Dat is niet aan mij om te vertellen.'

'Hebben ze iemand fysiek iets aangedaan?' onderbrak Kim hen.

Victor stond op en liep naar het raam. 'Niet echt fysiek, rechercheur.'

'Hoe dan?' vroeg ze met een blik op Bryant.

Victor slaakte een diepe zucht. 'Ze waren wreder dan de meeste meisjes, vooral als ze samen waren.'

'Wat hebben ze gedaan?' drong Kim aan.

Victor bleef bij het raam staan. 'Een van de meisjes had voor haar tijd in het tehuis in de buurt gewoond en wist van Lucy. Op een dag boden de drie aan met het meisje te spelen terwijl William boodschappen ging doen. Goedgelovig als hij was, greep William die kans met beide handen aan. Toen hij nauwelijks een uur later terugkwam, waren de meisjes verdwenen. Lucy ook. Hij doorzocht het hele huis.'

Victor draaide zich om en liep weer naar hen toe. 'Weten jullie waar hij haar vond?'

Kims kaak verstrakte.

'Ze hadden haar helemaal uitgekleed en haar kleine lichaam in de vuilnisbak gepropt. Ze had de kracht niet om eruit te klimmen.' Hij slikte. 'Ze had daar een uur gezeten, tussen voedselresten en haar eigen luiers. Het arme meisje was pas drie.'

Kim voelde zich misselijk. Waar ze ook keken, ze kwamen steeds weer terug bij William en Lucy Payne.

Het was tijd dat ze hen nog een bezoekje brachten.

48

'Wat is hier aan de hand?' riep Kim uit toen de auto voor het huis van de Paynes stopte. Er stond zowel een politiewagen als een ambulance voor de deur. De achterdeuren van de ambulance stonden wijd open.

Terwijl ze naar de twee wagens holde, kwamen twee ambulancebroeders met een brancard het huis uit.

Het kleine, fragiele lichaam van Lucy leek de draagbaar nauwelijks te vullen. Ze droegen haar zo voorzichtig alsof ze een baby was. Buiten de rolstoel leek haar lichaam nog erger weggeteerd. Een zuurstofmasker bedekte de onderste helft van haar ingevallen gezicht, maar Kim zag de angst in haar ogen.

Heel even raakte ze haar arm aan; toen liepen de broeders door om het meisje in de ambulance te schuiven.

William Payne kwam het huis uit gesneld. Zijn gezicht was lijkbleek en zijn ogen stonden wild van angst.

'Wat is er gebeurd?' vroeg Kim.

'Ze had vannacht al last van benauwdheid, maar vanochtend leek het beter te gaan. Ik was boven bezig de bedden te verschonen. Ze moet het opnieuw benauwd hebben gehad, maar ze kon geen geluid maken. Ze kon het me niet laten weten.'

Ze stonden achter de ambulance toe te kijken hoe de broeders de brancard bevestigden.

In Williams ogen welden tranen op. 'Het lukte haar nog wel om de alarmknop in te drukken en ik hoorde de sirenes aankomen. Toen ik naar beneden holde, was ze al blauw aangelopen.' Hij schudde zijn hoofd en de tranen rolden over zijn wangen. Zijn stem klonk hees van angst toen hij weer sprak. 'Ze zou kunnen sterven omdat ik haar niet om hulp hoorde roepen.'

Kim opende haar mond om hem gerust te stellen, maar een van de ambulancebroeders kwam naar hen toe.

'Meneer, we moeten...'

'Ik moet gaan. Het spijt me...'

Kim gaf hem een zetje richting de ambulance.

De deuren sloten achter hem en de ambulance reed met gillende sirene en zwaailichten weg.

Kim voelde haar keel samenknijpen toen ze het voertuig uit het zicht zag verdwijnen.

'Zag er niet goed uit, hè, baas?'

Kim schudde haar hoofd en stak de weg over, richting de opgraving.

Ze liep de tent van slachtoffer twee binnen. Cerys zat op haar knieën in de kuil. Ze keek met een glimlach op.

Kim stak haar hand uit. Cerys trok een van haar latex handschoenen uit en hield Kims hand vast om uit de kuil te komen.

Haar hand was zacht en warm en bedekt met het talkpoeder uit de handschoen.

Ze liep naar het uiteinde van de kuil. 'Ik hoorde sirenes. Alles in orde?'

Kim haalde haar schouders op. Er viel weinig te zeggen over Lucy. Cerys was niet bij dat deel van het onderzoek betrokken en haar eigen emotionele reactie op het meisje kon Kim zelf al niet verklaren, laat staan uitleggen aan een ander. 'Jullie zijn klaar met vindplek één?' vroeg ze daarom. Het eerste graf was opgevuld en er was nieuw gras geplant. Het zag eruit als een slechte haartransplantatie. De tent was weggehaald, maar was een stukje verderop weer neergezet.

'Iets gevonden daar?'

'Bijna. Metingen geven aan dat de massa zich zo'n vijf centimeter onder waar we nu zijn bevindt.'

In tegenstelling tot Cerys, die als wetenschapper niet aan zou nemen dat het een lichaam was tot ze het met eigen ogen gezien had, voelde Kim aan dat het om het derde meisje ging. Nu was het alleen nog de vraag wie wie was.

'Deze teken ik later af en dan wordt het gat vanmiddag opgevuld.'

'Heb je nog iets gevonden?'

'Meer kralen,' zei ze. Ze liep naar een vouwtafel. 'Elf stuks. En dit.' Cerys hield een plastic zak omhoog.

Kim pakte hem aan en voelde de dikke stof die erin zat.

'Ik vermoed flanel,' zei Cerys.

'Een pyjama?'

'Misschien, maar alleen het jasje dan.'

'Geen broek?'

Cerys schudde haar hoofd.

Kim zweeg. Het ontbreken van een broek riep een beeld in haar op dat haar woedend maakte.

'Het is mogelijk dat die van een ander materiaal was, want niet iedereen draagt bij elkaar passend nachtgoed. In dat geval kan de stof al vergaan zijn.'

Kim knikte. Dat viel in elk geval nog te hopen.

'Heb je nog andere dingen gevonden?'

Cerys gaf haar een Tupperware-doos vol modderige stukjes.

'Kleine stukjes metaal, maar ik vermoed dat die niets met haar dood te maken hebben.'

'En nu?'

Cerys veegde haar handen aan haar spijkerbroek af. 'Ik ga naar locatie drie. Ga je mee?'

Kim volgde haar naar de laatste tent.

‘Precies op tijd, baas,’ zei Dawson toen ze binnenstapte.

Ze keek naar beneden en zag de onmiskenbare vorm van een menselijke voet uit de aarde steken.

Meerdere mensen in de tent stonden naar het ondiepe graf te staren. Het maakte niet uit dat dit was wat de meesten verwacht hadden te vinden. Ieder lichaam verdiende een moment van respect, een stille verklaring dat alle betrokken partijen hun best zouden doen gerechtigheid te laten geschieden.

Cerys keek haar aan en Kim ontmoette haar blik. De wetenschapper leek geschokt, maar ook vastberaden.

Haar stem klonk laag en een beetje hees toen ze verwoordde wat iedereen dacht: ‘Kim, je moet de schoft vinden die dit heeft gedaan.’

Kim knikte en liep de tent uit. Dat was precies wat ze van plan was.

49

'Baas, ik heb een telefoontje gekregen,' zei Bryant toen ze weer buiten stonden. 'Dokter Dan heeft iets voor ons.'

Kim zweeg terwijl ze de heuvel af liepen.

Bryant startte de wagen en reed richting het Russells Hall-ziekenhuis. Hij wist wanneer hij haar met rust moest laten.

Binnen in haar was een storm van pure woede opgestoken. Wat ze ook gedaan hadden, deze drie meisjes hadden het niet verdiend om te sterven. Het feit dat iemand had besloten dat hun levens zo afgedankt konden worden, was misselijkmakend. Zij was zo'n meisje geweest en ze hadden állemaal het recht gehad om te vechten voor de kans op een goed leven.

Een slechte start zei niets over wat er later van je kon worden. Daar vormde Kim zelf het bewijs van. In haar jeugd had alles gewezen op een later leven vol misdaad, drugs, zelfmoordpogingen en mogelijk erger. Alles had haar richting vernietiging geduwd, ofwel die van haar eigen leven ofwel dat van anderen, en toch had ze beide middelvingers opgestoken naar dat ogenschijnlijk vaststaande lot. Niemand had kunnen weten of die drie dode meisjes dat ook niet gedaan zouden hebben.

Bryant parkeerde de auto voor de hoofdingang van het ziekenhuis.

Ze sprong eruit en beende naar binnen.

Bryant haalde haar pas bij de liften in. 'Jemig, kalm aan, baas. Ik kan die potjes rugby wel aan, maar jou bijhouden is heel andere koek.'

Ze schudde haar hoofd. 'Schiet een beetje op, opa.'

Kim liep het mortuarium binnen. Ze zag dat de botten van het tweede slachtoffer op een onderzoekstafel naast die van slachtoffer één waren gelegd. Hoewel ze dood waren, vond Kim het toch een opluchting dat het eerste slachtoffer niet meer alleen was in het kille, klinische lab. Als ze bij leven inderdaad vriendinnen waren geweest, waren ze nu in elk geval weer samen.

Maar haar opluchting was van korte duur toen haar blik op het kleine stapeltje botjes naast het tweede slachtoffer viel. 'De baby?' vroeg ze.

Daniel knikte.

Geen van beiden wisselde beleefdheden of een begroeting uit. Kim boog zich over de botjes heen. Ze waren zo klein dat er geen enkele gestalte van te maken viel, wat het volgens Kim nog veel treuriger maakte.

Het was Daniels werk om deze botjes te onderzoeken op aanwijzingen voor de doodsoorzaak en daarbij niet te denken aan het feit dat ze ooit een baby hadden gevormd. Van hen allemaal werd wetenschappelijke objectiviteit verwacht. Emoties hadden bij dat proces niets te zoeken. Maar hij moest aanwijzingen halen uit een leven dat nooit had mogen zijn. Dat zou zij niet kunnen.

Daarom was dit niet het moment om bijdehand te zijn.

'Hoe oud?' vroeg ze.

'Met dertien weken begint de botontwikkeling. Bij de geboorte heeft een baby ongeveer driehonderd botten. Ik schat dat deze foetus tussen de twintig en vijfentwintig weken moet zijn geweest.'

Dat maakte het zowel ethisch als juridisch gezien een mens, dacht Kim. Abortussen werden na twaalf weken niet meer uitgevoerd, tenzij het ging om leven en dood voor moeder of kind.

'Dat maakt het een dubbele moord, baas. Moeder én kind?'

Kim knikte. Ze wilde niets liever dan haar hand op de botjes leggen om ze te bedekken, al had ze geen idee waarom.

Daniel liep om de tafel heen en ging tussen de twee meisjes in staan. 'Ik weet niet of het helpt, maar ik heb extra achtergrondinformatie over slachtoffer één. Ze was zo'n één meter tweeënzestig lang en ik zou stellen dat ze ondervoed was.'

Bryant pakte zijn notitieboekje.

'Haar gebit was slecht verzorgd en de voorste onderste snijtanden stonden over elkaar. Twee vingers van haar linkerhand zijn een keer gebroken geweest en haar rechterscheenbeen ook. Maar die drie verwondingen waren veel ouder dan die haar het leven kostten.'

'Kindermishandeling?'

'Zeer waarschijnlijk.' Hij draaide zich om, maar ze zag hem nog net moeizaam slikken.

Hij keek naar slachtoffer twee. 'Ik heb nog niet alles van slachtoffer twee onderzocht, maar ik wilde jullie iets laten zien.'

Hij liep naar het uiteinde van de tafel en trok zachtjes de kaak van het eerste slachtoffer naar beneden. 'Kijk eens naar de binnenkant van de tanden.'

Kim boog zich wat dichter naar de botten toe. Ze zag wat Daniel had gezegd over de scheve ondertanden, maar afgezien van het feit dat er geen tandvlees was, zagen de tanden er normaal uit.

'Kijk nu eens naar het tweede slachtoffer.'

Kim draaide zich om en boog zich over de schedel van het tweede meisje. De tanden stonden vrij recht en er was geen schade, maar toch was er iets vreemds aan het glazuur. 'Heb je het gebit van slachtoffer één schoongemaakt?' vroeg ze.

Daniel schudde zijn hoofd. 'Geen van beide heb ik schoongemaakt.'

Kim had weinig geduld voor raadsels. 'Vertel op, dok.'

'De aarde op de tanden van het eerste slachtoffer is mettertijd in de mondholte terechtgekomen, nadat de zachte weefsels vergaan waren; ik schat zo'n vijf tot zes jaar na haar dood. De aarde in de mond van het tweede slachtoffer is van de dag dat ze in de grond belandde.'

Kim wist de puntjes snel met elkaar te verbinden. Er was maar één manier waarop er zo snel aarde aan de binnenkant van haar tanden had kunnen komen.

Dit meisje was levend begraven.

50

Tracy was de eerste die 'wegliep'. Soms wenste ik dat ze dat niet had gedaan. De spijt die ik naderhand had ervaren, was zo verrassend en onbekend dat ik er in eerste instantie geen naam aan had kunnen geven.

Terugdenken is niet natuurlijk voor een psychopaat – tenzij er iets misgaat, maar dan is het altijd een analytische terugblik, geen emotionele.

Desondanks leek de wereld even stil te staan toen ik haar begroef. Toen ik eenmaal de tijd had om mijn emoties te onderzoeken, besefte ik dat ik geen spijt had van wat ik had gedaan, maar dat ik het jammer vond dat ik haar niet meer zou zien en dat ik haar niet meer heupwiegend door de kamer zou zien lopen.

De enige spijt die ik ervoer, had met mezelf te maken.

Toen kon de wereld weer doordraaien.

Tracy was gewoon anders. Er zijn vrouwen die zelfs als meisje al opvallen. Ze stappen een kamer binnen en mensen kijken, blikken dwalen naar haar toe. Dat heeft niets te maken met schoonheid, maar met innerlijke kracht, met een geest die ontembaar is. Een vastberadenheid die ervoor zorgt dat de eigenaar van die geest zal bereiken wat ze wil.

Die eigenschappen zijn aantrekkelijk en opwindend.

Ik wist dat Tracy's negenjarige lichaam door haar moeder, Dina, voor vijfendertig pond was verkocht. En een week later voor aanzienlijk meer, toen Dina begreep wat de marktwaarde van haar dochter was. Twee maanden later hoefde Dina zelf niet meer te werken.

Twee dagen voor haar veertiende verjaardag werd Tracy door het maatschappelijk werk bij haar moeder weggehaald. Ze werd op Crestwood geplaatst, tussen andere mishandelde meisjes die waren geslagen, verkracht en verwaarloosd.

Maar dankbaar was ze niet.

Ze voelde zich geen slachtoffer; ze had willen blijven waar ze was.

Tracy had door schade en schande geleerd dat ze niemand kon vertrouwen en was al twee jaar bezig geweest een deel van wat ze verdiende voor Dina te verbergen. Tracy was niet iemand die klaagde over wat het leven haar voor de voeten wierp. Ze zette het gewoon naar haar eigen hand.

Alles vertelde ze me over haar vroegere leven en het klonk alsof ze een boek voorlas. Misschien trilde haar stem één of twee keer, maar dan herstelde ze zich en ging door.

Ik luisterde, knikte en bood haar steun.

En daarna hadden we seks. Correctie... Ik had seks en zij verzette zich. Verkrachting is een lelijk woord dat niet past bij wat zich tussen ons afspeelde.

Naderhand stond ze op en keek me recht aan. Haar blik was kil en berekend; ongewoon voor zo'n jong gezicht.

'Hier ga je voor betalen,' zei ze.

Ik was niet bang dat Tracy zou vertellen wat er tussen ons gebeurd was; ze vertrouwde per slot van rekening alleen zichzelf. Maar ze zou wel op zoek gaan naar een manier om dit tegen me te gebruiken en er zelf beter van te worden.

Ik bewonderde haar jeugdige optimisme en was dan ook niet verbaasd toen ze me een paar maanden later in de hoek dreef.

'Ik ben zwanger en het is jouw kind,' zei ze triomfantelijk.

Ik was geamuseerd, ook al trok ik beide mededelingen in twijfel. Een van de dingen die ik het leukst vond aan Tracy was haar gave om elke situatie zo te verdraaien dat die haar ten goede kwam.

'Dus?' vroeg ik. We wisten allebei dat de onderhandelingen geopend waren.

'Ik wil geld,' zei ze.

Ik glimlachte. Natuurlijk wilde ze dat. De echte vraag was hoeveel ze wilde. Eerdere ervaringen gaven me een idee van wat ik kon verwachten. De prijs van een abortus en een klein beetje erbovenop: de gebruikelijke kosten voor zoiets.

Maar ik zweeg, de beste onderhandelingsmethode die er is.

Ze hield haar hoofd schuin en wachtte. Zij kende die methode ook.

'Hoeveel?' vroeg ik toegeeflijk. Er was nu eenmaal iets bijzonders aan dat meisje.

'Genoeg.'

Ik knikte. Natuurlijk zou ik haar genoeg geven. 'Is vijfhonderd...'

'Komt niet eens in de buurt,' antwoordde ze met toegeknepen ogen.

Het was het waard geweest om laag te beginnen. Je wist maar nooit. Het had twee keer eerder gewerkt.

'Waar denk je dan aan?'

'Vijf mille of ik trek m'n bek open.'

Ik schoot in de lach. Dat was meer dan een klein beetje erbovenop. 'Een abortus kost niet...'

'Ik laat verdomme geen abortus plegen. Mooi niet. Ik wil dat geld om hier weg te komen.' Ze klopte op haar buik. 'Om opnieuw te beginnen.'

Dat was echt geen optie. Ik ben een redelijk mens. Ik wist dat niemand haar zou geloven als ze me zou beschuldigen. Maar een dna-test zou iets heel anders zijn. De geboortedatum zou een continue dreiging zijn.

Die baby mocht nooit geboren worden.

Ik knikte begrijpend. Ik moest nadenken en me voorbereiden.

Later die avond had ik mijn plan klaar.

'Ik wil graag op je afscheid drinken,' zei ik terwijl ik een flinke hoeveelheid wodka bij een klein beetje cola goot.

'Heb je m'n geld?' vroeg ze terwijl ze het glas hief.

Ik knikte en klopte op mijn zak. 'Wat ga je doen?'

'Ik ga naar Londen, een flat en een baan zoeken en dan terug naar school voor me diploma.'

Ze bleef praten en ik bleef haar glas bijvullen. Twintig minuten later stond haar blik glazig en klonken haar woorden steeds onduidelijker.

'Kom, ik wil je iets laten zien.' Ik stak mijn hand uit. Ze negeerde die, stond op en plofte weer neer. Het duurde een paar seconden, maar toen probeerde ze het nog een keer. Ditmaal zwabberde ze naar de deur alsof ze een hond was die meedeed aan een behendigheidswedstrijd. Ik stapte opzij en opende de achterdeur. Een vlaag koele lucht zorgde ervoor dat ze tegen me aan viel. Ik pakte haar vast om haar overeind te houden, maar haar knieën knikten en ze viel op de grond.

Lachend probeerde ze overeind te komen en ik lachte mee toen ik haar bij haar bovenarmen pakte en haar over het gras leidde.

Vijfentwintig passen naar het noordwesten liet ik haar los. Ze viel op haar rug het gat in. Opnieuw giechelde ze. Ik lachte mee.

Toen knielde ik naast haar in de kuil en legde mijn handen tegen haar keel. Het gevoel van haar warme huid tegen mijn handen was opwindend, zelfs toen ze me probeerde weg te duwen. Haar ogen waren gesloten en half-bewusteloos worstelde ze zwakjes. De bewegingen van haar heupen en borsten waren hypnotiserend. Die kon ik niet negeren. Haar dunne korte broek was met één snelle beweging uit en ik stootte me meteen in haar.

Haar lichaam was als was in mijn handen; ze zweefde op het randje van het bewustzijn. Ze bewoog zich alsof ze droomde. Dit was heel anders dan de worsteling van de eerste keer.

Toen ik opstond, waren haar ogen naar achteren gerold. Ik hurkte naast haar en pakte haar gescheurde korte broek. Die zou ik voor altijd bij me houden. Die zou me helpen dit te herinneren.

Opnieuw vonden mijn handen haar keel. Mijn duimen bleven boven haar luchtpijp hangen. Haar knappe gezichtje droeg een stomdronken, gelukzalige glimlach.

Gefrustreerd stapte ik het gat uit. De eerste schep aarde landde op haar borst. Ze deed haar ogen nog steeds niet open.

Ik ging zo hard aan de slag dat ik met een paar minuten het gat had gevuld. Dit was een nieuwe manier van me ergens van ontdoen.

Ik stampte de aarde aan en legde het gras terug.

Een halfuur lang bleef ik bij haar, want ik wilde niet dat ze alleen zou zijn.

Naast het graf zittend vervloekte ik haar om wat ze me had laten doen. Was ze maar niet zo inhalig geweest. Had ze het geld voor die abortus maar aangenomen, dan was er niets aan de hand geweest.

Maar die baby had nooit geboren mogen worden.

51

Bryant slaakte een diepe zucht terwijl hij een pepermuntje nam, als directe reactie op het verlaten van een NIET ROKEN-gedeelte.

'Kun je je iets ergers voorstellen dan levend begraven worden?' vroeg hij toen ze bij de auto waren.

'Ja hoor, levend begraven worden met jou,' zei ze, in een poging om zichzelf wat op te vrolijken.

'En bedankt, baas, maar ik bedoel, kun je je dat zelfs maar voorstellen?'

Ze schudde haar hoofd. Het was een manier van doodgaan die te akelig was om te begrijpen. Ze vermoedde dat de meeste mensen rustig in hun slaap wilden gaan. Zij had een kogel altijd een fijn idee gevonden.

Slachtoffer nummer twee zou bewusteloos geweest moeten zijn of op een andere manier uitgeschakeld toen ze in het gat werd gelegd. Toen ze bijkwam, zou ze omringd zijn geweest door pikdonkere aarde. Ze zou niets hebben kunnen zien of horen en zich niet hebben kunnen bewegen. Misschien had ze geprobeerd te gillen, een natuurlijke reactie bij hevige angst. Haar mond zou zich met aarde hebben gevuld en met elke moeizame inademing zouden haar neus en keel nog meer verstopt zijn geraakt. Haar ademhaling zou uiteindelijk gestopt zijn terwijl haar naar adem snakkende mond niets dan grond binnenkreeg.

Kim deed haar ogen dicht en probeerde de angst te voelen; de absolute paniek die het halfnaakte vijftienjarige meisje moest hebben verlamd. Het was een duister dat Kim niet kon bevatten.

'Hoe komt een mens tot zo'n slechte daad; ik bedoel, waar begint het?'

Kim haalde haar schouders op. 'Edmund Burke had helemaal gelijk toen hij zei: "Alles wat nodig is om het kwaad te laten zegevieren, is dat goede mensen niets doen".'

'Wat bedoel je, baas?'

'Ik bedoel dat dit vast niet zijn eerste slachtoffers waren. Koelbloedige moord is zelden het eerste blijk van een kwaadaardige geest. Er moeten eerdere tekenen zijn geweest, die ofwel vergoelijkt zijn ofwel genegeerd.'

Bryant knikte en draaide zich vervolgens naar haar toe. 'Hoe lang heeft het geduurd, denk je, voordat ze stierf?'

'Niet lang,' zei Kim, maar in gedachten voegde ze daaraan toe dat het als een eeuwigheid moest hebben gevoeld.

'Godzijdank.'

'Weet je, Bryant, ik kan dit niet meer,' zei ze terwijl ze haar hoofd schudde.

'Wat niet, baas?'

'Ik kan de slachtoffers niet met een nummer blijven aanduiden; slachtoffer één, slachtoffer twee. Daar hebben ze al genoeg mee te maken gehad toen ze nog leefden. We hebben drie lichamen en drie namen en die moeten we nu met elkaar matchen.'

Kim staarde uit het raam, een plotselinge herinnering kwam bij haar op. Haar vijftiende verjaardag was tussen pleeggezin vijf en zes geweest.

Twee dagen daarvoor was ze benaderd door een staflid.

'Het is morgen Kims verjaardag en we houden een inzameling voor een cadeau. Wil jij iets geven?' had hij haar gevraagd.

Ze had hem een poosje aangestaard om te zien of hij zich zou realiseren dat hij haar zojuist gevraagd had om aan haar eigen cadeau bij te dragen. Zijn gezichtsuitdrukking was blanco gebleven.

‘Waarnaartoe, baas?’ vroeg Bryant, toen hij het terrein van het ziekenhuis af reed.

Met de informatie die ze van Daniel Bate hadden gekregen, wist Kim dat er maar één persoon was die hen kon helpen, ongeacht het dreigement dat ze eerder die dag had gekregen.

‘Brindleyplace, denk ik, Bryant. Tijd om de tweeling een bezoekje te brengen.’

Ze concentreerde zich op de weg voor haar. ‘Ik moet weten hoe ze heten.’

52

Nicola Adamson opende de deur na de tweede keer kloppen. Ze was gekleed in een satijnen pyjama, haar haar zat door de war en ze begroette hen met een grote geeuw.

'Excuses als we je hebben gewekt,' zei Bryant.

Het was geen kwestie van 'als', ook al was het ver na lunchtijd.

Ze geeuwde opnieuw en wreef in haar ogen. 'Het is laat geworden in de club. Kwam vanochtend rond vijf uur thuis – vannacht, weet ik veel.'

Nicola deed de deur dicht en liep rechtstreeks naar de keuken. Hoewel ze zelf pas vierendertig was, vroeg Kim zich af of er ooit een tijd was geweest dat zij er zo geweldig had uitgezien als ze uit bed was gestapt.

'Ik sta jullie graag te woord, jongens, maar laat me eerst wat koffie zetten.'

Kim zette een handtas aan de kant en ging op de bank zitten. 'Je zus kwam vanochtend naar me toe.'

Nicola keek met een ruk achterom. 'Wát?'

'Het idee dat jij ons helpt stond haar niet zo aan.'

Nicola schudde haar hoofd en keek weg. De pot met oploskoffie belandde met een bonk terug in de kast.

Kim had de indruk dat dit niet de eerste keer was dat Beth zich ergens mee bemoeide.

'Wat zei ze tegen u?'

'Ze zei me dat ik jullie allebei met rust moet laten en geen oude wonden moet openhalen.'

Nicola knikte en haar lichaam leek te ontspannen.

'Ze wil me gewoon beschermen, denk ik. Ik weet dat ze nors overkomt, maar ze is gewoon overbezorgd.' Ze haalde haar schouders op terwijl ze ging zitten. 'Dat heb je met tweelingen.'

Ja, inderdaad, dacht Kim.

'Maar ik ben een grote meid en ik heb mijn hulp aangeboden, dus als jullie me iets willen vragen, ga je gang.' Ze glimlachte. 'Vooral nu ik aan mijn koffie zit.'

'Heeft je zus onlangs haar been bezeerd?' vroeg Kim, die zich afvroeg of dat misschien een reden was dat de vrouw zo verbitterd was.

'Nee, dat is een verwonding uit haar jeugd. Toen ze acht was, maakte ze een nare val nadat ze in een appelboom geklommen was. Haar knieschijf was gebroken. Uiteindelijk is het geheeld, maar bij koud weer doet het pijn. Nu, waar kan ik jullie mee helpen?

Bryant haalde zijn notitieboekje tevoorschijn. 'We hebben meer informatie over onze slachtoffers en dachten dat jij ons misschien kunt helpen bij de identificatie.'

'Natuurlijk wil ik dat.'

'Ons eerste slachtoffer was waarschijnlijk het langst. Waarschijnlijk slank en haar ondertanden stonden scheef...'

'Melanie Harris,' zei Nicola stellig.

'Weet je dat zeker?'

Nicola knikte. 'Zeker weten. Ze had veel last van die tanden. Ze werd veel gepest door meisjes op school voordat ze zich aansloot bij die andere twee. Daarna pestte niemand haar meer. Ze zag er altijd een beetje misplaatst uit naast hen tweeën, doordat ze zoveel langer was, alsof ze een lijfwacht was.' Nicola keek ernstig. 'Ons werd verteld dat ze was weggelopen.'

Kim en Bryant zwegen.

Nicola's hoofd ging heen en weer. 'Wie zou Melanie iets hebben willen aandoen?'

'Dat proberen we te achterhalen.'

'Er was een tweede slachtoffer, Nicola,' zei Kim rustig. 'En zij was zwanger.'

Nicola leunde over de tafel en greep naar de handtas die Kim had verplaatst. Ze haalde er een pakje sigaretten en een wegwerpaansteker uit. Kim had tijdens hun bezoek van de vorige dag niets gezien wat erop wees dat er gerookt werd.

Nicola stak een sigaret in haar mond terwijl haar duim worstelde met de aansteker. Bij de derde poging lukte het haar.

'Tracy Morgan,' fluisterde ze.

Kim keek naar Bryant, die zijn wenkbrauwen optrok.

'Weet je dat zeker?'

'Ja, ik ben er zeker van. Het is niet iets waar ik erg trots op ben, maar als kind was ik behoorlijk nieuwsgierig. In mijn schoolrapporten stond altijd iets in de trant van "Nicola zou het beter doen als ze haar neus meer in haar eigen zaken zou steken in plaats van die van anderen".'

Bryant grinnikte. 'Ja, zo een heb ik ook nog ergens liggen, thuis.'

Nicola haalde haar schouders op. 'Dus ik sloop altijd rond en luisterde aan deuren. Ik herinner me dat Tracy tegen de andere twee zei dat ze "met kind geschopt was", dat waren haar woorden.'

'Enig idee door wie?' vroeg Kim. Het kon een nieuwe aanwijzing zijn.

'Nee, ik hoorde haar zeggen dat ze met de vader zou praten, maar ik wilde niet ontdekt worden dus bleef niet zo lang rondhangen.'

Nicola nam een trek van haar sigaret toen het besef kwam. 'Er is een derde, hè?'

Ze zeiden niets en gaven haar een moment om het nieuws te verwerken.

'Is er iets wat je ons kunt vertellen over de...'

'Louise was de andere. Ik weet niet meer hoe haar achternaam was, maar zij was de leider; de stoerste. Niemand kon haar iets maken. Zelfs nadat de andere twee waren weggelopen – sorry, nadat de andere twee verdwenen waren – durfde niemand haar iets te flikken.' Ze zweeg even. 'Weet je, nu ik er zo over nadenk: ze was ervan overtuigd dat haar vriendinnen niet waren weggelopen.'

'Weet je iets over Louise wat ons zou kunnen helpen om haar te identificeren?'

Nicola drukte haar sigaret uit in een asbak van geslepen glas. 'Jazeker. Louise had een gebitsprothese. Drie van haar tanden waren eruit geslagen tijdens een gevecht met meisjes van een andere school. Ze verafschuwde hoe ze eruitzag zonder die prothese. Een van de andere meisjes van Crestwood verstopte hem 's nachts een keer voor de gein. Louise heeft haar neus gebroken.'

'Weet je iets over een aanvaring met de dochter van William Payne?'

Nicola fronste. 'O, je bedoelt de nachtconciërge?' Ze schudde haar hoofd. 'We zagen hem niet zo vaak. Ik heb nooit iets concreets gehoord, maar ik herinner me wel dat ze een maand huisarrest kregen voor iets. Maar ze haalden altijd wel kattenkwaad uit. En toch... dit verdienden ze niet.'

Bryant sloeg een bladzijde om in zijn notitieboekje. 'Kun je je Tom Curtis nog goed herinneren?'

Nicola kneep haar ogen tot spleetjes. 'Hij was jonger dan de andere stafleden. Hij kwam wat verlegen over en heel wat meisjes waren verliefd op hem.' Nicola's hand vloog naar haar mond. 'Nee toch, jullie denken toch niet dat hij de vader kan zijn geweest van...' Haar woorden stierven weg, alsof ze die gedachte niet kon afmaken.

Dat idee was ook al bij Kim opgekomen, maar ze besloot niet te reageren.

Kim had niet de indruk dat Nicola hun momenteel nog veel meer van dienst kon zijn.

Ze stond op. 'Dank je wel voor je tijd, Nicola. Hou deze informatie alsjeblieft voor je totdat de slachtoffers officieel geïdentificeerd zijn.'

'Uiteraard.'

Kim liep naar de deur en draaide zich om. 'Wie ging er als eerste?'

'Sorry?'

'Wie verdween er als eerste: Melanie of Tracy?' vroeg Kim. Nicola had al gezegd dat Louise de laatste was.

Nicola vertrok haar gezicht terwijl ze nadacht. 'Tracy ging als eerste, want Melanie en Louise dachten dat ze gewoon weg was gegaan vanwege de zwangerschap.'

Kim knikte en was al bijna de deur door.

'Rechercheur...'

Kim draaide zich om.

'Wat mijn zus ook tegen u heeft gezegd: ik help u graag.'

Kim knikte dankbaar naar haar en vertrok.

'Waarnaartoe, baas?' vroeg Bryant.

Op Kims horloge was het drie uur geweest. 'Terug naar het bureau.'

Ze haalde haar telefoon tevoorschijn en belde Dawson.

Hij nam op met: 'Hé baas.'

'Hoe is de stand van zaken daar, Kev?'

'Tweede graf wordt dichtgegooid en Cerys heeft het derde lichaam voor de helft blootgelegd. Dokter Bate is onderweg. Omdat ze niet zo diep ligt, hopen ze haar vannacht eruit te hebben.'

Kim was zich ervan bewust dat ze veel van haar team had gevraagd. 'Zodra de dok er is, mag je gaan. Er is niets wat niet kan blijven wachten tot morgenochtend.'

'Baas, ik blijf liever hier, als u dat goedvindt.'

Dawson die niet vrij wilde zijn: dat was ook voor het eerst.

'Alles goed met je, Kev?'

Gewend als ze was aan zijn stem, bespeurde ze de plotselinge heesheid ervan.

'Baas, ik heb tot nu toe gezien hoe de lichamen van twee jonge meisjes uit de grond werden gehaald en als u dat goedvindt zou ik graag tot het eind blijven.'

En soms schrok ze van hem.

'Oké, Kev. Ik bel je later weer.'

Ze hing op en schudde haar hoofd.

'Ben je echt zo verbaasd?' vroeg Bryant.

'Nee. Hij is een goeie vent, hoewel hij af en toe gezond verstand mist.'

'En ik zou hem niet willen missen in mijn team,' concludeerde Bryant.

In het openbaar waren die twee het niet vaak met elkaar eens, maar Bryant kon objectief zijn als dat nodig was.

Kim stapte de auto uit en Bryant deed hem op slot.

'Ga bij Stacey kijken. Zet die namen op het bord.'

Ze wilde hen zo gauw mogelijk uit de anonimiteit halen. 'En daarna op huis aan.'

Kim liep naar haar motor en haalde haar helm tevoorschijn.

Er klopte iets niet bij Nicola thuis. Ze had een vervelend gevoel, alsof ze iets over het hoofd zag.

Het was alsof haar ogen iets hadden gezien wat haar hersenen hadden genegeerd.

53

Voor de tweede keer die dag zag Kim de hoofdingang van het Russells Hall Ziekenhuis. Ze zette haar motor op de stoep en nam het risico voor lief om een bekeuring te krijgen.

Voor de ingang van het ziekenhuis kwam ze langs een gevarieerde groep patiënten en bezoekers die stonden te paffen onder het NIET ROKEN-bord.

Ze liep naar de balie aan haar linkerhand. Een vrouw met het naamlabel Brenda keek glimlachend naar haar op.

'Lucy Payne, eerder vandaag opgenomen?'

'Bent u familie?'

Kim knikte. 'Nichtje.'

Brenda tikte op een paar toetsen van haar computer. 'C5, klinische afdeling.'

Kim liep langs het café en keek op de plattegrond. Ze nam de lift naar de eerste verdieping en liep de westelijke vleugel door; ze stapte opzij voor een bed dat werd teruggereden van de operatiezaal.

Kim liep achter het bed aan de zaal in. In de ruimte klonk een kalm geroezemoes van machines en zachte stemmen. Het karretje met medicijnen ging van het ene bed naar het andere.

Kim zag dat het bezoekuur bijna voorbij was. Familieleden zaten in stilte nu ze alles hadden gezegd wat ze konden bedenken en wachtten gewoon maar af tot de klok het hele uur sloeg.

Ze liep naar de verpleegsterspost. 'Lucy Payne?'

'Zijvleugel, tweede deur door.'

Kim passeerde de eerste deur, die van een kleine keuken was. Ze kwam aan bij de tweede deur en haar hand ging al omhoog om te kloppen. Ze bedacht zich net voordat hij het hout raakte.

Lucy sliep vredig in het enorme bed, haar hoofd ondersteund door vijf kussens. Aan haar rechterwijsvinger was een monitor aangesloten. Een machine bliepte regelmatig aan haar rechterzijde.

Boven op een hoge kast naast haar bed stond één enkele beterschapskaart en een grijze knuffelbeer.

Kim stapte de kamer in en liep langs William Payne, die zachtjes snurkte in de gemakkelijke stoel in de hoek.

Ze ging naast het bed staan en keek omlaag naar de slapende gestalte. Lucy leek veel jonger dan haar vijftien jaar.

En toch had ze al zoveel moeten doorstaan. Dit meisje had niet gevraagd om de wrede ziekte die langzaamaan haar kracht en beweeglijkheid had weggenomen, en ze had niet gevraagd om een moeder die haar in de steek zou laten. En ze had er al helemaal niet om gevraagd dat ze in een vuilnisbak werd gestopt door drie stomme meiden.

Vandaag was Lucy bijna doodgegaan. Ze had geprobeerd te gillen en alles wat er kwam was stilte.

Ondanks het leven dat ze leidde, had dit dappere, vastberaden meisje teruggevochten. Ze had zich een weg omhooggeklauwd uit de afgrond omdat ze, heel simpel, wilde leven. Dat het haar was gelukt om op de alarmknop aan haar ketting te drukken, was het bewijs.

Kim had ook geen hoge overlevingskansen gehad toen ze was weggedragen van de torenflat in Hollytree. Zwijgend hoofdschudden en diepe zuchten hadden haar de hele weg vergezeld naar het ziekenhuis, waar ze intraveneus gevoed werd zonder echte hoop op succes. Haar zesjarige lichaam woog nauwelijks tien kilo, haar haar viel met plukken uit en ze was niet in staat om te praten. Maar op dag drie zat ze overeind.

Kim pakte een zakdoek en veegde een straaltje kwijl weg van Lucy's kin.

Eindelijk begreep ze wat haar overeenkomst was met dit jonge meisje dat ze pas een paar dagen kende. Lucy was een vechter. Ze nam geen genoegen met de kaarten die het lot haar had toebedeeld. Elke dag vocht ze om te leven, ook al stond ze er niet gunstig voor.

Eerder die dag had ze ervoor kunnen kiezen om de alarmknop niet in te drukken. Ze had zich kunnen overgeven aan haar ziekte en ervoor kunnen kiezen om uiteindelijk rust te krijgen, maar dat had ze niet gedaan en slechts één ding had haar ervan weerhouden. Hoop.

Kon deze jongedame een betere kwaliteit van leven krijgen dan ze nu had? vroeg Kim zich af. Kon haar bestaan veiliger en plezieriger worden gemaakt? Kim had geen idee, maar ze wist wel dat dit tengere meisje een kracht en vastberadenheid in zich had die zij niet anders kon dan bewonderen.

Terwijl Kim de zakdoek op het nachtkastje legde, merkte ze een verandering op achter haar toen het zachte gesnurk stopte.

Ze draaide zich niet om. 'Je beseft dat we moeten praten?' vroeg ze zacht.

'Ja, rechercheur, ik weet het,' antwoordde William schor.

Kim knikte en verliet de kamer. Het was tijd om naar huis te gaan.

Ze had werk te doen.

54

Beth bladerde door een tijdschrift. Ze had geen idee wat erin stond, maar ze maakte een statement.

Ze voelde dat Nicola nerveus was. Ze hadden elkaar niet meer gesproken sinds Beth terug was. Ze kende haar zus. Nicola wilde haar vragen wat er aan de hand was, maar was bang voor het antwoord. De waarheid was dat ze het antwoord niet zou aankunnen.

Nicola had het altijd verschrikkelijk gevonden als mensen boos op haar waren. Ze was een pleaser. Ze wilde dat iedereen gelukkig was. En die neiging was ten koste gegaan van haarzelf. Ten koste van hen beiden.

En haar verlangen om te behagen zou hen wéér opbreken.

Beth was zo boos, dat ze haar hoofd niet kon optillen. Ze staarde omlaag naar de pagina. Nicola zou niet lang meer haar mond kunnen houden. Beth sloeg de pagina onverschillig om.

'Ik sprak Myra gisteren,' begon Nicola. 'Ze zei dat je heel bot tegen haar deed.'

'Dat was zo,' zei Beth. Als haar zus met haar wilde praten over onbelangrijke zaken in plaats van de echte problemen tussen hen te benoemen, dan vond ze dat prima. Nicola zou uiteindelijk toch wel breken.

'Waarom doe je zo gemeen? Die vrouw heeft je niets misdaan.'

Beth haalde haar schouders op. 'Ze is een bemoeiziek oud wijf dat haar neus graag in andermans zaken steekt. Waarom maakt het jou iets uit wat ze denkt?'

'Omdat ze mijn buurvrouw is en ik hier moet wonen.' Nicola zweeg even. 'Heb jij haar verteld dat ik jou in het huurcontact heb gezet?'

Beth glimlachte in zichzelf. Van die informatie moest die bitch uren wakker hebben gelegen.

'Ja, dat was ik.'

'Probeer je mijn leven moeilijk te maken terwijl je hier bent?'

'Weet je, Nic, ik heb je gevraagd om iets voor me te doen en dat deed je niet. Jij hebt mij gevraagd om aardig te zijn tegen die ouwe heks en ik heb jou genegeerd. Wat is het verschil?'

'Mijn hemel, Beth, ik snap dat je boos op me bent. Wil je me alleen uitleggen waarom?'

Vanbinnen glimlachte Beth. Ze kende haar zus zo goed. Altijd al zo geweest.

Ze sloeg weer een bladzijde om. 'Welke reden wil je?'

'Elke reden die je hebt. Alles wat dit doodzwijgen zal stoppen. Je weet dat ik het vreselijk vind als je boos op me bent.'

O ja, dat wist Beth heel goed.

'Ik zei je niet met haar te praten.'

'Met wie?' vroeg Nicola. Die vraag klonk geforceerd. Nicola wist heel goed wie ze bedoelde.

Ze sloeg nog een bladzijde om, wetende dat het haar zus nog meer zou frustreren. Nicola wilde haar volle aandacht. Ze vond het vreselijk dat Beth rustig kon blijven zitten en zich op iets anders kon concentreren in plaats van dat ze volledig in beslag werd genomen door de sfeer tussen hen. Zoals zijzelf.

'Je bedoelt die rechercheur?' vroeg Nicola.

'U-huh.'

'Jezus, Beth, hoe kun je zo gevoelloos zijn? Ze vinden begraven lijken op de plek waar wij hebben gewoond.'

'En?'

'We kenden die meisjes. We praatten met ze, we aten met ze. Hoe kan het dat het je niets kan schelen?'

'Omdat ze niets voor me betekenen. Ik mocht ze niet eens, dus waarom zouden ze me nu wel iets kunnen schelen?'

'Omdat ze dood zijn en wat ze ook verkeerd hebben gedaan, ze verdienden het niet om te sterven. Een of ander monster heeft ze gewoon onder de grond gestopt en niet meer aan ze gedacht. Ik moet proberen om te helpen.'

'Je maakt je drukker over hen dan over mij.'

'Waar heb je het over?'

Deze keer was de verwarring niet gespeeld. En daar had je het. Ze konden nooit verder als Nicola niet toegaf wat ze had gedaan.

'Je wist wat ze me hadden aangedaan en het kon je geen reet schelen.'

'Beth, ik weet niet wie je wat heeft aangedaan. Vertel het me.'

Ze sloeg weer een bladzijde van het tijdschrift om en schudde haar hoofd. 'Vraag het de rechercheur maar, misschien vertelt zij wat je gedaan hebt omdat je er zo op gebrand bent je erin te mengen.'

'Alleen omdat ik weet dat het op de een of andere manier iets met ons te maken heeft.'

Beths hand bleef stilhangen in de lucht. De bladzijde gleed uit haar vingers. Dat haar zus dat verband zag was op zichzelf een vooruitgang. Ze wilde dat Nicola het zich herinnerde. Ze wilde een verontschuldiging. Ze wilde de woorden horen waar ze tien jaar op had gewacht.

Maar nu nog niet.

'Ik zeg je, Nic, laat het rusten.'

'Maar ik wil open kaart spelen.' Beth hoorde de emotie in de stem van haar zus. Ze keek niet naar haar. Ze kon niet kijken.

'Beth, ik wou dat ik wist waarmee ik je pijn heb gedaan. Waarom je zo teleurgesteld bent in mij. Je bent m'n zus. Er zijn te veel geheimen tussen ons. Ik hou van je en ik wil alleen maar de waarheid weten.'

Beth gooide het tijdschrift opzij en stond op.

'Nic, kijk uit met wat je wenst... want je zou het weleens kunnen krijgen.'

55

Kim had een late briefing aangekondigd. De heftigheid van deze zaak greep hen allemaal aan. Het minste wat ze kon doen was haar team een of twee uur extra slaap gunnen.

Tegen de tijd dat ze klaar was met Woody een update geven over de huidige situatie, zaten Bryant, Stacey en Dawson aan hun bureau.

'Goeiemorgen jongens, jullie zullen het vast al gemerkt hebben, maar de media-aandacht voor deze zaak is flink toegenomen. Het opzetten van een derde tent heeft behoorlijk wat opwinding veroorzaakt. Het is nu voorpaginanieuws bij elke krant en gisteravond was er een item over op Sky News.'

'Ja, ik heb het gezien, baas,' bromde Bryant.

'Ik hoef jullie er vast niet aan te herinneren dat er niet gepraat mag worden met wie dan ook van de pers, hoe overtuigend diegene ook is. Deze zaak is veel te gevoelig om te ontsporen door een verkeerd geciteerde uitspraak van een van ons.'

Kim betrok zichzelf bij die opmerking. Ze kende haar eigen beperkingen als ze geïrriteerd raakte door de pers, en daarom was het verstandig als ze uit hun buurt bleef.

'En als een van jullie eraan herinnerd wil worden hoe slecht we het doen, voel je dan vrij om Woody's kantoor binnen te lopen en een van de artikelen te lezen.'

Het bureau van haar baas leek wel een krantenkiosk en tijdens hun eerdere bespreking had hij elk artikel met haar besproken.

'Meen je dat, baas?' vroeg Dawson.

Kim knikte. Het was beter als ze wisten dat ze onder vuur lagen. 'Kom op, Kev, je weet hoe dit gaat. Op dag drie is het altijd onze fout en we hebben het nu weten te rekken tot de vijfde dag sinds het ontdekken van het eerste stel botten, dus ik vind dat we het behoorlijk goed doen.'

Kim voelde een donkere wolk door de ruimte trekken.

Ze zuchtte. 'Als media-aandacht zo belangrijk voor jullie is, hadden jullie allemaal een carrière in de showbiz moeten kiezen. We zijn politieagenten. Niemand vindt ons leuk.'

'Toch is het een beetje demotiverend, baas. Het maakt ons wat minder enthousiast,' zei Stacey.

Kim realiseerde zich dat peptalks niet haar sterkste punt waren.

'Kijk allemaal eens naar die muur, en dan bedoel ik: kijk eens heel goed.'

Ze vond het makkelijker om naar het whiteboard te kijken nu haar meisjes een naam hadden. Het bord was verdeeld in drie kolommen:

Slachtoffer 1:	*Slachtoffer 2:*	*Slachtoffer 3:*
Melanie Harris	*Tracy Morgan*	*Louise Dunston*
Leeftijd: 15	*Leeftijd: 15*	*Leeftijd: 15*
Langer dan gemiddeld, ondervoed, gebitsprobleem, vlindersok	*Zwanger, pyjamabroek ontbreekt*	*Gebitsprothese voor drie boventanden*
Onthoofd	*Levend begraven*	

'Die drie meisjes zijn gedood door een monster. Ze zijn verkracht, geslagen, verstikt en begraven. Voor hen was dit geen artikeltje in een krant. Dit was hun leven, hun werkelijkheid. Wij komen elke ochtend uit bed om de persoon te vinden die dacht weg te kunnen komen met deze misdaad.

Een paar dagen geleden waren deze kinderen anoniem, vergeten en stil. Maar nu niet meer. Melanie, Tracy en Louise hebben nu een stem gekregen dankzij ons. En vergis je niet, we zúllen die klootzak vinden die dit heeft gedaan.' Kim zweeg even en keek de ruimte rond. 'En als jullie nog meer motivatie nodig hebben, dan hebben jullie de verkeerde baan.'

'Bedankt, baas,' zei Bryant met een knikje.

'Ik ben overtuigd,' voegde Stacey toe met een glimlach.

'Zeker weten,' viel Dawson bij.

Kim nam haar gebruikelijke positie in naast het reservebureau. 'Oké Kev, ontwikkelingen op de vindplaats?'

'Dokter Dan heeft het lichaam rond twee uur vannacht weggehaald. Cerys heeft een eerste inspectie van het graf gedaan, maar ze beginnen vanochtend pas met ziften.'

'Heeft de dokter iets gezegd over een gebitsprothese?'

'Hij zei nergens veel over. Hij is een vreemde snuiter, baas.'

'Zeg het tegen Cerys. Hij kan nog in het graf liggen.'

'Stace, jij nog iets?'

'Ik heb nu de mobiel van Tom Curtis. Er waren meer dan vijftig gemiste oproepen in de twee uur voor zijn dood.'

Kim leunde naar voren. 'Ga verder.'

'Ze waren allemaal afkomstig van Crofts mobiel.'

'Jezus.' Kim kookte van woede. 'Nog iets?'

'De opname van het bejaardentehuis is onbruikbaar, dus we hebben niets bezwarends omtrent Mary Andrews' dood.'

'Nieuws van de forensisch onderzoeker over Arthur Connop?'

'Analyse van verfdeeltje wijst op een Audi TT met een vijf negen schakering.'

'Nog iets?'

'Ja, het bestuur van Crestwood heeft een zootje gemaakt van de administratie. Ik hou nu onofficieel Facebook in de gaten en bel officieel rond naar ex-bewoners. Sommige geregistreerde weglopers waren er nog die nacht en anderen op de lijst waren weken eerder al weggegaan.'

Hmm, dacht Kim. Ofwel het bestuur was behoorlijk inefficiënt, of er was moedwillig geknoeid met de laatste informatie over de bewoners. Momenteel waren beide opties een mogelijkheid.

Hoewel Kim er niet helemaal achter stond dat Stacey in die Facebook-groep zat, leek het meer bruikbare informatie op te leveren dan officiële documenten.

'Stace, vraag naar Tom Curtis. Achterhaal hoe close hij was met de meisjes. Ik wil weten of er geruchten waren over ongepast gedrag.'

'Doe ik, baas.'

'Oké Kev, ga terug naar de vindplaats en Bryant, ik denk dat jij en ik maar weer een bezoekje moeten brengen aan raadslid Croft.'

'Eh... baas, er is nog iets,' zei Stacey.

'Vertel,' zei Kim, terwijl ze haar jas pakte.

'Ik heb drie adressen. Het laatst bekende van elk meisje.'

Kim wisselde een blik met Bryant. Het was het minst favoriete onderdeel van rechercheur zijn. Wat de omstandigheden ook waren geweest waardoor ze in een kindertehuis terecht waren gekomen, Kim verwachtte dat er familieleden zouden zijn die diep geraakt zou worden door de ontdekking van hun dood.

Bryant pakte het lijstje aan toen hij langs Staceys bureau liep.

Ze zouden eerst bij de levenden langsgaan en daarna het werk voor de doden doen.

56

Kim knikte richting de patrouillewagen die voor het hek geparkeerd stond. Hoewel de politie van West Midlands geen vierentwintiguursobservatie van Richard Croft mocht uitvoeren, namen patrouillewagens die in de buurt waren regelmatig contact met hem op via de intercom.

Bryant drukte op de spreekknop en wachtte tot het hek openging. Hij wachtte tien seconden en drukte opnieuw.

Ze keken elkaar aan. Bij hun laatste bezoek was er meteen gereageerd.

'Blijf drukken,' zei Kim, terwijl ze uit de auto stapte.

Ze liep naar de patrouillewagen. De politieagent draaide het raampje omlaag.

'Wanneer heb je voor het laatst gecheckt?'

'Ongeveer twintig minuten geleden. Zei dat hij vanochtend thuis zou werken en later naar kantoor zou gaan. Een paar minuten later kwam er een auto naar buiten. De nanny, volgens mij.'

Kim holde terug naar Bryant. Richard Croft was minstens twintig minuten alleen geweest. 'Iets?'

Hij schudde zijn hoofd.

'Oké, we gaan naar binnen.'

Ze bleef even staan en stippelde haar route uit over het hek. Het was van smeedijzer en weelderig versierd met een patroon van bloemen, krullen en bladeren. Haar ogen kozen een weg voor haar voeten, dicht bij de muur aan haar linkerhand. Ze schudde met beide handen aan het hek. Het was stevig.

Kim dacht terug aan hoe Keith haar jaren geleden had verteld dat in de plaatselijke smeltovens een van de arbeiders was blijven haken aan zijn kruiwagen terwijl hij een lading schroot in de oven kieperde en er daardoor zelf achteraan was gevallen. De plaatselijke dominee was erbij geroepen om te bidden boven het gesmolten goedje terwijl het in vormen werd gegoten. Ze herinnerde zich dat ze toen maar hoopte dat er iets moois van hem was gemaakt.

Sorry vriend, dacht ze terwijl ze aan haar klim begon. Ze boog haar rechterbeen over scherpe punten van dertig centimeter lang die de bovenkant van het hek sierden.

'Ik doe het niet,' zei Bryant, beneden.

'Kom op, grote meid,' zei Kim.

'Dat zal ik zeker worden als ik die manoeuvre probeer.'

Terwijl Kim de tweeënhalve meter afdaalde aan de andere kant van het hek, hoopte ze dat Richard Croft de intercom niet gehoord had omdat hij naar muziek luisterde en te ver weg was. Of dat het hightech toegangssysteem kapot was en hij nu de oprijlaan afliep om hen binnen te laten. Ze gaf de voorkeur aan licht geïrriteerd in plaats van dood.

Ze rende over de oprijlaan en haar benen bespeurden een helling die minder voelbaar was geweest in de auto. Terwijl ze de woning naderde, zag ze geen enkel teken van activiteit.

Ze bonsde op de deur en drukte tegelijkertijd op de bel. Ze stapte achteruit om te kijken waar de bewakingscamera's op gericht waren. De ene op het toegangshek en de andere op de verdomde auto's. De achterkant van het huis werd niet bewaakt.

'Blijf kloppen,' droeg ze Bryant op, die zich bij haar had gevoegd en volledig ongeschonden leek.

Ze rende langs de zijkant van het huis en botste tegen een spade die tegen de muur stond.

Ze merkte geknerp onder haar voeten op, en zag dat het glazen paneel gebroken was.

Ze riep luidkeels Bryants' naam. Hij verscheen aan de andere zijde.

De toegangsdeur naar de orangerie, die even lang was als het huis, was kapotgeslagen.

Ze stapte al bijna het huis binnen, maar aarzelde, waarna ze haar voet weer terugzette.

'Volg mij,' zei ze, en ze rende terug naar de voorkant van de woning. Onderweg greep ze de spade waarover ze was gestruikeld.

Ze gaf hem aan Bryant. 'Sla dat raam in. Ik wil niet dat die achterdeur besmet wordt voordat de forensisch onderzoekers hier zijn.'

Bryant ging zo ver mogelijk ervandaan staan en zwaaide met de schep. Het paneel verbrijzelde door de klap.

Kim pakte een baksteen om de scherpe randen weg te slaan en van de opening een veiliger doorgang te maken.

Ze ging op de terracotta bloempot staan en gebruikte Bryants schouder als steuntje. Haar voet vond een stevig object achter het raam. Ze bracht haar hele gewicht ernaartoe en het bleef staan. Pas toen ze binnen was, zag ze dat het een antieke schrijftafel was en dat ze nu in de studeerkamer was.

Toen ze stevig op de vloer stond, stak ze haar hand uit om Bryant te ondersteunen terwijl hij haar achterna kwam. De dikke eikenhouten deur leidde hen naar de hal. Ze ging naar links terwijl Bryant de trap op ging. De volgende ruimte die ze binnenging was de zitkamer die ze herkende van hun vorige bezoek. Ze keek er vluchtig in rond.

'Zitkamer leeg,' riep ze terwijl ze de hal weer inliep. Ze hoorde Bryant roepen dat de grootste slaapkamer leeg was.

Ze ging de deur naar de bibliotheek door en bleef abrupt staan.

Daar lag midden op het vloerkleed de gestalte van Richard Croft, met een twintig centimeter lang keukenmes in zijn rug.

Kim riep Bryant en knielde toen neer, uitkijkend dat ze niks aanraakte. Het vloerkleed aan weerszijden van hem was doorweekt van de plas bloed.

Bryant verscheen naast haar. 'Mijn hemel.'

Kim legde twee vingers tegen zijn nek. 'Hij leeft nog.'

Bryant haalde zijn mobiel tevoorschijn en belde een ambulance.

Kim ging op zoek naar de intercom en vond die aan de muur naast een reusachtige Smeg-ijskast.

Ze drukte op de knop voor het openen van het smeedijzeren hek en zag op het schermpje hoe het opzij begon te schuiven.

Ze zag dat de alarminstallatie van het huis uit stond. Kim vond het verbazingwekkend dat mensen inbraakalarmen gebruikten voor het bewaken van bezittingen als ze niet thuis waren, maar niet voor het beschermen van hun leven wanneer voormalige collega's verdacht snel achter elkaar het loodje legden.

Ze schudde haar hoofd, rende naar de voordeur en gooide die open.

De ambulancebroeders hadden nu vrije toegang tot het gebouw.

Ze holde langs de zijkant van het huis en bleef een paar meter van haar toegangspunt staan. Ze draaide zich om en inspecteerde de achtertuin. Zo op het eerste gezicht waren er geen duidelijke zwakke plekken. Aan de achterkant van het terrein was geen muur, maar een tweeënhalf meter hoog hek. Decoratief traliewerk maakte het nog een halve meter hoger. Alle schotten leken intact.

'Oké, klootzak, als je er niet overheen bent gekomen, dan was het erdoorheen.'

Beginnend bij het verste schot liep Kim langs de linkerkant en duwde tegen elk afzonderlijk hekdeel. De posten waren van hout maar stevig en alle schotten aan de linkerkant waren vrij van struiken. Er lag een lage kruidentuin naast. Een indringer die naar binnen probeerde te komen via de zijkant zou direct te zien zijn geweest voor iemand aan de achterkant van het huis.

Kim bestudeerde het gedeelte van het hek dat de achterzijde van het terrein begrensde. Na elke drie meter stond er een vierenhalve meter hoge conifeer. De meeste bomen stonden precies voor een schot; behalve de vierde boom.

Hij was een meter breed en verborg een schot en post. Ze beende de dertig meter naar de achterkant van de tuin en duwde zachtjes met haar wijsvinger tegen het schot. Het bewoog onder haar aanraking en Kim zag dat het niet meer vastzat aan de post.

Kim hoorde rennende voetstappen aan de zijkant van het huis.

'Mevrouw?' riep een agent.

Ze stapte achter de boom vandaan en demonstreerde daarmee hoe handig deze plek was als toegangspunt en mogelijke schuilplek.

'Wat kan ik doen, mevrouw?'

'Bewaak de achterdeur. Laat niemand erbij in de buurt.'

Hij knikte en ging voor de deur staan, met zijn rug ernaartoe.

Kim stapte weer achter de conifeer en duwde nogmaals tegen het hek. Het gaf mee en bood een kier waar je gemakkelijk doorheen kon glippen.

'Verdomme,' zei ze. Die klootzak was slim. Ze deed een pas naar achteren en liep terug de tuin in om er zeker van te zijn dat ze niets meer deed wat het verkrijgen van bewijs kon hinderen.

Ze klom op de schommel terwijl ze sirenes hoorde naderen over de oprit en stoppen bij de voordeur.

Ze keek over het hek en zag dat de grond aan de andere kant een steil talud vormde dat omlaag leidde naar de achterzijde van een industrieterrein. Daarachter was een woonwijk die een doolhof was van straatjes, greppels en doodlopende steegjes.

Een beetje zoals deze verdomde zaak, dacht Kim terwijl ze zich weer op de grond liet zakken.

Kim liep langzaam in een rechte lijn van het gebroken hekpaneel naar de achterdeur terwijl ze naar links en rechts keek.

Op anderhalve meter van de politieagent bleef ze staan.

'Hoe maakt u 't vandaag, mevrouw?'

Kim opende haar mond om hem te vragen hoe hij verdomme dacht dat ze 't maakte, toen ze hem herkende als de agent die Bryant pas geleden gesproken had. En hij deed precies wat hem verteld was te doen, namelijk een praatje met haar maken.

Kim rolde met haar ogen, schudde haar hoofd en zette koers naar de voorkant van het gebouw. Bryant stond buiten en keek hoe de achterdeuren van de ambulance dichtgingen.

'En?'

'Ademt nog, baas. Het mes zit nog in 'm. Ambulancebroeders willen het niet weghalen voordat ze weten wat ermee bij elkaar wordt gehouden. Pervers genoeg houdt het gekozen moordwapen hem momenteel misschien wel in leven.'

'Hoe ironisch,' zei ze, terwijl ze op de stenen trap ging zitten.

'En hier komt de hulp,' zei Bryant toen een Vauxhall Corsa piepend tot stilstand kwam op het grind. De vrouw die ze kenden als Marta stapte uit de auto. Op haar gezicht ontbrak alle kleur.

'Wat... wat...'

Kim bleef zitten, maar Bryant ging naar de jonge vrouw toe.

'Meneer Croft is zwaar gewond. Je moet contact opnemen met zijn vrouw en haar aanraden om zo gauw mogelijk naar het ziekenhuis te gaan.'

Ze knikte en wankelde naar binnen.

Nog twee patrouillewagens kwamen snerpend de oprit op, gevolgd door het busje van de forensische dienst.

'Kweenie, hoor,' zei Bryant terwijl Kim opstond, 'smerissen zijn net bussen. Het ene moment is er geen één en dan...'

'Brigadier Dodds,' zei een potige agent met zijn handen achter zijn steekwerende vest. Bryant nam hem apart om de situatie uit te leggen terwijl Kim de eerste forensisch onderzoeker aanklampte die het busje uit kwam.

'Volg mij,' zei ze, zonder zich eerst voor te stellen. Ze liep langs de zijkant van het huis en nam de lange blonde man mee naar de achterkant van de tuin. Ze wees achter de boom.

'Kapot schot is de zwakke plek.' Ze wees naar de achterdeur. 'Dat is het toegangspunt.'

'Begrepen, mevrouw.'

Ze liep terug naar de voorkant van het huis, waar ze begroet werd door Marta die haar een mobiel aanreikte.

'Mevrouw Croft wil u graag spreken.'

Kim nam de telefoon aan. 'Ja.'

'Rechercheur, ik begrijp van Marta dat er aanzienlijke schade is aan mijn huis.'

'Niet zoveel als aan uw man.'

'Wilt u mij uitleggen wat u doet op mijn terrein? Ik heb uitdrukkelijk gevraagd of u verwijderd kon worden...'

'Russells Hall, als het u interesseert,' zei Kim en ze zette de telefoon uit.

Ze gaf hem terug aan Marta terwijl Bryant het terrein af liep.

'Klaar?' vroeg hij.

Ze knikte en ze gingen terug naar de auto, aan de andere kant van de oprit.

'Bruggen aan het bouwen met mevrouw Croft, hè, baas?'

'O, we kunnen het steeds beter met elkaar vinden,' zei Kim somber.

'Waar nu heen, baas?'

'Hollytree Estate,' zei Kim kalm. Het was iets wat niet langer vermeden kon worden. 'We staan op het punt de dag van een familie te bederven.'

57

Bryant slingerde de auto door de wirwar aan smalle straatjes naar de driehoek van hoge bebouwing in het midden. De woonwijk bestond uit in totaal vijfhonderdveertig onderkomens met twee belangrijke gangs die de nodige angst zaaiden onder de bewoners.

De Delta's waren een groep jonge mannen afkomstig uit het Dudley-deel. De Bee Boys kwamen van twee straten verder, waar het Sandwell-deel begon.

Bryant parkeerde de auto naast de speeltuin. Hoewel daar een schommel, een wip en een paar banken stonden, had de plek al tientallen jaren geen kind gezien. Hij werd 'De Put' genoemd en vertegenwoordigers van beide groepen ontmoetten elkaar daar om 'zaken' af te handelen. Voor zover Kim wist waren er de afgelopen twee jaar drie lijken gevonden in De Put en er was geen enkele getuige geweest.

Volgens Kims berekening hadden zo'n zeventig woningen direct zicht op de plek en toch had niemand iets gezien.

Hun toegang tot Swallow Court werd niet belemmerd. Hoewel de politie hier niet gewenst was, werd ze ook niet geweerd. De gemeenschap sloot zich af van de buitenwereld en misdrijven die in deze enclave werden gepleegd, werden binnen deze enclave opgelost. Gangleiders konden ervan op aan dat geen van de gewone burgers openlijk zou praten met de politie.

'Hemeltje,' zei Bryant, terwijl hij met een hand zijn neus bedekte. Kim had een keer diep ingeademd voordat ze het middelste gebouw in ging. De hal was donker en rook naar urine. De ruimte was klein en raamloos. Twee kapotte peertjes waren niet vervangen en de enige lichtbron was een vergeelde tl-buis achter een rechthoekig rooster in het plafond.

'Welke verdieping?' vroeg Kim.

'De zesde. Trap?'

Kim knikte en liep naar de voet van de trap. De liften in deze woonblokken waren berucht om hun defecten en als ze vast kwamen te zitten tussen twee verdiepingen was het niet waarschijnlijk dat iemand te hulp zou schieten.

Afgepeigerd of voor dood achtergelaten? De keus was gauw gemaakt.

Tot de derde verdieping had Bryant al zeven injectiespuiten, drie gebroken bierflesjes en twee gebruikte condooms geteld.

'Zeg, wie zei dat romantiek niet meer bestaat?' vroeg hij toen ze de hal van de zesde verdieping in liepen. 'Hier is het, baas,' zei Bryant, terwijl hij naar appartement 28c wees.

Er zat een prominente vuistafdruk in het midden van de deur die werd geopend door een meisje dat Kim op drie of vier schatte. Ze glimlachte niet, zei niets en zoog sap uit een babyflesje.

'Rhianna, wegwezûh van die fokking deur,' riep een vrouwenstem.

Bryant stapte naar voren en dwong het kind opzij te gaan. Kim stapte langs haar en sloot de deur.

'Neem me niet kwalijk,' riep Bryant terwijl ze in de smoezelige gang bleven staan. 'Politie... Kunnen we...'

'Verdomme...' hoorden ze, te midden van een hele hoop rumoer.

'Ik heb het al geroken,' riep Kim, terwijl ze langs Bryant heen de zitkamer in liep. De gordijnen zaten dicht, maar raakten elkaar net niet helemaal.

Er stond een meisje met oorringen en een bleek gezicht, dat met haar handen in de lucht wapperde. Er hing een sterke wietgeur.

'Wat mot dat hier verdomme? Jullie hebben het recht niet...'

'Rhianna liet ons binnen,' zei Kim, terwijl ze bijna struikelde over een wiegje met een baby. 'We zijn hier voor Brian Harris.'

'Da's m'n pa. Ligt op bed.'

Het was net halftwaalf geweest.

'Dus jij bent Melanies zus?' vroeg Bryant.

'Wie?' vroeg ze spottend.

Kim hoorde een deur verderop in de gang opengaan. Een halfnaakte man kwam tierend hun kant op. 'Wat motten jullie verdomme?'

'Meneer Harris,' zei Bryant minzaam terwijl hij voor Kim ging staan. Hij hield zijn politiepas omhoog en stelde hen beiden voor. 'We zijn hier alleen om te praten over Melanie.'

Hij bleef staan en fronste zijn wenkbrauwen.

Kim begon te denken dat ze op het verkeerde adres waren. Maar Melanie had haar lengte duidelijk overgeërfd van haar vader. Hij was ruim een meter tachtig lang. Zijn ribben waren goed te zien en de broeksband van zijn jeans hing rond zijn smalle heupen. Zijn schriele armen waren bezaaid met DIY-tattoos.

'Wat heb die bitch nu weer gedaan?' zei hij, terwijl hij over de rugleuning van de bank keek. Kim volgde zijn blik. Een donkerbruine staffordshire-bullterriër lag hijgend in een kooi die eigenlijk bedoeld was voor een yorkshire-terriër. Haar tepels waren rood en gezwollen. In een kartonnen doos naast de kooi lagen vier puppy's dicht tegen elkaar. Kim kon niet zien of hun ogen al open waren, maar ze waren niet voor niets weggehaald bij het teefje.

Een pup die te vroeg bij zijn moeder werd weggehaald zou later gedragsproblemen krijgen; problemen die als statussymbool konden worden gebruikt door De Delta's.

Kim keek in de ogen van de oudere hond, die zo gauw mogelijk weer een nestje zou krijgen.

Ze keek naar Bryant, wiens blik ook op de honden rustte. Ze keken elkaar even aan.

'Wat die meid ook gedaan heb, 't heb niks met mijn te maken. Ik heb 'r al jaren geleden weggegeven.'

De baby begon te huilen.

De jonge vrouw ging zitten en zette haar voet tegen de achterkant van de wieg. Ze haalde haar iPhone tevoorschijn en begon met één hand te sms'en.

Brian Harris ging naast zijn dochter zitten. Hij gaf haar een harde por.

'Zet water op, Tina.'

'Doe 't zelf, luie donder.'

'Doe 't of rot op en neem die klotekinderen van je mee.'

Tina trakteerde hem op een vuile blik maar ging naar de keuken. Rhianna volgde haar op de voet.

Harris leunde naar voren, stak een sigaret aan en blies een rookwolk rond het hoofdje van de baby.

Bryant deed zijn best om kalm te klinken terwijl hij op de bank ertegenover ging zitten. Kim bleef staan.

'Kunt u ons vertellen wanneer u uw dochter voor het laatst hebt gezien, meneer Harris?'

Hij haalde zijn schouders op. 'Kweenie precies. Ze was nog een kind.'

'Hoe oud was ze toen u haar afstond?' vroeg Kim.

Brian Harris liet niet blijken dat de sneer hem raakte. 'Ken ik me nie' herinneren, is al effe gele'en.'

'Had ze problemen als kind?'

'Neuh, ze at alleen veel. Gulzig gansje,' zei hij, glimlachend om zijn eigen humor.

Bryant en zij zwegen.

'Kijk, ik had twee kids om voor te zorgen toen hun slet van een moeder de benen nam en ik deed m'n stinkende best.'

Hij haalde zijn schouders op alsof de titel 'Vader van het Jaar' binnen handbereik was.

'Dus zij was gewoon de pechvogel?' vroeg Kim.

Hij plooide zijn gezicht, waarbij hij een rij vergeelde tanden liet zien. 'Ze zag er grappig uit als kind. Een en al benen en geen vet. Ze was nie' moeders mooiste.'

Bryant boog zich naar voren. 'Bezocht u haar weleens toen ze in het tehuis zat?'

Hij schudde zijn hoofd. 'Zou 't alleen maar erger maken voor d'r. Een radicale breuk was 't beste. Weet niet eens waar ze haar gestopt hebben. Zou die plek kunnen zijn die nu wordt omgespit,' zei hij, terwijl hij een trek van zijn sigaret nam.

'En u dacht niet: laat ik de politie bellen om te zien of een van de slachtoffers op Crestwood mijn dochter is?' vroeg Kim geërgerd. Eén spoortje emotie zou haar geloof in de mensheid hersteld hebben.

Hij leunde naar voren. 'Is Melanie een van die dooien?'

Eindelijk, dacht Kim, een klein beetje interesse in het welzijn van de dochter die hij vijftien jaar geleden in de steek heeft gelaten.

Zijn uitdrukking veranderde in een frons. 'Ik hoef toch nergens voor te dokken, hè?'

Kim stak haar handen diep in haar zakken. Soms wilde ze dat ze ze daarin kon opsluiten voor haar eigen bestwil.

Tina kwam terug en gaf haar vader een hete drank. Gezien haar gezichtsuitdrukking vertrouwde Kim de inhoud van die mok voor geen meter.

'Meneer Harris, we zijn nog in afwachting van een officiële identificatie, maar het spijt ons u te moeten mededelen dat we vermoeden dat Melanie een van de meisjes is die onlangs zijn gevonden.'

Brian Harris probeerde ernstig te kijken, maar het egoïsme

schemerde door in zijn ogen. 'Zeg, ik heb 'r jaren geleden weggegeven, dus ik heb 'r niks mee te maken.'

Kim keek toe hoe Rhianna om de bank heen liep naar de kooi. Ze stak haar vingertjes tussen de tralies en begon aan de wang van de hond te trekken, die nergens heen kon. Kim stapte opzij en duwde het kind weg met haar rechtervoet. Het meisje liep naar de doos met puppy's, maar Kim hoefde niet in te grijpen.

'Tina, haal 'r daar weg.'

Tina bromde weer en stond op. Ze pakte haar dochter bij de hand en leidde haar naar de slaapkamer. Nu het kind niet langer in de kamer was, kon Kim zich niet meer inhouden. Ze mocht haar vuisten niet gebruiken, maar ze had andere middelen tot haar beschikking.

'Meneer Harris, voordat ik ga wil ik u een beeld meegeven. Een laatste herinnering, zogezegd. Uw vijftienjarige dochter is op een afschuwelijke manier vermoord. Haar voet was verbrijzeld zodat ze niet kon wegrennen terwijl een of andere gestoorde klootzak haar hoofd afhakte. Ze verzette zich en huilde en riep misschien wel om u terwijl die smeerlap haar in stukjes hakte.' Kim boog zich naar het gezicht van dit misselijk makende slappe aftreksel van een vader. 'En die informatie kostte u geen cent.'

Ze keek naar Bryant. 'We zijn klaar.'

Ze stapte langs hem en liep naar de deur. Bryant volgde, maar aarzelde om de deur achter hen dicht te doen. 'Wacht hier, ik wil hem nog één ding vragen.'

Terwijl ze wachtte, realiseerde Kim zich dat dit bezoekje om een familie op de hoogte te stellen van de dood van een geliefde niet echt volgens het tekstboekje was gegaan. Maar als ze ook maar een greintje liefde of gehechtheid, of zelfs spijt had bespeurd, zou ze zich aan de regels hebben gehouden. Ze besloot dat iemand anders de andere families zou informeren. Ze dacht niet dat ze kalm zou kunnen blijven als ze weer op zulke familiale onverschilligheid stuitte.

De deur van het appartement ging weer open en Kim keek geschokt toe hoe haar collega naar buiten kwam.

'Bryant, dit meen je niet.'

58

'Hier, jij draagt de puppy's en ik neem de moeder.'

Bryant duwde de doos in haar armen. De vier puppy's begonnen te bewegen en Kim kon zien dat hun ogen open waren. Net.

'Wat heb je verdomme...'

'Hem verteld dat ik bereid was om de criminele activiteiten in zijn huis door de vingers te zien als hij mij de honden gaf.' Bryant volgde haar de trap af. 'Maar ik heb niets gezegd over maatschappelijk werk.'

Kim haastte zich de rest van de trappen af en hield halt bij de auto. 'Ehm... en wat nu, Doctor Doolittle?'

Hij zette het teefje op de achterbank en de doos naast haar. 'Jij rijdt.'

'Waarheen?' vroeg ze, terwijl ze in de auto stapte.

'Kom nou, baas, je weet waar ik woon.'

'Jezus,' riep ze uit, terwijl ze de auto in de versnelling zette. Ze navigeerde hen de woonwijk uit en wierp toen een snelle blik naar achteren. Het teefje tuurde over de rand van de doos. Een van de puppy's rekte zich helemaal uit om bij haar neus te kunnen.

'Zeg nooit meer dat ík impulsief ben, Bryant. Wat zal moeder de vrouw hiervan vinden?'

Hij haalde zijn schouders op. 'Welke keus had ik?'

Kim zei niets. Hoe graag ze het ook wilden, ze konden nooit de hele wereld redden – maar soms moest je iets doen aan wat er recht voor je neus was.

Kim stopte bij een stel verkeerslichten.

‘Baas, kijk,’ zei Bryant.

Kim wierp weer een blik naar achteren. Het teefje likte de pup waar ze bij kon. De andere pups probeerden de zijkant van de doos kapot te krabben.

Vijf minuten later stopte ze voor zijn twee-onder-een-kap-woning met drie slaapkamers.

Hij stapte uit de auto. ‘Oké, als jij de doos pakt...’

‘Geen sprake van,’ zei Kim. ‘Je staat er nu alleen voor.’

‘Schijterd,’ zei hij.

‘Zeker weten.’

Bryant pakte de riem van de volwassen hond. Ze sprong uit zichzelf de auto uit en bleef staan. Met de doos onder zijn linkerarm begon Bryant naar zijn voordeur te lopen.

Kim deed een schietgebedje. Ze had Bryants’ vrouw eerder in een slecht humeur gezien, en ze vreesde dat ze haar collega nooit meer terug zou zien. Ze gaf hem tien minuten en dan zou ze gaan.

Ze pakte haar mobiel en belde naar de sociale hulpverlening. Ze zei een paar keer iets en beëindigde het gesprek. Op een telefoontje van een agent naar aanleiding van een ‘risicovolle situatie’ werd altijd direct gereageerd. Binnen een uur zou een maatschappelijk werker voor de deur staan. Kim vermoedde dat Tina niet meer te redden was, maar Rhianna en de baby hadden nog een kans.

Bryants voordeur ging open en hij kwam naar buiten. Ze was er niet helemaal zeker van, maar al zijn ledematen leken nog intact.

‘Nog getrouwd?’ vroeg ze, terwijl ze op de passagiersstoel ging zitten.

‘Moeder en pups zijn herenigd op een kleed naast de keukenkachel. Kip en rijst staan op het vuur en moeder de vrouw is op het internet aan het zoeken hoe je voor puppy’s moet zorgen.’

‘Ga je ze houden?’

Hij knikte. ‘Voorlopig, totdat ze oud genoeg zijn.’

'Hoe heb je dat voor elkaar gekregen?'

Hij haalde zijn schouders op. 'Haar de waarheid verteld, baas,' zei hij alleen maar.

Kim stelde zich voor hoe de honden in zijn huis betutteld en verwend werden.

Ze schudde vertwijfeld haar hoofd. 'Oké, zet me nu af bij het bureau en ga dan naar het ziekenhuis. Een van ons moet daar zijn om Croft te ondervragen als daar gelegenheid voor is.'

'Kom je niet mee?'

Kim schudde haar hoofd. 'Waarschijnlijk geen goed idee. Misschien haal ik me maar wat in mijn hoofd, maar ik denk niet dat mevrouw Croft mij erg graag mag.'

59

Het gebulder van de Ninja doofde uit terwijl Kim het onverharde pad op reed. Ze deed haar helm af en hing die aan de rechterkant van het stuur.

Ze overzag de locatie vanaf de top van de heuvel. Vindplek één en twee waren teruggegeven aan het landschap en de onderzoekstent was weggehaald. Het terrein was niet langer omheind en de pers had het gebied verlaten. De bewaker was verdwenen en op het hoogste punt van de plek waren wat spullen verzameld. Het was nu weer een braakliggend stuk gemeentegrond waar de kermis jaarlijks neerstreek om de wijk te entertainen.

Alleen een paar knuffelberen en verfomfaaide bloemen die aan de voet van de heuvel waren achtergelaten, wezen op de gebeurtenissen van de afgelopen dagen.

Dit deel van het onderzoek was klaar. De aanwijzingen van de doden waren onthuld en nu was het aan haar en haar team om ze samen te voegen tot één geheel.

Op een dag zouden de namen van deze drie meisjes op Wikipedia worden gezet. Als link in het hoofdartikel over de geschiedenis van Black Country. De drievoudige moord zou voor altijd een smet werpen op hun erfgoed.

Lezers zouden de informatie in het artikel overslaan over de kunststukjes van de kettingmakers van Netherton die de ankers en kettingen van de *Titanic* hadden gesmeed, en de twintig trekpaarden die de vracht van honderd ton door het stadje hadden getrokken.

Het ambacht van metaalbewerking, dat al bestond sinds de zestiende eeuw, zou vergeten worden naast zulk sensationeel nieuws.

Het zou geen herinnering zijn aan de betere momenten van het gebied.

'Dacht al dat jij het was, baas,' zei Dawson, terwijl hij de tent uit kwam.

Rondom zijn ogen zaten donkere kringen. Zijn spijkerbroek was vies en zijn shirt was gekreukt, maar gezien het aantal uur dat hij op deze plek had doorgebracht en zijn betrokkenheid bij deze zaak, had hij het recht om er een beetje verlopen uit te zien.

Kim wilde hem complimenteren met zijn harde werk, maar de woorden bleven desondanks in haar keel steken. Gewoonlijk nadat ze hem een schouderklopje had gegeven, wist hij haar een dag later alweer te ergeren.

'Dawson, ik moet zeggen dat ik ontzettend teleurgesteld in je ben. Je bent verdorie een voortreffelijke rechercheur, maar soms gedraag je je als een driejarige.' Ze zweeg. Dit klonk niet helemaal zoals ze het bedacht had. 'Kijk, ik begrijp dat deze week moeilijk voor je was, maar ondanks dat blonk je verdomme uit.'

Dawson gooide zijn hoofd naar achteren en lachte. 'Bedankt, baas. Dat betekent veel voor me, dat jij dat zegt.'

'Ik meen het, Kev.'

Hun ogen vonden elkaar. Hij wist het.

'Luister, neem morgen vrij. We hebben allemaal acht dagen achter elkaar doorgewerkt. Zaterdagochtend besteden we een paar uur met koffie en muffins aan analyseren wat we hebben en maken we een actieplan voor volgende week. Bryant trakteert.'

'Het is een week geleden, baas. Probeer je me er nog steeds in te luizen?'

Ze schudde haar hoofd. 'Neuh, ik denk dat Bryant een betere kandidaat is.'

Ze ging de laatst overgebleven tent binnen en trof Cerys aan, in haar eentje aan de opklaptafel naast het graf.

'Waar zijn al je vrienden gebleven, Cerys?' vroeg Kim.

Cerys draaide zich om en glimlachte. 'M'n mensen zijn in het hotel hun spullen aan het pakken voor vertrek. Het was een lange week.'

Kim knikte instemmend. 'En jij?'

Cerys slaakte een diepe zucht. 'Nog niet. Ik ben nog een paar uur bezig met dit graf. Ik denk niet dat we nog iets zullen vinden. Ons derde slachtoffer lag niet zo diep begraven als de anderen, maar ik wil grondig zijn.'

'Dus jij gaat later weg?' vroeg Kim.

Cerys schudde haar hoofd. 'Nee. Ik zal hier nog tot laat blijven om alle papierwerk in te vullen.' Ze pakte een klein Tupperware-bakje. 'Weer kraaltjes, maar natuurlijk wist je dat al. Er zaten restjes kleding op het lichaam, maar die zijn bij Daniel in het lab. De stof was te teer om hier te verwijderen.'

'Nog iets?'

Cerys wees naar een hoek van het graf van zo'n dertig vierkante centimeter groot. Haar gezicht stond strak en vermoeid. 'Tenzij daar nog iets interessants ligt, ben ik bang van niet.'

'Heb je een gebitsprothese gevonden?'

Cerys fronste. 'Nee. Moest dat dan?'

'Het is het laatste hulpmiddel voor identificatie waarnaar ik op zoek was.'

'Het lag in elk geval niet los van het lichaam, als het al erin lag.'

Verdorie, zonder dat laatste stukje kon ze er niet helemaal zeker van zijn dat Nicola's identificatie juist was.

Kim knikte begrijpend en stapte de tent uit. Ze bleef even staan en stapte weer terug naar binnen.

'Cerys, is alles goed met je?'

Cerys draaide zich om, verbaasd door ofwel de vraag, ofwel wie die stelde. Ze glimlachte, maar geforceerd en zonder warmte.

'Weet je, Kim, ik weet het eerlijk gezegd niet. Mijn lijf zit vol woede die ik maar niet kan loslaten. Het kan me niet schelen wat die meisjes wel of niet gedaan hebben. Ik weet alleen dat ze behandeld zijn als minder dan een mens. Ze zijn gemarteld en in de grond gestopt en achtergelaten om weg te rotten en ze waren verdomme nog maar kinderen. Ik wil erbij zijn als je die klootzak oppakt die dit gedaan heeft. Ik wil precies dezelfde dingen met hem doen, en wat me beangstigt is dat ik me in staat voel om dezelfde wreedheden te begaan.'

Kim keek toe hoe ze ineenkromp. Ze vergat soms dat Cerys nog niet zoveel plaatsen delict had gezien en eentje die zo schokkend was als deze was een akelig begin.

De vrouw keek naar haar en schudde haar hoofd. 'Hoe doe jij dat toch, Kim? Hoe word je elke ochtend wakker met dit zonder dat je je verstand verliest?'

Kim dacht na over die vraag. 'Ik maak dingen. Ik pak een hoopje roest en viezigheid en bouw dat om tot iets moois. Ik creëer iets als tegenwicht voor de lelijkheid van wat we doen. Dat helpt. Maar weet je wat echt het verschil maakt?'

'Wat dan?'

'De wetenschap dat ik hem te pakken zal krijgen.'

'Denk je?'

Kim glimlachte. 'Zeker, want mijn wens om dat te doen is veel sterker dan de energie die hij steekt in mij ontwijken. Ik zal niet stoppen totdat hij gestraft is voor wat hij heeft gedaan. En alles wat jij hier hebt gedaan, elke aanwijzing die je hebt blootgelegd, elk bot dat je verplaatst hebt, zal me daarbij helpen. Het is verdomd zwaar, Cerys, maar het is het waard.'

Cerys knikte en glimlachte. 'Ik ken je en ik geloof je. Je zult hem te pakken krijgen.'

'O, dat zal ik zeker. En als ik dat doe, doe ik hem de groeten van jou.'

Er viel een stilte tussen hen. Kim had geen vragen meer voor deze vrouw die dagenlang onvermoeibaar had doorgewerkt en daar zowel lichamelijk als emotioneel een hoge prijs voor had betaald.

Kim stapte dichterbij en stak haar hand uit. Hoewel de huid hier en daar ruw was, was de greep zacht en warm.

'Dank je voor alles, Cerys, en goede reis naar huis. Ik hoop je nog eens te zien.'

Cerys glimlachte. 'Insgelijks, rechercheur.'

Kim knikte en verliet de tent.

Ze moest op zoek naar een gebitsprothese.

60

Daniel en Keats stonden samen bij een map die op tafel lag toen ze binnenkwam.

Daniel stapte opzij terwijl Keats zich omdraaide. 'O, rechercheur, goed je te zien.'

Kim staarde hem aan.

'Nee, serieus, ik meen het. Voor mij geldt dat afwezigheid mijn liefde heeft versterkt. Ik merk dat mijn gevoelige, zachtaardige karakter uw scherpe tong bijna kan verdragen.'

'Ja, jij hebt een makkelijk weekje gehad, hè?' vroeg ze terwijl ze haar wenkbrauwen optrok.

'Inderdaad, rechercheur.' Hij begon te tellen op zijn vingers. 'Ik had een dubbele steekpartij in Dudley, een oudere man die in elkaar zakte tijdens een diner voor zijn vijfentachtigste verjaardag en twee vage medische aandoeningen. O, en het spoor van lijken dat jij achterliet.'

'Blij om je wat te doen te geven, maar heb je ook maar iets nuttigs ontdekt?'

Hij dacht even na en schudde toen zijn hoofd. 'Nee, ik heb me bedacht. Ik realiseer me nu dat ik je helemaal niet heb gemist.'

'Keats,' gromde ze.

'Ik heb vanochtend de resultaten van de autopsie naar je kantoor gestuurd. Teresa Wyatt is onder water geduwd, zoals je al wist. Er was geen grote worsteling, aangezien het slachtoffer al in water was. Ik heb geen andere sporen op het lichaam ontdekt en geen tekenen van aanranding. Ze was redelijk gezond voor haar leeftijd.

Ik denk niet dat de doodsoorzaak bij Tom Curtis een vraag was, maar ik kan je vertellen dat hij hoogstwaarschijnlijk gedood is door de whiskyfles. Zijn hart was in zo'n slechte staat, dat hij zijn vijfenveertigste waarschijnlijk niet gehaald zou hebben. O, en zijn laatste maaltijd was salade en vlees. Biefstuk, denk ik.'

Kim rolde met haar ogen.

'Voor Mary Andrews was je beslist niet op tijd in de kerk en om een verstandige conclusie te kunnen trekken over een overlijden heb ik gewoonlijk een lichaam nodig.

Arthur Connop stierf aan zwaar inwendig letsel veroorzaakt door een aanvaring met een voertuig. Zijn lever was er behoorlijk slecht aan toe, maar zijn andere belangrijkste organen waren behoorlijk gezond voor een man van zijn leeftijd.'

Keats hief zijn handen alsof hij wilde zeggen: dat is alles.

'Geen bewijs, geen sporen, niets?'

'Nee, rechercheur, want dit is geen tv-serie. Als we een uur opwindend entertainment aan het maken waren, zou ik plotseling ontdekken dat Teresa Wyatt een vezel van een tapijt had ingeslikt die gelinkt kon worden aan het huis van je verdachte. Ik zou misschien zelfs een losse haar op het lichaam van Tom Curtis vinden die de moordenaar wonderbaarlijk genoeg was verloren met wortel en al. Maar ik zit niet in een televisieserie.'

Kim kreunde. Ze had ooit een tandabces gehad dat minder pijnlijk was dan een preek van Keats. Zijn frons vertelde haar dat hij nog niet klaar was.

Ze leunde naar achteren tegen het roestvrijstalen werkblad en deed haar armen over elkaar.

'Hoeveel vrouwen werden er vermoord door de Yorkshire Ripper?' vroeg Keats.

'Dertien,' antwoordde Dan.

'En hoe kregen ze hem te pakken?'

'Doordat twee agenten hem arresteerden voor het rijden met valse nummerborden,' antwoordde ze.

'Dus dertien lijken later en hij werd nog steeds niet opgepakt dankzij losse haren en vezels van tapijten. Daarom kan ik alleen doorgeven wat het lichaam me vertelt. Geen enkel forensisch bewijs kan het goeie ouwe politiewerk vervangen; speurwerk, intuïtie en redelijk, praktisch nadenken. Wat me eraan doet denken... waar is Bryant?'

Kim keek hem alleen maar aan en hij draaide zich om naar de werktafel. Kim zag het label van de witte jas uitsteken boven de kraag. Ze reikte ernaar en duwde het terug met haar wijsvinger.

Keats draaide zich om. Ze trok een wenkbrauw op. Hij glimlachte en keerde zich weer om.

Kim wendde zich tot Daniel. 'Dok, is er een gebitsprothese?'

Hij beantwoordde haar blik en Kim schrok van de vermoeidheid in zijn ogen. Ze wist dat hij tot laat op de vindplaats had gewerkt om het lichaam van het derde slachtoffer te verwijderen. Net zoals zij zou hebben gedaan.

'Wat, geen beledigingen, sarcasme of snedige opmerkingen?'

Ze besefte dat hij op haar leek. Zodra er vragen waren wilde hij antwoorden en hij zou niet rusten voordat hij die had. Bij een zaak als deze waren er geen roosters, vaste werktijden en vrije uren. Er was alleen de noodzaak om te weten. Ze begreep het.

Ze hield haar hoofd schuin en glimlachte. 'Neuh, dok. Vandaag niet.'

Hij bleef haar aankijken en glimlachte terug.

Keats was weer gefocust op het werkblad en bladerde door een catalogus met computerbenodigdheden.

'Er is geen gebitsprothese,' zei Daniel.

'Verdorie.'

'Maar die zou er moeten zijn. Ze mist drie voortanden.'

Kim slaakte een diepe zucht. Ze had nu de namen van alle drie de meisjes. Dit was onmiskenbaar Louises lichaam.

'Heb je het Cerys gevraagd?' vroeg hij.

'Daar is-ie niet.'

'Ik zie iets,' zei Keats kalm.

Daniel liep de werkruimte door en keek naar waar Keats' wijsvinger was.

Daniel knikte langzaam.

'Wat?' vroeg Kim.

Keats draaide zich naar haar om, niet in staat om te praten. Kim werd op slag nerveus. Deze man had lichamen in de vreselijkste staat van ontbinding gezien. Hij had afschuwelijke plaatsen delict, rotting en de daarbij horende levensvormen voor lief genomen. Ze had gezien hoe hij onderzoek op een lijk deed en een familie maden daarbij 'kleine vriendjes' noemde. Wat kon hem verdomme nu met zo'n afschuw vervullen?

'Kijk hier,' droeg Daniel haar op, terwijl hij naar het schaambeen wees.

Kim zag dat er dwars over het bot een scheur liep.

Ze keek op. 'Is het bekken gebroken?'

'Kijk beter.'

Kim boog zich zo ver mogelijk omlaag en zag de inkepingen aan de zijkant van het bot. Ze telde er zeven in totaal. Die in het midden was dieper dan de rest. Aan beide zijden van het losse bot was duidelijk een zigzagpatroon te zien. Kim zag dat het na ruim twee centimeter overging in de langere scheur in het bot.

Kim stapte ontzet naar achteren terwijl ze van Daniel naar Keats keek en weer terug, niet in staat om te bevatten wat ze recht voor zich zag.

'Ja, rechercheur,' zei Keats met schorre stem. 'Die klootzak probeerde haar doormidden te zagen.'

Er viel een stilte tussen hen terwijl ze allemaal omlaag staarden naar het skelet dat ooit een jong meisje was. Geen engel en niet zonder gebreken, maar niettemin een jong meisje.

Kim stapte opzij en viel bijna tegen Daniel aan.

Zijn armen hielden haar overeind. 'Alles goed?'

Ze knikte terwijl ze weg stapte van zijn aanraking. Ze dacht niet dat ze kon praten voordat de misselijkheid weg was.

Ze schrokken allemaal van het geluid van haar mobiel die overging. Het spoorde de ruimte aan tot actie, alsof de pauzeknop was losgelaten. Het was Bryant en hij belde vanaf een andere plek in het gebouw.

Haar mond was droog terwijl ze het telefoontje aannam.

'Baas, ik verdoe m'n tijd hier.'

'Wordt hij nog steeds geopereerd?' vroeg ze, terwijl ze op haar horloge keek. Als dat zo was, dan zag het er niet goed uit voor Richard Croft.

'Nee, hij is een uur geleden terug naar de zaal gereden. Het mes is eruit en ik heb het in een zak. Hij komt af en toe bij bewustzijn, maar mevrouw Croft laat me niet in zijn buurt.'

'Ik kom eraan,' zei ze en ze hing op.

'Waar ga je nu heen?' vroeg Keats.

Ze keek omlaag naar lichaam nummer drie en ademde diep in. 'Ik ga ruziemaken.'

61

Ik besefte dat Louise me doorhad. Ze was niet zoals de andere twee. Melanie was verlegen geweest en afhankelijk; snakkend naar affectie en bevestiging. Tracy was gewiekst en sensueel geweest, maar Louise had een gemeen trekje dat als een ertsader door haar heen liep.

Louise was niet zoals de andere twee. Ze was niet mishandeld, in de steek gelaten of verwaarloosd. De nieuwe regels die een stiefvader en een nieuwe baby met zich meebrachten bevielen haar gewoon niet.

Louise hield ervan de leiding te hebben, dat zag ik al op de eerste dag, toen ze haar bed uitkoos. Het meisje van wie het bed was waagde het om te protesteren en kreeg een gebroken pols voor de moeite.

De hoeveelheid geweld die ze tegen haar broertje van zeven maanden had gebruikt en die ertoe had geleid dat ze uit huis werd geplaatst, was niet moeilijk voor te stellen.

Anders dan Tracy was Louise niet in evenwicht. Ze was alleen maar hard. Ze was niet sexy en niet grappig en ik vond haar spuuglelijk.

Niemand kon Louise iets maken. Er zat een woede in haar die eruit moest. Hij sudderde naast de pijn en wrok.

Maar ik wist iets over haar wat niemand anders wist.

Louise was gemeen en ze was gewelddadig. En ze plaste in haar bed.

Met behulp van een trillend polsbandje ging Louise om vier uur 's nachts haar warme bed uit om naar de wc te gaan. Ze keerde niet terug voordat haar blaas leeg was.

'Hallo Louise,' zei ik op een nacht toen ze uit de wasruimte kwam.

'Wat moet je?' vroeg ze, met haar hand voor haar mond.

'Ik denk dat we even moeten praten. Je lijkt de laatste tijd van streek.'

'Denk je?' vroeg ze, terwijl ze een hand tegen haar heup zette. 'Mijn vrienden verdwijnen in rap tempo.'

Ik haalde mijn schouders op. 'Ze vinden je duidelijk niet leuk genoeg om hier te blijven.'

Haar gezicht leek zich op te hopen in het midden toen ze haar lippen tuitte en haar ogen tot spleetjes kneep. 'Ja, en misschien hebben ze er niet zelf voor gekozen.'

O, punten voor mij. Alleen een psychopaat kan een andere psychopaat herkennen.

Er was geen reden om spelletjes te spelen met Louise. Haar lot was bezegeld. Maar voor mijn eigen plezier nam ik de tijd.

'Hoezo?' vroeg ik.

'Ik weet dat jij er iets mee te maken hebt. Je doet tegen ons alsof je heel aardig bent, maar er klopt iets niet aan jou.'

Ik feliciteerde Louise in stilte met haar opmerkzaamheid.

'Jij hebt niet echt recht van spreken. Wie zou expres zijn kleine broertje pijn doen? Er zit een gemeenheid in je die iedereen wegjaagt. Ik wed dat je vriendinnen zijn weggegaan omdat ze je niet langer konden uitstaan. Zelfs je eigen familie haat je nu.'

Ze stak haar kin naar voren. 'Dat kan me geen reet schelen.'

'Waarom plas je dan nog steeds in je bed?'

Ze haalde naar me uit, haar gesloten vuist ging richting mijn gezicht, maar ik was voorbereid. Ik greep haar pols en draaide haar om zodat ze met haar rug tegen me aan viel. Mijn onderarm drukte tegen haar keel. Ze bewoog wild met haar hoofd heen en weer, maar ik duwde mijn kin tegen haar kruin. Mijn linkerhand bedekte haar mond toen ze probeerde te gillen.

Ik duwde haar naar voren toen ze in mijn vingers probeerde te bijten. Haar armen zwiepten, maar bezeerden me niet.

Haar pogingen om in leven te blijven werden zwakker terwijl ik met haar naar buiten liep. Ik legde mijn rechterhand op haar schouder en verstevigde mijn greep.

Ik schudde haar laatste adem uit haar alsof ze een pop was. Ik voelde dat haar leven beëindigd was toen haar lichaam tegen me aan viel alsof iemand de botten eruit had gezogen.

Ik bracht mijn rechterhand van haar schouder naar haar keel om het te checken.

De huid was bewegingloos onder mijn vinger.

Ik gooide haar over mijn schouder en buiten droeg ik haar naar het wachtende gat.

Anders dan bij de andere twee, voelde ik niets voor het vlees dat ik op de grond liet vallen. Melanies onzekerheid had me geërgerd. Van haar onderdanige uitdrukking waren mijn haren overeind gaan staan.

Tracy had begeerte in me gewekt. Het was haar eigen hebzucht die tot haar einde had geleid.

Maar bij Louise was er niets. Ze was een middel tot een doel.

Ze was een voorzorgsmaatregel.

Haar dood zou verwarring zaaien.

Dus ik spreidde haar benen en reikte naar de zaag.

62

Kim liep voor de tweede keer in even zoveel dagen door de gangen van het Russells Hall-ziekenhuis. Omdat het geen bezoekuur was, kondigde ze zichzelf door de intercom aan als politieagent.

Voor het medische personeel ging de zorg voor hun patiënten vóór alles, maar ze probeerden politieagenten van dienst te zijn.

Kim liep langs de kleine wachtkamer aan het uiteinde van de afdeling. Bryant stond op toen hij haar zag. Ze gebaarde dat hij weer moest gaan zitten.

Ze hield halt bij de verpleegsterspost. 'Richard Croft?'

De vrouw in donkerblauw was klein en mollig. Een elastische band halverwege haar uniform was vergeefs op zoek naar een taille.

'Rechercheur, ik denk niet dat hij uw vragen al aankan.'

Kim knikte begripvol maar had zo haar eigen ideeën. Ze leunde naar voren en sprak rustig. 'Zuster, meer dan zes lijken had ik deze week en ze vragen allemaal om antwoorden. Richard Croft was bijna nummer zeven en kan misschien helpen.'

De frons van de vrouw werd dieper.

Kim stak haar hand op. 'Ik verzeker u dat ik niets zal doen wat zijn toestand zal verslechteren.'

Dat was geen leugen, want Kim was niet van plan om überhaupt iets te doen.

De zuster knikte richting het derde deurgat vanaf de hoofdzaal. 'Maar een paar minuten, oké?'

Kim knikte begrijpend en liep rustig de gang door.

Kim bleef staan in de deuropening en keek niet naar de stille figuur in het bed maar naar zijn vrouw in de makkelijke stoel, die op dat moment volledig verdiept was in de inhoud van haar mobiele telefoon.

Toen Kim tegen de deurpost leunde, ging het hoofd met glanzend zwart haar omhoog. Nina Crofts gezichtsuitdrukking was beleefd verdraagzaam. Blijkbaar de blik die ze reserveerde voor het personeel. Toen haar ogen Kim vonden, verdween elk beetje verdraagzaamheid en beleefdheid.

Kim was eventjes verrast door hoe zo'n aantrekkelijk gezicht kon worden aangetast door het venijn vanbinnen. De schoonheid was plotseling verdwenen en vervangen door samengeknepen ogen en een smalle, gemene mond.

'Wat doe jij verdomme hier?'

'Mevrouw Croft, uw man moet ondervraagd worden.'

'Niet nu, rechercheur Stone en al helemaal niet door jou.'

Nina Croft stond op. Precies zoals Kim gehoopt had.

Richard Croft jammerde in het bed. Kim zette een stap naar hem toe en Nina ging meteen voor haar staan.

'Wegwezen,' siste ze.

Kim probeerde om haar heen te lopen, maar Nina greep haar ruw bij de arm en trok haar richting de deur. Als ze nu niet in functie was geweest, zou Kim de vrouw een klap hebben verkocht. Soms was de opoffering het gewoon niet waard.

'Wegwezen uit deze kamer en wegwezen bij mijn man, nu meteen.'

Nina marcheerde met haar naar de toegangsdeur van de afdeling. Toen ze langs de wachtkamer kwamen keek Kim naar binnen en ving Bryants blik. Ze knikte naar achteren, naar de onbewaakte kamer.

Eenmaal buiten de afdeling gooide de vrouw Kims arm van zich af alsof die bedekt was met leprawonden.

'Ik kan jou en je methodes niet waarderen, rechercheur.'

'Neem maar van mij aan dat ik daar niet wakker van zal liggen.'

De vrouw draaide zich om om de afdeling weer op te lopen.

'En het zijn niet écht mijn methodes die u niet waardeert, toch, mevrouw Croft?'

Nina keerde zich weer om en stapte naar achteren. Uitstekend.

'U bent een domme vrouw. U had u meer in me moeten verdiepen voordat u belde om me van de zaak te halen. Het is mijn succes dat u verafschuwt, nietwaar?'

Nina stapte dichterbij. 'Nee, ik verafschuw het feit dat je de verdenking op mijn man laadde, wat voor mij betekent dat je deze zaak niet goed aanpakt. Je bent duidelijk niet geschikt...'

'Waarom zou u me van deze zaak willen halen als u heel goed weet dat ik die zal oplossen, hoe lang dat ook gaat duren?'

Nina Croft bleef haar kwaad aankijken.

'Vooral als u weet dat uw man gevaar loopt. Elke normale vrouw zou de moordenaar graag zo gauw mogelijk opgepakt zien om haar geliefde te beschermen.'

'Kijk uit met wat je tegen me zegt, rechercheur Stone.'

'Waar bent u bang voor, mevrouw Croft? Waarom bent u er zo doodsbenauwd voor dat ik de antwoorden zal vinden? En wat heeft uw man vroeger in hemelsnaam gedaan?'

Nina stapte naar achteren en sloeg haar armen over elkaar. 'U zul nooit kunnen bewijzen dat hij iets onbetamelijks deed.'

'Interessant dat u niet zegt dat hij niets verkeerds deed, maar alleen dat ik het niet zal kunnen bewijzen.'

'Heel spitsvondig, rechercheur.'

'Uw man weet iets van wat er tien jaar geleden op Crestwood is gebeurd en terwijl hij momenteel nog in leven is, zijn er anderen die niet zoveel geluk hadden.'

De vrouw leek onbewogen. Kim dacht niet dat ze ooit een vrouw had ontmoet die minder empathie had dan Nina Croft.

Kim schudde haar hoofd in ongeloof. 'U hebt dit onderzoek constant gedwarsboomd. U probeerde, tevergeefs, me van deze zaak te halen. U gebruikte uw juridische invloed om bezwaar in te dienen tegen de opgraving...'

Kims woorden stierven weg terwijl het haar steeds duidelijker werd. 'Ú hebt de hond van de professor gedood! Toen juridisch bezwaar maken niet werkte, besloot u het anders aan te pakken om die opgraving te verhinderen. Jezus, wat is er verdomme mis met u?'

Nina haalde haar schouders op. 'Arresteer me maar voor onbehoorlijk gebruik van nietjes, rechercheur.'

Een beweging achter Nina Croft zei haar dat Bryant de zijkamer verlaten had.

Kim stapte vlak voor het gezicht van de vrouw. 'U bent een meedogenloze, kille, akelige vrouw. U geeft niets om wie of wat dan ook. Ik denk dat u heel goed weet wat er toen gebeurd is en de enige persoon die u wilt beschermen bent uzelf.

Ik beloof u dit: er komt een dag waarop ik u weer opzoek en dan zal ik u publiekelijk arresteren voor obstructie van de rechtsgang.'

Kim zweeg even toen Bryant de dichtstbijzijnde dubbele deuren door kwam.

'En nu hebt u een reden om een echte klacht in te dienen. Dus doe uw best maar.'

Bryant kwam naast haar staan.

'Is het gelukt?' vroeg ze.

Bryant knikte en wendde zich tot Nina. 'Uw man vraagt naar u.'

Nina keek van de een naar de ander, zich realiserend dat ze erin geluisd was. Haar gezicht werd knalrood. Nina Croft hield niet van verliezen.

'Jij slinkse bitch...'

Kim draaide zich om en liep weg.

'Hebt u haar voor u gewonnen, baas?'

'We zijn nu beste vriendinnen. Wat heb jij te melden?'

'Geen reet.'

Kim bleef staan. 'Maak je een grapje?'

Bryant schudde zijn hoofd. '*Nope*.'

'We hebben een levend slachtoffer, één persoon die een klootzak die minstens twee mensen vermoord heeft, heeft overleefd, en Croft kan ons niet helpen?'

'Baas, hij kan nauwelijks praten, maar met behulp van een ja-en-nee-systeem heb ik kunnen achterhalen dat hij stond en wegkeek van de deur toen het mes in zijn rug werd gestoken. Hij viel naar voren en raakte meteen buiten bewustzijn.'

Kim blies haar adem uit. 'Verdomme, Bryant, waren we maar een paar minuten eerder bij hem. Wie het ook was wist precies wanneer hij of zij kon toeslaan terwijl Marta aan het shoppen was, en hoe hij of zij ongezien door de enige in- en uitgang kon komen.'

Het was donker toen ze het ziekenhuis uit liepen.

'Luister, ik heb het ook al tegen Kev gezegd. Neem morgen een dag vrij. Zaterdag zullen we proberen om alles te reconstrueren. Het is een verdomd lange week geweest.'

Bryant ging eens een keer niet tegen haar in.

Kim liep langs de zijkant van het ziekenhuis naar waar ze haar motor had gezet. Ze sloeg de hoek om in het donker.

Toen ze haar helm wilde pakken, die vastzat aan het wiel, ging haar telefoon.

63

Ze nam het gesprek aan. Het batterij-icoontje was rood en knipperde.

'Wat is er, Stacy?'

'Baas, ik was wat oude posts op Facebook aan het doorkijken en ik ben op iets gestuit wat je vast wel wil weten.'

'Ga verder.'

'Ongeveer acht maanden geleden kwam een van de meisjes Tom Curtis met zijn familie tegen in Dudley Zoo. Ze postte iets over zijn gewicht en dat ze zich afvroeg wat ze vroeger toch in hem zagen.

Daar kwamen een paar flauwe grappen op, lollige seksueel getinte opmerkingen, en op een gegeven moment werden onze drie meisjes ook genoemd.'

Kim deed haar ogen dicht, omdat ze wist wat er kwam.

'Het is wel duidelijk dat hij seks had met een van hen, baas.'

Kim dacht aan de zwangere vijftienjarige. 'Werd Tracy's naam genoemd?'

'Nee, baas, dat is het 'm nu juist. Tom Curtis sliep met Louíse.'

Kim schudde haar hoofd terwijl de woede in haar aanzwol.

'Alles goed, baas?'

'Met mij is alles goed, Stace. Goed gedaan, en nu...'

Haar woorden stierven weg toen de batterij van haar telefoon het begaf.

Ze stopte de telefoon in haar zak en schopte tegen de muur.

'Shit, shit, shit,' snauwde Kim.

De boosheid die door haar heen kolkte kon nergens naartoe. Die klootzakken waren verantwoordelijk geweest voor de veiligheid van die meisjes en ze hadden daar jammerlijk in gefaald. Het leek alsof ieder van hen het voor elkaar had gekregen om die kinderen nog meer te mishandelen.

Kindermishandeling was onder te verdelen in vier categorieën: lichamelijk geweld, seksueel misbruik, emotionele mishandeling en verwaarlozing. Volgens Kims telling had het personeel van Crestwood een vinkje bij alle vier. Hoe ironisch dat de meeste meisjes naar Crestwood waren gebracht om ze juist wég te halen uit misbruiksituaties.

Geen enkel meisje zat op Crestwood uit vrije keus. Kim wist uit eigen ervaring dat tehuizen zoals dit dumpplekken waren; een gemeentelijke voorziening, een soort vuilnisbelt. Een plek voor ongewenste en geknakte individuen waar kinderen in het beste geval ontmenselijkt werden en ontdaan van hun identiteit en in het ergste geval nog meer mishandeld.

Kim had het zelf gezien. Een slechte behandeling werd de verwachting. Je werd langzaam, als een sigarettenpeukje, de grond in getrapt, je hoofd kon niet lang boven blijven.

Kim liep rondjes om de motor, in een poging om af te koelen. Ze balde haar handen tot vuisten en ontspande ze om de groeiende spanning kwijt te raken.

Alle meisjes kwamen naar Crestwood om verschillende redenen en geen één was goed.

Melanie was zo gemakkelijk afgestaan door haar vader. Aan de staat gegeven zodat er één mond minder was om te voeden. Het selectiecriterium was dat ze het minst aantrekkelijke kind was. Hoe kon Melanie niet geweten hebben dat dat het geval was? Hoe kon ze daarmee omgaan? De man die júíst van haar zou moeten houden had haar afgestaan en alleen omdat ze lelijk was.

Het kind had gesmeekt om een beetje aandacht, om bevestiging van dat ze het waard was om van gehouden te worden. Ze probeerde zelfs vriendschap te kopen om zich meer thuis te voelen. Tevreden met het onderdeurtje te zijn, zolang de anderen haar maar accepteerden.

Dat was Melanies verhaal. Maar er was niet maar één verhaal. Alle kinderen in het systeem hadden een verhaal. Kim zelf had een verhaal. Maar dat van haar begon niet bij haar alleen.

Ze zag Mikey voor zich. Het was niet het beeld dat ze wilde zien, maar het was het beeld dat ze altijd zag. Ze stapte terug in het duister van de hoek terwijl emotie haar keel dichtkneep.

Drie weken te vroeg geboren, hadden Kim en Mikey allebei een zwakke gezondheid. Kim ging algauw vooruit, ze werd zwaarder en kreeg stevigere botten. Mikey niet.

Hun moeder, Patty, had hen mee naar huis genomen toen ze zes weken oud waren, naar een torenflat in Hollytree.

Kims eerste herinnering dateerde van drie dagen na haar vierde verjaardag en was van hoe haar moeder een kussen op het gezicht drukte van haar tweelingbroer. Zijn korte beentjes sloegen tegen het bed terwijl zijn longen snakten naar lucht. Kim probeerde haar moeder weg te trekken, maar die was sterker.

Kim dook naar de vloer, sperde haar mond open en zette haar tanden in haar moeders enkel als een hondsdolle hond. Ze beet zo hard als ze kon en liet niet los. Haar moeder had zich omgedraaid en het kussen viel van het bed, maar Kim liet nog steeds niet los. Haar moeder wankelde door de kamer, gillend en schoppend om los te komen, maar pas toen ze op veilige afstand van het bed waren liet Kim haar gaan.

Ze herinnerde zich hoe ze naar het bed rende en Mikey wakker schudde. Hij proestte, hoestte en snakte naar adem. Kim ging voor hem staan en staarde omhoog naar haar moeder.

Kim stond versteld van de haat in de ogen van de vrouw die hen had gebaard. Ze ging met haar rug tegen het bed staan, met Mikey achter zich.

Haar moeder kwam dichterbij. 'Stom trutje. Weet je dan niet dat hij de fokking duivel is? Hij moet dood, want dan verdwijnen de stemmen. Snap je dat dan verdomme niet?'

Kim schudde haar hoofd. Nee, ze snapte het niet. Hij was niet de duivel. Hij was haar broertje.

'Ik krijg hem nog wel, dat beloof ik je, ik krijg hem nog wel.'

Vanaf dat moment moest Kim haar moeder altijd één stap voor blijven. Dat jaar deed ze nog meer pogingen, maar Kim week nooit ver van Mikeys zijde.

Overdag droeg ze een badge in haar zak en prikte ermee in haar onderarm om alert te blijven. 's Nachts pakte ze handenvol koffie uit de pot en stopte die rechtstreeks in haar mond, liet de bittere korreltjes smelten op haar tong.

Pas als ze het ritmische geluid van haar moeders gesnurk hoorde, gunde ze zichzelf rust.

Af en toe kwam er iemand van maatschappelijk werk langs. Een overwerkt persoon die een haastige inspectie van tien minuten uitvoerde met behulp van een denkbeeldig klembord, een test waar ze op de een of andere manier voor slaagde.

Kim had zich sindsdien vaak afgevraagd hoe laag de eisen wel niet waren dat hun moeder voor hen mocht blijven zorgen.

Geen crack te zien: check.

Geen wankelende, dronken ouder te zien: check.

Kinderen zonder duidelijke littekens: check.

Een week na haar zesde verjaardag kwam Kim uit het toilet en zag dat haar broertje met handboeien aan de verwarming vastzat.

Kim keek haar moeder met afschuw aan, heel even in verwarring. Dat was genoeg tijd voor haar moeder. Kim voelde hoe ze van achteren bij haar haren werd vastgegrepen door haar moeders hand. Ze werd naar de verwarming gesleept en aan haar broer vastgebonden.

'Als ik jou moet pakken om hem te krijgen, dan doe ik dat.'

Dat waren de laatste woorden die ze ooit nog hoorde van haar moeder.

Aan het eind van die dag was Kim erin geslaagd om haar rechtervoet onder het bed te wurmen en een pakje met vijf creamcrackers en een half flesje cola tevoorschijn te halen.

Twee dagen lang was ze ervan overtuigd dat haar moeder zou terugkomen. Dat ze een van haar zeldzame heldere momenten zou hebben en hen zou bevrijden.

Op dag drie besefte ze dat hun moeder niet meer terugkwam en hen voor dood had achtergelaten. Met nog maar twee crackers en een paar slokken cola over, stopte Kim helemaal met eten. Ze brak de laatste twee crackers in vieren, zodat Mikey acht stukjes had.

Elke paar uur probeerde ze haar hand los te wurmen. Elke keer schaafde ze haar huid open.

Aan het einde van dag vijf waren de crackers op. Er zat nog maar één slokje vloeistof in het colaflesje.

Mikey draaide zijn gezicht naar haar toe; zo mager, zo bleek. 'Kimmy, ik heb weer geplast,' fluisterde hij.

Ze keek in zijn ogen, zo bezorgd door het zoveelste plasje op de viezigheid onder hen. Zijn oprechte blik maakte haar aan het lachen. En toen ze eenmaal begon te lachen, kon ze niet meer stoppen. En hoewel hij niet begreep waarom, deed Mikey met haar mee tot de tranen over hun wangen stroomden.

En toen de tranen stopten, hield ze hem dicht tegen zich aan. Omdat ze het al wist. Ze fluisterde in zijn oor dat mammie onderweg was met een maaltje en dat hij nog even moest volhouden. Ze kuste hem op zijn slaap en zei dat ze van hem hield.

Twee uur later overleed hij in haar armen.

'Rust zacht, lieve Mikey,' fluisterde ze, terwijl zijn laatste adem zijn mishandelde, fragiele lichaam verliet.

Uren of dagen later was er veel lawaai en toen waren er mensen. Heel veel mensen. Te veel. Ze wilden Mikey meenemen en ze was te zwak om ze tegen te houden. Ze moest hem laten gaan. Alweer.

De twee weken in het ziekenhuis waren een waas van slangetjes, naalden en witte jassen. De dagen smolten samen tot één geheel.

Dag vijftien was veel helderder. Ze werd van het ziekenhuis naar het kindertehuis gebracht. En ze kreeg daar bed nummer negentien.

'Sorry, mevrouw, is alles goed met u?' vroeg een stem boven haar.

Kim schrok toen ze besefte dat ze langs de muur omlaag was gezakt en nu op de grond zat.

Ze veegde de tranen weg en sprong overeind. 'Alles is goed met me, dank u, alles is goed.'

De ambulancebroeder aarzelde even, maar knikte toen en liep weg.

Kim bleef staan en ademde diep in en uit om het overweldigende verdriet te laten verdwijnen, terwijl ze haar herinneringen weer wegstopte. Ze zou het zichzelf nooit vergeven dat het haar niet gelukt was om haar broertje te beschermen.

Ze maakte haar helm los van het wiel. Ze was nu een en al vechtlust en vastberadenheid.

Nee, ze zou dit niet accepteren. Kim zou deze meisjes niet in de steek laten, want ze betekenden verdomme iets voor iemand. Ze deden er verdomd veel toe voor haar.

64

Stacey leunde naar achteren in haar stoel en rekte zich uit. De spieren in haar nek brandden. Ze liet haar hoofd naar links zwaaien en toen naar rechts. Er kraakte iets in haar rechterschouder.

De baas had gezegd dat ze naar huis moest gaan en dat was ze ook van plan.

Ze sloot de Facebook-pagina en haar e-mailaccount. Bovenaan stonden nog een paar ongelezen vetgedrukte berichten, maar ze zou die zaterdagochtend wel bekijken. Waar ze nu naar verlangde was een lang heet bubbelbad gevolgd door een afhaalpizza en een dosis *Real Housewives*. Het maakt haar niet uit welke aflevering.

Het gezoem van de computer stopte, waardoor de kamer gehuld werd in stilte.

Haar voeten gleden in de schoenen onder het bureau. Stacey deed haar jas aan en liep naar de deur.

Haar linkerhand aarzelde bij de lichtknop omdat er iets aan haar knaagde. Iets wat ze had gezien maar wat ze nog niet kon plaatsen.

Ze bromde terwijl ze terugliep naar haar bureau. Het gezoem leek luider, alsof iets heel veel moeite kostte. Stacey ging ervan uit dat dat projectie was.

Ze logde in en ging meteen naar haar e-mails. Het tweede ongelezen bericht deed haar hart sneller kloppen. Ze las het opnieuw, met grote ogen.

Tegen de tijd dat ze bij het eind was, was haar mond droog geworden.

Met trillende vingers reikte Stacey naar de telefoon.

65

Kim parkeerde de motor aan de zijkant van het omheinde gebouw. Ze stapte af en deed een stap opzij.

Het was pas acht uur 's avonds, maar het voelde veel later. De kou van de avondlucht zat al onder het vriespunt, waardoor gezinnen de deuren op slot deden, de gordijnen dichtschoven en bijeenkropen voor een flakkerend haardvuur en een avondfilm.

Kim verlangde daar ook naar toen ze een korte stop maakte bij haar huis, een plek die ze de afgelopen week nauwelijks had gezien, maar ze wist dat ze geen tijd voor rust had. De antwoorden doemden op in de nevel, maar er was nog één ontbrekend puzzelstukje dat haar dwarszat.

De plek van de opgravingen was nu leeg. Alle sporen van activiteit waren uitgewist. De plek zo verlaten te zien, was griezelig. De witte tenten waren weer opgeslagen, wachtend op het volgende slachtoffer. Alle uitrusting was weggehaald en zou de volgende dag verdwenen zijn. Samen met Cerys.

Zo op het oog en in het donker zag het stuk grond er hetzelfde uit als een week geleden. Zelfs de paar bloemen en knuffelberen waren nu weg.

Maar Kim vroeg zich onwillekeurig af hoe lang de meisjes nog vermist zouden zijn gebleven als de professor er niet zo op gebrand was geweest om munten op te graven.

Maar dankzij zijn koppigheid zouden drie jonge meiden die in dit sobere stuk grond hadden gelegen nu fatsoenlijk begraven kunnen worden. En Kim zou naar elke begrafenis gaan.

Ze wist dat deze zaak hen allemaal had geraakt. Cerys had de lichamen uit de grond gehaald, Daniel had de meisjes onderzocht om de doodsoorzaak vast te stellen en nu was het aan haar om alles met elkaar te verbinden.

Ze keek naar het middelste huis. Daarbinnen was bedrijvigheid. Lucy en William waren terug uit het ziekenhuis en hun leven samen ging weer z'n normale gangetje. Voor nu.

Kim keek weg van het verlichte raam. Het was tijd om een zeer moeilijk gesprek met William Payne te voeren, maar hij ging nergens heen en er was nog één ontbrekend puzzelstukje dat ze eerst moest zien te vinden.

De gebitsprothese was hier ergens en om de een of andere reden was dat belangrijk. Dat het niet in het lichaam zat en niet in het graf lag, betekende dat het nog ergens in het gebouw was. De vindplek zou haar alles vertellen. En deze keer was Kim voorbereid.

Ze reikte in haar zadeltas en haalde er een hamer uit. Ze vermoedde dat als ze twee schotten uit het hek haalde, ze door het gat zou kunnen klimmen.

Kim deed haar zwartleren handschoenen uit en stopte de penlight tussen haar tanden. Met behulp van de klauw van de hamer verwijderde ze de spijkers waarmee de ruwe houten schotten aan de verticale latten vastzaten.

De eerste twee waren er makkelijk uit te krijgen. Ze probeerde het schot los te wrikken, maar de twee spijkers aan de andere kant hielden de boel nog op z'n plek. De bovenste gaf gauw mee, maar in de onderste was geen beweging te krijgen. Het lukte haar om het schot naar beneden te draaien, zodat het verticaal hing, terwijl het nog steeds vastzat aan één eigenwijze spijker.

Het was duidelijk dat tien jaar geleden het budget van het bestuur voor goed vakmanschap veel groter was dan dat voor materiaal van goede kwaliteit.

Kim herhaalde dezelfde werkwijze bij het tweede schot, zodat de opening groot genoeg werd om doorheen te klimmen. Eenmaal aan de andere kant schudde ze haar handen los en maakte een kommetje rond haar mond. De schrale wind tegen haar onbedekte vingers had de topjes gevoelloos gemaakt.

Ze had Bryant en de rest van het team expres niet ingelicht over haar plannen. Wettelijk had ze het recht niet om het gebouw binnen te gaan en een huiszoekingsbevel zou veel te lang op zich laten wachten.

Woody's boodschap over de loyaliteit van haar team was luid en duidelijk overgekomen.

Omdat ze het zonder daglicht moest stellen, moest ze uit haar geheugen opdiepen hoe de achterkant van het gebouw eruitzag. Ze verlichtte de grond met haar penlight. Het stuk land was overwoekerd en bedekt met bakstenen en puin.

Kim bescheen het open raam waardoor ze eerder het gebouw was binnengegaan. Ze probeerde in een rechte lijn van A naar B te lopen, maar struikelde over een B-2-blok. Ze vloekte, maar liep door.

Ze kwam aan bij het raam en bedacht dat ze de vuilnisbak had gebruikt om terug over het hek te klimmen. Ze ging terug, zorgvuldig het B-2-blok ontwijkend, pakte de vuilnisbak en zette die onder het kapotte raam.

Ze bescheen de randen van de opening om een idee te krijgen van waar de scherven zaten. Kim stak de penlight in haar mond en gebruikte beide handen om voorzichtig door het gebroken raam te kruipen.

Ja, ze was binnen.

66

Ik wist dat ik gelijk had toen ik haar de eerste keer zag. Haar toewijding en volharding hadden haar ver gebracht. Misschien wel te ver.

Want ze hadden haar terug naar mij geleid.

In het begin dacht ik dat we elkaar niet zouden tegenkomen, maar dat was niet langer het geval.

Mijn voorzorgsmaatregel, mijn slimme dwaalspoor, was niet genoeg geweest. Voor sommigen zou het dat geweest zijn. Maar niet voor haar.

Hier was ze dan, alleen, laat op de avond, inbrekend in een verlaten gebouw, zoekend naar antwoorden. Ze zou niet rusten voordat ze de geheimen had blootgelegd.

Allemaal.

Het was slechts een kwestie van tijd voordat haar zorgvuldige denkwerk haar naar mij toe zou leiden. Ik kon dat risico niet nemen.

Als ze niet zo slim was geweest, had ik haar laten leven. Mensen moeten verantwoordelijkheid nemen voor hun eigen daden.

Ik herinner me dat ik twaalf was en in de eetzaal zat. Robbie had een sandwich met kipsalade. Die zag er zoveel smakelijker uit dan de mijne met ham en kaas. Ik vroeg of hij wilde ruilen en hij lachte me uit.

Een gebroken rib, een blauw oog en twee gebroken vingers later had ik zijn sandwich en die smaakte me goed.

Zie je, het was niet nodig geweest. Als hij gewoon geruild had, zou er niets met hem aan de hand zijn geweest. Ik probeerde dit aan de docenten uit te leggen, maar ze begrepen het niet. Iedereen zocht naar redenen voor mijn gebrek aan berouw.

Ik had geen problemen. Ik snakte niet naar aandacht. Ik deed het niet omdat mijn oma overleden was.

Ik wilde gewoon die sandwich.

Jammer dat die rechercheur zou moeten sterven. Haar scherpe geest en constante drive zouden gemist worden, maar ze had het over zichzelf afgeroepen.

Het was niet mijn schuld.

Het enige wat ik fout had gedaan was iets een aantal jaar eerder, maar sindsdien had ik dat niet meer gedaan.

Maar dan, zelfs de grootste genieën maken af en toe fouten.

En terwijl ik keek hoe ze door het hek naar binnen klom, bedacht ik dat de rechercheur zojuist haar laatste fout had gemaakt.

67

Kims voeten landdden op het formica werkblad en het glas kraakte als grind onder haar schoenen. In de duistere stilte leek het geluid oorverdovend.

Ze liet zichzelf op de vloer zakken en scheen met haar zaklampje de keuken rond. In de paar dagen sinds haar laatste inbraak was er niets veranderd en dit was ook niet de ruimte die haar interesse had.

Toch pauzeerde ze even, terwijl ze voor zich zag hoe de meisjes stiekem naar binnen slopen als er niemand in de buurt was, voor een zak chips of een drankje. Hoe vaak was Melanie deze kamer in en uit gegaan voordat ze zo bruut onthoofd werd?

Kim liep de kamer door en schrok toen iets tegen haar gezicht kwam. Ze klauwde naar haar wangen om de zachte draden te verwijderen en scheen met haar licht op een spinnenweb in de deuropening met een gat ter grootte van een hoofd. Ze schudde met haar hoofd en wreef over haar gezicht en haren. Een draadje kriebelde nog op haar oor.

Terwijl ze van de hal de gang in stapte, huilde er boven een windvlaag, die het gebouw binnenkwam door de kapotte ramen. Een balk kraakte boven haar hoofd.

Heel even vroeg Kim zich af of het wel verstandig was om dit gebouw ’s nachts in haar eentje binnen te gaan, maar ze zou zich niet laten afschrikken door insecten en de wind.

Ze liep de gang door, waarbij ze haar zaklampje afschermde als ze langs open deuren kwam van kamers die aan de voorkant van het perceel waren.

Hoewel het gebouw omheind was, wilde ze niet het risico lopen dat het licht te zien was vanaf de weg of de huizen aan de overkant.

Ze passeerde een wasruimte aan haar linkerkant en aan haar rechterzijde was een zitkamer. Ze stelde zich Louise voor in die kamer, omringd door bewonderaars, als groepsleider haar troepen verzamelend – totdat een of andere klootzak haar doormidden probeerde te zagen.

Kim liep naar de kamer aan het uiteinde van de gang. De kamer waar de brand was begonnen. Het kantoor van de directeur.

Toen ze naar binnen ging, deed ze haar zaklampje uit. Een straatlantaarn naast de bushalte wierp een schaduw in de kamer.

Stond je hier en vroeg je hem om hulp? vroeg Kim in gedachten aan Tracy. Kwam je naar Richard Croft toe om hem om raad te vragen, voordat je levend begraven werd? Kim dacht van niet.

Kim zette de gedachte van zich af en keek de kamer rond. Twee archiefkasten stonden achter de open deur. Ze opende een voor een alle lades. Het licht van de straatlantaarn viel niet helemaal tot hier de kamer binnen. Ze voelde met haar hand in elke la.

Niets.

Ze ging naar de boekenkast aan de andere kant van de deuropening. Het was een zwaar, houten geval. Tussen de bovenkant en het plafond zat ongeveer vijftien centimer. Ze liet haar hand over elke lege plank gaan en ging op de tweede plank staan om de bovenkant van de kast te inspecteren. Hoewel haar hand zwart werd van donker, stoffig roet, vond ze niets. Ze blies het losse zwarte poeder weg en veegde wat bleef zitten af aan haar jeans.

Ze ging naar het bureau dat het dichtst bij het raam stond en opende alle lades. In de onderste vond ze een kleine spaarpot. Ze schudde er lichtjes mee. Hij was leeg.

Kim bleef staan en keek de kamer rond. De gebitsprothese was hier.

Ze voelde het. Waar zou het ding gelegd zijn in een poging om het te vernietigen?

Haar ogen dwaalden terug naar de boekenkast die het dichtst bij de deur stond. De brand was begonnen in de gang voor de deur van het kantoor, het verst weg van de slaapkamers van de meisjes. Op de een of andere manier had het vuur een route gekozen door de gang en Crofts kantoor intact gelaten.

Ze stopte de penlight in haar zak en ging voor de boekenkast staan. Deze keer onderzocht ze de boven- en onderkant en zijkanten van elke plank. Ze knielde neer op de vloer om te zoeken naar een ruimte onder de onderste plank.

Niets.

Ze nieste toen het stof en het roet opwaaiden van de oppervlakken die ze aanraakte.

Ze ging voor de boekenkast staan en spreidde haar armen. Het lukte haar maar net om het hele ding te omvatten in een grote omhelzing. Ze trok aan de ene kant en toen aan de andere; schoof het ding centimeter voor centimeter naar voren. Na een paar pogingen zat er ongeveer twintig centimeter ruimte tussen de kast en de muur. Niet veel, maar genoeg voor haar om doorheen te reiken.

Kim bewoog haar hand heen en weer over de triplex achterkant. Haar gezicht drukte tegen de zijkant van de kast toen ze naar het verste punt reikte.

Haar vingertoppen gleden over een glad gedeelte dat contrasteerde met het ruwe triplex. Ze reikte zo ver mogelijk; haar schouder deed er pijn van. Ze raakte het weer aan. Tape. Haar vingers vonden het beginnetje van een stuk plakband. Ze duwde zichzelf met een uiterste krachtsinspanning in de hoek.

Onmiddelijk werd ze herinnerd aan pleeggezin nummer drie, waarbij in de hoek staan een straf was geweest. Ze schatte dat ze ongeveer een derde van haar vijf maanden durende verblijf in die hoek had doorgebracht. En ze had niet altijd iets verkeerds gedaan. Soms werd gewoon die indruk gewekt.

Kim verstijfde toen haar hand zich om de onmiskenbare vorm van een tand sloot.

Het woord *straf* galmde door haar hoofd en ze deed haar ogen dicht. Ze schudde haar hoofd in ongeloof. Waarom had ze het verdorie niet eerder gezien? Het had haar aangestaard vanaf het whiteboard. Onthoofden, levend begraven en doodzagen: allemaal vormen van doodstraf.

Ze trok haar arm achter de boekenkast vandaan. Die prothese kon wachten. Die was niet meer zo belangrijk als eerst.

Ze moest bellen voor assistentie. Ze had nu alle puzzelstukjes om deze zaak eindelijk op te lossen. Eén laatste bezoekje en haar meisjes zouden rusten in vrede.

Te laat. Kim zag de straatlantaarn een schaduw werpen in de gang.

En toen zag ze niets meer.

68

Kim opende haar ogen en merkte dat er een reep stof in haar mond zat, die aan de achterkant van haar hoofd was vastgeknoopt.

Ze was op haar zij gelegd en haar handen en voeten waren samengebonden tot een bundeltje ledematen, haar knieën zaten onder haar kin geklemd.

De pijn in haar lichaam viel in het niet bij het bonzen in haar hoofd. Het begon bij haar kruin en spreidde zich als tentakels uit richting haar slapen, oren en kaken.

Een ijzige kou van de betonnen vloer drong door in haar kleren en botten.

Heel even wist Kim niet meer waar ze was en waarom. Geleidelijk aan herinnerde ze zich momenten van die dag, maar het was als een collage. Ze zag voor zich hoe Richard Croft op zijn buik op de vloer lag in een plas bloed. De briefing herinnerde ze zich vaag, maar ze wist niet zeker of die gisteren was. Ze voelde, meer dan dat ze het zich herinnerde, dat ze naar de plek van de opgravingen was terug geweest en met Cerys had gepraat.

Terwijl de momentopnames een chronologische volgorde begonnen te krijgen, bedacht Kim dat ze naar Crestwood was teruggegaan om de gebitsprothese te vinden.

Door de waas heen herinnerde ze zich dat ze die gevonden had – voordat het duister was neergedaald.

Ze had geen idee hoe lang ze bewusteloos was geweest, maar ze wist dat ze in het kantoor van de directeur was. Stof en roet zaten vastgekoekt aan haar huid.

Haar zicht werd helderder en haar ogen wenden aan het licht. De kamer was hetzelfde gebleven en de straatlantaarn buiten wierp een bleek licht naar binnen.

De stilte werd slechts verbroken door het geluid van water dat ergens in de verte druppelde. De onophoudelijke regelmaat maakte het tot een spookachtige aanwezigheid.

Kim trok aan de touwen waarmee ze was vastgebonden. Ze gaven niet mee, maar sneden in haar huid. Ze probeerde het opnieuw, de pijn negerend, maar het touw brandde op haar kapotte huid.

Ze probeerde zich te herinneren of ze iets in de kamer had gezien wat haar misschien kon helpen. Er kwam niets in haar op, maar ze wist dat ze niet gewoon stil kon blijven liggen en afwachten.

Er trippelde iets langs haar hoofd, wat haar aanzette tot actie. Ze probeerde naar voren te schuiven, kronkelend als een aangebrande worm. Die inspanning veroorzaakte nieuwe golven van pijn die zich verspreidden door haar schedel, en gal brandde achter in haar keel.

Plotseling hoorde ze een geluid en ze stopte met wriemelen, haar zintuigen op scherp.

Ze strekte haar nek naar de deuropening. Een gedaante verscheen. Het silhouet kwam haar bekend voor.

Kim knipperde in het donker met haar ogen terwijl haar aanvaller in de streep licht stapte die de kamer verhelderde.

Haar blik ging van zijn voeten omhoog naar zijn benen, torso en schouders – regelrecht naar de ogen van William Payne.

69

William Payne liep langzaam naar haar toe. Zijn ogen waren uitdrukkingsloos en haar hoofd begon onwillekeurig heen en weer te bewegen. Nee, dit was niet goed. Haar maag draaide zich om bij het scenario dat ze voor zich zag. Dit was niet wie ze had verwacht.

Hij bukte zich toen hij naast haar stond en probeerde de knopen los te maken die haar vastgebonden hielden als een stuk vee. Zijn vingers werkten snel maar onhandig.

Ze probeerde te praten, maar het stuk stof in haar mond maakte haar vraag onverstaanbaar.

Hij schudde zijn hoofd. 'We hebben niet veel tijd,' fluisterde hij.

Hij opende zijn mond om nog meer te zeggen, maar er kwam een laag fluitend geluid vanaf het andere eind van de gang.

William legde zijn vinger tegen zijn lippen en stapte terug in de schaduw in de kamer. Aangezien ze geen geluid kon maken door de knevel, vermoedde ze dat hij bedoelde dat ze zijn plek niet verraadde.

Het gedreun hield aan en werd luider. De pas van deze bezoeker leek niet op die van William Payne. Deze voetstappen waren resoluut, zelfverzekerd en doelbewust.

Weer vulde een schaduw de deuropening, maar deze keer hoefde Kim niet te wachten tot de eigenaar in de lichtstraal stapte.

Dít was degene die ze had verwacht.

70

'Bryant, je moet de baas gaan zoeken,' brulde Stacey door de telefoon. 'Het is de dominee. Het is Wilks. Hij heeft de meisjes vermoord en de baas neemt haar telefoon niet op.'

'Rustig, Stace,' zei Bryant. Het geluid van de televisie op de achtergrond werd zachter. Ze vermoedde dat hij naar een andere kamer liep. 'Waar heb je het over?'

'Die e-mails die ik op goed geluk heb verstuurd. Twaalf jaar geleden was er trammelant in Bristol toen een familie een metalen pin in de as van hun overledene vond. Het crematorium werd ervan beschuldigd dat het uitvaarten door elkaar haalde, maar na dat incident nam Wilks de benen.'

'Sorry hoor, Stace, maar dat betekent niet dat hij schuldig is aan...'

Stacey onderdrukte haar frustratie. Ze had geen tijd te verliezen. 'Ik heb de archieven gecheckt en twee weken eerder liep een kind genaamd Rebecca Shaw weg uit het Clifton-kindertehuis...'

'Waarom stond dat in dc krant?' vroeg Bryant.

'Omdat ze al eerder in het nieuws was toen ze werd aangereden. Zwaar gewond aan haar knieën...'

'Waardoor ze pinnen nodig had,' besloot Bryant.

Stacey kon horen hoe het kwartje op zijn plek viel.

'Dat is hoe hij ze eerder uit de weg ruimde,' zei Stacey. 'Maar hij kon het risico niet meer nemen.'

Ze hoorde Bryant een diepe zucht slaken. 'Jezus, Stace, met hoeveel zijn we...'

'Bryant, je moet de baas gaan zoeken. De verbinding viel weg toen ik haar eerder sprak en ze klonk vreemd.'

'Wat bedoel je?'

'Kweenie, ze was afgeleid, geërgerd. Ik denk niet dat ze naar huis ging. Ik ben bang dat...'

'Stace, bazuin rond dat ze vermist wordt. Ik neem de uitbrander voor lief als ze gezond en wel blijkt te zijn.'

'Zal ik doen, maar Bryant...'

'Ja?'

'Vind haar.'

Het woord 'levend' hing onuitgesproken tussen hen.

'Zal ik doen, Stace, beloofd.'

Stacey hing op. Ze geloofde hem. Bryant zou Kim vinden.

Ze hoopte alleen dat hij niet te laat was.

71

Hij stapte de kamer binnen en zette een spade tegen de muur.

Kim keek toe hoe zijn voeten dichter naar haar toe kwamen. Ze kon haar nek niet strekken om omhoog te kijken, ook al zou ze dat heel graag willen. Ze wilde die vuile klootzak die een meisje doormidden probeerde te zagen recht in de ogen kijken.

Zijn stem was zacht en opgewekt, alsof hij praatte over waar hij die avond uit eten zou gaan. 'Zo vriendelijk van je collega's om een paar gaten voor me te graven. Dat laatste was heel makkelijk weer open te maken. Ik denk dat je het daar erg naar je zin zult hebben.'

Kim drukte tegen haar touwen en probeerde de knevel uit te spugen.

Ze voelde hoe het touw om haar rechterpols iets losser kwam te zitten, maar niet genoeg.

Victor Wilks lachte luid. 'Dit moet nieuw voor je zijn, rechercheur. Jij bent gewoonlijk degene die de leiding heeft, maar nu niet meer.'

Kim voelde haar frustratie aanzwellen. Een op een zou ze hem de baas zijn. Ze zou hem helemaal tot moes slaan. De enige manier waarop hij macht over haar kon uitoefenen, was door haar op te binden als een verdomde kalkoen.

Hij knielde naast haar neer en eindelijk kon ze in zijn ogen kijken. Ze stonden enthousiast door de overwinning.

'Ik heb veel over je gelezen, rechercheur. Ik begrijp je passie, ik begrijp je drive. Ik begrijp zelfs de verwantschap die je voelt met je jongere slachtoffers.'

Zijn stem was melodieus, alsof hij een dienst hield voor de pas overledenen. 'Jij was een van die meisjes, nietwaar, liefje... maar anders dan zij, heb jij een fatsoenlijk mens van jezelf gemaakt.'

Kim drukte tegen het touw. Ze wilde zo ontzettend graag Wilks nek omdraaien en de zelfvoldane uitdrukking van zijn gezicht stompen.

Hij deed een stap naar achteren en lachte. 'O Kim. Ik wist dat je een vechter zou zijn. De eerste keer dat ik je zag, besefte ik al dat je lef had.'

Kim murmelde tegen het stuk stof.

Hij hield zijn hoofd schuin en zag de woede in haar ogen. 'Je denkt dat ik hier niet mee weg zal komen?'

Kim knikte en murmelde opnieuw.

'O, maar dat zal ik wel, liefje. Weet je, deze grond zal nooit meer worden aangeraakt. Niet zolang ik leef.' Hij grinnikte. 'En zeker niet zolang jij leeft.

Dit stuk land is nu de officiële begraafplaats van drie vermoorde tienermeisjes. Niemand zal hier ooit nog de rust mogen verstoren. Zeg, wie weet ook alweer dat je hier bent?'

Kim kronkelde in zijn richting. Ze zag de schaduw van William Payne die achter de open deur stond. Ze wilde dat de geestelijke zich verplaatste, zodat hij de onregelmatigheid in het licht niet zou zien.

Haar beweging liet Victor slechts van standbeen verwisselen. Hij stond nog steeds met zijn zij naar de deuropening.

'En je vergeet één belangrijk detail, liefje. Ik heb dit eerder gedaan. Minstens drie keer – dus ik denk dat je zult merken dat ik behoorlijk goed ben in...'

Zijn woorden stierven weg terwijl de schaduw aan zijn linkerkant uit het donker stapte.

Kim gromde toen ze de luchtverplaatsing hoorde. Ze wist dat William zich te vroeg verroerd had. De drie stappen die hij nodig had om bij Victor Wilks te komen, hadden de geestelijke de tijd gegeven om overeind te komen en stevig op zijn voeten te gaan staan.

De eerste klap van William was gemakkelijk te ontwijken. Hoewel William jonger en langer was, was Victor Wilks verrassend sterk voor zijn omvang.

Victor maakte gebruik van Williams vaart toen die naar achteren struikelde en stortte zich meteen op hem. Hij hief zijn vuist en sloeg William tegen de zijkant van zijn hoofd. Williams hoofd zwaaide opzij.

Victor gaf hem een linkse hoekstoot en Williams hoofd vloog de andere kant op. Aan de houding van de geestelijke kon Kim zien dat ze gelijk had gehad over zijn tijd in de boksring. William had geen schijn van kans.

Ze probeerde verder te wriemelen naar het midden van de kamer, in de hoop dat ze een obstakel zou zijn waar Victor Wilks over zou vallen, waardoor William een voorsprong kreeg.

Kim had zich nog nooit zo machteloos gevoeld.

'Je zou dankbaar moeten zijn voor wat ik gedaan heb, zielige lul,' zei Victor terwijl William omlaag zakte langs de muur. 'Na wat die kleine bitches je dochter hadden aangedaan. Je zou me verdomme moeten bedanken.'

William was half omlaag gezakt, maar hij deed een uitval naar voren en mikte met zijn hand op Victors geslachtsdelen.

De beweging deed Victor naar achteren stappen, buiten bereik. Zijn rechtervoet raakte haar tegen het hoofd, wat een explosie veroorzaakte achter haar ogen.

Het duurde even voordat Kim de sterretjes had weg geknipperd, maar ze zag hoe Victor William bij de keel greep en hem weer naar staande positie tilde. Victor drukte hem tegen de muur met zijn linkerhand op Williams keel. Ze keek ontzet toe hoe Williams ogen rondtolden in zijn hoofd.

Victor gaf nog één laatste vuistslag tegen Williams hoofd, toen liet hij hem los.

Kim jammerde luid toen William Payne naar zijn borst greep en op de grond viel.

72

Geveld door Wilks klap, lag Williams gezicht een paar centimeters van het hare. Kim zocht snel naar tekenen van leven, maar in het beperkte licht kon ze het niet goed zien.

Victor Wilks bukte zich tussen hen en sleepte Williams logge gedaante weg van haar alsof hij een zak aardappelen was.

Ze zag hoe hij twee vingers tegen Williams hals legde. 'Hij leeft. Voor dit moment.'

Kim slaakte een zucht van opluchting.

Victor kwam naast haar staan en knielde. Hij haalde een mes uit zijn zak en legde het lemmet tegen haar keel.

'Ik weet zeker dat je laatste wens met mij praten is, rechercheur – en ik zal die wens inwilligen, maar als je gaat gillen, snij ik je keel door. Is dat duidelijk?'

Kim bewoog zich niet, maar bleef in zijn zielloze ogen staren. Hij was niet langer de vriendelijke dominee die een rouwende menigte die getroost wilde worden zachtjes toesprak. De zelfvoldane triomf was verdwenen en had plaatsgemaakt voor het duistere gemoed van een moordenaar.

Wilks trok de knevel van haar mond en liet hem vallen, zodat hij rond haar nek bleef liggen.

'Je komt hier niet ongestraft mee weg, jij klootzak,' spuwde ze. De woorden kwamen rasperig uit haar keel. De knevel had haar keel zo droog gemaakt als schuurpapier.

Ze slikte drie keer om haar mond vochtiger te maken.

Hij knielde naast Williams lichaam en hield het lemmet vlak boven zijn halsslagader.

'O, ik denk van wel, liefje. Jij bent de enige die mij verdenkt. Ik zag het eerder al aan je gezicht. Ook al was je er zelf nog niet achter. Ik wist dat het niet lang zou duren voordat je het doorhad.'

'Je hebt drie onschuldige meisjes vermoord?'

'Ik zou ze echt niet onschuldig noemen.'

Kim wist dat ze zo veel mogelijk tijd moest zien te rekken. Niemand wist waar ze was. Hij had gelijk dat niemand haar zou komen helpen. Haar enige kans op ontspanning lag twee meter van haar vandaan, bewusteloos.

Ze moest hem aan de praat zien te houden. Zolang hij praatte, kon zij ademen.

Kim vervloekte zichzelf omdat ze het niet eerder had doorgehad. Iets wat Nicola had gezegd had vreemd geklonken. Tracy Morgan zou niet gezegd hebben dat ze geld ging halen bij de vader van het kind. Ze zou 'papa van de baby' of de naam van de man hebben gezegd. Ze bedoelde dat ze geld ging halen bij de dominee.

'Tracy's kind was van jou?'

'Natuurlijk was het van mij. Die stomme bitch dacht dat ze me kon chanteren. Ze wilde zelfs het kind houden en een nieuw leven voor zichzelf opbouwen.'

'Heb je haar verkracht?'

'Laten we zeggen dat ze *hard-to-get* speelde.'

Elke vezel in haar lijf popelde om het mes te pakken en diep tussen zijn ogen te steken.

'Jij vuile klootzak. Hoe kon je dat verdomme doen?'

'Omdat ze niets waard was, rechercheur. Zoals veel van de anderen, had ze niets. Haar leven was zinloos.'

'Waarom gaf ze je niet aan?'

Kim wist de reden al voordat de zin haar mond uit was.

'Omdat ze voelde dat dit was wat ze verdiende. Diep vanbinnen wist ze zelf ook dat ze niets waard was. Haar leven – of het gebrek daaraan – kon niemand iets schelen. Haar aanwezigheid betekende niets. Niemand huilde, niemand rouwde. Ze was waardeloos.'

Kims woede zwol aan. Ze kende dat gevoel. Weten dat de enige mensen in je leven betaald werden om er te zijn, knaagde aan je. Had je eenmaal het gevoel dat je niets waard was, dan ging dat nooit meer weg. Elke dag gebeurden er dingen die dat geloof versterkten.

'Dus, Tracy was de eerste?' vroeg Kim. Ze moest hem bezig zien te houden terwijl ze uitvogelde hoe ze zichzelf kon bevrijden.

'Ja, Tracy was de eerste. Er zou niets met haar beste vriendinnetjes zijn gebeurd, als ze niet zo koppig waren geweest. Ze bleven maar volhouden dat Tracy niet was weggelopen.'

'Maar levend begraven was door jou,' zei Kim ongelovig.

Wilks haalde zijn schouders op, maar Kim zag iets veranderen in zijn ogen.

'Je kon haar niet zelf doden?' vroeg ze verrast. 'Het was niet de bedoeling om haar levend te begraven. Je wilde haar doden, maar je kon het niet. O mijn god, je voelde zowaar iets voor dat meisje.'

'Doe niet zo absurd,' brulde hij. 'Ik voelde niets voor haar. Ik gaf haar gewoon wat wodka, zodat ze wat gedweeër zou worden. Ik wist al wat ik zou gaan doen.'

Kim voelde de gal omhoogkomen in haar keel. Een beeld van Tracy Morgan gleed voor haar ogen; dronken, volgzaam. Die vuile klootzak zou de verleiding niet hebben kunnen weerstaan.

'Je hebt haar nog een keer verkracht, nietwaar?'

Ze zag zijn glimlach. 'Weet je, rechercheur. Ik wist dat ik gelijk had over je. Je weet inderdaad hoe je je verstand moet gebruiken.'

'En jij bent een man van God?'

'Hij kent me beter dan wie dan ook en toch heeft hij me deze kansen gegeven. Als hij vond dat ik iets verkeerds deed, dan zou hij me gestopt hebben.

De andere twee geloofden niet dat ze was weggelopen. Verder geloofde iedereen het. Het gerucht ging dat ze zwanger was, dus iedereen dacht dat ze ofwel was weggelopen met de vader van het kind, ofwel ergens naartoe was gegaan om er iets aan te laten doen.'

'Maar haar vriendinnen niet?'

'Nee, dat waren koppige sletjes die het maar niet wilden laten rusten.'

'Heb je William Payne opzettelijk verdacht gemaakt?'

'Niet met Tracy. Ik wilde haar gewoon weg hebben. Maar uiteindelijk besefte ik dat dezelfde drie meisjes die een probleem voor mij waren, zijn dochter iets gemeens hadden aangedaan, dus besloot ik een kleine voorzorgsmaatregel te nemen.'

Kim begreep het. Vanaf dat moment was hij zo sluw geweest om tijdens Williams nachtdiensten langs te komen en de conciërge meer tijd te geven met zijn dochter. Als het vaste personeel daarvan wist, kneep het een oogje dicht vanwege Lucy's ziekte. Victor wist dat hierdoor de eerste beschuldigende vinger naar William Payne zou wijzen.

'Wie vond de gebitsprothese?' vroeg Kim.

'Teresa Wyatt. Ze wist dat Louise nergens vrijwillig naartoe zou zijn gegaan zonder dat ding. Alleen als ze ging slapen, haalde ze het eruit. Dus ze telde één en één bij elkaar op en deed precies wat ik verwachtte. Ze checkte de nachtroosters en zag dat alle drie de meisjes vermist waren geraakt tijdens Williams nachtdienst. Natuurlijk wist iedereen van het incident met Lucy. Het was maar een kleine stap om te geloven dat hij de misdaden had gepleegd.'

'Dus ze stopten het in de doofpot?'

Victor gniffelde. 'O ja, rechercheur, dat deden ze zeker.'

'Om William te beschermen?'

'Geen moment. O, op het eerste gezicht hadden ze allemaal met hem te doen. Zijn leven was niet benijdenswaardig. Hij zag zijn kind elke dag zieker worden en er was niets wat hij daartegen kon doen. Zonder hem heeft Lucy niemand meer. Maar ze deden het voor zichzelf.'

Het stond Kim niet aan hoe hij nu in de verleden tijd over William sprak. Ze vroeg zich af of het gemaakte graf groot genoeg was voor twee.

'Ik weet zeker dat je hun geheimen al ontdekt hebt. Een officieel onderzoek zou hen allemaal geruïneerd hebben. Richards verduistering zou aan het licht gekomen zijn. Teresa zou beschuldigd zijn van bedreiging en aanranding van Melanie. Er zou onthuld zijn dat Tom met Louise sliep en wie zou geloofd hebben dat het met wederzijdse instemming was? En Arthur haatte hen alle drie hartgrondig. Ze maakten zijn leven tot een hel. En de meisjes waren toch al dood, dus het had geen enkele zin.'

Kim hoorde een sirene in de verte, maar wist dat die niet voor haar kon zijn. Ze vroeg zich af of ze het op de een of andere manier kon gebruiken om zichzelf in leven te houden. Ze dwong zichzelf verder te gaan.

'Wie had de leiding?'

'Ze besloten gezamenlijk dat het geen nut had om naar de politie te gaan. De overgebleven meisjes moesten zo snel mogelijk gescheiden worden en beschuldigende documenten vernietigd.'

'De brand?'

'Ja, de chaos en overplaatsing van de meisjes zou een administratieve nachtmerrie veroorzaken.'

'Praatte niemand met William?'

'Dat hoefde niet. Een paar woorden van mij over zijn geestelijke gesteldheid en zijn woede op de meisjes waren genoeg.'

'Dus, de brand was aangestoken?'

'Ja, maar de meisjes waren nooit in gevaar. Het vuur begon zo ver mogelijk van de kamers. De alarmen gingen meteen af en Arthur Connop stond klaar om de meisjes het gebouw uit te begeleiden.'

'Dus, drie meisjes stierven, William verloor zijn baan en een aantal stafleden verloor zo'n beetje hun verstand. En jij liep weg zonder kleerscheuren?'

'Zoals ik al zei: ik heb God aan mijn zijde.'

'En was hij aan je zijde in Manchester, Bristol en waar je verdomme nog meer bent geweest?'

'Hij is altijd bij me,' zei Victor met een glimlach.

'Weet je dat zeker?' vroeg Kim.

Ze zag twijfel op Victors gezicht verschijnen terwijl de sirene luider werd. Ze wist dat dit haar enige kans was om in leven te blijven. Zo meteen zou hij dat mes tegen haar gebruiken en haar in het voormalige graf van een van zijn slachtoffers verstoppen.

Ze moest hem bang maken zodat hij iets stoms zou doen.

De sirene werd nog luider en Kim kreeg een idee.

'Maar je vergeet één belangrijk ding, Victor.' Ze glimlachte breed. 'En dat wordt je ondergang.'

Terwijl Victor naar haar toe leunde om haar te kunnen horen boven de sirene, kreunde William en rolde op zijn rug.

Ze zag Lucy's ketting met alarmknop om zijn nek hangen. Zijn borst was niet datgene waar hij naar gegrepen had.

De sirene werd almaar harder. Haar handen en voeten waren aan elkaar vastgebonden.

'Wat ben ik precies vergeten, rechercheur?'

Zijn gezicht was naast het hare. Hij geloofde dat de sirene niet voor hen was en wilde weten welke sporen hij nog moest uitwissen.

Zelfs opgebonden wist Kim dat ze in het voordeel was.

'Je zei al dat ik weet hoe ik mijn verstand moet gebruiken.'

Kim strekte haar hoofd naar achteren en zwaaide het krachtig naar voren. Haar voorhoofd raakte zijn neusbrug. Vuurwerk schoot door haar hoofd en even wist ze niet zeker of het geluid van krakend bot van haar of hem afkomstig was.

De pijnkreet die uit Wilks mond kwam vertelde haar dat het beslist van hem was.

Zijn handen gingen automatisch naar zijn gezicht, terwijl het mes vijftien centimeter van haar gebonden handen viel. Hij kwam wankelend overeind en ze kronkelde haar lichaam richting het mes.

'Jij stomme bitch,' schreeuwde hij, terwijl hij struikelend door de kamer liep.

Terwijl haar gebonden handen zich om het heft van het mes sloten, leek Victor zich te realiseren dat hij het kwijt was.

Zijn gezicht nog steeds vasthoudend, liep hij richting de spade bij de deurpost.

Door zijn neus te breken had ze zichzelf wat tijd gegeven, maar in haar vastgebonden staat zou ze met één zwaai van die schep tegen haar hoofd dood zijn.

Het geluid van de sirene was nu oorverdovend.

Ze draaide het mes naar zich toe en hakte in op het stuk touw dat William losser had gemaakt. Het sneed erdoorheen, maar bevrijdde geen van haar ledematen, hoewel het haar wel een paar centimeter extra bewegingsruimte gaf.

Kims hand werkte snel. Nog twee stappen en hij was bij haar.

Williams rechterhand strekte zich plotseling uit en greep Victors enkel. Hij struikelde en viel, maar wist snel weer op te staan.

Kim gebruikte haar middelvinger om aan een van de knopen te trekken. Het gaf druk op al haar ledematen. Het was de verbindende knoop die haar handen en voeten bij elkaar hield.

Ze werkte energieker door. Haar adem kwam nu in korte, krachtige uitbarstingen terwijl ze alle energie die ze had, stopte in het doorsnijden van die ene knoop in het touw.

Victor torende boven haar. Woede brandde in zijn ogen terwijl het bloed van zijn neus drupte. In het licht van de straatlantaarn was te zien hoe het bloed een snor en baard op zijn gezicht had gevormd.

Hij hief de spade hoog in de lucht en zwaaide hem omlaag. Ze rolde op haar linkerzij. De schep raakte de grond, een paar centimeter van haar hoofd. Het geluid galmde in haar oor.

Ze voelde hoe het touw meegaf met het lemmet. In gedachten zag ze hoe het touw in rafels uiteenviel onder de druk van het mes.

Maar het rafelde niet snel genoeg.

Opnieuw werd de spade boven zijn hoofd gehesen. Wilks uitdrukking was er een van moordlustige razernij.

Ze wist dat de volgende slag raak zou zijn.

De sirene zweeg en de plotselinge stilte was onheilspellend.

Victor greep de schep steviger beet, een triomfantelijke glinstering in zijn ogen.

Kim zag het uiteinde van de spade neerdalen richting haar hoofd.

Ze had geen tijd meer. Ze liet het mes vallen en trok met al haar kracht haar handen uit elkaar, hopend dat ze het juiste stuk touw had verzwakt.

Haar handen en benen schoten los en ze greep naar zijn knieën, maar de neerwaartse beweging van de schep kon ze niet meer stoppen. Het ding raakte haar hard tegen haar onderrug.

Ze schreeuwde het uit van de pijn terwijl ze zijn benen onder hem vandaan duwde. Hij tuimelde achterover op de vloer. Zijn rechterelleboog stootte tegen de muur terwijl hij viel.

Kim negeerde de pijn in haar rug. Ze wist dat ze deze kans moest grijpen. De verwondingen die ze had veroorzaakt zouden hem niet lang tegenhouden.

Ze wierp zich op zijn benen en klom boven op hem. Hij probeerde zijn bovenlichaam op te richten, maar Kim was sneller. Ze duwde zichzelf overeind en ging schrijlings op hem zitten. Hij draaide en kronkelde onder haar, maar haar knieën bleven tegen zijn ribben gedrukt.

Kim hoorde rumoer in de keuken, waarbij voeten knerpten over gebroken glas.

'Hier,' riep ze.

Kim keek in ogen waarin alleen bezorgdheid om hemzelf te lezen was. Ze glimlachte naar hem. 'Lijkt erop dat God ook genoeg heeft van je misdaden.'

Weer probeerde Wilks zijn lichaamsgewicht te verplaatsen om haar van zich af te werpen.

Ze balde haar vuist en stompte hem recht op zijn neus, precies op de plek waar ze hem een kopstoot had gegeven.

Hij schreeuwde van de pijn.

'Ze waren nog maar kinderen, klootzak.'

Ze gaf hem weer een klap. 'En die is van Cerys.'

Het felle licht van een zaklamp viel op haar. Een mannelijke ambulancebroeder scheen ermee de kamer rond.

'Eh... politie is onderweg,' zei hij, terwijl hij bleef staan, zich duidelijk afvragend wat hier was gebeurd.

'Godzijdank,' zei ze, reikend naar haar politiepas.

Hij wierp er een blik op. 'Oké, wat is hier in hemelsnaam...'

Ze wees naar William, die naast haar lag te kermen. 'Help hem eerst. Hoofdletsel, aan beide kanten.'

'Hebt u geen hulp...'

'Met mij is alles goed. Help hem.'

Victor kronkelde onder haar. 'Stilliggen jij,' zei ze, terwijl ze haar rechterknie steviger tegen zijn ribben drukte. De tweede ambulancebroeder kwam de kamer binnengestormd.

'Politie komt eraan,' zei hij, terwijl hij haar vorsend aankeek.

Waarom gingen ze er allebei meteen van uit dat zíj de schurk was?

'Zij ís de politie, Mick,' zei de eerste broeder, slechts een tikkeltje ongelovig.

Mick haalde zijn schouders op en knielde toen neer op de vloer aan de andere kant van Williams hoofd. Ze herkende de tweede broeder van het recente voorval met Lucy. Onwillekeurig vroeg ze zich af hoe vaak ze waren opgeroepen voor het arme kind.

'Lucy,' wist William uit te brengen.

'Alles is goed met haar. Ze kon duidelijk maken waar je was,' zei Mick.

Wat een meid, dacht Kim.

'Je zult... nooit... bewijzen...' begon Victor te mompelen.

'Kop dicht,' zei Kim, terwijl ze haar knie weer gebruikte.

Kim hoorde meer sirenes in de verte. Ze kwamen snel dichterbij.

De sirenes zwegen en even later dreunden voetstappen door de gang.

Bryant en Dawson stormden de kamer binnen. En bleven stokstijf stil staan.

Ze glimlachte. 'Goeienavond jongens. Fijn dat jullie er zijn, maar tien minuten eerder zou beter zijn geweest.'

Bryant stak zijn hand uit om haar overeind te helpen, terwijl Dawson Victors armen boven zijn hoofd duwde.

Ze negeerde de uitgestoken hand en duwde zichzelf overeind. Er was geen plek in haar lichaam die geen pijnsignaal naar haar hersenen stuurde, maar haar rug overstemde waarschijnlijk alles. Ze trok een gezicht terwijl ze rechtop ging staan.

'Hoe wist je het?' vroeg ze.

'Stacey kreeg een e-mail van een geestelijke in Bristol. Ik vertel je later de details, maar baas, er is nog meer. Ze begraven was niet zijn gebruikelijke modus operandi. Daarvóór kookte hij ze.'

Kim was niet verbaasd. Ze sloot haar ogen en bad in stilte voor degenen die nooit gevonden zouden worden.

Ze ademde diep in. 'Trek hem overeind, Kev.'

Dawson en Bryant grepen allebei een arm en trokken.

De haat in Victors starende blik brandde op haar huid. Als hij dacht dat ze daar bang van werd, dan had hij het mis. Hij had duidelijk nog nooit een zeer slecht gehumeurde Woody meegemaakt. Daar viel dit bij in het niet.

'Victor Wilks, ik arresteer je voor de moord op Tracy Morgan en haar ongeboren kind, Melanie Harris en Louise Dunston. Je hoeft niets te zeggen, maar alles wat je wel zegt kan als bewijs dienen, jij vuile moorddadige klootzak.'

Ze genoot van hoe hij naar haar keek, pure haat in zijn ogen. 'Breng hem weg, jongens.'

Bryant aarzelde. 'Baas...'

Ze stak haar hand op. 'Met mij is alles goed. Breng hem maar gewoon naar het bureau. Ik kom er zo aan.'

Ze kon de bezorgdheid zien in de ogen van haar collega. Als ze hem hier te lang liet blijven, zou hij haar meeslepen naar het ziekenhuis. En daar had ze op dit moment geen tijd voor.

Kim trok een gezicht toen ze zich bukte naast William.

De ambulancebroeder die het dichtst bij haar was, draaide zijn hoofd. 'Mevrouw, u heeft verzorging nodig...'

Kim negeerde hem en knikte naar William. 'Hoe is het met hem gesteld?'

'Ernstige hersenschudding. Denkt dat ik acht vingers opsteek met één hand, dus hij moet naar het ziekenhuis.'

'Lucy,' zei William weer.

Kim raakte zachtjes zijn hand aan. 'Ik ga bij haar kijken.'

Ze bedankte de ambulancebroeders en verliet het gebouw. Alle botten in haar lichaam schreeuwden naar haar. Ze kwam net op tijd naar buiten om te zien hoe Victor Wilks werd weggereden.

Kim vroeg zich af hoeveel levens hij had genomen. Hoeveel andere kwetsbare, beschadigde meisjes hij had misbruikt – en of ze dat ooit te weten zouden komen.

'Maar nu niet meer, Victor,' zei ze terwijl de auto verdween. 'Je krijgt er geen één meer.'

73

Kim snelde de weg over en draaide aan de deurknop. Hij gaf mee.

Ze sloot de deur achter zich en ging de hal binnen.

'O, verdomme, nee,' schreeuwde ze terwijl ze kamer binnenstormde.

Lucy lag languit op haar buik op de vloer voor haar rolstoel.

Kim boog zich naar haar toe en pijn schoot door haar onderrug.

'Lucy, het komt goed,' zei ze, terwijl ze het haar van het meisje streelde.

Ze kwam overeind en schatte snel in wat de vlugste manier was om het kind op te tillen.

Kim bukte zich weer en draaide Lucy voorzichtig om zodat ze op haar rug lag. De jonge ogen stonden vol paniek.

'Het komt goed, lieverd. Kun je me het teken geven voor ja?'

Lucy knipperde twee keer.

'Ik til je op onder je armen, is dat goed?'

Twee knipperingen.

Kim leunde naar voren, legde een hand onder Lucy's nek en tilde haar bovenlichaam naar zitpositie. Ze wist dat Lucy's spieren haar gewicht niet konden dragen, dus ze trok Lucy dichter naar zich toe zodat ze tegen haar aan kon leunen en niet naar achteren zou vallen.

Ze legde haar handen onder Lucy's oksels en hees haar naar staande positie. Haar lichaam was slap en bood geen tegenstand. Hoewel het niet het gebruikelijke gewicht van een vijftienjarige was, zorgde de belasting van Kims geblesseerde rug ervoor dat ze het bijna uitschreeuwde.

'Ik stel voor dat ik leid bij deze dans,' zei Kim, terwijl ze Lucy omdraaide en voorzichtig in de stoel liet zakken.

Kim zette het voetenbankje zo, dat ze voor Lucy zat. Ze pakte de rechterhand van het meisje vast.

'Gaat het goed met je? Heb je pijn?'

Ze knipperde niet. Kim realiseerde zich algauw dat ze twee vragen had gesteld.

'Sorry. Gaat het goed met je?'

Twee knipperingen.

'Probeerde je naar je vader toe te gaan?'

Twee knipperingen.

Kim pakte de hand steviger beet. Jezus, dit meisje had moed.

'Alles komt goed met hem. Hij heeft een klap tegen zijn hoofd gehad en hij is naar het ziekenhuis voor controle, maar hij is in orde.'

De ogen van de tiener vulden zich met opluchting.

Toen bewoog Lucy haar hoofd lichtjes naar Kim.

'Lucy, sorry, ik begrijp je niet.'

Kim zag de ergernis op haar gezicht. Ze herhaalde de beweging, maar nu krachtiger.

'Ooooooo,' wist ze uit te brengen.

Kim voelde de frustratie van dit arme kind over haar marteling. Haar brein werkte uitstekend, maar haar vermogen om die gedachten uit te drukken was een gevangenis die erger was dan ze zich kon voorstellen.

Ze herhaalde de beweging en het geluid tegelijkertijd en door de intense blik in haar ogen begreep Kim het.

Door de emotie kreeg ze een brok in haar keel. 'Je wilt weten of alles goed is met mij?'

Twee knipperingen.

Kim keek omlaag naar de breekbare hand die ze vasthield. Haar zicht werd even wazig, maar ze kuchte het weg.

'Ik ben in orde, Lucy, en dat is zo dankzij je vader.' Kim dacht aan hoe hij haar extra tijd had gegeven door Victors enkel vast te grijpen. 'Hij heeft zo'n beetje m'n leven gered.'

De expressieve ogen straalden trots uit.

'Ik moet nu gaan. Kan ik iemand voor je halen?'

Lucy begon met knipperen toen de voordeur openging. Een vrouwenstem klonk door de hal.

'Nou, ik weet niet wat voor toestand daar aan de gang is, maar...' Een mollige vrouw van achter in de vijftig bleef staan in de deuropening en sloeg haar armen over elkaar. 'En u bent?'

'Rechercheur Stone.'

'Hmmm... geweldig.'

Ze ging voor Kim staan zodat ze Lucy goed kon bekijken. 'Alles goed, Luce?'

Lucy bevestigde dit blijkbaar, want de vrouw stapte opzij, maar haar blik bleef op Kim gevestigd.

'Waar is William?'

'Hij is naar het ziekenhuis,' antwoordde Kim snel.

'Wat heb je in hemelsnaam met hem gedaan?' vroeg ze grimmig. 'Is hij in orde?'

'Ja, maar waarschijnlijk is hij het grootste deel van de nacht in het ziekenhuis.'

'Nou, dan is het maar goed dat ik langskwam om te kijken, nietwaar? Goed, ik ga water opzetten en dan eten we een lekkere afhaalmaaltijd, Luce. Ik bestel je favoriete pizza.'

De vrouw zette koers naar de keuken, maar was nog steeds te horen.

'Ik weet niet wat jullie daar in vredesnaam te zoeken hebben; politie, ambulances, machines, tenten... Ik dacht dat het klaar was, maar nee, jullie beginnen vannacht weer van voren af aan...'

Kim hield haar lachen in, tot ze naar Lucy keek, die met haar ogen rolde. Gelach bulderde haar mond uit.

'Ik moet gaan, Lucy, oké?'

Twee knipperingen.

'Heb je iets nodig?'

Twee knipperingen.

Kim schatte de situatie in. Vanuit de keuken was de luide stem nog steeds te horen.

Kim begreep het en legde een hand op haar rechteroor.

Twee knipperingen.

Kim stond op en pakte de iPod van de vensterbank. Ze deed de oordopjes bij Lucy in en legde de afstandsbediening op de armleuning van de stoel, naast Lucy's rechterhand.

'Heb ik het goed?'

Twee knipperingen en een ondeugende schittering. Kim moest onwillekeurig gniffelen.

Ze wees naar de deur. 'Ik moet...'

Twee knipperingen.

Kim raakte haar arm zachtjes aan en liep naar de deur.

De ambulance reed net weg, toen een tweede patrouillewagen arriveerde.

Kim stak de weg over, terug naar het meisjesweeshuis. Er zat een gapend gat, als een ontbrekende tand, waar de ambulancebroeders dwars door het hek waren gedenderd.

'Jongens, in het kantoor aan het einde van de gang staat een kast naast de deur. Aan de achterkant zit een gebitsprothese. Stop die in een zak, registreer het en stuur het naar het lab.'

Ze knikten en begaven zich naar het gebouw.

Plotseling was het weer stil op deze plek. Uit niets bleek wat er zojuist gebeurd was. Niets gaf aan dat dit was waar ze bijna het leven gelaten had.

En de reden dat ze het had overleefd, was een ketting met alarmknop. Een eenvoudig hulpmiddel waarmee Lucy haar dagen doorkwam was haar redding geweest.

Kim bleef plots stilstaan toen ze besefte wat ze over het hoofd had gezien. Misselijkheid overspoelde haar terwijl het laatste puzzelstukje op zijn plaats viel.

'O, jezus...' fluisterde ze in het donker.

'We hebben de prothese, mevrouw,' zei een van de agenten terwijl ze de hoek van het gebouw om kwamen.

Ze realiseerde zich dat er nog meer werk te doen was, en dat er maar één persoon was die kon helpen.

'Agent, zou u zo vriendelijk willen zijn mij uw telefoon te geven?'

74

Terwijl de motor gonzend tot stilstand kwam op het met grind bedekte terrein, voelde Kim zich weer meer zichzelf. Ze had zich gedoucht en omgekleed en de Triumph opgepoetst. Hij stond in haar garage te glanzen als een museumstuk.

Het had geen zin om te proberen te slapen. Ze wenste uit alle macht het donker weg uit de lucht, zodat ze terug kon naar de vindplek om deze zaak af te ronden.

Ze zag Cerys aan het uiteinde van het veld, vlak bij de opening waar de ambulancebroeders een paar uur eerder doorheen gestormd waren.

De zon was nog niet op, maar zou niet lang meer op zich laten wachten.

'Je loog dus niet toen je me vannacht belde. Het is echt alleen wij tweeën?' vroeg Cerys.

'Yep,' antwoordde Kim. Ze stond op het punt om iets te doen wat haar weleens duur zou kunnen komen te staan. Woody's woorden galmden door haar hoofd. Ze zou haar team niet meenemen in haar val.

'Ik zag Dan toen ik het hotel uit kwam. Hij heeft je een verslag gestuurd, maar hij bevestigde dat de gebitsprothese die je gevonden hebt, zeker weten van Louise Dunston was.'

Kim knikte begrijpend.

Cerys begon knopjes in te drukken op het apparaat en getallen te noteren in een klein notitieboekje.

'Oké, hij is er klaar voor. Maar hoe zeker weet je dat we iets zullen vinden?'

Kim ademde in, sloot haar ogen en luisterde naar haar gevoel. 'Zekerder dan ik zou willen.'

'Je weet dat wat we ook zullen vinden niet als bewijsmateriaal mag worden gebruikt?'

Kim knikte. Als ze gelijk had, zou het de rechtbank nooit halen.

Kim stapte naar voren en stak haar handen uit. 'Geef het aan mij en vertel me wat ik moet doen. Volgens mij heb je deze week al genoeg moeite voor me gedaan.'

'Ik ben een grote meid, die heel goed haar eigen zaakjes kan afhandelen,' bitste Cerys. 'En niet kwaad bedoeld, maar dit is dure apparatuur die ik niet aan je toevertrouw.'

Kim zuchtte gefrustreerd. 'Cerys, wil je alleen...'

'Mond dicht, Kim. Geef me eerst de rugzak.'

Kim reikte omlaag, tilde de tas op en hield hem vast terwijl Cerys haar armen door de banden stak.

Cerys bevestigde de monitor rond haar pols. Kim pakte het snoer en hees de metalen staaf op Cerys' schouder.

Ze deed een stap naar achteren. 'Ik had je meer als een Prada-meisje ingeschat.'

Cerys schudde haar hoofd. 'Oké, ik heb rondgekeken op het terrein en er ligt veel rotzooi op de grond. Dat moet allemaal verplaatst worden.'

'Ik neem aan dat dat mijn taak is?'

'Zie je hier iemand anders?'

'Oké, waar?'

'Ik inspecteer eerst de achterkant van het gebouw. De voorkant kijkt rechtstreeks uit op de weg en huizen, dus als we op zoek zijn naar wat jij in gedachten hebt, zou dat gedeelte te veel in het zicht zijn.'

'Kan ik helpen, rechercheur?'

Kim draaide zich om en zag dat William Payne om de zijkant van het hek heen was gelopen. Hij zag er bleek en moe uit. Kim ging naar hem toe.

'Hoe voel je je?'

Hij glimlachte. 'Onaangenaam, maar ik heb geen blijvende schade. Ze hebben me een paar uur geleden naar huis gestuurd.'

'Hoe is het met Lucy?'

'Kijk maar.'

Kim liep naar de zijkant van het hek. Het gordijn was opengetrokken en Lucy tuurde door het raam.

Kim zwaaide en vestigde toen haar aandacht weer op William. 'Volgens mij ben je niet fit genoeg om...'

'Rechercheur, ik weet niet waarom jij hier bent vandaag, maar ik weet wel dat Lucy en ik hier hoe dan ook bij betrokken zijn geraakt. Ik wil heel graag helpen.'

Kim stond in dubio.

'Ze waren nog maar kinderen, rechercheur. Geharde, verlaten, verwaarloosde kinderen. Wat ze met Lucy deden was verkeerd, dat weet ik en dat wisten zij ook. Alle drie kwamen ze de dag erna uit vrije wil terug en boden hun excuses aan voor wat ze hadden gedaan.'

'En jij aanvaardde hun excuses?'

Hij haalde zijn schouders op. 'Maakt niet uit. Lucy deed dat.'

Kim schudde verwonderd haar hoofd. 'Weet je dat je dochter zeer inspirerend is?'

'O ja.' Hij glimlachte trots. 'Zij is de reden waarom ik elke ochtend uit bed kom.'

Kim hield haar hoofd schuin. 'En zelf kun je er ook wat van. Als je afgelopen nacht het touw niet losser had gemaakt of Victor niet had vastgegrepen...'

'Dat was helemaal niet moedig, rechercheur. Ik zag je het gebouw in gaan en wilde gewoon kijken of je hulp nodig had. Toen zag ik Victor Wilks een gat graven...'

Zijn woorden stierven weg terwijl hij bloosde. Kim begreep dat hij bij toeval een held was, maar desondanks had hij haar het leven gered.

'Maar toch...'

'Genoeg,' zei William, terwijl hij zijn handen opstak. 'Vertel me nu maar waarmee ik kan helpen.'

Kim glimlachte bij zichzelf. Dit was een man die geen bedankje, geen lof en geen medelijden wilde.

'Oké, zie je die vuilnisbak bij het raam? Die moeten we vullen met alles op de grond wat een obstakel vormt voor het apparaat.'

William begon aan de linkerkant en Kim aan de rechterkant. Ze begonnen bij de omheining en werkten naar het midden toe, alles oprapend wat in de weg zou kunnen liggen.

'Luitjes, het apparaat werkt veel beter als er niet zoveel gras is,' riep Cerys vanaf de zijkant.

Kim keek om zich heen. Op sommige plekken reikte het onkruid tot kniehoogte.

Ze bukte zich en wilde net gaan trekken, toen het apparaat opeens een geluid maakte.

Kim kwam overeind en focuste op Cerys.

Ze liep drie meter terug en toen weer langzaam naar voren. Opnieuw liet het apparaat van zich horen.

Cerys keek naar Kim. 'Lijkt erop dat je gevoel juist was.'

75

Cerys keek van haar naar William en weer terug.

Kim stak het stuk grond tussen hen over en pakte het onkruid uit zijn hand. ‘William, ik moet je vragen om het terrein nu te verlaten.’

Hij zag er bedroefd uit terwijl zijn ogen rustten op de plek die Cerys’ aandacht had. Hij knikte.

Ze pakte zijn rechterhand. ‘William, niets hiervan is jouw schuld, dat je dat maar weet. Niemand is doodgegaan door jou. Een slechte, sluwe man zonder geweten liet het alleen zo lijken.’

Zijn blik ontmoette de hare. Het zou even duren voordat hij het geloofde.

‘Ik laat jullie alleen, rechercheur.’

Ze drukte zijn hand. ‘Mijn naam is Kim en ik wil je bedanken voor alles wat je hebt gedaan.’

William bloosde van verlegenheid. Ze liet zijn hand los. ‘Ga nu maar naar je geweldige dochter.’

Hij glimlachte breed. ‘Dank je, re... Kim. Dat zal ik doen.’

Kim wachtte tot hij verdwenen was en liep naar waar Cerys het apparaat had neergelegd.

Cerys draaide zich naar haar toe. ‘Wat daarbeneden ook ligt, ligt niet erg diep.’

Kim knikte en slikte.

Cerys gaf haar de sleutels van het busje. ‘Achterin liggen spades. Ga ze maar halen terwijl ik de boel markeer.’

Kim sprintte naar het busje, pakte twee spades en rende terug de heuvel af. De pijnstillers die ze eerder had genomen, begonnen uitgewerkt te raken. De pijn sloeg toe in haar onderrug.

Cerys had het stuk grond afgezet. Kim zag meteen dat het kleiner was dan de rest.

Cerys keek nog één keer naar de waardes waar de magnetometer mee kwam en wees. 'Neem jij die kant, maar werk niet te snel.'

Kim stak de schop in de grond. Pijn doorkruiste haar rug, maar ze negeerde het en focuste op wat ze moest doen.

Het volgende halfuur werkten ze allebei zonder te praten.

'Oké, Kim, stop maar en stap eruit,' zei Cerys opeens.

De kuil was ongeveer anderhalve meter lang, een meter breed en niet meer dan dertig centimeter diep.

Huisdieren werden dieper begraven.

Cerys liep twee keer om het gat voordat ze erin stapte. Ze gebruikte handgereedschap om kleine bergjes aarde te verwijderen en naast de kuil te leggen.

Kim zei niets. Haar ogen waren op Cerys gericht.

Cerys bleef graven. De hoopjes aarde werden kleiner. Met de rand van de kleine troffel schraapte ze langs een gedeelte in het midden van het gat.

Bij de derde keer schrapen verschenen er stukjes wit.

Cerys pakte een zachte kwast en streek ermee over het oppervlak. Meer wit kwam tevoorschijn.

Kims maag draaide zich om toen ze zeker wist dat ze naar bot keek.

'Dat, Kim, is beslist een arm.'

Cerys groef en borstelde verder totdat ze had blootgelegd wat een schoudergewricht leek. Kim keek roerloos toe hoe steeds meer bot verscheen.

'Cerys, wat is dat?' vroeg Kim, terwijl ze staarde naar iets wat uit het schoudergewricht stak.

Cerys streek er één keer met haar kwast over en Kim kon zien dat het een stukje stof was.

Kims hart begon te bonken.

'Cerys, ga er nog 'ns overheen met je kwast.'

Dat deed ze, en Kim vloekte. Cerys draaide zich om en hun ogen ontmoetten elkaar.

'Is dit waarnaar je op zoek was?'

Kim knikte, haar voeten bewogen al langzaam in de richting van haar motor.

'Cerys... Ik moet...'

'Ga,' zei ze, terwijl ze haar telefoon pakte. 'Ik zal het melden.'

Kim rende zo snel als haar benen konden bewegen de heuvel op.

76

Kim klopte op de deur en ademde diep in.

De deur ging open.

'Rechercheur, goedemorgen. Kom binnen, alstublieft.'

'Goedemorgen, Nicola,' zei Kim, terwijl ze het appartement binnenging.

Nicola deed de deur dicht en bleef ervoor staan. 'U bent vandaag alleen?'

Kim knikte. 'Ik heb m'n team een poosje vrij gegeven.'

'Maar uzelf niet?'

'Binnenkort, Nicola. Binnen zeer korte tijd.'

'Ga zitten, alstublieft.'

Kim deed dat. Terwijl ze zich liet zakken, waren haar ogen gericht op de rand van de sofa, en op dat moment besefte ze pas goed wat de betekenis was van datgene waar ze tijdens haar laatste bezoek een glimp van had opgevangen.

'Waarmee kan ik u van dienst zijn?' vroeg Nicola.

Kim nam even de tijd om Nicola's gezichtsuitdrukking te analyseren. Die was open en oprecht. Kim bespeurde geen spoortje oneerlijkheid. Verdorie.

'We hebben nog een lichaam gevonden.'

Nicola's hand vloog naar haar mond. 'O god, nee.'

De schrik was echt.

'Nicola, heb je enig idee wie het vierde slachtoffer zou kunnen zijn?'

Nicola stond op en liep heen en weer achter de sofa. 'Ik kan me echt niet voorstellen wie...'

'Nicola, was er een vierde groepslid?'

Nicola fronste haar wenkbrauwen. Aan haar oogbewegingen te zien, was ze aan het graven in haar geheugen.

'Nee, rechercheur. Ik weet zeker dat er maar drie waren.'

Kim zuchtte en stond op, alsof ze wilde vertrekken. 'Hé, misschien herinnert Beth zich nog een meisje?' vroeg Kim hoopvol.

Nicola schudde haar hoofd. 'Beth is momenteel aan het shoppen, maar als ze terugkomt...'

'Weet je dat zeker?' vroeg Kim.

'Natuurlijk weet ik dat zeker,' zei Nicola met een glimlach.

Kim knikte naar de rand van de sofa. 'Waarom heeft ze haar stok dan niet meegenomen?'

Nicola's ogen richtten zich op de wandelstok die over de rugleuning van de sofa gehaakt zat. Haar uitdrukking was er een van oprechte verwarring.

Kim maakte gebruik van dat moment en beende de kamer door. Ze liep naar de eerste deur, in de hoop dat het de juiste was.

'Misschien is ze nog niet weg. Misschien zal ze...'

'Rechercheur, niet naar binnen gaan daar. Beth houdt niet van...'

Haar woorden stierven weg terwijl Kim de deur openduwde.

Nicola stond naast haar en samen keken ze de kamer rond. Het eenpersoonsbed bestond uit een boxspring en een matras. Er waren geen lakens, geen dekbed. Naast het ongebruikte bed stond een ladekastje.

Kim stapte naar de kledingkast in de hoek en opende die. Zeven lege kledinghangers staarden haar aan.

Kim keek achterom naar Nicola, die hevig ontsteld in de deurpost stond.

Kim wachtte op een antwoord, maar Nicola bleef naar de lege kamer staren.

Eén enkele traan rolde over haar wang. 'Ze is weer vertrokken – en ze heeft niet eens gedag gezegd.'

Kim gebaarde Nicola weg uit de deurpost en sloot de deur achter haar. Ze ging Nicola voor naar de sofa en nam naast haar plaats.

'Heeft Beth dit eerder gedaan?' vroeg ze vriendelijk.

Nicola knikte. 'Ze doet het constant sinds we weg zijn uit Crestwood.' Een nieuwe stroom tranen rolde over haar wangen. Ze veegde ze weg met de mouw van haar trui. 'Ze doet altijd heel pissig tegen me, maar ze wil niet zeggen waarom. Dit is haar manier van doen. Ze komt terug en vertrekt vervolgens weer. Het is zo oneerlijk. Ze weet dat ik niemand anders heb.'

Kim ging naar de keuken en scheurde een paar vellen van de keukenrol. Ze ging zitten en gaf de zakdoek aan Nicola. De tranen waren nog niet verdwenen.

'Weet je nog wanneer ze de vorige keer terugkwam?'

Nicola stopte met huilen en dacht na. Ze snufte en knikte. 'Dat was twee jaar geleden, toen ik de ziekte van Pfeiffer had en naar het ziekenhuis moest. Ik werd wakker en daar was ze, zittend naast mijn bed.'

'En de keer dáárvoor?'

'Ik had een klein auto-ongeluk gehad, het was echt maar een kleine botsing. Ik was niet ernstig gewond, maar ik was er wel heel erg van geschrokken. Ik reed nog niet zo lang.'

'Dus sinds jullie Crestwood hebben verlaten, verschijnt ze steeds even in je leven en verdwijnt weer. Heb je enig idee waarom ze boos op je zou kunnen zijn?'

Nicola schudde verwoed haar hoofd. 'Dat wil ze niet zeggen.'

Kim hoorde de ergernis in Nicola's stem en besefte dat dit zelfs nog moeilijker zou worden dan ze had gedacht.

Kim pakte Nicola's hand vast. 'Ik wil dat je terugdenkt aan de dag van de brand. Ik denk dat er iets is aan die dag wat je vergeten zou kunnen zijn. Denk je dat je dat kunt doen terwijl ik hier naast je zit?'

'Er is niets,' zei ze, in verwarring.

Kim kneep in haar hand. 'Het is goed, Nicola. Ik ben bij je. Vertel stap voor stap wat je je herinnert van die dag en we kijken samen hoe we alle puzzelstukjes kunnen combineren.'

Nicola staarde voor zich uit, haar ogen gefocust op de muur tegenover haar. 'Ik weet dat het koud was en dat Beth en ik ruzie hadden gemaakt over iets. Ze wilde niet meer met me praten, dus ik ging naar de zitkamer.'

'Wie was er in de zitkamer?' vroeg Kim zachtjes.

Nicola schudde haar hoofd en fronste toen. 'Niemand. Ze waren allemaal buiten, een sneeuwpop aan het maken.'

'Dus wat deed je toen?'

Nicola hield haar hoofd schuin. 'Ik hoorde stemmen, geschreeuw. Het kwam uit het kantoor van meneer Croft.'

'Wat hoorde je, Nicola?'

Kim bleef Nicola's hand vasthouden, maar haar duim rustte op de slanke pols. De hartslag was versneld.

'Ze praatten over William, over iets geheim houden. Ze zeiden dat hij in de problemen zou raken, dat hij naar de gevangenis zou moeten. Ze hadden het over wat er zou gebeuren met Lucy.'

'Herinner je je wie je daarbinnen hoorde?'

'Meneer Croft en mevrouw Wyatt waren aan het ruzieën. Dominee Wilks praatte rustig en ik hoorde Tom Curtis en Arthur Connop op de achtergrond.'

Dat zijn er vijf, dacht Kim. 'En Mary Andrews?'

Nicola schudde haar hoofd. 'Zij was er niet omdat ze griep had.'

'Wat gebeurde er toen, Nicola?'

'Dominee Wilks opende de deur en zag me. Hij keek boos. Ik rende weg.'

Kim voelde hoe de palm van Nicola's hand klam werd.

'Waar ging je naartoe?'

'Ik ging Beth zoeken. Ze was in onze kamer. Ik was het zat dat mensen boos op me waren.'

Kims stem was nauwelijks meer dan gefluister. 'Dus, wat deed je toen?'

'Ik zei tegen haar... Ik zei tegen haar...'

Kim kneep in haar hand, maar Nicola's hoofd schudde al heen en weer. Haar ogen schoten alle kanten op, terwijl ze groef in haar geheugen, hoopte dat ze het verleden kon herschikken.

'Nee. Nee. Nee. Nee. Nee.'

Kim probeerde haar hand vast te blijven houden, maar Nicola trok zich gemakkelijk los.

Ze ijsbeerde de kamer door als een gekooid dier dat zich ergens wil verstoppen.

Paniek maakte zich van haar meester. Haar bewegingen waren gehaast en onstuimig.

'Nee, dat kan niet... Ik kan dat niet...'

Nicola's handen kwamen met een klap neer op de ontbijtbar. Ze draaide zich om en begon met haar vuisten tegen de keukenkastjes te slaan en vervolgens tegen haar eigen hoofd.

Kim snelde naar haar toe en greep haar van achteren vast, waarbij ze haar armen tegen haar zijden drukte zodat ze zichzelf niet meer kon verwonden.

'Wat heb je tegen Beth gezegd?'

Nicola probeerde zich los te wurmen uit Kims greep, maar die had haar handen samengevouwen en was niet van plan om los te laten.

'Alsjeblieft, stop, ik kan niet...'

Kim verhief haar stem. 'Nicola, je moet je het herinneren. Wat zei je tegen Beth?'

Nicola's hoofd zwaaide heen en weer. Kim boog haar eigen hoofd naar achteren om te voorkomen dat ze werd geraakt.

Kim schreeuwde in haar oor. 'Vertel het me, Nicola. Wat zei je tegen je zus?'

'Ik zei haar dat ze dat stomme vest mocht hebben als dat haar blij zou maken,' riep Nicola uit.

Stilte daalde neer tussen hen. Plotseling was het verzet in Nicola's lichaam verdwenen en ze viel op de vloer, Kim met zich meetrekkend.

Kim weigerde los te laten. Ze ging op de vloer zitten en hield Nicola dicht tegen zich aan. Kim wist dat de gebeurtenissen van tien jaar geleden haar eindelijk te binnen waren geschoten.

'Ze pakte het van je aan, nietwaar?'

Nicola knikte en Kim voelde hoe de tranen op haar handen drupte.

'Dus ze dachten allemaal dat zij jou was, nietwaar, vanwege het vest?'

Nicola knikte weer. 'Het ene moment keek ik naar buiten en was ze aan het spelen met de anderen, en het volgende moment kon ik haar niet vinden. Ik vroeg het aan allerlei mensen en ze zeiden allemaal dat ze ergens anders was. Uiteindelijk ging ik naar mijn kamer om op haar te wachten, maar ze kwam maar niet.

Later, vlak voor de brand, zag ik ze vanuit het keukenraam. Ze stonden allemaal rondom een kuil en ik wist het. Ik wist niet wat ik moest doen. Ik was bang dat ze mij zouden gaan halen, dus toen het vuur begon was ik opgelucht dat ze me niet meer te pakken konden krijgen.'

Kim wist dat Beth niet in staat zou zijn geweest om weg te rennen. Haar knie zou dat niet hebben toegestaan in die kou.

'Wanneer kwam Beth terug, Nicola?'

'Ongeveer twee weken geleden,' antwoordde ze met schorre stem.

Toen de opgraving bekend was gemaakt en Nicola zich weer angstig voelde.

'Je weet dat jij haar hebt teruggebracht, nietwaar, Nicola?'

'Neeeeee...'

Het was het geluid van een jankend dier. Een arme, gewonde stakker die kronkelde van de pijn. Kim bleef vasthouden terwijl Nicola probeerde weg te vluchten van de gebeurtenissen in haar eigen hoofd.

De kennis over wat ze had gedaan als Beth was niet iets wat nu moest worden prijsgegeven. Nicola zou zich dat uiteindelijk realiseren onder behandeling van een goede psychiater.

Terwijl ze het jonge, geknakte meisje dat in beslag werd genomen door schuldgevoel heen en weer wiegde, betwijfelde Kim of Nicola ooit terecht zou kunnen staan voor de moord op Teresa Wyatt, Tom Curtis en Arthur Connop.

Even later leunde Kim langzaam naar achteren.

Het was tijd om het telefoontje te plegen.

77

William voegde wat koude melk toe aan de pap. Hij kromde zijn pink en raakte met zijn knokkel het voedsel aan. Perfect.

Hij glimlachte. Lucy's lievelingseten.

Zijn dochter was gewassen en aangekleed en zat nu te wachten op haar ontbijt. Daarna zou hij de badkamer schoonmaken en de bedden verschonen. Na de lunch zou de oven een grondige reinigingsbeurt krijgen.

Hij glimlachte opnieuw. Hij wist dat mensen medelijden met hem hadden door het leven dat hij leidde, maar, zo redeneerde hij, die mensen kenden Lucy niet.

De levenskracht van zijn dochter inspireerde hem elke dag. Ze was de moedigste en liefste persoon die hij ooit had gekend.

Hij wist dat haar grootste frustratie was dat ze niet in staat was om duidelijk te spreken en op sommige dagen was de inspanning van alles wat in haar hoofd opkwam overbrengen via oogbewegingen vermoeiend voor haar.

Op zulke dagen stelde hij haar de vraag en hield zijn adem in terwijl hij wachtte op haar antwoord. De aarzelingen waren langer geworden, terwijl de spanning toenam in zijn borst, maar tot nu toe had ze altijd twee keer naar hem geknipperd.

Hij vreesde de dag dat het allemaal te veel voor haar zou worden om nog te verdragen en ze twee keer naar hem zou knipperen. Hij hoopte maar dat hij de kracht had om zich aan zijn belofte te houden. Voor haar.

William drukte de gedachte weg. Gisteren was een goede dag geweest. Lucy had bezoek gekregen.

William had haar eerst niet herkend. Het jonge meisje stelde zich voor als Paula Andrews en na haar even bestudeerd te hebben, herinnerde hij zich dat ze de kleindochter van Mary Andrews was. Ze kwam vaak met haar grootmoeder mee om met Lucy te spelen. Hij was echt verdrietig geweest toen Mary pas geleden overleed. Ze was een goede vriendin van hem tijdens zijn jaren op Crestwood. Haar begrafenis was een paar dagen geleden en hoewel hij er niet naartoe was gegaan, had hij naar de rouwstoet gekeken vanuit zijn slaapkamerraam.

Lucy had Paula meteen herkend en was opgetogen geweest over het bezoek. Al heel gauw hadden ze hun eigen communicatiemethode bedacht, waarvan William werd buitengesloten. Hij was nog nooit zo blij geweest.

Het sierde Paula dat ze niet liet blijken dat de lichamelijke verandering van haar oude vriendin haar opviel.

Hij had zich een poosje teruggetrokken in de keuken, terwijl hij zich zorgen maakte over het welzijn van zijn dochter. Hij zou niemand ooit beletten zijn kind te bezoeken, maar hij kon een terugkeer niet garanderen. Hij accepteerde echter dat hij haar niet tegen alle teleurstellingen kon beschermen die het leven in petto had.

Op de een of andere manier waren de twee meisjes erin geslaagd om een bordspel te doen. Hij had Paula horen uitroepen: 'Lucy Payne, je bent geen spat veranderd. Je was altijd al een kleine valsspeelster.'

William had Lucy horen murmelen en wist dat ze lachte en zijn hart had een sprongetje gemaakt.

Wetend dat het goed ging met zijn dochter, had hij het aangedurfd om een halfuurtje naar buiten te gaan en wat onkruid weg te trekken tussen de stenen. Slechts dat korte poosje in de koude ochtendlucht had hem nieuwe energie gegeven voor de rest van de dag.

Twee uur later had Paula toestemming aan hem gevraagd om nog een keer langs te komen.

Hij had die met alle plezier gegeven.

Hij bracht de pap naar de woonkamer en ging op het voetenbankje zitten. Lucy's gezicht was rozig en straalde, haar ogen stonden alert en gefocust. Vandaag was een goede dag. Paula's bezoek was goed geweest voor hen allebei.

'Ben je die pap nog niet zat?'

Ze knipperde één keer.

Hij rolde met zijn ogen. Ze deed hem na. Hij lachte luid.

Hij bracht een lepel havermout naar haar mond. Terwijl ze at, trok ze een waarderend gezicht. De tweede volle lepel was onderweg toen de deurbel klonk.

Hij zette het bord op de vensterbank.

Hij deed de deur open en onmiddellijk welde paniek in hem op.

Voor hem stonden een man en een vrouw, beiden gekleed in een zwart broekpak. Hij had een koffertje bij zich, zij een schoudertas.

Hij dacht onmiddellijk dat ze van maatschappelijk werk waren, maar hij verwachtte geen bezoek van hen, en ze lieten het altijd van tevoren aan hem weten. Vlak na de dood van zijn vrouw, moest William noodgedwongen strijd voeren met de overheid om zijn dochter bij zich te mogen houden. Hij had allerlei tests doorstaan en zijn beste beentje voorgezet om te laten zien dat hij capabel was. Maatschappelijk werk had zijn vastberadenheid opgemerkt en begon met hem samen te werken om hen tweeën bij elkaar te houden, en de baan op Crestwood was het laatste zetje geweest. Maar toch bleef hij bang dat hij haar op een dag kwijt zou raken.

'Meneer Payne, meneer William Payne?'

Hij knikte.

De vrouw schonk hem een brede glimlach en haalde een visitekaartje uit haar zak. 'Ik ben Hannah Evans van Enterprise Electronics. We komen voor Lucy.'

'Maar... ik weet niet... Wat?'

Ze wreef haar handen over elkaar en blies ertegen. 'Meneer Payne, mogen we binnenkomen?'

William stapte opzij.

Hannah Evans stapte de zitkamer in en ging voor zijn dochter staan. De man ging zitten en opende zijn koffertje.

'Goeiemorgen Lucy. Ik heet Hannah en ik vind het heel leuk om je te ontmoeten.'

Haar glimlach was warm en oprecht, haar stem vriendelijk en rustig; niet neerbuigend zoals het geval was bij de meeste volwassenen.

'Voel je je goed vandaag?'

Lucy knipperde.

'Dat betekent ja,' zei William.

Hannah bleef waar ze was en glimlachte zijn kant op. 'Dat weet ik, meneer Payne. Knipperen is een taal die vaak gebruikt wordt door mensen die belemmerd zijn in hun spraak.'

Hannah Evans rolde met haar ogen naar zijn dochter, die reageerde met gemurmel.

'Eh... pardon,' zei William, totaal in verwarring. 'Maar ik weet niet wie u bent en wat u hier doet.'

'Dat is heel simpel, meneer Payne. We zijn gespecialiseerd in de meest geavanceerde technologische systemen die met zo min mogelijk fysieke inspanning kunnen worden bediend. Wij, als bedrijf, bestaan om het leven van mensen met lichamelijke beperkingen een stuk leuker en interessanter te maken.'

Williams hersenen draaiden op volle toeren. 'Maar ik snap het niet. Ik heb niet gesproken met... Ik heb geen geld voor...'

'Naar ik begrijp zijn de kosten al betaald.' Ze hief haar handen. 'Dat is niet mijn vakgebied en ik heb mijn instructies.'

William voelde zich alsof hij naar een parallel universum was getransporteerd. Zijn brein zocht verwoed naar antwoorden, maar vond er geen.

Hannah concentreerde zich weer op zijn dochter.

'Lucy, ik heb maar één vraag voor je. Heb je controle over minstens één vinger?'

Ze knipperde twee keer.

Hannah schonk William een brede glimlach. 'Dan denk ik dat we hier veel kunnen betekenen.'

78

Kim keek naar de offergave voor zich en concludeerde dat deze producent van diepvriesproducten een vuile leugenaar was.

Ze zette de doos van de ingrediënten ter vergelijking naast haar eigen baksel dat ze zojuist uit de oven had gehaald. Nee hoor, geen glazuurlaag of glitterversiering kon dit nog redden.

Kim gooide de doos in de prullenbak. Ze voelde zich verraden.

Ze hief haar ogen naar het plafond. 'Ik doe mijn best, Erica. Ik beloof je dat ik mijn best doe.'

Ze hoorde het geluid van geklop op de voordeur.

'Hij is open,' riep ze.

Bryant kwam binnen, gekleed in jeans en een sweatshirt, met een pizzadoos in zijn handen.

'Zag je niet op het bureau vandaag,' zei hij, terwijl hij de doos op het aanrecht zette.

Ze rolde met haar ogen. 'Woody's bevel en ik durf dat niet meer te negeren, want deze kat is bijna door haar negen levens heen.'

'Is dat wat hij zei?'

Ze knikte en begon op haar vingers te tellen. 'Blijkbaar heb ik twee officiële klachten over mijn gedrag binnengesleept. Ik heb drie keer rechtstreekse instructies genegeerd en hield me...' ze stak de rest van haar vingers op, '... nou ja, minstens zo vaak niet aan de juiste protocollen.'

Bryants hoofd zakte in zijn wachtende handen. 'Goeie god, was het heel naar?'

Kim dacht even na en knikte. 'Ja, behoorlijk. Hij had behoorlijk wat te zeggen.'

'En wat zei jij?'

'Dat bij zijn model de cantilever-vering ontbreekt vanaf de achteras.'

Bryant barstte in lachen uit en zij deed mee. Achteraf was het ook wel grappig, bedacht ze.

Maar het was haar manier van dankjewel zeggen. Ze was zich er goed van bewust dat ze haar baan had kunnen verliezen. En Woody was er heel duidelijk over geweest dat enkel de afloop haar gered had.

Als ook maar één van haar voorgevoelens onjuist was geweest, zou haar kantoor nu door iemand anders zijn ingenomen.

Deze zaak had haar bijna het belangrijkste in haar leven gekost, en toch was het het waard geweest.

'Hoeveel tijd heb je van hem gekregen voor dat andere?'

Kim bromde terwijl ze twee mokken uit het keukenkastje pakte. 'Een maand.'

'Jezus, hoe ga je je daaruit redden?'

Kim haalde haar schouders op. Ze had vier weken de tijd om met een psycholoog te praten of anders zou ze geschorst worden.

'Je denkt toch niet dat hij het echt zou doen, hè?'

Kim dacht aan de vastberaden blik op Woody's gezicht. 'O, jawel, hoor. Hij zou het zeker doen.'

'Nou, je zult in elk geval blij zijn om te horen dat het beter gaat met Richard Croft.'

'Echt?'

'Ja, totdat ik hem op zijn rechten wees.'

Kim was daar graag bij geweest. 'O, zeg me alsjeblieft dat mevrouw Croft er ook was.'

'Dat was ze zeker. Heel even deed ze sterk denken aan een kameel met obstipatie, maar ze herstelde zich snel genoeg om haar laptop en administratie erbij te pakken en te verklaren dat haar advocaat contact zal opnemen.'

'Met ons?'

'Met Richard. Ik voorzie een snelle scheiding in zijn nabije toekomst.'

'Wat zei hij?'

'Ach, hij bevestigde dat Victor degene was die Beth vermoordde. De rest hielp alleen met het begraven van het lichaam. Hij zei dat het Teresa Wyatts idee was om brand te stichten en daarmee verwarring te zaaien rondom de administratie en de weglopers en de meisjes die al ergens anders waren ondergebracht.'

'Geloof je hem?'

'Kweenie. Doet er niet echt toe. Hij krijgt vast een goeie advocaat, maar hij gaat zeker weten de bak in. En nog belangrijker: het leven dat hij tot nu toe leidde is voorbij. Zijn vrouw, huis, carrière en waarschijnlijk zijn kinderen is hij kwijt.'

Kim zweeg. Er viel niets te zeggen. Ze voelde niets dan walging voor Richard Croft. Hij had het er levend van afgebracht.

Bryant keek bedachtzaam. 'Denk je dat Victor Wilks alleen maar slecht was? Ik bedoel, ik weet wat hij heeft gedaan, maar hij zette zich wel in voor de buurt en zo, dus misschien zat er toch ook iets goeds in hem.'

Soms leek Bryant jonger dan zijn jaren. Ze vond het jammer dat zij degene moest zijn die hem moest vertellen dat de Kerstman niet bestond.

Ze schudde haar hoofd. 'Nee, Bryant. Hij was gefascineerd door plekken zonder hoop en vol met wanhoop, waar hij zichzelf kon voordoen als een baken van licht te midden van de duisternis. Dáár haalde hij zijn voldoening uit, dát was zijn powertrip. Seks met angstige, kwetsbare jonge meisjes vervulde een lichamelijke behoefte van hem. Hij zocht plekken uit waar beschuldigingen van verkrachting moeilijk te bewijzen waren en iedereen die moeilijk deed ruimde hij uit de weg.

Hij vermoordde ze en genoot daarvan. Hij deed het omdat hij het kon en omdat hij dacht dat hij het recht had om iedereen die hem hinderde, om het leven te brengen. Wilks heeft zijn eerste slachtoffers gemaakt in Hollytree en hoe moeilijk dat ook te verkroppen is, we zullen ze nooit allemaal terugvinden.'

De uitgestrekte wijk telde achttien weglopers sinds Victors terugkeer twee jaar geleden. Rekende je de meisjes mee die niet als vermist waren opgegeven door familieleden omdat ze het niet wisten of omdat het ze niets kon schelen, dan verdubbelde dat getal waarschijnlijk.

'Klootzak,' mompelde Bryant.

Kim was het daarmee eens, maar troostte zichzelf met de gedachte dat Victor Wilks nooit meer op vrije voeten zou komen.

'Heb je de auto gevonden?' vroeg ze.

Hij knikte. 'Garage achter de flat die op naam stond van Nicola Adamson. Witte Audi met gedeukt spatbord aan de voorkant.'

Kim schudde haar hoofd. Hoe ze het ook probeerde, ze kon geen enkele sympathie opbrengen voor Teresa Wyatt, Tom Curtis, Richard Croft of Arthur Connop. Samen met Victor Wilks hadden ze de dood van drie jonge meisjes verdoezeld en ze een decennium lang gerechtigheid ontzegd, en dat allemaal om hun eigen smerige zaakjes geheim te houden. Elk van hen had een manier gevonden om ze nog meer te vernederen.

En nog erger, ze speelden een grote rol bij de dood van nog een onschuldige, wier enige misdaad was dat ze het roze vest van haar zus wilde dragen.

'Ik ben benieuwd, Kim, hoe je op het idee kwam van twee verschillende moordenaars.'

'Doodsoorzaak,' antwoordde ze. 'Toen we de meisjes ontdekten was het duidelijk dat ze vermoord waren met veel fysiek geweld, maar bij de recentere moorden was dat niet het geval. Er was geen brute kracht nodig om Teresa onder water te duwen, Toms keel was van achteren doorgesneden, Arthur was aangereden door een auto en Richard was in zijn rug gestoken. Allemaal manieren waarbij het draait om sluwheid, geduld en geniepigheid, niet om fysieke kracht.'

'En de brand bij Teresa's huis dan? Wat was het doel daarvan?'

'Er lag een dun laagje sneeuw op de grond, Bryant. Er zou veel forensisch bewijs geweest zijn waaronder voetafdrukken en zelfs de wandelstok, maar acht brandweerlieden, twee brandweerwagens en een hogedrukspuit vernietigden dat in no time.'

'Slim.'

'Precies, dus moest het wel een vrouw zijn.'

'Ja, maar ze werd gepakt.'

'Ja, door een vrouw.'

Bryant rolde met zijn ogen en kreunde tegelijkertijd.

Hij werd weer serieus. 'Hoe denk je dat Nicola zal reageren als ze beseft wat de waarheid is?'

Kim haalde haar schouders op. 'Het was eigenlijk niet Nicola die het deed. Het was Beth.'

Bryant keek bedenkelijk. 'Geloof je dat echt?'

Lieve hemel, wat was hij toch een simpele ziel.

'O ja, Bryant, dat geloof ik zeker.'

'Het komt allemaal een beetje *X-Files*-achtig op me over.'

Kim zuchtte. 'Beth kwam alleen maar terug als Nicola haar nodig had, als ze ziek was of bang. Nicola's onderbewuste gebruikte haar als knuffeldekentje. Nicola accepteerde nooit helemaal dat haar zus dood was. Haar onderbewustzijn zorgde ervoor dat ze zich dingen niet meer herinnerde, zodat ze verder kon leven. Het beschermde haar tegen het schuldgevoel.

Stel je voor dat voor Beth, Nicola's herinneringen wel beschikbaar waren. Ze wist wat er gezegd was in het kantoor, ze wist wat er gebeurd was, dus hoewel Nicola geen toegang had tot die herinneringen, had haar alter ego dat wel.'

Kim was ervan overtuigd dat Nicola's bewuste niet doorhad dat haar onderbewuste Beth weer tot leven had gewekt. En na 'Beth' te hebben ontmoet, was ze er heel zeker van dat het geen toneelspel was.

Ze wendde zich naar Bryant. 'Beeld je in dat iemands geest door midden wordt gesplitst. Nicola had controle over de normale dagelijkse handelingen. Ze was in staat om net goed genoeg te functioneren, maar iemand anders had de leiding over haar onderbewustzijn.'

Hij schudde zijn hoofd. 'Neuh, ben nog steeds niet overtuigd – en ik denk dat een jury dat ook niet zal zijn.'

Kim vermoedde dat Bryant gelijk had, maar ze betwijfelde of Nicola ooit geschikt zou worden bevonden om terecht te staan. Voor Kim was de innerlijke strijd tussen Nicola en Beth duidelijk te zien op de plaats delict van Teresa en die van Tom. De komst van de politie was beide keren vergemakkelijkt. Een deel van de gespleten geest wilde gestopt worden.

Nicola was geen slecht of kwaadaardig persoon en als ze zich alles weer herinnerde, zou dat haar straf zijn.

Kim wist uit eigen ervaring dat het schuldgevoel van een overlevende de kracht had om een geest te veranderen, en dat was waarom ze vurig hoopte dat ze haar eigen sores goed had weggestopt.

'Hoe denk je dat het Wilks gelukt is om de dans te ontspringen?'

'Meer door geluk dan door verstand,' zei Kim. 'Hij zou de volgende zijn geweest en ze zou hem te grazen hebben genomen.'

Bryant schudde zijn hoofd. 'Wat ik ook nog niet begrijp is hoe het in vredesnaam niet opviel dat er nog maar één helft van een tweeling was.'

'De administratie was een zooitje, Bryant. Bedenk wel: de plek was al ontruimd. De gegevens over de weglopers waren niet up-to-date en in de nacht van de brand maakte zo'n beetje iedereen een namenlijst.

Ambulances vervoerden meisjes naar het ziekenhuis voor controle. Het was een chaos en dat was de bedoeling. Geen twee namenlijsten kwamen overeen die nacht.'

'Maar waarom zei Nicola er niets over?'

'Het kind was doodsbang. Ze was ervan overtuigd dat ze erachter zouden komen dat ze zich vergist hadden door het vest en dat ze naar haar op zoek zouden gaan.'

'En hoe zit het met Mary Andrews? Denk je dat het Nicola of Beth was of heel iemand anders?'

Kim schudde haar hoofd. 'Niets wijst erop dat ze is overleden aan iets anders dan ziekte. Mary was de enige die die dag niet aanwezig was en niet genoemd werd, dus Nicola had geen reden om haar iets aan te doen.' Kim slaakte een diepe zucht. 'Ik denk dat Mary Andrews de enige persoon was die iedereen kon vertrouwen. Behalve William, die 's nachts werkte, wist iedereen die meisjes op de een of andere manier nog meer uit te buiten. Is het dan zo gek dat ze geen padvindsters waren?'

'Dat is nog zacht uitgedrukt,' zei Bryant.

Ze deed haar mond open om ertegen in te gaan, maar sloot hem weer. Bryant geloofde dat ethische normen al bij de geboorte in het geweten waren ingeprent. Hij geloofde dat ze net zo erfelijk waren als oogkleur of lengte. Kim wist dat dat niet waar was. Gewetensvol handelen werd aangeleerd. Dat gebeurde door middel van goede voorbeelden en sterke rolmodellen. Het wezenlijke verschil tussen goed en slecht wordt geperfectioneerd gedurende het leven en is niet vooraf ingeprent in het brein.

De maatschappelijke achtergrond van Tracy, Melanie en Louise zorgde ervoor dat hun normen voor altijd verwrongen zouden zijn. Net zoals mishandelde kinderen vaak zelf zullen mishandelen.

Bryant zou nooit overtuigd kunnen worden, maar Kim wist dat het waar was – omdat ze er zelf ervaring mee had. En een rustige periode van drie jaar had meer gered dan haar leven.

Bryant nam een slokje van zijn koffie. 'Zeg, wat was er gaande tussen jou en die dokter? Het was wel duidelijk dat jullie een goede verstandhouding hadden.'

'Bryant,' zei ze dreigend.

'O, kom op, Kim. Als jullie iets meer tijd hadden gehad, was er een vonk overgeslagen.'

'En wat leveren vonken op?'

'Vuur,' zei hij, terwijl hij zijn ogen opensperde.

'En heb je ooit gehoord van een vuur dat geen schade aanricht?'

Bryant opende zijn mond, dacht even na en deed hem toen weer dicht. 'Daar heb ik geen antwoord op.'

'Precies.'

'Waarschijnlijk maar goed ook,' zei Bryant peinzend. 'Die dokter leek iets te veel op jou.' Hij grijnsde. 'Jezus, stel je eens voor hoe jullie kinderen zouden zijn...'

'Bryant, volgens mij moet jij je verdomme met je eigen zaken bemoeien,' bitste ze. Soms kende hij haar iets te goed.

En toch, als ze Daniel weer tegenkwam, wie weet?

'Ja, dat zou waarschijnlijk moeten, maar ik denk niet dat het me lukt.'

Kim glimlachte. 'Hoe gaat het met de hondenopvang?'

'Met de pups gaat het prima. Ze krijgen allemaal een nieuw thuis. Mijn nichtje krijgt Pebbles, Bam Bam gaat naar de buurvrouw, Yogi is bestemd voor het beste vriendinnetje van mijn dochter, en Boo Boo gaat naar Staceys zus.'

'Je hebt die arme schepseltjes toch niet al opgezadeld met namen voor het leven, hè?'

Bryant schudde zijn hoofd. 'Neuh, alleen om ze nu uit elkaar te kunnen houden.'

'En de moeder?'

'Zij blijft bij mij. Ze is pas vier en de dierenarts schat dat ze al drie nestjes heeft gehad. Haar werk zit erop.'

Heel even, één vluchtige seconde, had Kim de neiging om deze beer van een vent met zijn zachtmoedige karakter een knuffel te geven. Hij was haar collega en haar enige echte vriend.

Maar ze liet het moment voorbijgaan.

Hij liet zich van de barkruk zakken. 'Dus, nu komen we bij de echte reden van mijn bezoek. Hij is klaar, hè?'

'Ja, Bryant, hij is klaar.'

Hij wreef in zijn handen. 'Mag ik, mag ik, mag ik?'

Kim lachte om zijn kinderlijke enthousiasme.

Hij snelde de tussendeur door naar de garage.

Ze pakte de cakejes en gooide ze in de prullenbak. Ze dompelde het bakblik onder in het hete sop.

Bryant stond weer in de deuropening. 'Eh... Kim, hij staat er niet.'

'O, echt? Wat vreemd.'

Hij leunde tegen de deurpost, met zijn armen over elkaar. 'Je hebt hem verkocht, hè?'

Kim zei niets.

Bryant was verbijsterd. 'Maar je hield van die motor alsof het je kind was. Je hebt maanden aan dat stomme ding gewerkt om er eindelijk op te kunnen rijden. Ik snap er niks van. Hij betekende zoveel voor je.'

'Weet je, Bryant, sommige dingen betekenen nog meer.'

Ze droogde het bakblik af en ruimde het op. Bryant had een verblufte uitdrukking op zijn gezicht. Hij begreep het niet.

Maar Kim wel – en dat was het belangrijkste.

Wil je meer lezen van Angela Marsons?

Scan deze code met je mobiele telefoon en bekijk alle informatie over de *Kim Stone*-serie